소설 논개 2

소설 논개 · 2

초판 1쇄 인쇄 2017년 8월 17일 초판 1쇄 발행 2017년 8월 25일
지 은 이 김지연
펴 낸 이 노용제
출판기획 김우현
펴 낸 곳 정은출판 출판신고 2004년 10월 27일 제301-2011-008호
주소 (04558) 서울특별시 중구 창경궁로1길 29
전화 02-2272-8807 팩스 02-2277-1350
이메일 rossjw@hanmail.net 공급처 정은출판 (02)2272-9280

ISBN 978-89-5824-340-3 (04810)
ISBN 978-89-5824-338-0 (세트)

이 도서의 국립중앙도서관 출판예정도서목록(CIP)은 서지정보유통지원시스템 홈페이지(http://seoji.nl.go.kr)와 국가자료공동목록시스템(http://www.nl.go.kr/kolisnet)에서 이용하실 수 있습니다.(CIP제어번호:CIP2017021560)

소설 논개

김지연 장편소설

2

정은출판

차례

작가의 말

'소설 논개'를 펴내면서 새삼 '오만'과 '겸손'에 대해 생각을 해 본다. 이 작품의 출간을 전후하여 나름 예의와 겸손을 병행하며 살아왔다고 생각했던 지난 삶이 온전히 그러하지 못했음을 깨달았던 때문이다.

이 작품은 1997년 1월부터 1998년 12월까지 2년간 국제신문에 연재했던 장편소설이다. 당시 대기업에서 국제신문을 운영하던 때라 원고료도 고액으로 받아 작품이 독자를 흡입하듯 끌어가야 한다는 부담감에 긴장했다.

노력했던 만큼 독자들의 반응이 나쁘지 않았다.

따라서 편집국의 요구로 1년의 계약 기간이 2년으로 연장되었다.

탈고할 2년 말경이 가까워오자 국제신문사 출판국에서 바로 출간 준비를 해야 되지 않겠냐는 편집국 책임자의 권유가 있었다. 그런데, 필자는 한마디로 거절했다. 심층 바닥에 엉켜 있던 원천적 욕망이 혓바닥을 휘두르며 의리나 상식을 벗어나 솟구쳤던 것이다.

당시 작가들 사이에 신문사 출판국에서 소설을 출간하면 원인을 알 수 없지만 아무리 광고를 쳐도 책이 팔리지 않는다는 '징크스'가 있었다. 그래서 광고 잘 쳐 주는 출판사에서 대박을 한 번 터트리겠다는 욕심으로 단칼에 거절했던 것이, 또한 중견 출판사 P사장의 계약 요구도 웃으며 외면했던 것이, 작가 생활 50년 동안 가장 후회되는 실수로, 자초한 상처가 되었다.

그 후, 연재가 끝나고 책으로 출간하려면 언제나 그러하듯 독자를 의식하며 썼던 글을 수정과 퇴고를 거듭하여 정리하는 과정을 갖게 되는데, 그 과정이 수월하지 않았다. 우선 매회 잘라 놓은 신문의 연재 원고 네 권 분량을 워드 작업하여 다시 저자가 퇴고 작업으로 들어가야 하는데, 그럴 시간이 여의치 않았다.

당시는 육필 원고 중심이어서 워드 작업은 전문가에게 맡겼던 것이지만 차일피일 지연되고, 필자도 이어지는 타지 원고 청탁 우선 해결과 사는 일 처리에 급급하다 보니 그 작업에만 집중 전력할 시간이 생기지 않았다. 그런저런 이유로 연재 끝난 후 약 20년 만에야, 디지털 문화와 영상 매체로 사회가 급변하여 소설책이 팔리지 않고 책을 읽지 않는 최악의 시기에 연재 당시 그대로의 원고를, 드디어 3권으로 묶는다. 연재 끝난 직후 해당 신문사 출판국에서 출간하고 여유 있을 때 '리바이벌'하면 될 것을, '오만'과 욕심으로 20년 세월을 삼켜 먹고 소설 위기의 시기에 비로소 묶어 내는 것이다.

필자는 짧지 않은 세월을 살아오면서 이렇듯 뒷북치는 어리석은 행위를 곧잘 저지른다.

'논개'는 사적史的 기록이 없다.

이 작품을 집필하기 전에 이미 나와 있는 기존의 논개 관련 작품을 섭렵하고, 논개와 관계있는 지역인 진주晉州와 장수長水 등 현장을 찾아 종합 취재에 나섰다.

관계 작품으로는 월탄 박종화朴鍾和 선생의 장편 '임진왜란' 속의 논개편과 정비석鄭飛石 선생의 '명기열전' 속의 논개, 그리고 전병순田炳淳 선생의 논개 작품을 읽었다. 공통점은 논개가 촉석루에서 승전한 왜군들과 춤을 추다가 그중 한 왜장을 유혹하여 의암에서 함께 강물에 투신하였다는 부분뿐이었다. 기타 논개의 출신과 성장 과정, 은애한 이성의 대상이며 사건 등의 내용은 각각 동일하지 않았다.

다음은 역사적인 기록을 관계 기관에서 찾아보았다. 결론은, 논개에 관계되는 기록은 조선대의 유몽인이《어우야담於于野談》효열편에 '논개는 진주의 관기이다. 임진왜란 진주성 2차 싸움에서 성이 함락되고 백성들이 모두 죽자 논개는 왜장을 껴안고 강물에 익사했다.'는 내용뿐이고, 그때로부터 100년 후 나온《호남절의록》에 논개가 장수 출신이라는 기록이 있음을 알 수 있었다.

또한 부산 경성대학교에서 펴낸 논개에 대한 집중적 연구서에서도 논개에 대한 사적史的인 기록이 없음을 전제했고, 작가 명은 불확실하지만 당시 '논개는 없다'라는 제목의 중편소설도 있었다.

이조실록 기록은 아니지만 '논개가 진주의 관기였다'고 기술한 유몽인은 진주성이 함락된 직후에 '무군사撫軍司'의 관원이 되어 세자 광해군光海君을 따라 삼남三南의 각지를 편력하며 진주성 대란 후 진주에서 떠도는 구전口傳을 듣고《어우야담》에 기록한 것이었으니, 시대적으로 보아 허위 사실은 아닐 것이었다.

그때로부터 1백년 후에 나온, 논개가 '장수' 출신이고 최경회의 연인이었다는《호남절의록》기록은 전쟁이 끝나고도 1세기가 지난 후의 기술이니 어떤 근거에서 이루어진 것인지 그것까지는 취재하지 못했다. 다만 해당 지역의 문화 관계 인물을 만나 논개의 태생에서 최경회 의병장과의 관계 등 일치되지 아니한 부분을 집중 취재했더니, "허허…, 역사란 만들어지는 것이란 걸 선생은 모르시오?" 했던 말은 떠오른다.

어떻든 장수 지역에서는 논개를 최경회 의병장의 연인 혹은 후실이라 하여 관에서 '논개 부인님'이라 호칭하고, 진주 지역에서는 관의 기생이라 하여 그냥 '논개'라 호칭했다. 당시의 윤리나 도덕 제도로 보아 천한 기생이 왜장을 껴안고 순절했기에 나라에서 그 애국충정과 가상함에 논개의 사당을 지어 주고 기렸지 않았나 싶기는 하다. 어떻든 그 시대의 역사歷史적인 사실적 기록이 없으므로 지금까지 '기생'이다 '부인'이다 호칭이 상충되고 있다.

이 두 지역의 주장이 한때는 날카롭게 대치된 때도 있었다.

따라서 작품의 제호를《소설 논개》라 이름 붙인 데는 두 지역의 첨예함과 무관하다고는 볼 수 없다. 이미 작고하셨지만 소설가 정한숙鄭漢淑 선생이 어느 주간지에 논개를 연재할 때, 작품 속의 논개가 진주성 1차 싸움에서 장렬하게 싸우다 사망한 김시민 장군과 은애를 하는 것으로 엮었다가 사실이 아니라는 이유로 해당 신문 '불매' 운동과 '연재중단'의 곤욕을 겪기도 했기 때문이다.

또, 1910년경 장지연張志淵이 조선시대 중인 이하 하층민들의 전기를 모아 편찬한 열전인《일사유사逸士遺事》에는 논개가 현감 황진의 연인으로 기록되어 있기도 하다.

진주성 함락 후 구전에 의해 유몽인이 썼고, 나라에서 사당을 지어 제사도 지냈고, 논개의 초상화도 모셔져 있긴 하지만, 어쨌든 임진왜란 당시의 실록에 기록이 없는, 4백여 년 전의 실전과 실화를 그 누가 눈에 본 듯 소상하게 입증할 수 있겠는가.

구전이나 설화에 의했다 해도 '논개'라는 여인이 왜장을 껴안고 남강물에 투신했음은 사실이고, 천민인 기생이 훌륭한 순국殉國을 했기에 널리 구전되었을 것이라 헤아려 의기義妓 '논개'를 나름 당시를 유추하며 소설화시키기로 했던 것이다. 그러나 임진왜란 부분은 당연히 실제 상황의 기록들을 참고로 했다.

천형의 형벌이듯 글 귀신 붙잡고 살아온 삶 50년. 마치 이때를 기다려 20년을 파묻어 두었다가 꺼낸 것처럼 흙도 제대로 털지 못하고 세상에 내놓는다. 완벽하지 못해 회한투성이인 인생처럼.

독자들의 일독을 바라 마지않는다.

2017년 5월

김지연

5

기생의 삶, 기녀의 한

기생의 삶, 기녀의 한

섬돌 밑에서 귀뚜라미가 유난히 울었다. 매분은 청승스럽도록 처량하게 울어 대는 그 소리를 다 듣고 있었다. 아무리 뒤척여도 잠이 오지 않았다. 방문에 들이비치는 달빛이 가슴을 스산스레 저려 들게 하고 한껏 달구어졌던 몸뚱이는 아직도 식지 않아 괴로운데, 김언기는 사지를 뻗고 방이 떠나갈 듯 코를 골아 젖히고만 있었다. 뭔가 잘못되고 있는 것 같은 알 수 없는 불안감이 그녀의 가슴 바닥에 켜켜이 쌓이고 있었지만, 뭐가 어떻게 잘못된 것인지는 선명하게 알 수가 없었다. 어떻든 일이 순리적으로 되어 가고 있지 않다는 것을 느낄 수 있었고, 술 때문이겠거니 미루어 헤아려도 보았지만 그러나 김언기가 취할 만큼 마시지 않았다는 사실이 그녀를 괴롭게 하는 것이었다.

한 시진 전쯤 설매와 반월이 함께 방을 나가자마자 김언기는 매분에게 국화주를 석 잔이나 연거푸 마시도록 권하고 자기도 석 잔을 마셨다. 따져 보면 그는 그녀와 비슷한 분량의 술을 마신 셈이고, 그 정도의 주량은 적당히 취기가 올라 기분이 상승되는 양에 불과했다. 그는 자신이 손수 비녀를 찔러 고정시킨 매분의 얹은머리며 분을 바른 고운 얼굴이며 초승달처럼 잘 다듬은 눈썹이며 성장한 비단옷 매무새를 황홀한 듯 바라보면서, 주안상을 옆으로 치우게 했다.

"잠을 자려면, 그 머리를 다시 내려야 하는 것 아니더냐?"

"예. 내려야 합니다."

"좀 더 두거라. 애써 올린 머리를 금방 풀어 버리기는 아깝구나! 자, 내 갓과 두루마기를 받아라."

그는 자신의 겉옷을 전부 벗고 속바지 하나만 걸쳤다. 그리고 매분에게 스스로 옷을 한 가지씩 아주 천천히 몸에서 걷어내라고 했다.

"불을 끄겠습니다."

매분이 볼을 붉히며 촛대 가까이로 다가갔다.

"아니니라. 불이 있어야 너의 아름다운 몸매를 볼 것이 아니더냐."

"부끄럽습니다."

"부끄럽긴? 우리는 장차 알몸뚱이로 운우지정을 나눌 사이거늘. 자, 어서 불 옆에 서서 한 가지씩 벗어내 보거라!"

매분은 촛불 옆에 선 채 겉옷부터 벗어 내리기 시작했다. 손이 허둥거려졌다. 마지막으로 속적삼과 가랑이가 터진 속바지만 입은 채 그녀는 동작을 멈추었다.

"아니니라. 실오라기 한 올 몸에 걸쳐서는 아니 되느니라."

매분은 김언기의 지시대로 몸에 걸친 옷들을 모두 흘려 내리고는 뺨을 새빨갛게 붉혔다. 두 손으로 가슴과 음부를 가리느라 전전긍긍했다.

"손을 떼고, 한 바퀴 돌아 보거라."

매분이 엉거주춤한 자세로 몸을 돌렸다. 온몸으로 그의 따가운 눈길이 박히는 듯 살갗이 화끈화끈 뜨겁고 민망스러웠다.

"참말로 곱구나! 하늘에서 하강한 선녀가 너만큼 어여쁠까! 네 나이 열다섯이라 하지만 몸은 스무 살 터질 듯한 처녀로구나."

"불을 끄소서."

김언기는 매분의 말을 들은 척도 하지 않고 벌떡 일어나 그녀에게로 다가왔다. 자리에서 일어선 김언기의 벗은 몸체는 아랫배까지 불거져 땅딸막하니 더 작아 보였다. 매분의 키가 큰 편이 아닌데도 그녀의 등 뒤로 다가선 김언기의 키와 거의 비슷했다. 김언기가 팔을 돌려 수밀도처럼 뽀얗게 솟구친 그녀의 가슴을 움켜잡았다. 매분은 자지러지듯 전신을 꿈틀했다. 그의 손은 그녀의 허리께와 배꼽으로 미끄러져 내려 치모가 완전히 자라지 못한 음부를 더듬었고, 그녀는 극에 달한 수줍음과 수치감으로 몸을 고둥처럼 웅크렸다.

"아니니라."

실뱀처럼 온몸을 기듯 더듬는 손길을 감당하지 못한 매분은 급기야 이부자리 속으로 파고들었고, 그는 여전히 불을 밝혀 둔 채 그녀의 몸 위에 쓰러졌다. 부드러운 그녀의 맨살에 맨살을 부딪치며 힘주어 부비거나 압박하면서 그는 격렬하게 몸부림을 쳤다. 한참을 그는 신음을 동반한 기성을 지르기도 하고 매분의 몸뚱이를 재량껏 운용하면서, 그야말로 떡메를 치듯 그녀의 몸 위에서 자기 몸통을 굴리다가 스스로 미끄러져 내렸다. 그런데 실제 매분의 몸에는 아무 일도 일어나지 않았다. 김언기의 혀끝과 손끝과 몸뚱이가 펄떡이며 난무했지만 교합이 이루어지지 않았다는 것을 경험이 없는 그녀도 느끼고 있었다. 그러나 그런 행위나 동작도 정상은 아니지만 교합의 한 종류일지도 모른다고 생각했다. 어쨌거나 매분은 반월을 비롯한 선배 기녀들이 귀띔해 주던 뼈가 갈라지는 충격이라든가 대꼬챙이로 찌르는 듯한 동정 깨트림의 순간 같은 것은 경험하지 못한 채, 허전함으로 밤을 지새우고 말았다.

새벽녘에도 그는 매분의 몸 위에서 격렬한 몸태질을 했다. 그녀는 그가 자신의 몸 위에서 발악을 친다고 생각했다. 그는 식은땀까지 흘렸고, 급기야 그녀는 그러는 그가 무섭기도 하고 왠지 불쌍하다는 생각도 들었지만 어떤 말도 감히 밖으로 표현을 할 수가 없었다.

"매분아. 내가 완벽한 합궁을 미루는 것은, 너를 진심으로 은애하고 아끼기 때문이란다. 그러나 우리가 서로의 몸을 밀착하여 충분히 애무

했으니 완벽한 교합을 이룬 것이나 다름이 없단다. 매분아, 우리들의 밤 이야기는 네 어미에게도 하지 않는 것이 좋겠다. 내 말이 무슨 뜻인지 알겠느냐?"

"예…."

매분은 그가 자기를 은애하고 아끼기 때문에 완전한 교합을 미룬다고 말하는 것을 이해할 수가 없었지만, 그러나 언젠가는 이루어질 것으로 믿었다. 다만, 그가 자기의 이러한 사정을 안방 어머니인 설매에게조차 비밀로 하라는 부분에는 뭔가 의아심이 들었지만 일단은 그의 말을 들어야 할 것 같았다.

미명이 완전히 트기도 전인데 사랑채 방문 밖에서 인기척이 났다. 안방 어머니 설매였다.

"매분이 일어났느냐? 문 앞에 꿀물과 산마 계란을 갖다 놓았으니, 어르신 일어나시면 드리도록 하거라."

매분은 설매의 목소리에 후다닥 몸을 일으켜 윗목의 옷을 끌어당겼다. 그리고 황망히 대답한다.

"예, 어머니. 금방 나갈게요."

그러나 밖은 조용했다. 꿀물을 얹은 소반만 문 앞에 갖다 놓고 안방 어머니는 안채로 들어가 버린 것 같았다. 매분은 속적삼과 바지만 입고 방문을 살그머니 열어 보았다. 예상대로 문밖에는 꿀물 대접과 산마에 날계란과 참기름을 끼얹은 보시기가 자개소반 위에 놓여 있을 뿐 안방 어머니는 어디에도 보이지 않았다. 그녀는 소반을 방 안으로 가만히 들여놓았다. 김언기가 그녀의 행동을 훤하게 알고 있으면서도 잠든 척 눈을 감고 있음이 방문으로 스며드는 희부연 빛으로 드러났다. 그의 속눈썹이 흔들리고 있었던 것이다.

"갈증이 나시면 꿀물 드시라고, 어머님이 내오셨는데요."

매분이 멈칫거리며 속눈썹을 깜박이고 있는 김언기를 내려다보며 말했다.

"흐음, 우리 장모의 정성이라면 마셔야지!"

김언기가 입귀를 벙긋거리면서 일어나 앉았다. 매분은 산에서 캔 마를 뽀얗게 갈아 담은 위로 참기름과 계란 노른자가 고명처럼 얹혀 있는 산마 그릇부터 그에게 올린다.

"고소한 냄새구나! 이게, 무어더냐?"

"몸에 좋다고 어머니가 만드신 듯합니다. 이것부터 잡숫고 꿀물을 드셔요."

"오냐, 오냐, 그러자꾸나!"

김언기는 입이 귀밑까지 찢어지듯 웃음을 참지 못하면서 그녀가 권하는 산마부터 후루루 소리 내어 들이마셨다. 그리고 입가심을 하듯 꿀물을 마셨다.

"허허, 하룻밤 새 만리장성을 쌓느라 힘이 쇠진했을 사위를 위해, 네 어미가 정성을 다했구나!"

김언기는 심히 만족한 모양이었다.

'무슨, 만리장성까지….'

매분은 입술을 비죽이며 속으로 읊조렸다.

알 수 없는 것은 그녀의 심사였다. 왠지 김언기 어른의 얼굴이 보기 싫어지는 것이었다. 역하고 징그럽다는 느낌이 들었다. 볼 적마다 환하게 웃는 얼굴이어서 따뜻하고 심성이 좋은 어른 같다는 생각이었는데 지금 매분의 심사는 영 요상한 것이었다. 웃음에 가리어 제대로 보이지 않던 그의 얼굴이 바로 코앞에 선명히 드러나면서 실망이 땅속으로 잦아 내리는 것 같았다. 작은 눈과 작은 코를 가졌음에 비해 입은 크고 입술은 두툼한 것이 조화가 이루어지지 않은 것 같았고, 왜소한 어깨며 가슴에다 앞으로 불거져 나온 아랫배는 흡사 땅개구리 형상과 비슷하다는 느낌이었다. 두루마기에 갓을 쓰고 의관을 정제했을 때는 그런대로 모습이 역하지 않았는데, 포장 없이 벌거벗은 그의 몸은 오히려 희극적인 데가 있어 매분은 눈을 아래로 깔았다. 싫은 생각이 바위틈 샘물처럼 솟구쳐 올랐다. 그에 대한 혐오감은 벌거숭이로 눈앞에 드러난 그의 외모에서만 오는 것은 아니었다. 지난밤에서 새벽녘까지 그녀 몸 위에서 갖은 자세로 발작을 일으키듯 요상한 몸태질을 하던 때부터 그에 대한 혐오감은 이미 싹터 있었던 것이다.

그날 김언기는 온종일 기와집에 머물렀다. 남정네에 따라 사흘 정도, 길게는 열흘까지도 머리를 얹어 준 기녀와 함께 뒹굴며 운우지정을 나누는 수도 있고, 머리 얹어 준 첫 밤만 지내고 자기 집으로 귀가하는 남정네도 있었다. 그런가 하면 머리를 얹어 준 직후에 여자가 묵을 작은 집을 얻어 곧바로 첩실로 들어앉히는 경우도 있었다. 기녀가 첩실로 들어앉는 경우 그 신분이 천민에서 양민으로 속량될 수도 있었지만, 실제 그런 사례가 많지는 않았다. 매분은 이런저런 생각보다 김언기가 한시라도 빨리 자기 집으로 그냥 돌아갔으면 싶었지만 그는 돌아갈 기색이 전혀 아니었다. 오히려 안방 어머니는 점심, 저녁상을 각별히 잘 차리도록 하여 방으로 들여놓아 주었다.

매분은 측간에 가는 시간 외에는 김언기 앞을 벗어나지 못했다. 낮 동안 내내 방 안에서 그의 팔이나 다리를 주물러 주면서 마음이나 감정이 없는 살덩어리처럼 그의 손끝 따라 몸을 움직였다. 돈과 곡물과 금은보화와 패물로 그에게 팔린 것이나 다름없는 어린 그녀는 그의 노예일 수밖에 없었고 무조건적인 순종만이 있을 뿐이었다. 가슴을 만지겠다면 그의 옆으로 다가가 다소곳이 앉거나 누워 주고, 옷을 벗으라면 벗고, 다리를 올리라면 올리고, 내리라면 내리고, 가야금을 뜯으라면 뜯고, 소리를 치라면 치고, 춤을 추라면 추었다.

문밖에서 가끔씩 아이들의 키들거리는 소리가 나고 그때마다 매분은 방문 밖으로 뛰쳐나가고 싶은 충동을 느꼈다. 그러나 그녀는 이제 아이가 아니었다. 머리를 얹은 어른이었다. 완전한 속머리 얹음合宮은 되지 않았다 해도, 그 연유가 자기를 은애하고 아끼기 때문이라 했으니 언젠가는 교합이 이루어질 것인즉, 당장에 그것이 안 되었다 해서 아이로 돌아갈 수는 없는 일이었다. 모르긴 해도 이제부터는 아이들과 같은 방을 쓰고 함께 공부하고 노는 일은 없을 것이고, 안방 어머니의 자기에 대한 대접도 달라질 것이라는 생각에 매분은 차라리 서럽기까지 했다.

다시 밤이 되었다. 그러니까 김언기와 두 번째 밤이 되는 이날 밤에도 매분은 그에게 시달렸다. 그는 그녀의 몸 위에서 아래에서 별의별 체위를 다 구사하고 매분의 손과 혀까지 동원시키고서도 끝내 교합은 이루어지지 않았다. 매분은 그가 역하고 징그러우면서도 그의 손길과 뜨거운 입술이 전신을 더듬으면 몸은 제멋대로 구름을 탄 듯 달떠 올라 혼미 상태에 빠져들곤 했다.

삼경이 넘었을 때쯤, 매분은 문득 김언기가 자기를 은애해서 교합을 미루는 것이 아니라 실제는 교합을 이루기 위해 간절히 노력하고 있다는 것을 알 수 있었다. 진땀을 빚어내며 십수 차례나 거듭되는 그의 발작이나 발광 같은 몸부림을 보고서 비로소 깨달은 것이었다. 그는 첫날밤처럼 여전히 촛불을 끄지 못하게 하면서 시각과 촉각을 동반하여 매분에게 갖은 자세의 몸짓을 만들게 강요하면서, 자신의 그것을 움켜잡고 안간힘을 썼던 것이다. 얼굴은 사뭇 울음이 터질 듯 처절하게 일그러뜨리고 혼신으로 집중하는 그의 노력은 목숨을 걸듯 결사적이어서 보기에 민망하고 안쓰러울 정도였다.

"어쩌다가, 그러셨는데예?"

매분은 조심스럽게 그를 바라보며 물어보았다.

"허어, 네가 눈치를 챈 모양이구나. 하긴, 차라리 네가 아는 것이 나을지도 모르겠다. 매분아, 네가 나를 좀 도와야 하겠다. 내 힘이 돌아오게 말이다."

매분은, 간절하게 매달리듯 말하는 김언기를 아무런 반응 없이 가만히 바라보기만 한다.

"내가 왜 이 모양이 되었는지, 많이 궁금한 모양이구나."

매분은 고개를 크게 끄덕였다.

"꿈 때문이란다. 그 어른, 호랑이 꿈 때문이란다. 작년 늦봄에 낮잠을 자다가 꿈을 꾸었는데, 내가 한밤중에 첩첩산중의 숲길을 걷고 있었단다. 계곡쯤에서 그 어른을 만났는데, 두 눈에 화등잔만 한 불을 켜고 내 앞에 불쑥 나타났지. 나는 너무나 경악해서 처음에는 옴짝달싹도 못하다가 조심조심 그 어른이 먼저 비켜 가기를 바랐지만 그 어른 역시 나처럼 꼼짝도 않더라고. 그래서 내가 먼저 도망을 가려고 몸을 움직였는데, 글쎄 그 어른이 갑자기 나에게 달려들어 느닷없이 가랑이 사이의 내 잠지를 힘껏 깨물어 버리는 거야. 혼비백산을 하고 꿈을 깼는데, 그날 이후부터… 힘이 없어져 버린 기라."

김언기가 쑥스러운 낯빛으로 자기 가랑이 속의 축 늘어진 그것을 잡아 보면서 말했다.

"거짓말 같아요."

"그럴 테지. 그러나 사실이란다. 의원을 가 보아도 몸에는 이상이 없다는데 실제 교합은 되지 않으니 귀신이 곡할 노릇이 아니더냐. 별 약을 다 먹어 보았지만 백약이 무효로구나. 내가 너를 이리도 은애해 보려 발악함은, 너로 하여 기운을 다시 얻을 수 있을까 싶어서란다."

"그렇다면 어르신께서도 꿈에 호랑이를 만나 그놈의 그것을 빼 버리면 기운을 되찾을 수 있겠네예. 그렇지만 뜻대로 꿈에 나타나지 않을 수도 있으니까 이 세상에 살아 있는 호랑이의 잠지를 빼 버리면 어떨까요? 꿈에서든 현세에서든 호랑이놈이 어르신의 힘을 뺏어 갔으니 말이에요."

매분은 냉소와 함께 약간의 흥미를 가지면서 나오는 대로 지껄여 보았다. 호랑이를 '그 어른'으로 호칭하면서까지 그가 너무나 허무맹랑한 소리를 하는 것 같아서였다. 몸에 힘이 없는 것은 신체의 어딘가가 좋지 않아서이지 어찌해서 꿈에 만난 호랑이 탓을 하는가 싶어서였다.

그런데, 김언기가 의외의 반응을 보였다. 매분의 말이 그럴듯하다는 것이다. 산 호랑이를 잡아 그것을 뽑아 보겠다는 것이었다. 그러면서 그녀를 으스러져라 다시 쓸어안았다.

"맞아, 맞아! 네 처방이 비방이 될 수도 있겠다. 그래, 호랑이놈을 산 채로 잡아서 잠지를 뽑아 내 힘을 도로 찾겠어!"

매분은 실로 어처구니가 없다는 생각이었지만 그가 넘치게 흥분을 하면서 진지하게 받아들이는 바람에 시종 어안이 벙벙했다. 그러나 그녀를 향한 그의 몸부림은 끝나지 않았다. 더 혹독하고 절박하게 자신을 몰아붙이며 그녀를 탐하려 용을 썼으나 번번이 허사로 끝나고 말았다.

*

김언기가 기와집에 기거한 지 닷새째가 되었다. 매분의 두 눈이 퀭하게 들어가고 붉게 충혈이 되었다. 입술은 부르트고 식욕도 잃어버린 듯 매 끼니를 먹는 둥 마는 둥 했다. 그러면서 얼굴에는 수심이 가득하고 매사에 반응이 예민해졌다.

설매는 교합에 익숙지 못한 아이가 밤마다 당하려니 적잖이 고통인 모양이라며, 그러나 그것은 병이 아니라 지극히 자연스런 현상이라는 생각으로 미소만 머금었다. 머리 얹어 준 남정네가 기생집에 머물러도 열흘 안팎이 한계라는 것을 아는 설매는 매분에게 처음은 다 그런 것이니 웃음을 잃지 말고 다소곳하게 순종하라고만 했다.

그러나 동기 아이들이 바라본 매분의 모습은 정상이 아니었다. 트레머리를 이틀 정도는 그런대로 혼자서 엉성한 채로 머리에 둘러 얹고 있는 것 같더니, 사흘째부터는 그냥 종전의 땋은 머리로 늘어뜨리고 있는 모습이며, 사흘 굶은 시어미 상이 저럴까 싶을 정도로 일그러뜨린 얼굴 표정과, 갑자기 말을 잃어버린 여자처럼 이를 악물고 있는 모습이 여느 때의 그녀 같지가 않았던 것이다.

"매분이 성님이 이상해졌어. 머리 얹으면 모두가 좋다고들 하던데…."

옥매가 중얼거렸다.

"처음이라 그럴 끼라."

향녀가 매분의 사정을 조금은 알고 있기라도 한 듯 중얼거렸다.

그러나 논개는 고개를 갸웃거렸다. 김언기 어른과 매분의 사이에 필시 무슨 일이 있을 것이라는 예감이었다. 머리를 얹는 행사가 한 남정네와 인연을 맺는 일로 첫 교합을 갖는 것이라 들었는데, 그녀보다 한 살 많은 옥개가 벌건 대낮에 선학산 숲에서 사내와 배를 붙이고 좋아하던 것을 떠올리면, 더욱이 살이 더워 자주 찬물을 끼얹던 매분을 떠올리면, 저런 낯빛이나 초췌한 모습은 정상이 아닌 것 같다는 생각이 들었던 것이다.

"매분이 성님, 말 좀 해 보이소. 성님 얼굴이 와 그렇습니꺼? 교합이, 잘 안 됩니꺼?"

김언기가 물려 낸 밥상을 사랑채 마루에 들어내 놓고 우물에 가서 세안을 하고 있는 그녀를 논개가 졸졸 따라다니면서 물었다.

매분은 얼굴에 물을 끼얹다 말고 고개를 발딱 쳐들어 논개를 쏘아보았다. 논개는 그녀의 눈빛이 매섭고 험악한 것에 흠칫 놀란다.

"니가, 고거를 어떻게 알았느냐?"

"머를예?"

"니가 지금, 교합이 안 되느냐, 말하지 않았더나?"

"성님, 와 그리 화를 내십니꺼? 에나, 일이 잘 안되는가 보네예?"

"니 말이 맞는 기라. 잠지가 갓 쪄낸 말랑말랑한 인절미 같은 기라. 오뉴월에 늘어진 엿가락 같은 기라."

"성님! 그기 무신 말입니꺼? 갑재기 인절미하고 엿 말을 하니께, 입안에 침이 고이네예."

"하이고 답답해라! 나도 뭐가 뭔지는 경험 안 해 봤은께 잘은 모르지만, 글쎄 잠지를 꿈에 호랑이가 깨물어 버렸다는 기라. 그래서 거기에 힘이 없다는 기라."

매분이 다시 얼굴에 물을 철썩철썩 쳐올리면서 내뱉듯이 말했다.

논개는 그녀의 말을 자초지종 다 이해할 수는 없었지만, 그녀가 행복하지 않다는 것은 분명히 알 수가 있었다.

"성님. 그라모, 우찌되는 깁니꺼?"

"나도 모른다. 밤마다 불두덩과 아랫배에다 떡메를 치듯이 몸뚱이를 쳐 대니 내 몸은 시퍼런 멍투성이고 숨통이 막히고 뼈가 아프고 내장이 다 터지는 거 같아서 죽을 꺼 같은 기라. 어머니는 아무것도 모르시고 첨이라 그렇다 하시고, 그 어른은 산 호랑이 잡으러 가야겠다 카더라. 살아 있는 호랑이 잠지를 빼러 가든, 호랑이 굴에 들어가서 호랑이 밥이 되든, 그 어른이 어서 이 집을 나가 버렸으면 좋겠다."

논개는 들을수록 오리무중의 말이어서 이해를 할 수가 없었지만, 매분이 두 손바닥으로 대야 속의 물을 탁탁 쳐 가면서 계속 거칠게 말을 쏟아 내서 더 물어볼 수도 없었다.

김언기가 기와집의 사랑채에 파묻힌 지 여드레째가 되는 날이었다. 매분이 사랑채 마루에 나와 앉아 훌쩍거리며 울고 있었다. 논개가 제일 먼저 그런 그녀를 발견하고 가까이 다가가려는데 마침 방 안에서 매분을 부르는 김언기 어른의 목소리가 들려왔다. 그녀는 다가서는 논개는 보지 못한 채 서둘러 눈물을 닦으면서 방 안으로 들어갔다. 어깨가 축 처져서 방 안으로 들어가는 매분의 뒷모습을 보면서 논개는 그녀가 안쓰럽고 불쌍하다는 생각으로 명치께가 찌잉해졌다.

논개는 안방 어머니를 찾아갔다. 우물가에서 매분이 '잠지…' 운운하던 말은 절대로 안방 어머니에게 말해서는 안 된다고 했었지만, 논개는 그 약조를 깨어 버릴 작정이었다. 고통을 받고 있는 매분이 측은해서였다.

"어머니, 매분이 성님이 울었어예."

"매분이가 울다니, 무슨 소리냐?"

"김언기 어른과 속궁합이 맞지 않는 거 같애예."

논개가 침을 꿀꺽 삼키고 말을 이었다.

"저도 잘은 모르겠는데예. 김언기 어른의 잠지가 몰랑몰랑한 인절미 같고 오뉴월 엿가락 같다고 했어예. 호랑이가 깨물어서 기운이 빠졌다고 하면서 어르신이 산 호랑이 잠지를 빼서 기운을 찾을 끼라 말했다고 했어예."

"아니, 얘가…?"

설매가 경악하는 얼굴빛이 되었다.

"지도 호랑이 씨나락 까먹는 소리 같아서 잘 모리겄지만은예. 우쨌거나 매분이 성님 몸뚱이에 멍이 들고 내장이 터질 거 같다고 했어예."

"매분이, 지금 어디에 있느냐?"

"사랑채 방문 앞에서 울고 있다가 어른이 불러서 방으로 들어갔어예. 그런데, 매분이 성님이 자기 말을 절대로 어머니한테 말씸디리지 말라 했는데, 성님이 병이 날 꺼 같애서, 지가 고마 까바치는 기라예."

논개는 안방 어머니 앞이라 한양 말을 쓰려고 생각은 하는데도 마음이 급해선지 연달아 사투리가 쏟아져서 볼을 붉힌다. 그러나 안방 어머니는 그것을 지적하지 않았다.

"알았다. 잘 말해 주었다. 너는 지금부터 마당에 나가서 지키고 있다가 매분이 측간에 갈 때 살짝 불러서 안방으로 데리고 오너라. 자초지종을 들어 보자."

설매는 논개의 전언으로 김언기의 상태가 어떠하다는 것을 대충 짐작할 수 있었다. 어처구니가 없었다. 기가 막혔다. 지난 늦여름에 그가 기와집에 들렀을 때만 해도 반월에게 '근육질의 작은 몸이 얼마나 맵고 감칠맛 있는지 아느냐'며 자기 몸 자랑을 했었다는 말을 들은 적이 있는데, 그가 등신이라니 웬 말인가 싶었다. 사람 겉을 보고 속까지 샅샅이 알 수는 없다지만 이제 갓 서른 살을 넘긴 암팡지고 야무져 보이는 젊은 사람이, 어쩌다 그 지경이 되었는지 믿기지가 않았다. 그러나 진실인 것 같았다. 그렇다면 둘 사이에 속머리 얹음이 아직도 이뤄지지 않았으며 김언기의 변태적 행위로 매분이 밤마다 괴로움을 당하는 것이라 헤아려졌다.

설매는 그가 가져온 곡물이며 금은 패물 등 재물을 떠올리면서 재빨리 머릿속 계산을 했다. 그리고 안방 문을 열고는 마당에서 매분이 측간에 가기를 기다리며 서성거리고 있는 논개를 다시 불러들였다.

"논개야. 매분이를 부르지 말아라. 매분이가 나에게 알리지 말라고 했다니까, 네가 나에게 말하지 아니한 것으로 하자. 내가 모르고 있는 편이 덜 복잡하겠다. 매분이한테도 네가 나에게 말했다는 사실을 알리지 말고, 향녀, 옥매, 금지 누구에게도 이 사실을 일절 말하지 말거라. 알겠느냐?"

"어머니. 매분이 성님이, 불쌍해요."

"알고 있다. 내가 알아서 할 테니 거듭 말하지만 너는 이제부터 누구한테도 김언기 어른이나 매분이에 관한 말을 해서는 안 된다."

"예."

논개는 안방 어머니의 태도가 왜 갑자기 달라졌는지 알 수가 없었지만 어른의 지시이니 따라야 했다.

그날 저물녘에 설매는 덕산댁이 사랑채의 저녁상을 물리는 것을 보고서 인삼 달인 물을 다반에 받쳐 들고 사랑채로 나갔다.

"어르신, 저녁 진지 많이 드셨는지요?"

설매가 방문 밖에서 인기척을 내고 방 안의 김언기를 향해 말을 걸었다. 매분의 머리를 얹어 준 날 이후 처음으로 그에게 인사를 거는 것이었다. 그들의 사랑 놀음을 방해하지 않기 위해 언제나 그랬듯이 보약과 음식에만 신경을 썼을 뿐 그와 마주치지 않으려 했었는데, 이제는 논개의 말을 듣지 않았어도 김언기에게 인사말을 건넬 때가 되기도 했던 것이다. 이때쯤은 머리를 얹어 준 사내가 그 기녀에 대한 마음 결정을 하는 것이 상례처럼 되어 있었지만 물론 그러지 않는 경우도 있기는 했다. 김언기가 사내 노릇을 못한다니 매분을 측실로 들어앉히는 일은 불가할 것 같았지만, 그렇다고 자기의 약점을 아는 그녀를 기와집에 그대로 두어 다른 사내들의 여자가 되도록 내버려 둘 것 같지도 않았다.

방 안에서는 아무런 반응이 없었다.

"어르신, 저녁 진지 많이 드셨는지요?"

설매가 다시 한 번 큰 소리로 말했다.

"오, 안방 장모시구려! 무슨 소린가 했지. 좀 들어오시오."

호탕한 김언기의 목소리가 터져 나왔다.

설매는 매분이 방문을 열 때까지 기다렸다. 어지러운 방 안이 대충이라도 정리가 되어야 문을 열 것이기 때문이었다. 잠시 후 매분이 옷매무새를 고치면서 핼쑥한 얼굴인 채 방문을 열었다.

"어머니, 들어오시어요."

눈을 아래로 깔며 모기 소리만큼 기어들어가는 음성으로 말을 했다. 그런데, 그렇게 들어서인지 매분의 목소리에 울음이 섞인 듯 꺽꺽거리는 느낌이 묻어 있었다.

설매가 미소를 머금으며 방 안으로 들어서자 김언기가 상체를 곧추 세워 어깨를 쫙 펴면서 만면에 그 특유의 부드러운 웃음을 함빡 터뜨렸다.

"자, 인삼물 좀 드십시오! 방 안이, 온통 단내로 물씬거리는구만요! 아, 이제는 바람도 좀 쐬시면서 은애를 하셔야지, 어르신께서 너무 진을 빼시는 것 같아 건강이 상할까 걱정이 되옵니다요. 그런데 여드레나 사랑을 하시고도 얼굴이 훤하시니, 보통 건강체는 아닌 듯합니다요! 하오나 새댁의 얼굴이, 사랑에 넘쳐선지, 마냥 핼쑥하니 안타깝습니다요."

"아, 그러지 않아도 내일쯤은 매분이를 데리고 지리산 쪽으로 단풍 구경이나 떠나 볼까 하던 참이라오."

설매는 김언기의 뜻밖의 말에 내심 놀라면서 반색을 하듯 반응한다.

"조옷치요! 사는 것이 무엇인지 뒤란의 감나무 잎이 노랗게 물이 들어 뚝뚝 떨어지는 것도 모르고 살고 있으니…. 매분이만 데려가시겠습니까? 쇤네나 우리 아이들도 장구와 북 챙겨서 단풍놀이 동참하면 아니 되겠습니까요?"

"모두 함께 가는 것은 훗날 내가 한번 주선하리다. 이번에는 내가 따로이 볼일도 있고 해서, 매분이와 둘이서만 오붓하게 가고 싶소."

"하이고, 부럽고 서러워라. 매분이는 좋겠네! 낭군 따라 산자수명한 골짜기로 단풍놀이를 가게 되었으니…. 며칠간이나 머물 예정이시며, 다녀오시면 우리 매분이를… 들어앉히시렵니까?"

"산에 가면 오래 머물지는 못하고 대엿새가 되지 않을까 싶소. 매분이가 심성도 곱고 몸도 깨끗하니 내가 들여앉힐 생각이오만, 정초까지는 이곳에 머물게 하면서 주연석에는 내보내지 말기를 바라오. 내가 알아서 자주 찾아오고, 장모나 매분이에게 섭섭하게 하지 않을 테니까."

"그거야 매분이를 안팎으로 여자 만들어 주신 어른이신데, 어르신이 거두시는 대로 매분이는 몸조심해야지요. 우리 매분이, 밤마다 어르신 사랑을 받더니 얼굴은 야위어졌어도 한편으로는 활짝 피어난 것도 같구만! 어르신 몸도 생각해 드려야지. 사랑 주신다고 넙죽넙죽 다 받으면 나중에 네 몸도 진이 빠져 휘어질 수 있으니 조심하게나!"

설매가 연신 고개를 숙이고 있는 매분을 돌아보고 말을 건네자, 그녀가 무릎 위로 후드득 눈물을 떨구었다.

"어머니…."

매분이 무슨 말인가를 할 듯 목이 잠겨 설매를 불렀다. 김언기의 얼굴이 단박에 굳어졌다. 이를 본 설매가 먼저 매분의 말을 자르듯 설레발을 친다.

"하기사 너무 좋아도 홍감해서 눈물이 쏟아지지. 왜 그러냐, 내가 좋은 어르신 배필 정해 주어서 고마워서 그러느냐?"

그러자 김언기가 매분의 얼굴을 주시하면서 설매의 말을 받았다.

"그렇소! 매분이가 치마를 두른 어린 여자이지만, 신의가 깊고 효녀이고 마음이 착합디다. 길러 주신 어머니를 생각하는 마음이 그지없이 깊더이다."

김언기의 시선은 매분에게서 떠나지 않았다. 사뭇 위협적이었다.

설매는 김언기의 말과 표정에 담겨 있는, 매분을 향한 눈에 보이지 않는 강요와 협박을 나름대로 헤아리고 있었다. 그러나 조금도 내색을 하지 않았다. 시종 미소만 머금고 있었다. 매분은 김언기의 눈빛과 말로 그만 입이 붙어 버린 듯 더 이상 아무 말도 하지 못했다. 설매는 매분의 심경을 꿰뚫듯 알고 있었지만, 역시 내색을 하지 않고 밝은 표정으로 호들갑을 떨다시피 했다.

"그럼요, 우리 매분이 생각이 깊고 맑고 착한 것을 알아주시니 정말

고맙습니다요! 나에게 고마워하는 매분이 마음 내가 자알 알지요! 가만요. 내일 지리산으로 떠나실 것이면, 말이나 가마도 준비해야 될 것이고 의복이며 먹을 것도…."

"장모, 걱정 마시오. 어제 저녁에 여기에 들렀던 우리 집 행랑아범에게 내가 노복 두 명에다 말 두 필, 그리고 여타 준비를 하여 사경쯤에 이 집 대문 앞으로 오라고 일러두었소."

"그러셨군요! 쇤네는 엊저녁에 어르신네의 행랑아범이 이곳을 다녀간 줄도 몰랐구만요. 하온데, 사경이면 너무 이른 시각에 출발하시는 거 아닌가요? 하긴 사람들 눈도 그렇고…. 새벽에 먼 길 떠나시려면 일찍 주무셔야 하겠군요. 그럼 쇤네는 그만 일어나겠습니다."

설매는 그쯤 정도로 김언기와 말을 끝내고 사랑채의 큰방을 물러났다. 매분이 설매를 따라 나왔으나 그녀는 어서 들어가라는 손짓만 하고는 안채로 총총히 들어와 버렸다. 그리고 김언기와의 대면을 곰곰이 생각해 보았다. 갑자기 어인 단풍놀이일까 싶었지만, 그리고 거기에는 필히 곡절이 있음 직했지만, 설매는 더 알고 싶지 않았다.

이날의 대면으로 그가 매분과 교합을 이룬 양 피차가 인정한 셈이 되었고, 그리고 그가 향후 그녀를 첩실로 들여놓겠다는 언질을 주었으니, 외형적으로는 매분에게 잘된 것처럼 일이 처리된 것이다. 물론 설날까지는 기와집에 그냥 두어두고 자주 들락거리겠다고 했으니, 그러다 정이 식어지면 이냥저냥 발걸음 끊고 매분은 다시 자유로워질 것이었다.

"구실도 못한다면서 언감생심 어인 첩실은? 하긴, 남에게 등신 소리 듣고 싶지 않아서 말뿐인 허세이겠지만…. 그러나 실제 그렇게 된다면, 우리 매분이 평생 동정녀로 살 것인즉 신세 불쌍해서 어찌하누? 첩실이 되어 양민 대접을 받는다 하나 반쪽 여자로 살아야 한다니…. 그 뜨거운 아이가…? 그러나 향후 문제일 뿐이다. 어쨌거나 당장은, 매분이에게 하자가 있었던 것이 아니고, 겉으로는 교합이 이루어진 양 되었으니, 문제가 생길 일은 없어. 없고말고."

설매는 혼자 고개를 끄덕이며 중얼거렸다. 그녀는 만에 하나 김언기가 매분의 동정을 깨트리지 아니했다는 이유로 차마 하늘 보고 침 뱉기 식의 그런 판 뒤집기는 하지 않겠지만, 그래도 과했던 재물이 억울하여 생억지라도 부릴 가능성을 헤아리고 있었던 것이지만, 일단 안도감을 가져도 될 것 같았다.

매분은 방을 벗어난 안방 어머니가 분초의 여유도 없이 안채로 돌아가 버린 것에 서운함을 느낀다. 김언기의 모든 내용을 어머니에게 있는 그대로 다 털어놓을 수 없는 형편이었지만, 그러나 새벽녘에 지리산으로 단풍놀이를 떠난다는 그 일만이라도 자기는 원하지 않는다는 말을 하고 싶었던 것인데 그 말도 끝내 하지 못하고 말았다. 꼼짝없이 김언기를 따라나설 수밖에 없음을 온몸으로 느낀다. 안방 어머니의 분명한 몸짓으로 보아서 가고 싶지 않다고 말을 한들 소용이 없을 것 같았기 때문이다.

매분은 어린 마음에도 김언기 어른의 행동이 도무지 이해가 되지 않는다는 생각을 지울 수가 없었다. 지리산에 단풍놀이를 가는 것이 아니라 호랑이를 잡으러 가겠다는 것이 그의 목적이기 때문이었다. 매분이 냉소를 섞어 생각 없이 지껄인 말을 곧이곧대로 받아들이면서 단박에 살아 있는 호랑이를 잡으러 산으로 들어가겠다는 김언기가, 물론 안방 어머니에게는 단풍놀이를 떠난다는 그럴듯한 말로 떠벌렸지만, 그녀로서는 생각할수록 기가 막히고 어이가 없는 현실이었다.

매분이 어두운 표정으로 방 안으로 들어서자 김언기 역시 굳어진 얼굴로 고개를 쳐들어 그녀를 노려보았다.

"거기, 좀 앉거라."

그의 말은 지금까지와는 다르게 딱딱하고 근엄했다. 매분이 소리 없이 꿇어앉았다.

“조금 전에 너, 어미에게 무슨 말을 뇌까리려 했던 것이냐?”

매분은 고개를 숙인 채 대답을 하지 않았다.

“만약, 힘 못 쓰는 내 이야기를 네가 네 어미나 누구한테든 까발리기만 하면, 내가 지금까지 너나 네 어미에게 내놓은 모든 재물을 다 가져갈 테니까, 그리 알거라. 알겠느냐?”

매분은 고개를 들어 김언기의 얼굴을 쳐다본다. 대장부 어른이 할 이야기가 아니라는 생각 때문이다.

“왜 대답이 없느냐?”

“큰 어르신께서 어떻게 그런 말씀을 하실 수 있는지 놀랍습니다. 대장부 체통을 버리시고 기녀에게 주었던 재물을 도로 가져가실 수는 있을지 모르지만, 그러면 저를 데리고 노신 사례는 무엇으로 보상하실 것인지요?”

매분은 그런 말을 할 생각은 아니었지만 김언기의 어른답지 않은 으름장에 기가 솟구쳤던 것이다.

“허, 요것 말하는 깜새 보래. 요사스럽네. 그래 말해 보자. 내가 네 동정을 깨트렸더냐? 아직 너는, 처녀 그대로 아니더냐? 내가 너나 네 어미에게 주었던 재물들은 네 머리를 안팎으로 완전히 얹는 것에 대한 값인 줄을 너도 잘 알고 있을 텐데, 나는 아직도 네 속머리를 얹지 못한 거 아니더냐. 그래도 무슨 말인지 모르겠느냐?”

매분은 입술을 버그러뜨리면서 어깨의 힘살이 하염없이 처지는 기분을 느낀다. 무어라고 대답을 해야 될지 아무런 생각도 떠오르지 않았다.

“그것은, 제 탓이 아니지 않습니까?”

매분은 간신히 그렇게 대답했다.

"누구의 탓이든 결과는 그렇게 되었다는 것이야. 그러니까 무조건 내 말대로만 따르면 되는 거야."

매분은 김언기의 말을 그대로 받아 무조건 따르기에는 자신이 많은 손해를 보는 것 같은 생각이 들었다. 그가 속머리를 얹지 않았기 때문에 재물을 되가져갈 수도 있다는 말을 했으니, 자기도 그와 비슷한 말로 대응해야 덜 억울할 것 같았다.

"속머리를 얹는 것이 무엇인지 똑 부러지게 잘은 몰라도, 그리고 아직 얹지 않았다 해도, 저희 집에서 무료로 잡숫고 기거하시면서 제 벗은 몸에 별의별 일을 다 하시지 않았습니까? 그것이 바로 데리고 노신 거 아닙니까?"

물론 매분은, 김언기가 자기의 약점을 숨기려고 으름장을 놓을 뿐이지 실제 그 재물을 가져가지는 아니할 것이란 믿음은 있었다. 그러나 나이 어린 소녀라고 어른답지 아니한 유치한 말을 하면서 겁을 주듯 협박을 하는 것은 옳지 않다는 생각이었다.

"도대체 네가, 왜 이리 방자하냐? 끝까지 어른한테 따지고 들 것이냐? 네가 입에 쇠통을 채우고 있으면, 내 체면도 살고 너나 네 어미도 재물을 그대로 가지니 좋은 거 아니냐?"

"어쨌거나, 어르신께서 그런 말씀들은 안 하시는 편이 좋을 뻔했습니다."

"너는, 어린것이 닳아져서 어른처럼 말을 하는구나! 하지만, 내 말 명심해라. 네가 뭐라든, 내가 거듭 말하지만 내가 준 보석이며 곡물을 도로 뺏기지 않으려면, 혓바닥 놀려서는 아니 되느니라."

결국 서로가 많고 많은 말을 하며 신경전을 벌였지만, 김언기의 생각에는 달라진 것이 없었다. 이야기의 결말은 원점으로 돌아와 있었던 것이다.

매분은 그의 말에는 대답을 하지 않고, 그와 함께 지리산에 가고 싶지 아니한 마음을 밝힌다.

"저는, 어르신과 지리산에 가고 싶지 않습니다. 아까 어머니께 드리려던 말씀도 바로 이 말을 하려 했던 것입니다. 제가 아무리 철이 없기로 머리를 얹어 주신 분의 약점을 함부로 흘리지는 않습니다. 그런데 어르신은 저를 믿지 못하시고 온갖 바닥 말씀을 다 하셨습니다. 어르신에 대한 실망이 적지 않습니다."

"네가 나를 아직 잘 모르기 때문이다. 그런데, 왜 산에는 따라가지 않겠다는 것이냐?"

"어떻게 살아 있는 호랑이를 잡아서, 잠지를 뽑는단 말씀입니까요. 가능하지 않은 일을, 제가 생각 없이 한 말을 어른신이 실천하시려는 것 같아 기가 막혀서입니다."

"더는 아무 말 말고 나를 따르기만 해라. 네가 내 속을 무얼 안다고 방정이냐?"

매분은 뜻대로 이루지 못할 말인 줄 알면서도 속맘을 내비쳐 보였던 것이지만, 공연히 김언기의 노여움만 더 사고 만 셈이 되었다. 김언기는 매분의 말들이 생각할수록 화가 나는지 서서히 목덜미께와 얼굴을 붉히면서 입술을 한일자로 굳게 다문 채, 더는 말없이 자리에 드러누워 버렸다. 매분도 그의 눈치를 살피면서 요 귀퉁이에 몸을 뉘었다.

삼경三更이 조금 지났을까 했을 때 행랑채에 딸린 대문 밖으로 두런거리는 소리가 났다. 김언기 어른 댁의 노비들이 말을 끌고 온 것 같았다. 이어 대문의 쇠고리가 달그락거리는 소리가 요란하게 났다. 매분은 천장을 들쑤시기라도 할 듯 큰 소리로 코를 골아 대며 한잠에 빠져 있는 김언기를 흔들어 깨웠다.

"어르신, 어르신! 밖에 말이 왔나 봐요."

김언기는 코골이를 뚝 그쳤으나 일어날 생각은 하지 않았다. 눈을 감은 채 중얼거리는 소리로 너무 일찍 왔으니 밖에서 기다리라 했다.

사경四更이 끝나 가는 시각이었는데 그는 이르다고 일어나지 않았다.

"바깥 공기가 많이 차가운데요. 노복들을 어떻게 밖에서 떨라고 하십니까요?"

"왜 이리 말이 많으냐? 천것들이 떨면 어떻단 말이냐? 내버려 두어라."

대문간의 쇠고리 소리는 계속 흔들리고 있었다.

매분은 촛불을 켜고 옷을 챙겨 입었다. 안채에서 누군가 나오기 전에 먼저 나가서 그들을 행랑채의 빈방으로 불러들여 찬 기운을 면할 수 있도록 배려해 주기 위해서였다. 그러나 이미 안채에서 사람이 나오는 기척이 있었다. 한밤중에 누구냐고 물어보지 않는 기색으로 미루어 그들이 올 것으로 알고 있는 안방 어머니인 듯싶었다.

매분의 예상은 틀리지 않았다. "뉘시오?" 하고 대문 밖을 향해 조용히 말을 거는 음성이 바로 설매였던 것이다.

"김, 언 자, 기 자 영감마님을 뫼시러 왔은께네, 얼렁 문을 열거라."

꺽센 듯한 커다란 음성이 대문 밖에서 들려오고 있었다. 기생집이라 얕보아선지 노복들 신분이면서도 설매에게 하시하는 반말로 소리치고 있었다.

매분이 다시 김언기의 어깨를 흔들어 깨웠다.

"어르신, 그만 일어나시어요. 노복들이 어르신의 함자를 불러 대니 동네가 소란스럽습니다요."

김언기가 눈을 뜨지도 못한 채 얼굴을 잔뜩 찌푸리고 일어나 앉았다.

"무식하고 고이얀 것들, 기생집 앞에서 내 이름을 크게 불러 대면 동네 사람들이 다 알 거 아닌가. 나갈 테니까 좀 기다리라고 해라."

매분이 얼른 대문께로 달려나가 노복들에게 조용히 기다리라고 말한다. 그리고 돌아서 설매에게 이른 새벽에 일어나시게 해서 죄송하다는 말을 한다.

"어디 네 탓이더냐. 날씨가 차갑다. 낮에는 괜찮겠지만 떠날 때는 겨울 장옷이라도 써야겠다. 속을 데울 국물과 네 옷을 대충 챙겨 나올 테니, 어서 어른을 소세케 하고 떠날 준비를 해라."

"예, 어머니…."

매분은 새삼 설매에게서 따뜻함을 느낀다. 친모인들 이토록 자상하게 마음을 써 주실까 싶으면서, 김언기에게 고분고분 순종하여 어머니에게 언짢은 일이 생기지 않도록 해야겠다고 생각한다.

김언기는 설매가 더운 꿀물을 내오자 얼굴을 활짝 폈다. 특유의 부드러운 웃음을 갑자기 만면에 펼쳤다.

"아! 그래도 장모가 제일이요! 그렇지, 길 떠나려면 속을 덥혀 두는 게 좋지. 장모, 자알 다녀오리다."

매분은 그런 김언기를 가만히 훔쳐본다. 사람이 순간적으로 너무 달라진다는 놀라움 때문이다. 자신의 속마음을 숨기고 저렇듯 표변할 수 있는 어른들이 무섭다는 느낌이 들고, 저 어른이 저러는 것은 자신의 약점을 감추기 위해서일 거라 생각한다.

꿀물을 말끔히 비운 김언기와 장옷을 입은 매분이 말 위에 오르고 두 노복이 말고삐를 잡았다.

"그럼 단풍놀이 잘 갔다 오겠소."

김언기가 설매에게 소리를 높여 인사를 건네고는 노복들에게 "어서 가자." 재촉한다.

*

하늘에는 별이 총총히 박혀 있고 달도 중천에 그대로 떠 있었다. 바깥 날씨는 오싹했지만 안방 어머니가 매분의 겉옷 위로 둘러 준 엷게

솜을 입힌 장옷이 온몸을 따뜻하게 덮혀 주었다. 매분은 하염없이 몰려드는 피곤함과 졸음으로 긴 하품을 한다. 몇 날 며칠을 깊이 잠들어 보지 못하고 김언기의 발악적인 몸태질에 짓눌리고 그의 혀끝대로 순종하느라 삭신이 떨어져 나갈 듯 노곤했던 것이다. 태어나서 처음으로 타 보는 말이었지만 노복이 말고삐를 잡아 주어서인지 크게 불안하거나 불편하지는 않았다.

마부 노릇을 하는 노복들은 죽은 듯 말이 없었다. 김언기도 말이 없었다. 한마디쯤 서로 말인사 정도라도 있을 법한데 김언기는 말을 하지 않았고, 노복들도 그런 주인의 성정을 잘 아는 듯 몹시 어려워하는 몸짓으로만 조심스럽게 말을 끌었다. 그들은 지리산까지 김언기와 매분이 탄 말의 고삐를 잡고 걸어갈 참이었다.

밤하늘은 이날따라 별이 많았다. 싸라기를 뿌려 놓은 것처럼 아름답다는 느낌보다 차갑도록 투명하여 차라리 외경스런 기분을 매분은 느낀다. 어디에선가 개가 짖어 대는 소리가 들리고 이어 닭이 홰를 치는 소리도 났다. 길에는 인적이 없었다. 딱따기를 치는 순라군들의 모습도 보이지 않았고, 오로지 길에는 타닥타닥 일정한 속도로 걷는 말발굽 소리와 김언기의 헛기침 소리만 났다.

"고삐를 채거라. 날이 밝기 전에 성문을 벗어나자."

김언기의 말이 떨어지자 노복들이 말고삐를 잡아챘다. 말들의 걸음이 갑자기 빨라지기 시작하고 노복들의 발걸음도 빨라지고 매분의 몸도 흔들렸다. 그녀는 천천히 가자는 말을 하고 싶었지만, 기생을 데리고 단풍놀이를 가는 자신의 모습을 사람들에게 보이고 싶지 않은 김언기의 마음을 충분히 헤아리는 터라 아무 말도 하지 못했다.

그런데, 몸에 예상치 못한 반응이 왔다. 말이 속도를 더함에 따라 말잔등에 닿는 하체의 몸놀림도 빨라지면서 묘한 기분에 휩싸였던 것이다. 살에 불이 붙듯 서서히 뜨거워지면서 기분이 나쁘지 않았다. 기분이 나쁘기는커녕 점차 황홀해지고 있었다. 매분은 온몸의 신경을 샅에다 집중시키면서 말이 좀 더 빨리 걸어도 좋겠다는 생각을 한다. 더 솔직한 마음으로는 말이 달려도 좋겠다는 생각이다. 그러나 말고삐를 잡은 노복들은 그 이상 고삐를 채지는 않았다. 말과 함께 걸음을 빨리해야 하는 그들은 오히려 점차 말의 고삐를 늦추고 있었다.

산청山淸 방향으로 빠지는 성문 가까이에 이르렀을 때쯤 날은 거의 밝아 왔다. 동녘 하늘로는 불그스름한 기운이 돌고 있었고 하늘의 별들도 빛이 스러져갔다. 성문 앞에는 병졸 하나가 아직도 잠이 덜 깬 듯 입을 커다랗게 벌리고 하품을 하면서 일행들을 쳐다보았다. 김언기가 이른 새벽부터 고생한다는 말과 함께 말 위에 앉은 채 엽전 네댓 개를 병졸 앞으로 내밀자 그는 황급히 두 손으로 그것을 받고 옆으로 비켜서 주었다. 누구인데 무슨 일로 이른 새벽부터 행차하느냐는 물음조차도 꿀 먹은 벙어리인 듯 말이 없었다.

일행이 성 밖으로 빠져나가자 야트막한 야산들이 드러나고 날은 점점 밝아져 비로소 얼굴의 생김이나 표정들까지 눈에 보이게 되었다. 매분은 장옷의 깃을 모아 얼굴을 가리며 눈 코 입만 드러낸다. 어둠 속에서 짐작했던 것보다 선하고 어리숙해 보이는 노복들의 걷는 속도가 점점 느려지기 시작했다. 따라서 말들이 걷는 속도도 느려졌다. 샅의 마찰로 느껴지던 야릇한 기분도 서서히 잦아들면서 매분은 아쉬운 마음인 채 비로소 사방을 둘러본다. 미처 거두지 못한 누렇게 익은 벼들이 산들거리는 바람에 흔들리고 있고, 흙길 가에는 보라색 들국화며 억새풀들이 나부끼고 있었다. 야산 모퉁이를 두서너 번 돌고 다시 논길 밭길을 걷는 동안 해는 어느새 중천에 떠올랐고, 가맛길에서 밭으로 나가는 지게를 진 농부들을 만나기도 했다. 농부들이 장옷으로 얼굴과 몸을 휘감은 매분을 흘끔흘끔 훔쳐보기도 했다.

"주막을 찾아보도록 하거라. 요기들을 해야 되지 않겠느냐."

김언기가 노복들을 내려다보며 조반을 해결할 국밥집이라도 찾아보라고 했다. 노복들은 안방마님이 특별히 지시하여 챙겨 준 주먹밥이 등짐 속에 있었지만 예예 하며 허리들을 굽신거렸다. 따끈한 국물이라도 있어야 그것을 먹을 수 있기 때문이었다. 그러나 주막은 쉽사리 나타나지 않았다. 얼마간 산비탈 길도 걷고 꼬불꼬불한 고갯길도 넘으면서 쉬지 않고 더 걸었다.

햇살이 하늘 가운데로 밀렸을 때쯤, 드디어 지리산의 초입에 해당하는 함양, 산청, 덕산으로 나누어지는 지점에 일행은 닿았다. 그곳에는 맑은 물이 도도한 물줄기를 이루며 흐르는 강이 있었다. 지리산이 원천지源泉地이고 남강의 상류가 된다는 이 강은 강이라기에는 폭이 좁은 듯하고 내라고 하기에는 너무 컸다. 강을 왼쪽으로 끼고 산벼랑 아래의 길을 따라가면 함양, 산청이 나오고, 나룻배로 강을 건너 지금까지 걸어온 거리만큼만 더 가면 덕산 유덕골이 나온다. 강을 건너 덕산 쪽으로 가는 편이 지리산 중심부로 진입하는 것임을 잘 알고 있는 김언기는 말에서 내려 나룻배가 매어진 강가에 있는 주막으로 향했다. 매분도 말에서 내려 장옷을 쓴 채 그를 뒤따랐다.

김언기는 마당에 놓여 있는 대평상에 올라앉고 매분은 그의 주변에서 잠시 머뭇거리다가 주막집의 낮은 마루청에 엉덩이를 붙인다. 그는 매분이 마치 일행이 아닌 듯 평상에 앉은 채 눈 아래의 강만 바라보고 있었다. 어른이 어린 기생을 달고 유람하러 다니는 것이 남 보기에 좋은 모습만은 아니리라 싶어서인 모양이었다. 그러나 그는 큼큼 헛기침으로 가슴을 펴고 강을 향해 앉았으면서도, 매분이 청마루로 가서 자리 잡는 것을 곁눈질로 훔쳐보며 만족스런 표정을 지었다. 두 노복은 마당에 깔려 있는 커다란 멍석 위로 짚신을 신은 채 올라가 자리들을 잡았다.

머리가 파뿌리처럼 하얗게 센 노파가 구부정한 허리를 양옆으로 흔들면서 김언기 앞으로 다가왔다.

"어르신, 국밥을 드실랍니꺼?"

"그러시오. 약주도 한 사발 올리시오."

"저 처니하고 종들도 국밥이겠지예?"

"노복들은 두 그릇씩 주시오."

"야. 그라이소."

노파는 고개를 끄덕이면서 돌아서 역시 허리께를 유난히 흔들며 정짓간으로 들어갔다. 뒤에서 본 노파의 모습은 흡사 당나귀가 넙데데한 엉덩이를 좌우로 크게 흔들면서 걸어가는 모양새 같았다.

김언기는 노파의 엉덩이께를 찍듯이 바라보면서 입가로 소리 없는 웃음을 머금었다. 얼핏, 말들의 교미 장면을 노파의 뒷모습에서 떠올렸기 때문이다. 그러다가 제반사를 자웅 교합과 연결 짓고 연상하는, 이미 습벽이 된 자신의 모습이 조금은 부끄러운 듯 혼자 얼굴을 붉히기도 하면서 큼큼 헛기침을 뱉는다. 여자와의 일이 되지 않으면서부터 그의 머리는 온통 암수의 성기나 교합 문제로만 생각이 가득 찼고, 자연의 풍광이나 가축들, 먹는 음식이나 주변의 생활 도구에서도 그것들과 연결을 짓는 일이 어느새 습관이 되어 있었다. 충분히 별의별 상상을 다 해 보면서 좋은 기분을 느낄 수는 있었지만, 그러나 자신의 그것은 끝없이 깊은 잠 속에만 빠져 있는 것이었다.

국밥은 금방 나왔다. 그런데 국밥상을 들고 나온 사람은 노파가 아닌 젊은 여자였다. 젖가슴께가 저고리 사이로 터질 듯 풍만해 보이는, 몸은 난숙해 보이지만 얼굴은 앳된 아주 젊은 여인이 눈웃음을 치면서 밥상을 김언기 앞에 털썩 놓고는 그와 눈을 맞추었다.

"어르신, 마이 드시소예! 모자라면 올매든지 더 갖다 디릴 수 있습니더."

김언기의 눈빛이 서서히 빛이 나기 시작했다. 입술도 조금 벌어졌다.

여자가 그런 김언기를 사뭇 움켜잡을 듯이 계속 눈을 맞추다가, 살랑살랑 유연한 몸짓으로 정짓간으로 들어갔다. 그리고 다시 작은 소반에다 국밥 한 그릇을 얹어 마루의 매분 앞에 갖다 놓곤, 느닷없이 "기생이지예?" 했다. 매분은 속으로 흠칫 놀라면서 여자를 쳐다보았다.

"분화장하고 머리치장하고 비단옷이 양인 집 여자 같지는 않고, 양반집 마님 같지도 않고…. 내 말이 맞지예?"

여자가 매분의 눈 속을 꿰뚫을 듯 응시하다가 평상 위의 김언기를 흘끔흘끔 돌아봐 가면서 말을 이었다. 매분은 여전히 입을 봉한 채 젊은 여자를 바라보기만 했다.

"기생이모 나도 기생 좀 시키 주이소. 기생은 머리에 먹물도 들고 품격도 있다던데 주막집 작부는 백정보다 더 천한 것 같아서 고만하고 싶은 기라예. 우리 동네에 살던 논개라는 아도 새끼 기생이 됐다는데, 진주의 우떤 기생집에 있는지 그거를 내가 모린께네 답답한 기라예."

매분의 눈이 화등잔만 하게 벌려졌다. 여자가 느닷없이 논개의 이름을 들먹였기 때문이다. 그러나 계속 아무런 말을 하지 않았다. 제 스스로 주막집 작부임을 내뱉는 정도의 여자라면 차라리 논개가 알지 못하는 것이 좋겠다는 생각이 앞섰기 때문이다.

"내가 말버부리 등신한테 씨부리쌌는 모양이네. 안됐다. 빤대기는 매끔하건마, 쯔쯔."

매분이 계속 말이 없자 여자는 가차 없이 벙어리 취급을 하곤 혀를 끌끌 차면서 다시 술청 안의 정짓간으로 돌아갔다. 이어 여자는 노복들의 국밥상을 들고 나와 명석 위에 덜컥 놓았다. 그리고 김언기에게 했던 것처럼 노복 두 사람도 번갈아 쳐다보면서 눈웃음을 쳤다.

"오데 가는 일행입니꺼? 청에 있는 저 여자는 에나 버부리 맞습니꺼? 올 밤에 주막에서 자고 가모 안 되겠습니꺼?"

그때 술청 안의 노파가 여자를 불러 댔다.

"옥개야, 옥개야 이년아. 대낮부터 발정이 났나, 무신 새실사설을 그리 까쌌노? 얼렁 어르신한테 이 약주 갖다 올리거라."

"장날 아이모 남정네 기경을 할 수 움써서 그라요마."

옥개라는 젊은 여자가 거침없이 노파의 말에 맞소리를 쳤다. 그러고는 노파가 건네는 술두루미와 사발을 뺏듯이 건네받아 김언기가 앉아 있는 평상 위로 사뿐히 올라앉았다.

"어르신, 지가 한 잔 따라 디리모 안 되겠십니꺼?"

여자가 예의 그 눈웃음과 함께 백자 술두루미를 받쳐 들면서 말했다.

"그래, 한 잔 따라 보거라. 네 이름이 옥개라고 했더냐?"

"그렇십니더. 그런디 어르신, 어디로 가시는 길입니꺼예? 이 주막에, 하루 쉬어 가모 안 되겠습니꺼?"

김언기의 상 앞에 마주 앉은 여자가 그에게 술을 따르면서 새삼 한 무릎을 꿇고 한 무릎을 세워 앉는 자세로 바꾸면서 말한다. 그러고는 대담하게도 세운 무릎과 꿇어앉은 무릎 사이를 조금씩 벌렸다. 치마를 넌짓넌짓 괜스레 끌어 올리면서 가랑이가 터진 바지 속의 샅이 보일 듯 말 듯한 자세를 만들었다. 김언기의 눈이 여자의 하체 쪽으로 저절로 박히고 여자가 그런 김언기의 얼빠진 얼굴을 응시하면서 좀 더 대담한 자세로 계속 다리를 벌렸다 모았다 샅을 보이다 말다 했다.

김언기의 목덜미며 얼굴이 시뻘겋게 붉어져 올랐다.

"그려, 여기 경관도 좋으니 하룻밤 묵어가도 안 될 거 없제!"

매분은 주막에서 하룻밤을 묵고 가겠다는 김언기를 바라본다. 그의 눈은 옥개라는 여자의 벌려진 다리 사이에 박혀 있고 커다란 입귀는 귀밑까지 사뭇 찢어져 있었다. 매분은 조금은 어처구니가 없는 기분이기도 했지만 김언기를 노골적으로 유혹하는 젊은 여자에 대한 시샘이나 언짢은 마음은 없었다. 그의 몸태질을 알고 있기 때문이었다. 오히려 자기의 고통을 여자가 떠안아 주는 듯싶어 가벼운 기분도 없지 않았던 것이다.

"진짜로 요게서 하룻밤 쉬고 가실 끼지예?"

여자가 다그치듯 약조를 받으려 들었다.

김언기가 국밥과 약주를 번갈아 걸쌍스럽게 먹으면서 고개를 주억거렸다. 여자가 다리를 바꾸어 앉는 자세를 취하면서 좋아했다.

매분은 그런 그들을 가만히 바라보기만 했다. 몇 끼를 거른 사람처럼 후루룩 소리를 내 가며 국밥을 달게 먹는 김언기에게서 천박스러움 같은 감정을 새삼 느끼기도 한다. 그의 식욕이 유난히 왕성해서 기와집 안방 어머니가 밥상이 물려질 때마다 놀라곤 하던 모습이 떠오르면서 매분은 터지려는 웃음을 참아 낸다. 짧은 몸통에다 배가 만삭의 여자처럼 볼록 튀어나와 더욱 단구로 보이던 그의 벌거벗은 모습이 그려졌기 때문이다.

여자가 국밥을 더 갖다 드릴까 보다고 그의 먹성에 부채질을 하고 있었다.

"됐다. 약주나 마저 따루어라."

술두루미가 바닥을 드러냈다. 여자가 다시 술을 가져오려고 몸을 돌리자 김언기가 그녀의 팔을 붙들었다.

"네 이름이 옥개라고 했더냐?"

"야아."

"몇 살이더냐?"

"열여섯 살이요."

"얼굴은 앳되다마는, 몸매는 활짝 핀 모란 같구나! 어쩌다가 주막에서 술을 따르게 되었느냐?"

"시집갔다가 소박맞았소."

"어른 공경을 잘못했거나 살림을 제대로 할 줄 몰랐었구나."

"아이라예, 서방질하다가 쫓기났어예."

여자가 거침없이 대답을 했다.

마루 위의 매분과 마당 멍석 위의 노복들이 기가 막힌다는 표정으로, 흡사 자랑처럼 당당하게 말하는 그녀를 바라본다.

"허허, 서방을 둔 여염집 여자가 서방질을 했으면 쫓겨나는 정도가 아니라 관아에 끌려가서 볼기짝을 맞아야 될 일이었구나. 그래, 서방이 영 마음에 차지 않았던 모양이구나?"

그러자 여자가 고개를 설설 내저었다. 무엇에 한이 맺힌 사람처럼 앳된 얼굴이 청승스런 낯빛으로 변했다.

"세상에 말도 마시소. 겉은 멀쩡한데 쏙은 등신인 거 있지예. 들어가모 싸 빠리고 문밖에서도 싸 빠리고. 지가 서방 요강 단지도 아이고 좆물 받는 약단지도 아이고…."

생각할수록 화가 솟는 사람처럼 여자의 얼굴이 점점 새빨갛게 달아오르기 시작했다.

멍석 위의 노복들이 밥 먹는 것도 잊어버린 듯 숟가락질을 멈춘 채 여자의 얼굴을 쳐다보았다. 도무지 말을 골라 할 줄을 모르고 그나마 성난 낯으로 막소리까지 거침없이 내뱉는 여자를, 고개를 내흔들며 쏘아만 보았다.

여자 못지않게 김언기의 표정도 복잡했다. 여자의 남편이 하필이면 그곳에 문제가 있었다는 사실 때문에 동병상련의 감정을 느꼈는지도 몰랐다.

"허허, 어른 앞에서 상소리를 하면 쓰나? 서방이 좀 성급해서 그러하면 고쳐 가며 살아야제, 그렇다고 서방질을 하면 우찌는고?"

"지는 지금, 어르신 앞이라 말을 조심하는 기 이렇습니더. 어르신은 모리셔서 하시는 말씸이라예. 좀 성급한 기 아이고 벵이라예, 벵. 지 거시기를 보기만 해도 싸 빠린다니께. 서방도 자기가 벵이라는 거를 알더라꼬예. 고치 볼라꼬 벨 수를 다 써 봤어예. 누가 술을 마시고 해 보모 갠찮다고 해서 서방한테 술을 멕이도 봤는데 낫기는카이 이기 일어나지도 몬하는 기라예! 거시기가 술에 취해 삐린 거 같았어예! 일으키볼라꼬 오도방정을 다 떨어 봤는데, 꿈쩍도 안 하고 늘어져 자는 기라예."

멍석 위의 노복들이 급기야 킥킥거리고, 매분은 놀란 표정이 되어 김언기를 바라보았다. 그의 얼굴이 사뭇 일그러지고 있었다. 참담한 낯빛이 되어 빈 술잔을 들어 마시는 시늉을 했다.

"지가 얼렁 술 좀 더 갖고 올께예."

여자가 잽싸게 술청 안으로 달려가더니 다시 술두루미를 들고 나왔다. 그리고 김언기의 빈 잔에 술을 채워 주었다. 그는 갈증 난 사람처럼 술을 꿀꺽꿀꺽 들이켰다.

"어르신, 천처이 드시소예. 아즉 한낮인데 볼써부터 취하시믄 우짭니꺼예."

여자가 김언기를 향해 눈을 흘기며 은근스럽게 말끝을 흐렸다.

"와, 내 거시기도 술 취할까 봐 겁나느냐. 그렇다고 여자가 색골도 아니고, 서방질을 하면 죽일 년이제. 정혼과부에 청상과부도 많고, 여자는 정조가 생명인 줄을, 아무리 촌무지랭이라도 알 것 아니냐 말이다."

김언기의 음성이 높아지고 얼굴은 붉어졌다.

여자가 땅이 꺼질 듯한 한숨을 쉬었다.

"어르신. 나무라시지만 마시고, 지한테도 술 한 잔 주시소예. 지는예, 전생에 지은 죄가 많아서 그란지 색이 쎈가바예. 여자는 정조가 생멩이라는 거 와 모리겄습니꺼? 와 여자만 그런지는 잘 모리지마는 어른들이 그렇다 쿤께 그런 줄은 알지예. 그란데예…."

여자는 김언기가 비워 낸 술잔을 집어 들며 팔을 뻗어 술을 달라는 시늉을 하고, 그는 뒷말이 궁금한 듯 말없이 술을 따라 준다. 여자는 마치 술에 갈증 난 사람처럼 단숨에 마셔 버렸다.

“몸이 뜨거바서 몬 살겄어예. 벵인지도 몰라예. 열두세 살부터 그랬어얘. 우리 헹제 중에 딸이 셋이나 되는데 지만 그런 기라예. 지 몸 보이소. 아까 어르신도 말씸하셨지만 지 얼굴은 열라인데 몸띠는 스무 살 묵은 다 큰 여자들보다 더 익은 기라예! 뜨거운 몸을 풀지 몬하모 불덩이 같은 열이 온몸띠를 태워 삐릴 꺼 같은 기라예. 기냥 미쳐서 지랄을 할 거 같은 기라예. 그래서예, 지는예, 세상 사람덜이 무신 쌍욕을 다 하고 업신여기도 몸은 풀고 살아야 하겄다고 생각한 기라예. 지는예, 밥은 몬 묵어도 그거는 묵어야 사는 거 같은 기라예. 그래서 시집가기 전에 정 통하던 사람하고 기속계속 만났던 기라예.”

매분은 논개를 알고 있는 옥개라는 여자에 대해 천박하다고 느껴지던 당초의 생각과는 다르게 조금씩 흥미를 갖게 되었다. 어느 시대라고 여자가 감히 속마음을 겁도 없이 다 털어놓는 용기가 진정 놀랍다는 생각이 들고, 그녀의 말에 대해 그럴 수도 있다는 공감의 마음도 없지 않았던 것이다.

‘논개와 한동네에 살았던 거 같은데….’

매분은 속으로 중얼거리면서 시간이 되면 그녀와 마음속 이야기를 나누어 보아야 되겠다는 생각을 해 본다.

자기 이름도 숨기지 않고 그대로 떠벌리며 작부 노릇을 하는 옥개라는 여자는, 바로 논개의 단짝 친구인 섭냄이의 맏언니였다. 선학산 우묵진 곳에서 동네의 홀아비와 산짐승처럼 상을 하고, 시집가기 전전날도 못가 상엿집에서 기성을 내지르며 일을 벌였던 바로 그 옥개였던 것이다.

매분은 그녀의 자초지종을 알지 못했지만 그녀에게서 처음에 느꼈던 경멸감이 스러진 것은 틀림이 없었다.

김언기는 속엣말을 다 털어 내는 옥개의 얼굴을 건너다보면서 고개를 설설 내젓고 있었다.

"밥은 못 먹어도 그거는 먹고 살아야 한다는 네년은 아마도 색골인 게 틀림없구나. 합궁을 안 하고도 잘도 살아가는 여자들도 많은데 네년은 그 짓 못 하면 미친다니 말이다."

"맞아예! 지는 색골인 기 틀림없는 거 같아예."

옥개는 김언기의 말에 고개를 끄덕이면서까지 맞장구를 친다. 수치감이라든가 창피스러움이라든가 하는 감정은 일절 없는 사람처럼 그의 모욕적인 빈정거림에도 크게 고개를 주억거리며 긍정을 하는 것이었다.

그때였다.

"할멈, 밥값이 얼마나 되우? 잘 먹었으니 인제 떠나야제."

김언기가 갑자기 노파를 소리쳐 부르며 엽전 전대를 풀어낸다.

그러자 옥개가 눈을 번쩍 뜨면서 하룻밤 쉬고 가신다 하지 않았느냐고 반문했다.

"농담도 못 하느냐? 우리는 갈 길이 바쁜 사람들이야."

김언기가 의연하게 대답을 하며 노파에게 밥값 술값을 계산했다. 옥개가 그의 얼굴을 쳐다보고만 있었다. 그에게 속았다는 실망의 마음과 원망스러움이 가득 찬 얼굴이었다. 김언기는 옥개의 존재 같은 것은 안중에도 없는 낯빛이었다. 술을 따르고 가랑이 터진 속바지 사이로 살을 보이다 말다 자신을 유혹한 그녀에게 그는 한 닢의 엽전이나 말 한마디도 흘리지 않았다. 오로지 철저하게 경멸하고 무시하는 차가운 낯빛일 뿐이었다.

매분은 김언기의 내심을 나름대로 짐작했다. 이곳에서 하룻밤을 묵으면서 난숙한 몸매에 색기가 넘쳐흐르는 옥개로부터 자기 몸을 일으켜 볼 수 있지 않을까 기대했던 것인데, 그녀가 스스로 색골이라 인정한 데다 전남편의 힘 못 쓰는 거시기 이야기를 겹쳐 들으면서 그만 자신감을 잃어버린 것이라 생각되었다.

그러나 김언기가 주막에서 하룻밤 쉬고 가겠다던 당초의 약조를 지키지 못할 양이면 적극적인 자세로 술을 따른 옥개에게 화대 비슷한 거라도 주어야 할 것 같은데, 그는 그녀를 철저하게 무시했다. 옥개가 김언기의 몸의 비밀을 알지 못한 채 전남편의 거시기 흉을 보았던 것은 결코 그녀의 잘못이 아니었는데도, 그녀를 대하는 그의 태도는 급작스레 싸늘해졌던 것이다.

김언기가 말에 오르고 노복들이 말고삐를 잡았다. 옥개가 붉어진 얼굴을 옆으로 돌려 버렸다. 놀랍게도 두 눈에 눈물이 그렁그렁 담겨 있었다. 김언기를 향한 기대 같은 것은 체념한 듯 입술을 앙다문 채 그를 쳐다보지도 않고 거칠게 술상을 치우고 있었다.

매분은 말에 오르기 전에 자신의 비단 속주머니에서 엽전 한 개를 꺼내어 옥개의 손에 살그머니 쥐여 주며 빠르게 속삭였다.

"아무 남정네한테나 자기 속말을 다 하지 말아요."

옥개는 예상치 못한 매분의 위로를 받으면서 주르륵 눈물을 떨구었다. 매분은 옥개의 손을 꼬옥 쥐어 주고는 말에 올랐다. 나룻배가 떠 있는 강나루가 바로 눈 아래인 것 같았는데 휘돌아 내려가는 길이 꽤나 거리가 있었다. 매분은 옥개를 박대하는 김언기의 태도에 적지 않은 실망을 했다. 설령 자기의 상처가 건드려져 기분이 언짢았다 해도 그야말로 마음이 큰 사내대장부라면 그럴 수는 없는 것이라 생각했다.

'천석지기 부자에 양반에 갓 쓰고 큰기침하는 어른이면 뭘 해. 속알치가 바늘구멍 같은 걸. 저 어른의 본심성이 한 가지씩 점차 드러나는군….'

매분은 여전히 속으로 중얼거리며 한양 기생 추향녀秋香女 이야기를 문득 떠올린다. 혈혈단신의 퇴기 추향녀가 죽었을 때, 그 기녀를 거쳐 간 남자들이 모여들어 상여를 메고 장례를 치러 주었다는 말을 들은 적이 있었다. 머리를 얹어 준 첫 남자가 상두에 서서 맏형님 노릇을 하며 '앞소리'를 했다는 말을 들으면서, 그래도 사나이 대장부들은 역시 큰마음과 의리와 멋이 있다고 생각했었는데, 물론 김언기가 그 경우와 같지는 않다 해도 작부에게 대하는 그의 태도는 적잖이 실망스러웠다.

그들 일행은 단성 들판을 지나 칠정고개를 넘고 산허리를 돌고 또 내를 건넜다. 김언기는 술과 음식을 과식한 듯 숲길을 돌다가 혹은 내를 건너기 전에 서너 차례나 말에서 내려 볼일을 보는 소동을 벌였다. 거기다 말 위에서 졸기도 하여 낙마를 할 뻔한 경우도 여러 번이었다.

"에이, 재수 없는 년을 만나 이 모양이구먼…."

그는 졸다가 깨어나거나 볼일은 보고 돌아설 때마다 옥개를 저주하는 말을 내뱉었다.

매분은 그가 그렇게 뇌까릴 때마다 '왜 그 여자가 재수가 없느냐, 그러시지 말라'는 반응을 보이고 싶었지만 감히 대꾸질을 못했다.

덕천강德川江을 낀 덕산德山 장터에 도착했을 때는 서녘 하늘에 황혼이 걸려 있었다. 진주에서 덕산까지는 백여 리나 되었고, 어둔 새벽에 집을 나서 저물녘에야 도착했으니 온종일이 걸린 셈이었다. 말을 끌며 걷기만 한 노복들의 얼굴이 땀에 찌들고 피로한 기색이 역력해 보였다. 그러나 이곳도 종착점은 아니었다. 덕산 하고도 지리산의 초입인 유덕골까지 더 걸어가야 한다고 김언기가 말했던 것이다.

"아직 이십여 리는 더 걸어야 하느니라."

실제 피로에 찌든 모습은 김언기가 누구보다 심해 보였다. 길을 걷는 도중에 낮술에 속이 상했는지 몇 차례의 큰일을 거듭 보는 소동을 벌이면서 그의 작은 눈은 더 작아 보이고 얼굴은 창백했다.

석양녘의 논두렁길을 걷는 것은 정취가 있었다. 멀리 밭두렁에 듬성듬성 서 있는 커다란 감나무에 주렁주렁 매달린 익은 감들은 불꽃이 핀 것처럼 아름답고 길섶의 들국화와 억새풀들은 스산한 기분을 갖게 했다. 일행은 덕천강을 끼고 하염없이 산골짜기를 향해 더 들어갔다. 말도 지쳤는지 걸음 속도가 느려지고 노복들의 다리는 사뭇 휘청거렸다.

매분은, 자신의 팔자나 신분이 노복들보다 나을 것도 없는데 말 위에 편히 앉아서 가는 호강을 한다는 생각으로 그들에게 계속 미안했다. 특히 타고 있는 말에게는 더했다. 자신의 몸무게가 크게 나가지 않는다손 쳐도 새벽부터 온종일 등에 달고 걸었으니 얼마나 고단할까 싶었다. 매분은 앞서가는 김언기의 등을 향해 음성을 높였다.

"말이 힘들 것 같아서예, 지는 내려서 좀 걸을까 싶습니더."

그러자 김언기가 빈정거리듯 말했다.

"끔찍이도 생각하는구나. 그것도 목적지에 다 와서 말이다. 그냥 앉아 있거라."

매분은 더 말하지 못하고 그대로 말 잔등에 앉아 있었다. 그녀의 말을 끌던 노복이 매분을 흘끔 쳐다보며 웃음을 흘렸다.

골짜기로 들어갈수록 덕천강의 폭이 서서히 좁아진다 싶더니, 강은 기어이 좁은 협곡으로 변하고 물소리가 요란했다. 완만하던 강이 물이끼 낀 바위와 맑은 물이 휘돌아 넘쳐 어우러지는 계곡으로 변한 것이다. 이곳이 바로 덕천강의 최상류이며, 지리산 천왕봉이 이 물의 원천이라고 김언기가 말했다. 이곳에서부터 인가는 완전히 사라지고 숲과 오솔길과 계곡만이 내내 이어졌다. 지리산 속으로 드디어 들어선 것이었다. 매분은 불안해지기 시작했다. 주황색의 석양은 어느새 서산 봉우리 너머로 꼴깍 숨어들었고, 어스름이 내리는 호젓한 숲 속 길을 네 사람과 두 마리의 말이 타박타박 걸었다.

"어르신, 금방 캄캄해질 것 같은데요."

매분은 어둠이 순간순간으로 다가와 사방을 갑자기 덮어 버릴 것 같아 불안감이 솟구쳐서 또다시 말을 뱉는다.

김언기가 웃었다.

"사방이 캄캄해지면 호랑이 잡기는 쉽지! 왜냐하면, 어둠 속에서는 호랑이 눈이 화등잔처럼 벌겋게 번들번들 빛나서 금방 알 수 있거든!"
김언기가 유들유들하게 말을 받았다.
"그러면, 이 밤에 호랑이를 잡는단 말씀입니까요?"
매분은 당장이라도 호랑이가 나오면 잡기라도 할 것 같은 김언기의 말을 반신반의하면서도 겁을 먹은 목소리로 참말이냐고 물어본다.
"물론 나타나면 잡아야지! 우리가 지리산에 무엇 하러 왔는데? 호랑이 잡아서 잠지를 빼 버리란 말을 누가 했던고? 기다려 보아라. 지금보다 더 캄캄해져서 호랑이가 눈에 불을 켜고 달려 내려오면, 내가 주먹으로 잡아서 잠지를 빼 버릴 테니까."
김언기는 거침없이 떠벌려 대고, 노복들은 무슨 연유인지도 모르면서 키들키들 웃었다.
어둠은 어김없이 쏟아져 내리기 시작했다. 바른쪽 골짜기에서 끼루룩끼루룩하는 새 울음소리가 머리 위를 가르듯 지나가고 계곡 물소리가 갑자기 귓전을 쳤다. 계곡을 건너야 할 지점에 이르렀기 때문이다. 일행은 흐르는 물 위에 듬성듬성 놓여 있는 징검다리를 걸어서 지나야 했다. 그러나 말 때문에 노복들은 물속으로 들어섰고 마침 물은 깊지가 않아 쉽게 건널 수 있었다. 계곡을 건너자 바른쪽 골짜기에서 목탁소리가 들려왔다. 매분은 바로 가까이에 사찰이 있음을 감지했고 이어 안도의 한숨을 뿜어낸다.
"절이 있나 봐요!"
매분이 반가워 소리쳤지만 누구도 반응을 보이는 사람은 없었다. 그녀의 짐작대로 절은 멀지 아니한 산 중허리에 위치해 있었고 목탁 소리는 그곳에서 흘러나오고 있었다. 그들은 절 아래의 길을 따라 골짜기로 좀 더 올라갔다. 길은 갑자기 좁아지고 어둠은 지척을 분간 못할 만큼 덮쳐 왔다.
"걱정 마라. 다 왔느니라."

김언기가 말했다. 그의 말이 끝나자마자 실제 멀지 않은 곳에 불빛이 보이고 집이 한 채 드러났다. 외딴 주막이었다.

*

일행이 주막 앞에 이르자 늙수그레한 남자가 방문을 열고 내다보다가 화다닥 일어나 문밖으로 달려나왔다. 그러고는 김언기에게 코가 땅에 닿도록 허리를 구부렸다.

"아이구, 어르신 납시셨습니꺼! 어서 오시소예, 자알 오셨십니더!"

"엄 서방, 잘 있었는가? 몸에 기운이 떨어져서 또 왔네."

"참말로 때 맞차서 잘 오셨어예! 바로 어지께에 기운이 펄펄한 놈이 한 마리 걸렸다 아입니꺼!"

"허, 그랬는가? 자알 됐네."

김언기가 말에서 내리면서 귀밑으로 찢어지는 입을 얼른 다물지를 못한다.

"방은, 어떤가?"

"예예, 방이라야 지가 묵는 이 방하고, 저게 헛간에 이어 붙인 흙방밖에 움습니다마는, 어르신이 이 방에 기거하시모 되겠습니다요!"

"가만, 아닐세. 엄 서방이 중풍 걸린 노모를 뫼시고 있지 않았던가?"

"예. 그렇습죠만, 지가 어무이를 뫼시고 흙방으로 내리가모 됩니더."

"아닐세. 내가 저 흙방에서 잘 테니 걱정 말게나. 그리고 저 사람들은 절간의 산감山監 방으로 보내면 되겠고…."

"예예. 요새 산감 놈도 진주로 나가 뿌리고 그 방이 비어 있습니더. 저녁을 준비하겠으니 씻거시고 방에 들어가시서 좀 쉬시소."

매분은, 사뭇 흥분하면서 정짓간으로 들어가는 주막집 사내와 김언기가 구면이고 김언기가 자주 이곳을 찾는다는 것을 그들의 대화로 알 수 있었다. 그가 어떤 연유로 지리산 속의 산막이나 다름없는 이곳을 찾는지는 알 수 없었지만, 일단 집을 찾아들었으니 안심은 되었다.

매분은 김언기가 들어가라고 손짓하는 헛간 옆의 외딴 방 앞으로 걸어가 방문을 열어 보았다. 퀴퀴한 메주 뜨는 냄새와 흙냄새가 범벅되어 코를 쏘았다. 노복들이 진주에서 가져온 초에다 불을 붙여 방으로 들여놓아 주었다. 방 안의 정경이 한눈에 들어왔다. 방바닥에는 멍석이 깔려 있고 그 위에 깔자리 같은 것이 목침과 함께 요판처럼 펼쳐져 있었다. 사면으로 흙과 짚을 이겨서 처바른 토벽이 그대로 노출되어 있고, 아랫목 벽 둘레로 모양새 없이 아무렇게나 뭉친 메줏덩이도 여남은 개나 걸려 있었다. 천장에는 씨앗 주머니인 듯싶은 무명베 주머니도 여러 개 매달려 있었다. 그뿐만 아니라 방구석으로 시커멓게 때에 전 검정 무명 이불 한 채가 놓여 있는 것으로 미루어 그나마 이 방이 나그네가 묵는 객방인 듯싶었다.

매분은 노복들이 들여놓은 김언기의 짐과 자신의 옷 보퉁이를 윗목에 밀어 놓고 나서, 마당 귀퉁이의 대쪽 대롱에서 흘러내리는 물에 손과 얼굴을 씻었다.

주인 남자가 금방 잦혀 들여온 저녁은 하얀 무밥에 시래깃국이었다. 김언기와 매분은 흙방에서 겸상을 하여 들고, 노복들은 부엌 바닥에 개다리소반을 놓고 퍼질러 앉은 채 먹었다.

"찬이 엄써서…. 낼은 잘해 드리겠습니더."

사내가 민망한 듯 허리를 굽실거렸다.

"아닐세. 무밥이 이게 얼마 만인데. 내 속이 다 나았네 그려!"

저녁밥을 끝내자 김언기는 부처님에게 인사를 올리러 가자며 모두를 주막에서 멀지 않은 사찰로 이끌었다. 그들은 법당에 이르러 준비해 간 초와 향으로 불을 밝히고 모두들 십수 번의 절을 올렸다.

주지인 노스님이 법당으로 나와 김언기를 반가이 맞이했다.

"처사님 오셨구만요!"

"예, 스님."

그들은 합장 배례로 서로를 반기곤 요사채의 마루로 나와 녹차를 마셨다. 김언기는 주지승에게 노복들을 가리키며 대엿새 정도 사찰 일을 보시토록 할 것이니 일이 있으면 개의치 말고 시키라 말하곤, 엽전 한 꾸러미를 시줏돈으로 내놓았다. 노승은 합장을 하며 새벽에 김언기의 안녕과 건강을 위해 불공을 드리겠다고 했다. 그리고 무엇보다 일 보시를 주신다니 고맙다고 했다. 유일한 절 일꾼인 산감이 새경이 적다며 일들을 팽개치고 열흘 전에 진주로 나가 버렸다고 하며.

김언기는 노복들을 산감 방에 남겨 두고 주지승의 배웅을 받으면서 일주문을 벗어났다. 주막으로 향하는 밤길은 캄캄하고 호젓했다.

"자아, 이제는 우리 둘뿐이로구나! 아, 좋다! 부처님의 영험과 신령스런 이 산기운으로 나는 힘을 얻고 말 것이다! 뻔지르던 내 힘을 다시 찾고야 말 테다."

편편한 아랫길로 내려서면서 김언기는 갑자기 청년처럼 두 팔을 위로 솟구쳐 의욕에 들뜬 음성으로 기어이 자신의 힘을 되찾고야 말겠다고 소리를 쳤다.

매분은 미소를 머금었다.

"어르신, 이곳에 자주 오시나 봐요? 스님도 어르신을 알아보시고 주막집 주인도 잘 아시고…."

김언기가 매분의 손을 끌어 잡았다.

"매분아! 나는 이 산속에만 들어오면 새로 태어나는 것 같은 기분을 느낀단다. 일 년에 한 번쯤은 이곳에 와서 몸에 기운을 채우고 간단다."

"그러신 거 같았어예. 그런데 주막집 주인이 아까 '기운이 펄펄한 놈이 걸렸다'고 하던데 무슨 말이지요?"

"오, 멧돼지가 덫에 걸렸다는 말이다. 엄가 놈이 본래는 사냥꾼인데 마누라가 달아나고부터는 주막집에 눌러앉아 덫만 놓고 있지. 작년에는 암사슴 한 놈이 걸렸다고 진주까지 등에 지고 왔기에 생피며 살이며 자알 먹었지!"

"그럼, 덫에 호랑이도 걸리겠군요?"

매분은 김언기가 호랑이를 잡는다는 말이 바로 주막집 주인 사내의 덫을 믿고 한 소리임을 짐작하면서 물어본다.

"지리산 호랑이의 힘이 영험하고 천군만마의 위력을 지녔다는데, 엄가 놈이 아직 한 번도 잡아 보지 못했다는 거야. 짐승이 워낙 영특하고 용맹스러워 덫 같은 것에는 걸려들지도 않지만, 소인들의 눈에는 모습도 나타내지 않는다는 거지. 호랑이를 잡으면 제일 먼저 나에게로 가져오겠다고 호언장담한 것이 몇 년인데, 아직도 깜깜무소식이라구. 내 꿈도 호랑이 그것 한번 먹어 보는 것인데 말씀이야!"

"그 말씀이 외람스럽게 들리어요. 어쩐지 무서워지구요. 호랑이는 산신령이라 했는데…."

매분은 실제 온몸이 오싹해지는 느낌을 받는다. 김언기의 팔을 붙들면서 온통 어둠뿐인 사방을 둘러본다. 주막은 멀지 않은 곳에 있었지만 캄캄한 숲의 어디선가 호랑이가 불쑥 튀어나올 것 같은 생각이 들었던 것이다.

"하하하, 무섭기는? 호랑이 잠지를 빼 버리라 말한 사람이 누구였는데?"

"그거는, 호랑이가 어르신 꿈에 나타나 그거를 콱 물어 버린 후로 힘이 없어졌다 하시니까, 그냥 해 본 말이었는데…."

"그런데 말이다. 네가 그냥 해 보았다는 그 말이, 나에게는 정답으로 들렸거든! 사실은, 호랑이의 그거를 먹어 보는 것이 내 오랜 소원이었던 게야!"

"어르신, 이 깊은 산속에서 자꾸 그런 말씀 마십시오. 산신령님이 어디선가 듣고 있을 것 같아예. 어르신께서 오래도록 호랑이의 그것을 원하고 계셔서 산신령이 노하시고 꿈에 나타나 힘을 뽑아 간 거 아닐까 싶네예."

김언기의 호랑이에 대한 집착을 듣고 나니까 매분은 실제 그런 생각이 드는 것이었다.

"재수 없는 소리 말아라. 그렇다면 더욱더 잡아먹고 호랑이의 힘을 내가 받아야지. 내일은 멧돼지 그것을 포식하고 산기운도 얻어야 하겠다!"

김언기는 잠시 말을 끊었다가 이었다. 그의 목소리는 시종 희망에 부풀어 있었다.

"부처님께 돈 시주, 사람 시주, 절 시주를 했으니 부처님도 힘을 주실 것이야!"

매분은 부처님 발아래에서 살생을 하고, 그것도 중요한 부분만 포식한다는 사람에게 아무리 많은 시주를 한들 무슨 효험을 줄 것인가 싶었지만, 입을 닫고 만다. 속엣소리 떠오르는 대로 지절거렸다가 기어이 그를 언짢게 할 것 같았기 때문이다.

그들이 다시 주막으로 들어갔을 때, 주막집 주인은 보이지 않았다. 헛간 옆 흙방의 쪽마루에 찬물 한 대접이 놓여 있고, 방 안에는 볏짚 베개 한 개가 더 들여놓아져 있을 뿐이었다.

"찢어지게 가난한 주막이지. 집에 여자가 없으면 없는 대로 침구는 좀 씻어서 정갈해야 될 텐데 저렇듯 때가 찔었으니…."

김언기가 방 안의 때에 전 그나마 한 채뿐인 침구를 보면서 말했다.

"아낙이, 왜 달아나 버렸지요?"

"서방이 사냥꾼으로 허구헌 날 산에서 살고 내려오지 않으니까 병든 시어머니 모시고 독수공방하기가 힘들었겠제. 땅꾼하고 도망을 쳤다든가, 산삼 캐러 온 야지 영감을 따라갔다든가 했댔지 아마."

김언기는 이날 밤따라 자상하게 많은 말을 하면서 살갑게 굴었다.

그때 방문 밖에서 인기척이 났다.

"어르신, 절에서 일찍 내려오셨네예. 지가 뒤란에 가서 술을 좀 따라 왔는데, 지금 좀 잡사 보실랍니꺼?"

김언기가 귀를 벌리며 얼른 방문을 열었다. 주인 사내가 벌건 잇몸을 드러내고 활짝 웃으면서 술이 출렁이는 사발을 들고 서 있었다.

"그게, 그건가?"

"그러문입쇼! 작년에 어르신이 잡샀을 때가 사 년째였은께, 인자 오 년 됐네예. 어르신 잡순 후에 그대로 봉해 두었다가 올해는 인자 첨 뚜껑을 열어 본 깁니더."

"아직도 대가리 쳐들고 있던가?"

"그라문예. 세 놈이 끄떡없이 대가리를 꼿꼿이 쳐들고 있어예! 낼 날 밝으면 한번 보시소!"

"그럼, 이게 우떤 술인데 한 잔 마셔야지! 그냥 잘 수가 있는가! 가마안, 엄 서방. 이 여인에게는 머루주나 더덕 술 같은 거 있지? 따로 한 잔 주게. 이 약술은 귀해서 줄 수도 없지만, 멋모르고 마셔서 취해 버리면 내가 힘들어지네."

김언기가 벙긋거리면서 매분을 바라보고 말하자 사내가 허리를 굽실거리고 킬킬 웃어 대며 "예예예, 그라문요!" 하고 너스레를 떨었다. 사내는 우선 술 사발을 쪽마루에 놓고, 머루술과 안주가 될 만한 것을 챙겨 오겠다며 정짓간 쪽으로 달려갔다. 그러더니 금방 소반에다 새빨간 머루주 한 사발과 나무깍지같이 비쩍 마른 무엇인가를 금방 불 위에 그을린 듯 익혀서 이빨 빠진 쟁반에 받쳐 가져왔다. 사내는 소반을 쪽마루에 놓고 아까 뒤란에서 떠 온 술 사발을 함께 얹어 방 안으로 들여놓았다. 그리고 허리를 굽신거리며 곁눈으로 매분을 흘끔흘끔 훔쳐

보면서 방을 나갔다. 소반 위 하얀 대접에는 맑고 노르께한 술이 가득 고여 있고, 또 한 사발에는 붉은 술이 담겨 있어, 촛불 아래에 두 색깔이 선명하게 대조적이었다.

"어르신, 뒤란에서 가져왔다는 이 술은 무엇인지요? 쇤네가 마시면 안 되는 것입니까요?"

김언기가 빙긋이 웃었다.

"안 되고말고. 자네는 그 머루주나 마시게. 모르긴 해도 색깔이 진한 걸 보니 그것도 삼사 년은 묵은 것 같구만."

"감히 어르신들 술을 제가 어떻게 마시겠습니까마는, 그 술의 이름을 일러 주십시오."

매분은 노란 술이 예사 술 같지가 않아서 거듭 물어본다.

"독사주라는 거야. 늦가을 독 오른 독사 세 마리를 항아리에 넣고, 독한 명나라 술을 구해다 담갔다는 귀한 보약주야. 남자에게는 생명수와 같은 거지."

매분은 순간 전신에 소름이 끼쳐 상체를 흔들고 진저리를 친다. 안방 어머니가 특별한 술이라며 찬간 깊숙이 뱀술을 숨겨 두고 있다는 말은 들었지만, 그것도 그냥 뱀이 아닌 독사 세 마리를 한꺼번에 항아리에 살아 있는 채로 담근 술이라니 유별나게 섬뜩함이 느껴졌던 것이다.

"대가리를 쳐들고 있다는 것은, 독사가 술 항아리 속에 그렇게 서 있는 모양을 말하는 것인지요?"

"그렇지! 우리 매분이는 하나를 가르치면 금방 둘, 셋을 내다보기 때문에 내가 좋아한다구. 독사가 말씀이야, 술을 항아리에 쏟으면 그것을 마시지 않으려고 이빨을 악물고 대가리를 위로 향해 쳐들고 솟구치는 거지. 그런 상태로 술에 절어지는 거야. 죽어도 대가리를 아래로 꺾어 휘청거리는 자세를 취하지 않는다구. 자존심이 대단하고 정말 독한 놈이지!"

"항아리 속에 똬리를 튼 채 술로 익는 것이 아니고 빳빳이 선 채 술이 된다니 놀라워요!"

"독사가 아닌 것들은 금방 술을 마시고 아가리를 쩍억 벌린 채 대가리를 아래로 푹 꺾고 있거나 술 속으로 가라앉아 뱀 몸통 속의 더러운 것을 죄다 토해 내어 술빛이 부옇게 탁하지. 그러나 독한 독사일수록 몸통을 쳐들어 대가리를 하늘로 향하고 이빨을 악물고 있으니 술이 이렇게 맑은 것이지!"

김언기는 마치 자신이 뱀술을 직접 담가 보았거나 그 분야의 대가인 양 신명이 나서 떠들었다. 그러다 그는 상체를 곧추세우고 사뭇 근엄한 낯빛이 되어 술 사발을 입에 대고 쭈욱 들이켰다. 그리고 불에 슬쩍 그슬린 듯 구운 나무깍지 같은 것을 손으로 조금 꺾어 입 안에 넣고 우물거렸다.

"그것은 무슨 안주인지요?"

"이거? 독사를 말려서 구운 것이지. 이 술에는 이 안주 이상이 없지. 조금 먹어 보려나?"

김언기가 쟁반 위의 그것을 한 점 집어 매분에게 내밀었고, 그녀는 반사적으로 뒤로 물러앉았다. 그러다 욕지기가 울컥 치솟아 그녀는 방문을 왈칵 밀고 쪽마루로 나선다. 김언기가 껄껄 웃어 대면서 머루술을 한 모금 마시면 괜찮을 것이라 했다. 웬만큼 속을 가라앉히고 방 안으로 다시 들어서던 매분은 정짓간 문 앞의 어둠 속에서 흙방 쪽을 향해 서 있는 주막집 사내의 모습을 얼핏 보았다.

"원, 비위가 그리도 약해서야…. 자, 이것을 마셔 보아라. 속이 가라앉을 테니…."

김언기가 핏빛 같은 머루주 사발을 매분의 입에까지 대 주었다. 그녀는 계속 느글대는 역한 속이어서 그가 권하는 대로 그것을 받아 꿀꺽꿀꺽 단숨에 다 마셔 버린다.

"아니, 이 여식 좀 보게나! 그 진한 머루술을 물 마시듯 그냥 다 들이

붓나."
김언기의 말이 끝나기도 전에 매분은 속에서 불이 나는 듯한 작열감을 느꼈다. 서둘러 물 한 사발을 꿀꺽꿀꺽 단숨에 마셨다. 그러나 물 한 대접을 남김없이 들이켰어도 매분의 가슴은 여전히 불타듯 뜨거웠다. 다행히 독사구이와 독사 술에서 치솟던 욕지기는 타는 듯한 술기운으로 하여 씻은듯이 가셨다.
김언기가 독사주 한 사발을 천천히 다 마시고는 입가를 손으로 훔쳐냈다. 그러고는 자세를 정좌로 하면서 눈을 지그시 감았다. 마치 참선을 하는 승려나 불심이 돈독한 처사의 모습 같았다. 매분은 가슴에서 머리 위로 치솟던 뜨거운 주기가 온몸으로 번짐을 느끼면서, 김언기의 모습을 보고 터지려는 웃음을 참는다.
"어르신, 독사 고기와 독사 술을 드시고 선을 하시는지요? 부처님 가까이의 주막집에서 흉측한 미물을 살생하여 걸러 낸 물을 잡숫고도, 기운을 달라 비십니까요?"
매분의 말에는 빈정거림이 담겨 있었다. 김언기가 작은 눈을 부라리듯 홉뜨면서 입을 닫으라고 했다. 주둥이로 방정을 떨면 몸에 오르는 뱀주의 좋은 기운이 새 나간다고 했다. 마치 귀한 술에서 빚어지는 약의 정기를 몸의 중심부로 모아 올리는 자세인 듯 그의 정좌한 모습은 근엄해 보이기조차 했다.
매분은 뱅글뱅글 자꾸만 웃었다. 입술을 벙그리지 않으려 해도 웃음이 저절로 터졌다. 빠른 속도로 몸속에 퍼져 나가는 한 사발의 머루술 기운이 자기 제어를 원만치 않게 했던 것이다. 천장이 빙빙 돌아가는 것 같은 어지럼증을 느끼면서 매분은 흙벽에 등을 기대었다. 드러눕고 싶었다.
그런데, 이게 웬일인가. 기운을 모으느라고 정좌하고 앉았던 어른이 그대로 앉은 채 코를 골기 시작하는 것이 아닌가. 깊숙이 잠이 들고 있는 것이었다. 온종일 말 등 위에서 흔들리고, 저녁을 들고 부처께 십여 배의 절을 하고, 한 사발의 독사 술을 들이켜고 또한 고기를 씹더니, 그대로 오롯이 앉은 채 숙면 속으로 잦아드는 것이었다.

매분은 심한 어지럼증에 흔들리면서도 벽에서 몸을 떼어 낸 후 김언기 앞의 소반을 옆으로 치우고 때에 전 무명 이부자리를 멍석 위에다 펼쳤다. 그리고 일체의 요동도 없이 코를 고는 김언기의 몸을 침구 위로 눕혔다. 꼿꼿한 자세와는 다르게 그는 구겨지듯 요판 위에 허물어지면서 네 활개를 활짝 폈다. 매분은 그의 옷도 벗겨 주어야 한다는 생각을 굴리면서도 그녀 역시 화통처럼 달구어져 오르는 열기로 몸을 제대로 가누지를 못한다. 매분은 김언기의 옷 벗기기를 포기하고, 그가 네 활개를 뻗어 요판을 다 차지하는 바람에 거친 멍석 위에 그냥 쓰러져 버렸다. 그러다 다시 몸을 일으켜서 촛불을 끄고 소반을 윗목으로 더 밀어 놓고 쓰러진다.

김언기의 코 고는 소리가 이날따라 마른하늘의 뇌성벽력 같다는 생각을 하면서 그녀는 비로소 귓속을 파고드는 계곡의 물소리도 듣는다. 그러다가 혓바닥으로 거듭 입술을 축여 댄다. 진작부터 목이 말라 물을 더 먹어야겠다는 생각으로 그녀는 손을 뻗어 윗목의 물 사발을 찾았지만, 이미 물그릇은 비어 있었다. 매분은 다시 쓰러졌다. 그러나 물그릇에 물이 없다는 생각은 더욱 목을 타게 했다. 그뿐인가, 마른하늘에 벽력을 때리듯 콰르릉 쿨쿨 질러 대는 김언기의 코 고는 소리와, 방 아래쪽의 계곡에서 쉼 없이 들려오는 물소리는 그녀의 갈증에 사뭇 불을 지폈다.

매분은 엉거주춤 일어났다. 네 팔다리로 기듯이 방문을 밀고 쪽마루로 나섰다. 이마에 닿는 서늘한 바람이 한결 시원했다. 그녀는 잠시 쪽마루에 퍼질러 앉았다가 물이 있던 곳을 어림짐작해 본다. 산에서 흘러내리는 물을 쪼개진 죽통 대롱을 통해 집 안으로 끌어들여, 돌을 쪼아 항아리 모양새로 만든 돌확 안으로 졸졸 쏟아지게 해 놓은 곳을 가늠하면서, 그녀는 비칠거리며 마당을 가로질렀다. 더듬더듬 발을 옮겨 물이 있는 곳에 당도했다. 그녀는 두 손으로 돌확 속의 물을 움켜 떠서 입 안으로 흘려 넣었다. 두 번, 세 번, 대여섯 번을 움켜 떠 마시고 얼굴에도 물을 끼얹었다. 활활 타던 갈증도 가시고 벌겋게 달구어진 얼굴에도, 몸뚱이에도 맑은 정신이 드는 것 같았다. 그러나 몸뚱이가 비칠거리기는 마찬가지였다.

그런데 느닷없이 누군가 뒤에서 매분을 쓸어안았다. 굵고 탄탄한 팔이 그녀의 가슴을 휘둘러 죄었다. 그녀는 화들짝 놀라면서 "누, 누구냐?" 하고 입을 벌렸지만 커다란 손바닥이 입을 막았다.

"소리 내지 말거라. 그 머루주가 오 년이나 묵은 거로 올매나 독한 건데, 그거를 다 마싰구나. 가마이 있거래이. 내가, 술 깨게 해 줄 틴께."

주막집 사내였다. 조금 전 어둠 속의 정짓간 앞에 독사처럼 꼿꼿이 서 있던 그 사내가 뜨거운 숨을 매분의 귓가에 퍼부으면서 한 손으로 입을 막고 다른 한 팔로 가슴께를 휘둘러 안은 채 그녀를 끌어갔다. 헛간인 듯싶었다. 그는 짚더미 위에 그녀를 쓰러뜨리곤 거칠고 우악스런 몸짓으로 그녀를 짓눌렀다. 매분은 숨이 컥 막히는 것 같았다. 고개를 휘두르며 무언가를 말하려는 그녀의 입을 사내가 기다란 혓바닥으로 막아 버렸다. 그녀는 입 속 가득 들어와 있는 사내의 혓바닥으로 목구멍이 막힐 것 같고 손끝 하나 제 맘대로 움직일 수가 없었지만, 머리와 팔다리를 내저어 보려고 꿈틀댔다. 그러나 저항은 그녀의 마음일 뿐이었다. 사내의 거친 손길이 가슴에서 가랑이로 뻗치는가 싶더니, 순간 매분은 엄청난 충격으로 하체를 발작하듯 솟구쳤다. 오 년 묵은 머루주 한 사발에 몸의 감각이 둔해졌다 해도 그것의 충격은 뼈를 가르는 듯한 아픔이고 경악스러움이었다.

매분은 육체의 고통 속에서도 가슴이 철렁 내려앉는 낭패감으로 두 눈을 감아 버렸다. 경험은 없었어도 그녀의 몸뚱이 위에서 숨넘어가듯 헐떡이는 사내의 행위가 바로 완전한 교합임을 직감으로 알 수 있었고, 따라서 김언기 어른과의 약조가 깨지는 엄청난 배신을 지금 자신이 저지르고 있다는 사실에, 매분은 얼음물을 뒤집어쓴 듯 술이 말짱 깨는 것 같았다. 그녀는 소리 죽인 오열을 터뜨리며 허우적거려 보았다. 그러나 사내는 바위처럼 꿈쩍도 하지 않았다. 그녀가 버둥거리려 할수록 사내의 행동은 거칠어졌고 그녀는 거듭 소스라치곤 했다.

"세, 세, 세상에…."

매분은 더 이상의 오열도, 말도 잇지 못했다. 사내의 광란의 몸짓이 갑자기 극에 달했기 때문이다. 그녀는 사내의 단말마적 비명에 두려움으로 숨을 멈추었다. 사내가 죽는 것으로 알았기 때문이다. 그 비명 이후로 사내가 매분의 몸 위에서 옆으로 무너져 내렸다.

"세, 세상에…."

매분은 그 말 외엔 아무런 말도 생각도 떠오르는 것이 없었다.

사내가 숨을 몰아쉬면서 뇌까렸다.

"봐라. 하늘과 땅이 알고, 니하고 내하고만 아는 일로 하모 되는 기다. 어르신이 이 일을 아시믄 니도 죽고 나도 죽는 일인께네, 알아서 잘해야 될 끼다. 얼렁 일어나서 거기 씻고 방에 들가 봐라. 어르신이 독사주를 잡사서 주무시다가도 니를 찾을지 모린께네."

"어, 어떻게 이럴 수가…."

"기생년 주제에 니가 정조 지킬라 캤더나? 개가 웃는다. 물 우에 배 지나간 긴데, 멀 그라노? 오데 흔적이 남는다 카더나."

사내가 그 말을 끝으로 바지춤을 끌어올리고 정짓간 쪽으로 성큼성큼 돌아가 버렸다.

매분은 기가 막혔다. 겁탈을 하고도 당당한 사내의 태도가 자신이 기생이기 때문에 받는 수모려니 싶으니까 억장이 무너질 것 같은 심정이었다. 무엇보다 동정을 겁탈당했으니 머리를 얹어 준 김언기 어른을 어떻게 면대해야 할 것이며, 이 사실을 그가 아는 날에 자기와 안방 어머니에게 가해질 손해는 또 얼마일 것인지 막막했다.

매분은 엉거주춤 허벅지를 모으고 일어나 앉았다. 술은 완전히 깬 듯 정신은 말짱한데 몸은 뜻대로 움직여 주지 않았다. 그녀는 옷매무새를 고치고 간신히 몸을 추슬러 물 있는 곳으로 다시 나와 돌확의 물을 손으로 떠내어 쓰라리고 화끈거리는 살을 씻어 냈다. 그리고 비틀거리며 흙방 쪽마루로 올라 방 안으로 들어갔다.

김언기의 코 고는 소리는 여전히 방 안에 울렸지만 매분은 동정을 깨트린 죄책감 때문인지 그 소리가 시끄럽다는 생각이 조금도 들지 않았다. 그녀는 김언기 옆에 가만히 드러누웠다. 심장이 쿵쿵 소리 내어 뛰었다. 뼛골이 저리도록 서러운 것 같지는 않은데 눈물이 귓바퀴를 타고 흘러내렸다. 부모로부터 받은 소중한 보석을 자기의 의사와 상관없이 잃어버린 허전한 기분에다, 자의가 아니었다 해도 김언기를 배신한 사실로 인해 빚어지는 두려움과, 아무나 쉬이 넘보는 기녀라는 천직에의 열등감 등이 버무려져서 한없는 눈물을 쏟아 내게 했다.

주막집 사내는 매분이 동정이었다는 사실도 김언기가 남자 구실을 못한다는 사실도 알지 못하고, 다만 진주 토호인 김언기가 젊은 기생 하나를 달고 단풍놀이 겸 몸보신을 하러 산속에 들른 것으로만 알고 있는 듯했다. 따라서 김언기가 데리고 노는 기녀를, 일 년도 넘게 독수공방한 자신이 잠깐 쥐도 새도 모르게 탐했기로 별로 죄의식을 갖지 않는 것 같았다. 그렇지 않고서야 김언기 앞에서 설설 기듯 어렵게 행동하면서 그가 데리고 온 여자를 그토록 쉽게 범하지는 않을 것이기 때문이었다.

새벽녘에 매분은 김언기의 온갖 몸태질을 또다시 받아야 했다. 독사주와 독사 고기를 먹었어도 기운은 모아지지 않았던 모양인지, 그는 실오라기 하나 감기지 않은 그녀의 몸 위에서 진땀을 쏟으며 몸부림을 쳤다.

"내가, 너무 조급한 거야. 독물의 진짜 약효는 이레쯤 후에나 나타나는 것이라고 선인들이 말했거늘…."

그는 중얼거렸고 매분은 지금까지 밤마다 느껴 온 아쉬움과는 다르게 차라리 안도감 비슷한 감정을 가진다. 그가 완전한 교합을 이루게 되면 자신의 순결 파괴가 금방 드러날 것 같아서였다. 김언기 어른 개인을 위해서는 몸의 기운이 기필코 돌아와야 할 것이라는 원천적 바람을 갖고 있었지만, 지금 그녀의 심중은 반드시 그렇지만은 못했다.

*

다음 날의 조반은 역시 무밥과 시래깃국에 더덕장아찌와 계란찜이 더 놓여 있었다. 주막집 사내가 밥상을 쪽마루에 갖다 놓고 "어르신, 아침 드시소." 하고 말했을 때 매분은 반사적으로 방문을 열고 밥상을 들여와야 할 것 같았으나 사내의 얼굴을 면대하기가 쑥스럽고 두려워서 머뭇거렸다. 다행히 사내는 그 말을 끝으로 돌아서 가 버렸기 때문에 아무렇지 않은 척 밥상을 방 안으로 들여왔지만 그녀는 긴장감을 감추지 못했다.

"너 혼자 먹도록 하거라."

먹성 좋은 김언기가 뜻밖에 조반을 거르겠다고 했다. 약의 기운이 완벽하게 몸에 스며들게 하기 위해서라고 했다. 매분은 더 권하지 않았다. 그녀 역시 식욕이 떨어져 있기도 했지만 뭔가 제반사가 귀찮게 느껴졌기 때문이다. 매분은 더덕장아찌에 무밥을 두세 술 뜨는 둥 마는 둥 밥상을 다시 쪽마루로 내다 놓았다. 사내가 정짓간에서 내다보고 있는 것 같았으나 매분은 고개를 들어 그를 마주 보지 않았다.

햇살이 흙방의 창호지에 노랗게 깔렸다.

"어르신! 산으로 가입시더예."

사내가 문밖에서 다시 조심스럽게 말했다. 지리산에 이미 들어서 있는데 또다시 산으로 가자는 말은 산 중턱의 후미진 곳에 있는 '덫'으로 가자는 말이었다.

지난밤의 독사 술 기운이 아침까지도 온몸을 얼얼하게 만드는지 계속 자리에 누워 있던 김언기가 정신을 추스르듯 머리를 흔들면서 일어나 앉았다. 그러다 금방 다시 자리에 누웠다.

"엄 서방, 한 시진 정도만 더 있다 감세."

"예, 알겄습니더! 좀 더 쉬시소. 지는 칼을 갈아 놓겠십니더."

사내가 김언기의 말이 떨어지기 바쁘게 선선히 대답하면서 방 앞을 벗어났다. 마치 뭔가를 다 알고 있다는 듯 말끝에 느물거림과 여유를 달았다.

김언기가 정신을 가다듬고 일어난 시각은 정오가 다 되어서였다. 그는 자신이 그 시각에 일어난 사실에 대해서 감동하는 듯했다. 그 시각까지 독사 술에 취해 있었던 것은, 설령 원인이 어저께의 강행군 때문에 피로가 덮쳐 일어난 상황이라 해도, 오로지 약의 기운이 매우 세어서 취해 있었던 것으로만 그는 생각하는 것 같았다.

"약 기운이 몸 구석구석 뼛골에까지 스며든 것 같구나!"

앞서 걷는 사내의 뒤를 따라 산 숲을 헤쳐 오르면서 김언기는 연신 벙글대며 중얼거렸다.

천왕봉天王峯으로 오르는 산 중턱의 후미진 곳에 놓았다는 덫에 걸린 멧돼지를 잡으러 올라가는 길이었다. 숲이 선홍색 물감을 덮어씌운 듯 붉었다. 만산이 불이 붙어 활활 타오르는 것 같았다. 바람 한 자락이 지나가면 나뭇잎이 우수수 쏟아져 내렸다. 바람이 멎어 있어도 생명을 다한 나뭇잎은 쉼 없이 휘날려 떨어졌다.

"너무나 신비하고 아름다워요! 붉게 물이 든 눈송이가 마냥 휘날리는 것 같아요!"

매분은 단풍에 가려진 파아란 하늘과 잡목 숲과, 위로 오를수록 좁아지는 계곡의 맑은 물빛이며, 앞길을 가로지르는 다람쥐며 붉은 열매며 모든 것이 아름답고 신비스럽고, 극락이 있다면 이런 세상이려니 싶었다.

"자네가 단풍놀이를 제대로 하는구먼!"

"어르신 덕분입니다!"

김언기는 한껏 기분이 좋은 모양으로 유난히 큰 콧구멍을 벌름거리면서 매분의 손을 잡아 이끌었다. 앞서 걷던 사내가 돌아서면서 그녀를 흘금흘금 훔쳐보았다.

매분은 사내의 눈길이 자신에게 머물 적마다 섬뜩한 기운을 느꼈다. 지난밤에는 어둠 속이어서 사내의 얼굴을 제대로 볼 수 없었지만, 밝은 대낮에 바라본 그의 얼굴은 심하게 얽어 있었다. 살갗이 워낙 검고 붉어서 멀리서 보면 심한 곰보라는 것을 알 수 없었지만 가까이서 보면 마맛자국들이 여간 깊은 것이 아니었다. 거기에다 가느다란 눈이 위로 길게 찢겨져 있고 얼굴이 길었다. 지난밤 불빛에 얼핏 본 오십이 넘어 뵈던 얼굴은 낮에 보니 마흔 살 정도가 되었을까 싶었고, 나이답지 않게 어깨는 떡 벌어지고 걷어 올린 팔다리가 시뻘건 근육질로 다져져 산도적이 저런 낯짝이겠거니 싶었다. 그러나 기다란 얼굴 때문인지 건장하고 다부져 보이는 산 사내의 모양새인데도 전체적으로 몸매가 길어 보이고, 찢어진 눈 때문에 냉혈적인 사람처럼 보였다. 매분은 주막집 사내의 어느 부분이라고 꼭 집어낼 수는 없어도 그가 수풀 속에서 슬그머니 기어 나온 커다란 능구렁이 같다는 생각을 했고, 그런 그가 곁눈질로 자기를 바라볼 때는 마치 뱀을 만난 듯 섬뜩했던 것이다.

사내는 덫으로 오르는 동안 기회만 닿으면 매분을 훔쳐보았다. 김언기의 등 뒤에서 측면에서 그가 조금도 눈치를 챌 수 없도록 매분의 몸매와 얼굴에서 눈을 떼지 않았고, 그것은 마치 먹이를 눈앞에 두고 도망칠까 호시탐탐 노려보는 짐승의 탐욕스런 눈빛과도 비슷했다.

"가만, 엄 서방. 저기 왼쪽 노송들 밑에서 작년에 송이를 땄던 것 같은데."

김언기가 앞서 걷는 사내를 향해 소리쳤다. 사내가 돌아섰다.

"맞십니더! 참말로, 올해는 지가 저기를 한 번도 안 가 봤네예. 가 볼까예?"

"그럼 가 봐야지."

"그란데, 송이를 따고 덫에 올라가모 해안에 내리올란지 모리겄네예."

"덫에는 내일 가면 어떤가? 내가 이곳에서 대엿새는 머물 건데. 덫에 걸린 그놈의 발악이 좀 멎었을 때라야 처치하기가 좋을 게 아닌가?"

"그거는, 그렇습니더."

"그럼 오늘은 이 부근에서 송이랑 머루 다래나 땀세. 산중귀물들 아닌가."

"송이사 신선들이 묵는 선약仙藥입지요!"

사내가 왼편의 산등성이 쪽으로 방향을 돌리고 김언기도 몸을 돌렸다. 매분도 그 뒤를 따랐다.

김언기가 덫으로 가는 시간을 지연시킨 것은 편치 못한 속 때문이었다. 웬만큼 머리가 맑아져서 엄 서방을 따라 산으로 오르기는 했으나 지난밤의 독사주 기운이 아직도 몸에서 자리를 잡은 것 같지 않았기 때문이다. 그런 속에다 멧돼지의 그것을 삼킨다는 것은 두 약이 상충할 공산이 클 것 같고, 기껏 먹은 약의 효과가 없어질 수도 있다는 염려가 되었던 것이다. 송이는 고기가 아니라 먹어도 별 탈이 없을 것 같았지만 그러나 그것도 생각해 볼 문제라고 혼자 속으로 되뇌면서 김언기는 노송 아래로 접어들었다.

"자네는, 송이를 따 보았는가?"

김언기가 허리를 굽히고 소나무 밑을 살피고 있는 매분을 보면서 물었다.

"직접 따 보지는 않았지만, 주연상에 썰어 놓은 것을 본 적은 많습니다."

"뭣도 모르면서 송이 따러 간다는 말이 있는데, 너는 안다는 말이구나?"

김언기의 얼굴에 장난스런 웃음이 깔렸다.

"무슨 뜻인지, 어르신의 말씀을 모르겠습니다."

"그럴지도 모르지…."

김언기가 고개를 끄덕이며 혼잣소리처럼 뇌까렸고, 소나무 후면에서 있던 사내가 빙긋이 웃었다. 매분이 앙큼을 떨고 있다고 생각했는지 사내는 약간의 냉소도 머금으면서 그녀를 지그시 쏘아보았다.

"호오, 여기 있구나! 작년 바로 그 자리야!"

김언기가 탄성을 내지르듯 했다.

매분은 그가 가리키는 곳을 바라보았다. 마른 솔잎 위로 소복이 솟아나온 송이가 있었다. 탐스럽고 어여뻤다. 매분은 마른 솔잎이 수북이 깔린 바닥에 살포시 앉으면서 두 손으로 갈비를 젖혀 내고 송이를 뿌리 끝에서부터 조심스럽게 땄다. 도톰한 삿갓 모양의 윗부분 아래로 통통히 살진 그것은 매분이 지금까지 주연회의 큰 상에서 본 그 어떤 송이보다 크고 실했다. 향긋한 솔 냄새가 주변으로 뿜어졌다.

"허, 고것 참! 내 한창 때 그거하고 똑같으네!"

김언기가 매분이 따 올린 송이를 받아 쥐고 요리조리 살펴보면서 말했다.

매분은 그의 말을 얼른 이해하지 못했으나 주막집 사내는 터놓고 웃었다. 이어 웃음을 단 채 사내는 김언기를 향해 한마디 했다.

"어르신, 지금은 안 그렇십니꺼? 해마다 산약을 드시고 산기운을 쐬시는데…. 물을 만나모 고것보다 더 좋을 낀데예!"

"허허, 그렇지도 못하다네."

매분은 비로소 그들의 말이 송이에다 남자의 그것을 비유하여 농을 하는 것임을 눈치챘다. 하지만 실제로 그녀는 그 살진 송이처럼 생긴 남자의 물건을 한 번도 보지 못한 터라 자기의 짐작이 맞는지는 분명치 않았다.

"허, 여기 또 있구만! 여기도, 여기도…."

김언기가 탄성과 함께 가리키는 쪽에는 일찍 솟은 것인지 송이의 머리 부분이 삿갓 모양처럼 많이 펴져 있는 것들이 눈에 들어왔다. 그러나 가까이 다가갔을 때 그런 것은 몇 개일 뿐 대부분은 마른 솔잎 아래로 도도록이 솟아 아직 만개하지 않은 살진 것들로 탐스러웠다. 잡나무들 속에 섞여 있는 예닐곱 그루의 노송 아래가 바로 송이밭인 듯 세 사람은 저마다 스무 개 이상의 송이를 땄다.

"첫물이 돼서 많습니더! 지가 어르신 오시모 딸라고 올가실에는 여게만 냉기 놨거덩예."

사내가 생색을 내고 있었다. 좀 전에 김언기가 이곳으로 송이를 따러 가자고 했을 때에야 비로소 이곳을 상기해 내는 것 같았으면서도, 의외로 송이가 많고 김언기가 아이처럼 좋아하자 새삼 생색을 내는 것이었다.

"됐네. 인제 그만 따고 구워 먹음세! 저 아래 널따란 반석이 있구만! 자네 소금 가져온 거 있지? 어서 마른 나뭇가지를 줏어다 불을 지피게."

"예, 예."

사내가 주변에 지천으로 깔린 바싹 마른 나뭇가지를 주워 노송들 아래쪽에 펼쳐진 널따란 반석 위에 부싯돌로 불을 지폈다. 나무는 금방 타올랐고 벌건 숯불이 남았다. 사내와 김언기는, 나무가 타고 남은 숯불 위에다 생가지 몇 개를 석쇠처럼 걸치고 그 위에 금방 딴 송이버섯을 얹어 살짝 구워 냈다. 한편 사내는 어깨에 둘러멘 망태기 속에서 멧돼지를 먹을 때 사용하려고 준비했던 굵은 소금을 반석 위에 한 주먹 꺼내서는 돌로 빻아 가루로 만들어 나뭇잎에 담아 김언기 앞에 놓았다.

김언기가 그야말로 살짝 구워 낸 김이 모락모락 오르는 송이를 찢어서 소금에 찍어 먼저 맛을 보았다. 이어 매분에게도 어서 먹어 보라고 했다. 그녀는 그가 먹는 방법대로 송이를 찢어 입 안에 넣어 씹어 보았다. 담백하면서도 졸깃졸깃하고 솔향이 가득한 것이 여간 맛있지가 않았다.

"맛이 어떠냐?"

김언기가 매분을 바라보면서 말했다.

"아릴 줄 알았는데 전혀 그렇지가 않고 깊은 맛이 있어요!"

"신선들이 먹는 선약이고 산중 고기라는 걸 알아 두거라! 매분이 자네도 이제 산기운을 흠씬 마시고 선약도 먹어서 신선이 될 것이야!"

김언기가 벙글벙글 웃음을 만면에 담으면서 말했다.

매분의 얼굴이 붉어졌다. 그녀는 자신의 동정이 깨뜨려지지 않았더라면 순결한 몸에 송이가 선약이 될 수 있을지도 모르나, 실상 그렇지 못하다는 속마음이어서 부끄러웠던 것이다.

사내가 생송이에 잘게 부순 소금을 먼저 흩뿌리곤 숯불 위에 구워서 김언기와 매분 앞에 내놓았다.

"소금을 미리 살살 뿌리서 꾸버 묵는 맛도 좋십니더!"

그랬다. 사내가 구워 낸 그것은 확실히 또 다른 맛으로 입 안에 감겨

들었다. 무엇보다 간이 고루 배어 감칠맛이 더하고 솔향과 신선함이 입 안과 목 안을 휘감았다.

사내는 김언기 앞쪽, 그러니까 김언기의 시선이 머물 수 있는 곳을 제외하고는 줄곧 매분에게서 눈을 떼지 않았다. 검붉고 기다란 사내의 얼굴은 그녀를 향한 끈적한 관심과 욕정으로 사뭇 타오르고 있었고, 시종 터질 듯한 벙긋거림으로 하여 위로 찢긴 눈꼬리가 향방을 잃고 움직거렸다.

매분은 진작부터 자기 몸에 진드기처럼 달라붙어 있는 사내의 눈빛을 알고 있었고 그것이 두렵고 싫었다. 지난밤 헛간에서의 충격은 그것이 바로 남녀 간의 성적 교합이고 '속머리 얹음'임을 알고 있었기에, 도대체 이 사내와의 그 인연을 어떻게 받아들여야 할 것인지 그녀로서는 가늠이 되지 않았다. 김언기 어른과의 약조는 그녀의 삶에서 전부였다. 어서 어른의 기운이 돌아와 실질적인 교합을 이룸으로써 자신과 안방 어머니가 그로부터 수혜한 재물에 당당할 수 있었으면 하는 것이 매분의 일념이었는데, 뜻하지 아니한 일이 발생했던 것이다. 물론 지금의 상황도 머리 얹음에다 수일간의 동침으로 외형적으로는 김언기가 그녀의 첫 남자로 완벽한 자리에 있음은 자타가 인정하는 엄연한 사실이었으나, 매분의 양심은 불안하다 못해 두렵고 심란했다.

송이구이가 거의 끝나 갈 즈음, 사내가 슬그머니 자리를 피하는가 싶더니 얼마 후에 농익은 머루와 다래를 큰 손안에 넘치도록 따 왔다.

"어르신 드셔 보이소. 딸 때가 늦어서 너무 익어 버렸십니더!"

사내는, 말은 김언기에게 하면서 눈은 매분에게 박혀 있었다. 그녀를 위해 그것들을 따 왔음을 느낄 수 있을 정도로 사내는 그녀의 표정을 살피면서 벙글거렸다.

"오! 산중귀물 머루 다래로구나!"

김언기가 함박 같은 웃음을 터트리며 반가워했다.

송이처럼 김언기가 먼저 맛을 본 후 매분도 그것들을 집었다. 입 안에 침이 가득 고여 들면서 목줄이 당겨졌다. 너무 익어서 검정색으로 변한 머루송이를 매분이 집어 들자 김언기가 "지난밤 머루술 한 사발을 물 마시듯 하고도 그것이 다시 먹고 싶은가?" 하며 웃었다.

"하긴, 머루술을 마시고도 속이 아무렇지 않다면, 자네는 머루주가 몸에 맞는 것이야! 약이 되는 것이라구."

매분을 향한 김언기의 말에 사내가 자랑하듯 말을 받았다.

"어젯밤 그 머루주는 다섯 해나 숙성된 진국이었던 기라예!"

매분은 혐오스런 눈빛으로 사내를 흘끔 쳐다보곤 김언기를 향해 말했다.

"어르신이 독사 술에 독사 고기를 잡숫는 바람에 구토증이 솟아 얼결에 그것을 다 마시고는 목이 타듯이 갈증이 나서 혼이 났습니다. 정신이 아득해서 마당으로 기어나가 두 손으로 물을 마구 움켜 마셨지요. 그리고…."

매분의 말에 사내가 바짝 긴장하는 것 같았다. 그는 얼굴의 웃음을 홱 거두면서 그녀를 노려보았다. 자기의 행위를 매분이 김언기에게 고자질할 것으로 느낀 모양이었다.

"물을 많이 마시면 희석이 되어서 보약주의 효과가 떨어지지."

매분의 다음 말에 관심이 없는 듯 김언기가 중얼거렸다. 그리고 그 말을 끝으로 매분의 이야기는 더 진전되지 않았다.

산새들이 진작부터 아름다운 울음소리로 산속의 적막을 깨트리고 있었다. 다디달면서 새콤달콤한 머루 다래를 먹으면서, 매분은 사내를 잠시라도 긴장케 만든 것이 기분이 좋았다. 여차하면 김언기에게 사내의 행위를 까바칠 수도 있다는 나름대로의 위협을 준 것이기도 했다. 그러나 마음이 온전히 편한 것은 아니었다.

산속의 햇살이 설핏해지려 했다. 해가 야지보다 먼저 뜨고 먼저 지는 높은 산속이라 햇살이 금방 엷어지면서 기온이 서늘해졌다.

"엄 서방, 이제 내려가세나. 오늘은 산중귀물과 선약을 먹은 것으로 몸을 보해야지!"

김언기가 일어나 산 아래로 내려가기 시작했다. 매분이 그 뒤를 따랐다. 사내는 반석 위에 남아 있는 불씨를 칡줄로 동여맨 발로 지근지근 밟아 껐다. 그리고 바지의 허리끈을 풀고는 잿더미 위로 쏴 하고 오줌을 갈겨 불씨를 완전히 죽였다. 이어 사내가 하산길로 몸을 돌렸다.

매분은 올라올 때보다 내려가는 길이 더 힘들게 느껴졌다. 더욱이 뒤에 선 사내에게 신경이 쓰여서인지 내려가는 바윗길이 여간 힘들지 않았다. 그녀는 자신이 김언기 어른의 앞쪽에 섰으면 싶었지만 그가 먼저 앞서라고 하지 않는 한 감히 앞으로 가서 설 수가 없었다. 바싹 뒤따라오는 사내가 어떻게 하는 것도 아닌데 마치 뒤에서 그녀의 덜미라도 낚아챌 것 같아 마음이 급하고 불편했다. 그녀는 급기야 발목을 삐끗하며 엉덩방아를 찧고 말았다. 낙엽 더미라서 밟은 것이 하필 홈이 파인 구덩이여서 왼쪽 발이 빠지며 발목이 휘청하여 털썩 주저앉는 바람에 엉덩뼈가 돌 모서리에 심하게 부딪쳤다. 매분은 극심한 통증에 "악!" 하고 비명을 질렀다. 그러나 엉덩이뼈보다 더 낭패인 것은 발목이었다. 움직일 수가 없었다.

"어허, 조심하잖고…."

김언기가 돌아보며 혀를 끌끌 찼고 매분은 너무나 심한 통증에 그만 눈물이 솟았다.

"어르신. 발, 발목이, 일어설 수가 없어요."

매분이 울먹였다.

"어허, 이 산속에서 어찌한단 말이냐? 자, 나를 잡고 일어서 보아라."

김언기가 팔을 내밀었다. 매분은 그의 팔을 붙들었지만 자지러지는 비명만 내지를 뿐 꼼짝도 할 수 없었다.

"어허, 이거 일났구나! 엄 서방, 자네가 어떻게 좀 해 봐."

김언기가, 당황하여 우두망찰 서 있는 사내를 보고 말하자 그가 털썩 주저앉아 매분의 발목을 살폈다.

"뿌러진 거 같지는 않고, 심줄이 좀 늘어났거나 삔 거 같습니더."

그러나 그는 말은 그렇게 하면서도 그녀의 발목이 혹시나 골절일까 염려되어선지 발목을 늘리듯 앞으로 당겼다가 다시 뼈를 붙이듯 힘을 주어 압박하려 했고, 매분은 끔찍한 고통에 비명을 내질렀다. 사내는 잠시 손을 떼고 일어나더니 주변에 널려 있는 나뭇가지 네 개를 주워 와서 그녀의 발목 양쪽에 각각 두 개씩 붙이고 칡줄을 둘둘 둘러맸다. 발목을 움직이지 못하도록 고정시키는 것이었다. 그러고 나서 그는 김언기를 쳐다보았다.

"어르신, 지가 업어도 되겠습니꺼? 걸을 수도 읎지마는, 걸어서도 안 되거든예."

"엄 서방이 업지 않으면 내가 업어야 하겠는가? 물어볼 걸 물어봐야지."

매분은 도리 없이 사내의 등짝에 몸을 의탁하지 않을 수 없었다. 그러나 사내가 등을 들이대자 반사적으로 몸이 뒤로 젖혀지고 머뭇거려졌다.

"어서 업히거라. 여자가 조심성이 있어야지!"

김언기의 나무람에 매분은 머뭇거리며 사내의 등짝에 몸을 실었다. 두 남자 모두에게 진정으로 미안하고 부끄러웠다. 그러나 어찌할 것인가. 발목을 다치고 싶어 일부러 다친 것은 아니니, 미안하더라도 업히는 수밖에 달리 도리가 없었다.

"어르신, 죄송합니더…."

사내의 굵은 손이 매분의 엉치께에 거침없이 닿아 양 손바닥을 깍지 끼면서 그녀의 엉덩이를 떠받쳤다. 그러고는 가능하면 매분의 삔 발목이 흔들리지 않도록 등에 업힌 몸을 단단하게 추슬렀다.

"두 팔을 내 목에 감아야, 다리가 안 흔들리는데…."

사내가 업힌 채 어쩔 줄을 모르고 팔을 엉거주춤 내리고 있는 매분에게 말했다. 그녀는 김언기를 바라보았다. 그는 화가 난 사람처럼 조금은 심통스런 몸짓으로 앞서 성큼성큼 걸어가고 있었다. 매분은 뺨을 붉히며 양팔을 들어 사내의 목을 감았다. 온몸이 사내의 등짝에 찰싹 붙으면서 다리에 안정감이 왔다. 그녀는 사내의 등짝이 의외로 넓고 탄탄함을 느낀다. 발목의 통증이 보통이 아니었으나 마음이 차라리 편안하고 든든했다.

얼마를 걸었는지 산에는 어둠이 내리기 시작했다. 매분은 졸음을 느꼈다. 사내 등짝의 따뜻한 체온과 안도감 때문인지도 몰랐다. 그녀는 뺨을 사내의 등짝에 댔다. 사내가 놀란 듯 어깨를 움찔했다. 이어 그녀의 몸이 더욱 편안하도록 팔에 힘을 모아 재차 추슬렀다.

"어쭈, 그새 잠이 들었어?"

김언기의 목소리에 매분은 화들짝 놀라면서 눈을 떴다. 사위는 어둠이 내려 있고 그들은 이미 주막에 당아 있었다. 그녀는 순간 발목을 삔 사실을 잊어버리고 사내의 등짝에서 버둥거리며 내리려고 했다. 그러다 뻗지르는 발목의 통증으로 신음을 토했다. 사내는 매분을 쪽마루에 조심스럽게 내려놓고 김언기를 바라보았다.

"뭘 쳐다보나? 방 안에 들여놓아야지."

김언기가 말했다.

"아닙니더. 저 혼자 들어갈 수 있습니더."

매분이 말하면서 한 발로 일어서려 했다.

사내는 아무 말 없이 흙방 안으로 들어가 때에 전 요판을 펴놓고는, 문기둥을 붙잡고 바동거리며 일어서려는 그녀를 답삭 안아다가 방 안에 뉘었다. 매분은 달리 방법이 없었다. 갑자기 환자가 되어 버린 자신의 처지가 어처구니가 없었으나 그러나 엄연한 현실이었다. 사내가 방안에 촛불을 켜 주고 나갔다.

"어르신, 참말로 죄송합니다요."

매분은 김언기 앞에서 번듯이 드러누워 있는 것이 미안하여 상체를 일으키며 기어드는 목소리로 말했다.

"누워 있거라. 골절인 것 같지는 않으니까 사나흘만 쉬면 괜찮아질 거다."

*

밤이 깊어갔다. 골짜기의 물소리가 귓전을 때렸다.

김언기는 고른 숨을 쉬며 깊은 잠에 빠져들었다. 지난밤 독사주의 약효가 온몸으로 고루 스며들고, 거기에 선약이라는 송이구이에 송이 죽 저녁까지 먹어 정신과 몸이 한결 편안해진 것 같았다. 새벽녘 눈을 떴을 때도 그는 매분의 발목을 생각해선지 아니면 여전히 잠들어 있는 몸의 기운 때문인지 여느 새벽처럼 그녀를 건드리지는 않았다.

윗목 구석에 놓인 요강에 소변을 힘없이 배설하고는 한숨을 내쉬며 옆으로 돌아눕는 김언기를, 매분은 소리 없이 지켜보면서 안쓰러운 마음으로 숨을 삼켰다. 기운을 잃은 원인이 그의 말대로 꿈에 호랑이가 나타나 그의 물건을 깨물어서인지는 알 수 없었지만, 왠지 그의 기운이 어떤 수단 방법을 다해도 쉬 돌아올 것 같지 않다는 느낌이었다.

그러나 그는 희망을 잃지 않고 있는 것 같았다. 다음 날 이른 아침부터 멧돼지가 걸려 있는 덫으로 가겠다며 서둘렀고, 주막집 사내는 김언기의 성화에 정짓간으로 방으로 헛간으로 정신없이 돌아쳤다. 햇살이 떠오르기도 전에 그들은 매분을 남겨 놓고 산으로 올라갔다.

사내는 산으로 들어가기 전에 그녀의 다리께를 빠르게 살펴보았다.

나뭇가지로 부목을 대고 칡줄로 둘둘 휘감아 놓은 것이 미덥지 못하고 안쓰러운 듯, 틈이 나면 다시 제대로 해 주고 싶은 마음인지 헛간 쪽의 나무토막과 톱을 흘끔 바라보았다.

남자들이 나가 버린 낮의 주막집은 적막했다. 이름이 주막일 뿐이지 술도 밥도 팔지 않고 실제는 사냥꾼의 움막일 뿐인 이곳에 찾아오는 사람도 없었고, 기껏해야 살아 있는 동물의 생피나 음경 따위의 괴이한 부분을 즐겨 먹는 김언기 같은 사람 외에는 방문객이 따로 있는 것 같지도 않았다.

하룻밤을 잘 자고 나서인지 매분은 다리의 통증을 별로 심하게 느끼지 않았다. 사내의 말대로 골절이 아니라 발목이 삔 정도인 것 같았다. 매분은 사내가 그 바쁜 와중에도 흙방의 윗목에 밥과 장아찌와 찌개 그릇이 놓인 소반을 그녀의 점심으로 차려 두고, 사기요강도 깨끗이 씻어 아랫목 구석에 놓아둔 것을 보면서 조금은 고마운 마음이 일기도 했다. 말은 한마디도 하지 않았지만 자기를 위한 사내의 마음씀씀이를 읽을 수 있었기 때문이다.

눈부시도록 밝은 햇살이 흙방과 쪽마루에 부서져 내렸다. 매분은 엉덩이로 방바닥을 밀면서 쪽마루로 나와 마루 밑의 막대기 하나를 꺼내어 바른손으로 짚으면서 일어나 보았다. 삔 발목으로 피가 갑자기 쏟아져 내리는 듯 부목을 댄 다리가 무거웠으나 한쪽 다리로 깸짝을 뛰면서 뒷간을 찾아갔다. 차마 큰 볼일까지 요강에 치르고 싶은 생각은 추호도 없었던 것이다.

매분이 뚱간에서 간신히 볼일을 끝내고 돌확에 고인 물을 떠내 샅을 씻은 후 막대기를 짚고 다시 일어서려 했을 때, 안방 격인 정짓간 옆의 방에서 신음 소리 같은 기성이 흘러나왔다. 그녀는 잘못 들었는가 싶어 다시 귀를 모아 보다가 옹알이를 하는 듯한 사람 소리가 방에서 흘러나오는 것을 분명하게 들을 수 있었다. 그녀는 비로소 사내에게 중풍을 앓는 노모가 있다는 소리를 김언기 어른으로부터 들었던 기억이 떠오르면서 궁금증이 발동했다. 그녀는 다시 깸짝을 뛰어서 그 방문 앞으로 다가갔다. 그리고 문을 살며시 열어 보았다. 그러다 그녀는 숨을 훅 들이마시면서 휘청거렸다. 방문을 열자마자 코를 쏘는 악취와 기성을 내지르는 해골 같은 사람 하나가 보였기 때문이다. 두 눈이 움푹 팬, 뼈와 가죽뿐인 얼굴 하나가 방문을 마주한 위치에서 귀밑으로 돌아간 입을 꺽꺽 벌려 대면서 알아들을 수 없는 소리를 지르고 있었다.

매분은 정신을 수습하고 한 손으로 코를 막고 두 눈을 홉뜨면서 방안을 천천히 둘러보았다. 노인은 몸을 움직이지 못했다. 눈동자도 사시처럼 방향이 각각이고, 입은 왼쪽 귀밑까지 돌아가 비뚤어져 있고, 검정 이불 밖으로 나와 있는 손은 거미발처럼 앙상했다. 매분은 다리에 힘이 부쳐 방 안을 들여다보며 계속 서 있을 수 없어 방문턱에 엉덩이를 놓았다.

"으이으, 아으이…."

노인은 방문턱에 걸터앉은 그녀를 바라보는 듯한 얼굴로 도무지 알아들을 수 없는 기성을 계속 질러 댔다. 매분은 노인의 기성을 들어 보려 했다. 무엇인가를 요구하는 것도 같고, 누군가를 나무라는 것도 같고, 혼자 노래를 부르는 것처럼도 보였고, 울면서 절규하는 것 같은 모습으로도 비쳤지만 분명하게 알 수는 없었다. 매분은, 노인의 모습이 너무나 참담하고 악취가 머리를 어지럽게 했으나, 방 안으로 한 발을 들여놓고 다른 한 다리는 뻗은 채 방바닥에 주저앉았다. 노인이 뭔가를 요구하고 있다고 생각했기 때문이다.

노인의 머리맡에 미음인 듯싶은 멀건 죽 그릇이 숟가락이 담긴 채 놓여 있었다. 매분은 윗목으로 엉덩이를 밀고 가서 숟가락을 집어 물이나 다름없는 흰죽을 떠서 노인의 입술에 대 보았다. 노인이 벌에 쏜 듯 일그러진 입술을 움직거렸다. 매분은 노인이 그것을 간절히 원하고 있음을 알 수 있었다. 사내가 김언기의 재촉에 너무 급하게 돌아치다가 미처 노인의 끼니를 챙기지 못하고 떠난 것이라 헤아려졌다. 매분은 누워 있는 노인에게 멀건 죽이나마 제대로 삼키게 하려면 안아 일으켜야 되겠다는 생각을 했지만 잠시 난감한 심정이었다. 그러나 아픈 다리의 위치를 돌려 길게 뻗으면서 성한 두 팔로 노인을 자리에서 일으켜 보았다. 이불을 들추자 악취는 더욱 코를 찌르고, 노인은 그녀의 팔 안에서 허깨비처럼 휘청거렸다. 고개가 앞과 옆으로 제멋대로 꺾어지고, 두 팔도 완전히 마비가 된 듯 몸뚱이가 움직여지는 대로 흔들거렸다. 뼈와 가죽뿐인 몸 위에 걸쳐진 때에 전 저고리가 무거워 보이고 그것은 몸체가 기울어지는 대로 이리저리 쏠렸다. 노인을 제대로 안으려니 삔 발목이 꺾어지며 통증이 왔지만 그녀는 지그시 참으며 노인의 입 안에 죽물을 계속 떠 넣어 주었다. 워낙 입매가 귀밑으로 돌아가 있어서 팔로 안고 떠먹여도 죽물은 반은 입 밖으로 흘러내리고 반은 목안으로 꼬르륵 소리를 내며 넘어가곤 했다. 매분은 그나마 그릇 속의 죽물을 반 이상 먹이고 다시 노파를 자리에 눕혔다.

노인의 기이한 부르짖음은 매분이 죽물을 떠먹이면서부터 그쳤고, 다시 요판 위에 눕히자 그녀는 초점 없는 눈동자를 굴리더니 금방 잠 속으로 빠져들었다. 숨을 쉬는 흔들림이 없으면 그대로 죽은 송장 같다는 생각을 하면서 매분은 그 방을 벗어나기 위해 엉덩이를 끌었다. 좀 전 노인의 그 기성은 배 속의 허전함을 채워 달라는 울부짖음이었던 것이다. 도무지 배를 채울 것 같지 않은 죽물 몇 순갈을 삼키고 조용해진 노인을 다시 돌아보면서 그녀는 방문을 닫았다.

"저렇게 오랜 세월 습관이 된 모양이다. 얼마나 갑갑하고 외로울까? 늙어서, 저렇게는 살지 말아야 할 텐데…."

매분은 노인에 대한 연민으로 마음 아파하며 한숨을 삼키고는 천천히 몸을 일으켜 깨금발을 뛰어 햇살이 눈부시게 쏟아지고 있는 흙방 쪽마루로 갔다. 마루 끝에 엉덩이를 걸치고 앉았다. 절 쪽에서 목탁 소리가 들려왔다. 점심 공양 때가 된 모양이었다. 검정색 산고양이 두 마리가 마당을 가로질러 헛간 쪽으로 달아나고, 비어 있는 집에서 가끔씩 먹을 것을 얻을 수 있었던지 다람쥐 두세 마리도 정짓간 문턱 밑으로 들락거렸다. 그뿐이 아니었다. 까투리 한 마리가 어디서 날아왔는지 푸드덕 뜰 가운데에 서는가 싶더니 이어 장끼 한 마리가 화려한 깃 색깔을 자랑하듯 날개를 펄럭이며 마당에 날아와 앉았다. 놀라운 광경이었다. 매분은 하마터면 탄성을 터트릴 뻔했다. 마당은 사람이 사는 집의 일부가 아니라 꿩들에게는 그냥 숲의 한 공간으로 보이는 것 같았다. 순간, 그녀는 방 안의 해골 같은 노인이나 흙방 앞 쪽마루에 걸터앉은 자신이 흡사 숲 속의 늙고 병든 야생의 암컷들로, 자연 속의 한 생물체일 뿐이라는 착각이 들고, 그 순간부터 그녀는 몸과 마음이 한결 편안해짐을 느낀다.

느긋한 여유로움으로 매분은 소리를 죽인 채 마당의 꿩들을 바라보았다. 장끼와 까투리는 서로 머리를 맞대기도 하고, 날개를 펼쳐 으스대며 가볍게 날아올랐다 내렸다 반복하기도 했다. 마당가를 빙빙 도는 장끼의 꽁무니를 종종걸음으로 뒤쫓는 까투리를 보면서, 그녀는 남정네에게 목이 매달려 사는 인간 세상 아낙들의 팔자를 떠올려도 본다.

'짐승이나 사람이나 사는 것이 비슷하겄제. 어머니와 향녀, 옥매, 논개는 지금 무엇을 할까? 가야금을 뜯고 있을까, 붓글씨를 쓰고 있을까? 논개가 보물처럼 껴안고 사는 장끼 박제가 생각나는구나. 논개를 데려왔으면 마당의 저 장끼를 활을 쏘아 잡았을까?'

매분은 진주를 떠나온 지 사흘밖에 되지 않았는데도 머리 얹은 이후로 아이들과 계속 함께하지 못한 탓인지 그동안 긴 세월이 지난 것처럼 느껴졌다. 그녀는 이런저런 상념에 젖어 고개를 들어 하늘을 쳐다보았다. 푸르다 못해 시려 보이는 하늘이 너무나 청아하고 깊어서 몸뚱이가 하늘 속으로 빨려들 것 같은 기분도 느낀다.

주막집 사내가 시커먼 멧돼지를 어깨에다 둘러메고 마당으로 들어선 것은 바로 그때였다. 장끼와 까투리가 푸드덕 거친 날갯짓을 치며 높이 날아가 버렸다. 김언기 일행이 저물녘에나 산에서 내려올 것이라 생각했던 매분은 뜻밖에도 한낮에 주막집 사내가 들이닥침에 놀란다. 그런데 산에서 내려온 사람은 주막집 사내 혼자였다.

"어, 어르신은…?"

마당에다 멧돼지를 부려 놓는 사내를 향해 매분이 중얼거렸다.

"절에 종놈들을 데불러 갔인께…."

사내가 중얼거리면서 마당에다 멧돼지를 부려 놓자마자 쪽마루에 다리를 내리고 앉아 있는 매분을 답삭 안아다 방 안의 요판 위에 뉘었다. 그리고 그녀의 발목을 휘감았던 나뭇가지와 칡줄을 풀어내면서, "뿌러진 거 같지는 않고 삔 거 같으니께, 뜨신 물로 풀고 내가 새로 나무를 대 줄 틴께." 했다.

나뭇조각을 풀어내는 사내의 손이 후들거렸고 숨소리는 진작부터 거칠어져 있었다. 매분의 다리가 사내의 손끝에 의해 마음대로 휘둘리고, 가랑이가 터진 그녀의 중의 사이로 사내의 손바닥이 몇 번 스치는가 싶더니, 매분은 또 한 번 거대한 충격을 받았다. 충격으로 인한 통증은 그저께 밤의 헛간에서보다는 덜했지만 여전한 고통 속에서 그녀는 사내의 몸짓에 따라 숨을 컥컥 내쉬었다. 매분의 두 다리는 사내의 손짓 따라 휘둘리고, 사내는 짐승처럼 시뻘건 두 눈을 부릅뜨고 그녀를 잡아먹을 듯 탐했다.

"니캉, 내캉, 이 짓은, 하늘이 알고, 땅이 알고, 우리 둘만, 아는 기라."

사내가 궁둥이를 방아질하며 가능한 한 그녀의 삔 발목에 충격이 가지 않도록 신경을 쓰면서 중얼거렸다.

매분은 눈 둘 곳을 몰라 고개를 비틀다가 다시는 뜨지 않을 것처럼 두 눈을 감아 버린다. 고통과 더불어 그녀는 심한 어지럼을 느낀다.

사내가 서둘러 매분의 살에서 몸을 일으켰다. 그리고 벼락 치듯 바지춤을 끌어올려 허리끈을 질끈 동여맨 후, 방문을 열고 그녀를 다시 안아다 쪽마루에 앉혔다. 사내는 이어 정짓간으로 달려가더니 솥에다 물을 붓고 아궁이에 불을 지폈다. 그리고 데운 물을 커다란 옹기그릇에다 담아 쪽마루 앞으로 내와서 그녀의 부어오른 다리를 담그게 하고 무명 수건을 적셔 발목을 휘감아 데워 주곤 했다. 맨손으로 가만가만 아픈 부위를 눌러 주기도 했다.

"그냥 가마이 발목을 물에 넣고 있어야 좋은께네…."

삔 발목을 더운물 속에 계속 담그고 있도록 하고, 사내는 방 안으로 들어가 흰 무명 수건 한 장을 들고 나와서 길게 북 찢었다. 이어 헛간으로 들어가 얇게 대패로 밀어 놓은 것 같은 매끄러운 판때기 두 개를 들고 왔다.

"이제는 많이 아프지도 않고, 더운물에 넣으니까 시원하고 다 나은 것 같은데…."

매분은 자기 발목에 다시 판때기를 대서 고정시키려 하는 사내 쪽을 향해 중얼거렸다.

"그래도 이거를 대고 있어야, 붓기도 얼렁 빠지고 아픈 데가 조심도 된께네…."

사내는 매분의 다리에 다시 작은 판때기를 양쪽으로 대고 칡줄 아닌 무명 수건으로 빈틈없이 둘둘 감아 동여맸다.

그때 김언기 어른과 절에 머물던 노복 둘이 주막 안으로 들어섰다. 매분이 일어나려고 몸을 움직거렸다.

"뜨거분 물에 발목을 좀 풀게 했십니더."

사내가 김언기를 쳐다보며 말했다.

"허허, 엄 서방이 지극정성이구만. 잘혔어! 아픈 거는, 좀 어떤가?"

김언기가 사내를 칭찬하곤, 매분을 내려다보며 물었다.

"많이 나은 거 같습니다."

"그럼, 어서 나아야지. 이보게들, 뭣들 하는가? 어서 마당의 저 놈을 잡아야 실컷 포식들 할 게 아닌가."

두 노복의 얼굴에 웃음꽃이 번들번들했다. 그들은 멧돼지를 이리저리 굴려 보며 벌린 입을 다물지 못했다.

"어르신! 살이 통통하게 쪘네예!"

그런데 한 노비가 멧돼지에 눈을 박고 소리를 쳤다.

"새끼를 밴 암컷입니더!"

"수컷이 걸렸으면 더욱 좋았을 것인데 말이야."

김언기가 멧돼지를 내려다보며 새삼 아쉬운 듯 말했다.

그러자 주막집 사내가 고개를 저으며 그를 쳐다보았다.

"어르신, 아입니더예! 새끼가 들었은께 그기 숫놈 그것보다 훨씬 더 좋은 기라예! 이런 놈 걸리는 거는 하늘에 별 따기라예!"

사내들이 고개를 주억거리면서 키들거렸다.

"아무려나, 어서 잡아 보게나."

사내가 정짓간으로 들어가더니 펄펄 끓는 뜨거운 물을 항아리에 담아 마당 가운데에 나동그라져 있는 멧돼지의 몸통에 퍼부어 튀를 했다. 돼지는 산에서 이미 멱을 따서 죽은 상태로, 뜨거운 물벼락을 맞고도 미동조차 없었다. 뜨거운 물에 돼지의 몸뚱이가 고루고루 적셔지자 세 사내들이 한꺼번에 달려들어 돼지의 털을 뽑기 시작했다. 더운물에 튀가 된 살가죽의 털은 사람의 손끝에 맥없이 뜯기어 허연 살을 드러냈다. 별로 크지 않은 시커먼 암돼지가 순식간에 허연 돼지로 둔갑해 버린 것이다. 주막집 사내가 일어나 헛간에서 가마니 한 장을 끌어와 물 범벅이 된 주변의 흙바닥에다 깔았다. 그리고 털을 죄다 뽑은 통돼지를 돌확 옆으로 들고 가 깨끗이 씻어서 가마니 위에 얹었다. 항아리와 도마와 칼과 소금통도 가마니 위에 옮겨 놓았다.

매분은 형용키 어려운 복잡한 마음으로 진작부터 안절부절못한 상태였다. 김언기와 노복들이 주막에 닿기 전에 사내의 두 번째 겁탈이 천연덕스럽게 이루어지고, 그 어른 몰래 또다시 엄청난 일을 저질렀다는 두려움이 마음 깊은 곳에서 묘한 떨림으로 교차하고 있는데, 눈앞에서 벌어지는 돼지 배 가르는 정경이 또한 적지 않은 충격으로 한꺼번에 다가왔기 때문이다. 그녀는 흙방 안으로 들어가기 위해 몸을 돌렸다. 그 순간이었다.

"어르신! 이거 보시소! 여섯 마리나 됩니다요!"

사내의 탄성에 가까운 고함 소리가 터졌다.

매분은 반사적으로 고개를 돌렸고 순간 비명을 내질렀다. 멧돼지의 복부가 길게 갈라져 내장이 쏟아져 내리고 있었고, 그 속에 미처 털도 생기지 아니한 새끼 돼지猪胎들이 옹기종기 엎드려 있는 것이 눈 안에 들어왔던 것이다. 그것은 섬뜩한 전율이었다. 외경스러움이었다. 그녀는 전신을 부르르 떨었다.

"어서 꺼내서 그것부터 삶게나!"

김언기의 음성은 흥분으로 들떠 있었다.

"예, 예!"

사내가 작은 새끼들을 꺼내 커다란 바가지에 담아 정짓간으로 가지고 들어가고, 노복들이 내장을 갈라내고 대가리를 도끼로 쳐서 몸통을 토막 내었다. 매분은 얼굴이 사색인 채 다리를 끌며 방 안으로 피해 들어갔다. 속이 심하게 메스꺼웠던 것이다.

"저렇게 비위가 약해서야, 어찌 야박한 한세상 살아가겠느냐."

김언기가 그녀의 뒷모습을 바라보면서 히죽히죽 웃었다.

얼마 후, 매분의 속은 기어이 반란을 일으키고 말았다. 통째로 삶아 김이 오르는 새끼 돼지 한 마리를 사내가 방 안으로 불쑥 들이밀며 먹어 보라고 했기 때문이다. 그녀는 윗목의 요강을 끌어당겨 기어이 속엣것을 토해 내기 시작했다.

"제발, 제발 내가라구요."

사내가 놀란 얼굴로 새끼 돼지가 담긴 그릇을 내갔다. 문밖에서는 김언기를 비롯, 사내들의 웃음소리가 한바탕 터졌다. 매분의 자지러지는 반응이 그들에게는 재미가 있었던 모양이다. 사내가 찬물 한 사발을 방 안으로 들여놓았다.

"찬물 정도로는 속을 다스리지 못하지. 어저께처럼 머루주 한 잔을 주는 게 좋을 게야."

"예, 예, 어르신."

매분은 김언기와 사내가 주고받는 말을 들으면서 토악질을 멈추려고 애를 썼다. 그러나 푹 삶긴 불그스름한 새끼 돼지의 웅크린 모양새가 머리에 박혀서 메스꺼움이 쉽사리 멈추어지지 않았다.

"잔인한 사람들 같으니…."

매분은 사내가 들여놓은 찬물로 입 안을 가셔 내면서 중얼거렸다. 그러나 그 찬물조차 금방 토해 내고 만다.

사내가 또다시 문을 열고 간장 종지보다 조금 큰 그릇에 검붉은 머루주를 담아 방 안으로 반쯤 몸을 들이밀고 갖다 놓았다.

"머루술이 독한 기라서 마이 마시모 발목에 안 좋을 꺼 같은께, 쏙 따독거리거러 쪼깨만 마시는 기 좋겄는데…."

사내가 소리를 낮추어 빠르게 말하면서 그녀의 노란 얼굴을 걱정스럽게 바라보았다. 매분은 사내의 얼굴을 마주 보지 않고 머루주 그릇만 집어 입술에 대고 단숨에 마셔 버린다.

"천천히 마시지 않고…."

사내가 안쓰런 눈빛으로 계속 매분을 쳐다보며 중얼거렸다.

"토액질을, 자꾸 하는가?"

김언기의 목소리가 밖에서 났다.

사내가 화다닥 놀라면서 빈 그릇을 집어 나갔다.

"쪼매 멎은 거 같십니더."

"아직 나이가 어려서 마음이 많이 여린 게야."

김언기가 매분의 토악질을 두고 말하는 것 같았으나 사내는 대답이 없었다.

"어허, 요렇게 보드라운 걸! 자네들도 한 마리씩 들게나. 나머지는 내가 약으로 다 먹을 테니까."

"예, 예, 영감마님! 고, 고맙십니더예!"

매분은 귀를 막는다. 주고받는 소리로 그들이 무엇을 먹고 있는가를 알 수 있었고, 그 소리들을 더 듣고 싶지 않았던 것이다.

시간이 흐를수록 마당의 남정네들은 떠들썩하니 소란스러워졌다. 새끼 돼지를 손가락으로 찢어 소금과 새우젓에 찍어 단숨에들 씹어 삼키고, 이어 삶겨져 나오는 어미 돼지의 간이며 머리 고기며 부위별 살점을 다투어 우적우적 먹어 대기 시작했다. 야생의 산매화 열매로 담근 매실주를 반주로 마셔 가면서 고기를 씹고 뜯느라 사뭇 혈안이 되었다. 김언기를 제외한 세 사내들은 마치 고기에 걸신들린 사람들 같았다. 어미 돼지의 몸통 절반 가까이를 앉은자리에서 너끈히 먹어 치웠던 것이다.

"허허허, 식성들이 대단들 하구만! 이보게들, 해가 지려 하는데 이제는 절에 올라가 봐야지. 스님들 앞에 고기 냄새, 술 냄새 풍기지 않도록 조심들 하라구. 스님들 아시면, 이 고기 씨도 남지 않을 것이니 말이야."

사내들이 와아 웃었다. 무릎을 쳐 대며 낄낄 웃어 댔다. 어디에서 날아왔는지 매 한 마리가 하늘 위를 빙빙 돌았다. 까마귀들도 주막집 지붕 위와 뒤란 굴참나무 위를 돌거나 나뭇가지에 앉아 깍깍거렸다. 고기를 구워 냄새를 피운 것도 아닌데 귀신같이 냄새를 맡고 온 것 같았다.

"뼈다귀와 껍데기들은 좀 남겨 두게나. 짐승들이 얻어먹겠다고 저렇게들 모여드는데."

"알겠십니더, 영감마님."

깊은 늦가을 산속의 한낮은 어느덧 황혼으로 물들고, 김언기의 노복들은 얼굴이 불콰한 채 배를 두드리며 멍석 위에서 일어났다.

"마님, 참말로 잘 먹었습니다요! 그라모, 쇤네들은 올라가 보겠습니다요."

"그래그래, 스님들 앞에 고기 냄새 닿지 않도록 조심하라고 일렀겠다. 그리고 낼 모레 글피, 그래 글피에는 이곳을 떠날 테니까 말들 잘 거두고, 글피 새벽에는 주지 스님께 인사 올리고 말 끌고 이리 내려오도록 하거라."

"예, 예예, 영감마님!"

노복들이 주막집을 벗어나는 소리가 수선스럽고, 김언기와 사내는 멍석 위에 그냥 앉아 더 먹고 마시는 것 같았다. 매분은 노복들에게 지시하는 김언기의 말로 앞으로 세 밤만 더 지내면 진주로 돌아감을 알 수 있었다.

"호랑이 잠지는 어찌하고…?"

매분은 불쑥 그 생각부터 떠올랐다. 주막집 사내의 덫에 호랑이가 걸려들도록 기다릴 수가 없는 모양이라고 생각했다. 실제 김언기는 호랑이를 기어이 잡을 생각이 아니었던 것인지, 아니면 사내의 덫만 믿었던 것인지, 활이나 창 등의 사냥 도구를 하나도 가져오지 않았었다. 어쨌거나 백 리 길을 말을 타고 들어온 깊은 산속인데, 그리고 겨우 이틀 밤을 지냈을 뿐인데, 사흘 밤만 더 자고 떠나겠다고 하니 왠지 아쉬움이 적지 않았다. 안방 어머니도 동기 아우들도 보고 싶었지만, 발목이 어서 나아서 울긋불긋한 나뭇잎들로 마냥 푹신하던 산에 다시 오르고도 싶고, 송이버섯이랑 머루 다래도 따고 싶었다. 극락이 그러려니 싶을 만큼 단풍으로 환상적이던 산속에서 더 즐기고 싶은데 어른은 돌아간다는 것이었다. 검붉고 긴 두상에 찢어진 눈을 가진 사내의 얼굴이 떠오르고, 얼굴 같지 않은 따뜻하고 자상한 마음씨가 떠오르고, 무엇보다 사내와의 교합이 떠올랐다. 산에서도 더 놀고 싶고, 김언기 어른에게는 엄청난 배신행위로 실로 죄송하고 두려웠지만 어차피 저질러진 사내와의 교합을 다시 한 번쯤 제대로 경험해 보고 싶은 생각도 없지 않은 것이, 그녀의 솔직한 마음이었다.

산매실주와 새끼 돼지 고기로 폭음 폭식한 김언기가 나무 판때기와 무명 수건 찢은 천으로 다시 동여맨 매분의 발목과 종아리를 가만히 내려다보면서 번들거리는 입가로 웃음을 머금었다.

"많이 아프냐?"

"큰 아픔은 없습니다."

"두 발로 걸어 보았느냐?"

"아직은…."

"그럼, 일어서서 걸어 보아라."

매분은 막대기로 짚거나 깨금발을 뛰거나 다리를 끌기만 했을 뿐, 다친 이후로는 두 발로 걸어 본 적이 없어 불안함도 없지 않았으나 그의 말을 거역할 수가 없었다. 엉거주춤 일어나서 조심스럽게 걸음을 떼어 보았다. 부어오른 발목 아래의 발바닥이 방바닥에 닿자 저릿저릿한 느낌일 뿐 유별한 통증은 없었다.

"그냥, 힘을 주어 걸어 보아라."

매분이 겁을 먹고 지극히 조심스럽게 발자국을 떼는 것을 보면서 김언기가 거듭 말했다. 그의 목소리에는 약간의 위엄이 묻어 있었다.

매분은 망설임 없이 두 다리에 힘을 주어 걸어 보았다. 역시 발목께가 뻐근할 뿐 신음을 뱉어 낼 정도의 통증은 없었다.

"별로 아프지 않습니다."

"그럼 됐다. 나무 판때기는 댈 필요가 없겠다. 더운물 찜질을 하고 수건만 감아도 되겠구나."

김언기는 매분의 걷는 모습을 보면서 그렇게 단정하고는, 방문을 활짝 열고 사내를 불렀다. 바깥바람이 방 안으로 들어오면서 촛불이 펄럭거렸다.

"엄 서방, 더운물 좀 가져오게나."

그러자 사내가 무슨 말인가를 할 듯 잠시 머뭇거리다가 곧 예예 굽실거려 대답하곤 정짓간으로 들어가더니, 금방 더운물을 옹기그릇에 담아 내왔다.

"어르신. 지가, 찜질을 해 줄까예?"

사내가 매분의 발목을 바라보면서 말했다.

"아니다. 제 스스로 하도록 내버려 두어라. 병자입네 생각하고 걸어보지 않고 몸을 움직이지 않으면, 진짜 큰 환자가 되어 몸이 굳어지는 법이다. 스스로 몸을 움직여서 풀어야 하는 것이야."

사내가 딱한 눈빛으로 그녀의 다리를 다시 흘끔 쳐다보곤 돌아섰고, 매분은 허리를 구부려 낮에 사내가 찜질 후에 감아 준 무명 수건과 나무 판때기를 스스로 풀어낸다. 그리고 부어오른 발목을 더운물에 담그고는 양 손바닥으로 가만가만 눌렀다. 사내가 해 주듯이 발목 주변의 종아리도 발바닥도 발가락도 조곤조곤 주무르면서 긴장을 풀어낸다. 부기는 그대로 있어도 발목이 한결 부드러워지는 것 같았다.

물의 온기가 식을 즈음 사내가 때맞추어 방문 앞에서 물어 왔다.

"어르신, 물을 내가도 되겄십니꺼?"

"그러도록 하게."

사내가 시키지도 않았는데 깨끗한 무명 수건 한 장을 들고 방 안으로 들어와 매분의 다리를 얼른 수건으로 감싸 물기를 닦아 주었다. 그리고 풀어 놓은 수건 조각을 다시 집어 그녀의 발목을 순식간에 휘감아 매분이 더 힘을 쓰지 않아도 되도록 해 주었다. 사내는 김언기에게 수건을 감아 주어도 좋으냐고 물어보지도 않았고, 그 역시 사내에게 시키지 않은 일을 왜 하느냐고 따지지도 않았다. 매분이 사내에게 발목을 붙들린 채 당황하여 김언기를 쳐다보았으나, 그는 불콰한 얼굴에 빙긋이 웃음만 머금고 있었다. 매분의 발목을 수건 조각으로 잘 고정시켜 준 사내가 물이 담긴 옹기그릇과 벗어 낸 나무 판때기 등을 챙겨 밖으로 나갔다. 사내가 김언기에게 인사를 하고 방문을 닫자 방 안의 촛불이 또 한 번 펄럭거렸다.

"어떠냐, 가뿐하냐?"

김언기가 물어 왔다.

"예…."

"그래. 뿌러지지도 아니한 발목을 공연히 나무 판때기를 대서 잠자리만 불편하게 하지 않았더냐. 옷을 벗거라."

매분은 저고리와 치마를 벗으면서 김언기가 벗어 놓은 옷들을 윗목에 가지런히 개켜 놓는다.

"불을 꺼라."

매분이 촛불을 입으로 불어 껐다. 김언기는 또다시 그녀의 몸뚱이 위에서 한바탕 몸부림을 쳤다. 술과 고기로 절여진 그의 몸은 열기가 솟구쳐 그녀를 사랑하고픈 마음은 충천한 모양이었지만, 주인의 의식과는 달리 그것은 끝내 깊은 잠으로 흐늘거렸고, 그럴수록 그는 매분을 떡 치듯 몸통으로 짓이기고 그녀더러 혓바닥에 침이 마르도록 그의 몸을 애무토록 했지만, 결국 그는 주먹으로 방바닥을 힘껏 내리치는 것을 마지막으로 그녀의 몸통 위에서 나가떨어지고 말았다.

그의 몸부림이 이날 밤따라 유난해서 매분은 수건 조각을 감은 발목이 아픈지도 어떤지도 감지할 겨를이 없었다. 김언기의 거친 몸짓에 부대끼어 푸릇푸릇 멍들어 있는 자신의 몸뚱이가 이날 밤은 숫제 먹땡

깔 빛깔로 성한 곳이 없을 정도로 시푸르뎅뎅할 것이라는 생각이 들었다. 그러나 주막집 사내를 경험한 이후로, 매분은 김언기의 고민이 얼마나 깊고 클 것인지 비로소 절감할 수 있었다. 남자의 상징인 그것이 제 기능을 발휘하지 못하는 괴로움은, 사람이 대소변을 뜻대로 배설할 수 없는 것과 비슷할 것이라 생각되었다.

김언기가 네 활개를 뻗고 널브러진 채 코를 골기 시작했다. 매분은 소리가 나도록 한숨을 뿜어내면서, 언제까지 그의 기운을 되찾기 위한 성의 도구로만 살아야 할 것인지, 뭔가 막막한 생각이 들었다. 남정네들의 풍류에 벗 삼아 기분을 돋우어 주는 것이 기생의 본분 중에 하나라고 배우기는 했지만, 그러나 머리를 얹어 준 첫 기둥서방이 사랑은커녕 밤마다 이렇듯 자신을 학대만 하는 것이어서야, 재물도 금은보화도 좋지만 힘이 들어 어찌 살까 싶었다. 그녀는 잠이 오지 않았다. 새벽에 눈이 뜨이면 그는 또다시 그녀를 갖은 수단으로 부리고 탐할 것이었다. 당초에 매분의 기분 같은 것은 김언기에게는 관심이 없었지만, 그러나 자다 말고 광란의 몸태질을 받는 일은 그녀로선 이루 말할 수 없는 고통이었다.

*

그런데, 참으로 뜻밖의 일이 다음 날 새벽에 일어났다.

김언기가 수밀도처럼 포동포동 탐스러운 매분의 젖가슴을 손안에 쥐고 돌려 비틀듯 하면서 그녀를 깨웠다. 그녀는 그의 손안에 붙들려 비틀리는 가슴이 너무나 아파 신음을 뱉으면서 엉거주춤 일어나 앉았다. 그런데 놀랍게도 그는 언제 일어나 그렇게 의관을 차려 입었는지 두루마기를 걸친 위에 갓까지 쓰고 있었다. 밤 내내 뒤척이다 새벽녘에야 잠이 든 매분에게 그는 여느 때처럼 광란의 몸태질로 기운을 돋워 보려 하지 않고, 점잖게 의관을 차려입고 앉아 그녀의 벗은 몸을 감상하듯 이불을 벗겨 놓은 채 가슴을 주무르고 있었던 것이다. 절 쪽에서 종을 치는 소리와 목탁 소리가 들려오고 있었다. 새벽 불공을 올리는 시각으로 헤아려 오경五更쯤은 된 것 같았다.

"어르신. 이, 이 시각에 산에 가시려구요?"

매분이 자꾸만 감기는 눈을 제대로 뜨지 못하고 더듬거리면서 김언기를 쳐다보자, 그는 이렇다 할 대답 없이 옷을 입으라고 했다. 그녀는 가랑이가 터진 속바지를 시작으로 속치마와 겉치마 속저고리와 겉저고리를 끌어당겨 입었다.

"이부자리를 개라."

매분은 영문을 알지 못한 채 연신 눈두덩을 부비면서 이부자리도 개어 윗목 쪽으로 옮겨 놓았다.

"앉거라."

김언기의 음성이 딱딱했다.

매분은 심상치 아니한 김언기의 태도에 불안스런 마음을 금치 못하면서 무릎을 꿇고 앉았다. 주막집 사내의 겁탈이 들통난 것이라 생각되어 정신이 번쩍 들었다. 머리에 얼음물을 덮어쓴 것처럼 전신에 소름이 돋았다.

"매분아."

김언기가 매분의 얼굴을 지그시 바라보면서 불렀다.

"예, 어, 어르신."

매분은 고개를 방바닥에 박듯이 수그렸다. 비록 자신이 겁탈을 당했지만 그러나 잘못했다고 죽을죄를 졌다고 먼저 빌고 싶은 심정이었다.

그러나 김언기의 말은 전혀 엉뚱했다.

"내가 너를, 기적妓籍에서 풀어 주려고 하느니라."

"예?"

매분은 어안이 벙벙한 낯빛으로 반쯤 입술을 벌린 채 김언기를 쳐다본다. 자다 말고 이 무슨 봉창 두드리는 소린가 싶어서다.

"가난은 하지만, 이제부터 이 산속에서 양인으로 살도록 해라. 엄 서방이 나이는 많지만 맘이 착하고 또 너를 끔찍이 아끼는 듯하니, 둘이 함께 살면 네가 사람대접을 받으며 살고 사랑도 받을 수 있을 것이다. 노류장화로 이 사내 저 사내 품을 돌지 말고, 여기서 아들 딸 낳고 잘 살라는 말이다."

"어, 어르신. 어, 어떻게…."

매분은 전혀 예상치 못한 엄청난 말을 그로부터 들으면서 경악과 더불어 심히 얼떨떨함을 느낀다. 순간, 제일 먼저 머리에 떠오르는 것은 안방 어머니와 함께 그로부터 받은 갖은 패물과 재물이었다. 그가 기운을 끝내 되찾지 못하고 한 번도 교합을 갖지 못했으니, 원인이 그에게 있다손 치더라도 완전한 머리 얹음이 아닌 것이라 할 수 있기에, 어쩌면 패물을 되돌려 주어야 하는 게 아닌가 싶어서였다. 너무나 갑자기 느닷없이 들은 말이어서 그의 의중을 헤아릴 수 없었고 갈피를 잡을 수 없었지만, 그의 말대로 행동한다면 재물을 내놓아야 할 것 같았고, 그렇게 되면 거두어 키워 주고 가르쳐 준 안방 어머니를 배신하는 결과를 빚는다는 생각이 강하게 들었다. 매분은 흥분으로 붉어진 얼굴을 들어 김언기를 쳐다보았다.

"어르신! 그럴 수가 없습니다. 그렇게 하시면, 어르신이 저를 버리시는 것입니다. 제가, 무엇을 잘못했습니까요?"

"딱하구나. 너를 버리는 것이 아니라 너를 생각해서 주선하는 것이다. 내가 영영 기운이 돌아오지 않으면 너는 평생 생과부로 지내야 하는 게 아니겠느냐. 그리고, 내가 너를 기와집으로 다시 돌려보내면 너는 또다시 노류장화가 되는 것 아니겠느냐."

"그렇지만 저는 싫습니다. 어르신을 따라가겠습니다. 저의 어머님도 제가 이렇게 되는 거 원치 않으실 것입니다."

"아니다. 설매는 생각이 깊은 여자이니라. 오히려 좋아할 것이다."

"아닙니다. 저는 어머님께 은혜를 갚아야 합니다. 거두어 키워 주시고 배워주신 제 은인이신데 이렇게 제 일신만 생각하고 주저앉는 것은 어머님을 배신하는 것 같아 싫고, 어르신을 배신하는 것 같아 싫습니다."

"이 딱한 아이야, 네가 말귀를 못 알아듣는구나. 너의 어머니는 너를 나에게 맡기신 거다. 그래 팔았다고 할 수도 있지. 내가 너의 어머니에게 충분히 대가를 치러서 네 은혜를 대신 갚아 준 것이라는 말이다. 그리고 내가 너를 인도하려는데, 네가 나를 배신한다는 말은 말이 안 되지. 아무 말 말고, 너는 이제 내 시키는 대로만 해야 한다. 내가 너를 얼마나 생각하는지, 네가 아직 어려서 모르는 모양이다만, 후에는 알게 되겠지. 긴말 더는 말고 무조건 내가 시키는 대로만 따르거라."

김언기의 음성이 점점 높아지기도 했지만, 매분은 그의 말에서 자신과 안방 어머니가 그로부터 받은 재물을 다시 반환해야 한다거나 자기가 그들을 배신하는 것이 아니라는 사실을 감지했기에 더 응답을 하지는 않았다. 바로 어제 잠들기 전까지만 해도 언제까지 그의 성 노리개 노릇을 해야 되느냐며 혼자 자기 비애감에 젖어 있었는데, 정작 그가 자기를 놓아주려 하자 버림받는 것 같기도 하고 풀려나는 것도 같아 기분이 이상했다.

김언기가 매분을 지그시 바라보면서 다시 말을 이었다.

"한 가지, 네가 죽을 때까지 명심해야 될 일이 있다. 나와의 관계, 좀 더 터놓고 말하면 내가 기운을 잃어 남자구실을 못한다는 말을, 누구한테도 해서는 아니 된다는 것이다. 그것을 지켜 주는 것이, 내가 네 신분을 기생에서 양인으로 속신해 준 것에 대한 보은이다. 무슨 말인지, 알겠느냐?"

그녀는 대답 없이 고개만 끄덕였다. 정신은 계속 얼떨떨하고, 별로 슬픈 것 같지는 않은데 눈물이 주르륵 흘러내렸다. 걷잡을 새 없이 양 볼을 타고 흘러내렸다.

김언기가 그런 매분을 바라보면서 잠시 눈을 감았다가 뜬다. 눈물을 흘리면서도 고개를 끄덕이는 그녀의 반응은 결국 자기가 시키는 대로 따르겠다는 뜻이었고, 그로서는 그렇게 할 수밖에 없지만 정작 매분이 받아들이자 섭섭한 감정이 울컥 솟구쳐 잠시 눈을 감고 자신을 다스렸던 것이다. 나이는 어려도 아이가 경망스럽지 않고 마음씨가 착하고 한창 피어오르는 풋풋한 몸매며 자기의 손끝, 혀끝, 눈짓 따라 몸종보다 더 영민하게 움직이던 매분을 곁에서 떠나보낸다는 것이 가슴을 저리고 시리게 했던 것이다.

그러나 김언기는 방문을 활짝 열면서 주막집 사내를 큰 소리로 불렀다. 먼동도 트기 전인 오경 즈음에 느닷없이 큰 소리로 성난 듯 불러대는 김언기의 목소리에 사내가 고의춤을 움켜잡은 채 후다닥 방문을 밀고 마당으로 뛰어나왔다.

"어, 어르신, 무신 일이 생깄습니꺼?"

사내의 상투 튼 머리는 흐트러져 있고, 고의춤 위에는 어깨만 걸친 조끼 모양의 넝마 같은 옷이 흘러내려, 촛불에 드러난 그의 모습이 마치 난전을 돌아치는 미치광이 같았다. 검붉고 기다란 얼굴이, 놀라서 벌려진 큰 입과 홉뜬 두 눈으로 실제 광기 같은 분위기마저 풍겼다. 매분은 불빛에 드러난 사내의 모습을 보며 외면을 하고, 김언기는 소리를 내어 껄껄 웃어 댔다.

"이 사람이, 왜 이렇게 놀라누? 그래, 무슨 일이 생길 테니 바지저고리나 제대로 입고 건너 와."

사내가 마당에서 다시 방으로 들어가더니 대충 머리를 쓸어 올려 상투를 세우고 때에 전 옷들을 제대로 꿰어 입고는 꾸부정한 자세로 흙방에 들어왔다.

"두 사람, 나란히 앉아 봐."

사내의 얼굴이 흙빛이 되었다. 김언기 앞에 무릎을 꿇고 앉아 훌쩍이고 있는 매분의 모습에서, 그 짓이 탄로된 것으로 생각을 굴렸던 모양이다. 사내는 방문턱을 넘어서자마자 김언기 앞에 털썩 무릎을 꿇으면서 고개를 빠트렸다.

"어, 어르신…."

"이 사람이, 갑자기 죄인 같은 낯짝을 하고선, 왜 그러나?"

"어르신. 주, 죽을죄를 졌습니다요…."

매분은 소스라치게 놀라면서 곁눈으로 사내를 흘겨보았다. 김언기가 그 일을 알고 있지 못한데 사내가 스스로 토해 내려 하고 있었기 때문이다.

"어허, 무엇을 잘못했는가? 이 사람이 꿈꾸다 뛰쳐나온 것이 아니냐?"

김언기의 웃음 머금은 밝은 음성에 사내가 숨을 죽였다.

"꿈을, 꾸었는가?"

김언기의 연이은 물음에 사내가 비로소 상황을 판단한 것 같았다. 두 눈을 끔벅거리면서 김언기를 쳐다보았다.

"예, 예. 꿈, 꿈이었구만요."

"무슨, 꿈이었던가? 내 각시를, 넘보는 꿈이었느냐?"

"아, 아입니더…."

"아니라면서 왜 목덜미가 시뻘게지느냐? 그랬었구나. 얼마나 오매불망 호시탐탐 기회를 노렸으면, 꿈자리에서까지 넘보는 일이 생겼을꼬?"

"어, 어르신. 아, 아입니더예."

사내가 계속 정신없이 말을 더듬거렸다. 두 손을 무릎 위에 올렸다 방바닥을 짚었다 하며 안절부절못했다.

"이보게, 엄 서방!"

김언기가 정감이 돋는 낮은 소리로 사내를 불렀다.

"예예, 어르신."

"이리, 가까이 다가오게나."

사내가 무릎걸음으로 김언기 앞으로 다가앉았다.

"자네, 우리 매분이, 은애하지?"

사내의 얼굴이 다시 흙빛으로 변했다. 김언기의 의중을 헤아리기가 어려운 듯 낭패스런 낯빛으로 다시 안절부절못한다.

"지가 우떻게…. 아, 아입니더…."

"어허 이 사람, 왜 속을 감추는가? 사람 좋아지는 감정이야 우찌할꼬. 좋으면 좋다고 말해. 내가 자네한테 줄 테니까."

"예에?"

사내의 몸체가 꿈틀하면서 입을 딱 벌리고 김언기를 쳐다보았다. 그리고 옆자리의 매분을 돌아보았다. 그녀는 고개를 옆으로 홱 돌려 버렸다.

"허튼소리 아니야. 내가 매분일 자네 배필로 여기 남겨 놓고 갈 생각이니, 오매불망 그리던 사람 오늘 밤부터 품게나."

"어, 어르신! 참, 참말이십니꺼? 여게, 남, 남기 놓고 가신다는 말씸…?"

"어허, 이 사람 이러다 기절하겠구만? 그러하이. 자네 색시로 내가 주고 간다는 말이야. 다만, 내가 이 산에 들어오면, 그때는 또 매분이는 내 여자가 되는 걸세. 무슨 말인지 알겠는가?"

"예예, 알고말고예! 그러믄예! 산에 오시도 안 오시도 어르신 사람이지예! 죽을 때꺼정 어르신 사람이지예. 고맙십니더! 고맙십니더예!"

사내가 벌떡 일어나더니 김언기 앞에 넙죽 큰절을 했다. 두 번, 세 번

연달아 양팔을 크게 올려 절을 했다.

"앉게. 앉게나. 자네가 매년 나한테 정성으로 잘하고 또한 자네 노모에게 지극한 효자이기에, 내가 깊이 생각한 거야. 우리 매분이는 마음씨가 비단결 같은 아이야. 진심으로 아끼고 사랑해 주어. 내가 들를 적마다 자네가 얼마나 은애하고 아껴 주었는지 확인해 볼 테니까."

"어르신, 그거는 쪼깸치도 심려 마시소예. 지 생명보다 더 위해 줄 낌니더."

사내의 목소리가 점점 잠긴 듯 꺽세어지면서 옆에 앉은 또다시 매분을 흘끔 쳐다보았다.

그녀는 고개를 외로 더 꼬아 버렸다. 속이 편치가 않아 입술 끝을 물기도 했다. 자기는 마치 사람이 아닌 집에서 키우는 소나 개돼지와 다름없다는 생각이 들어서였다. 여자로 태어나고 거기다 천한 기생 신분이라 하더라도 물건 주고받듯 두 남정네가 자기를 두고 나누는 소리를 들으면서 매분은 울분과 한숨을 삼킨다. 그러나 어떻게도 그들에게 감히 항변을 할 수는 없었다.

"지금 바로 절의 산감 방으로 올라가 우리 집 노복들을 깨워서 말을 끌고 오라고 하게. 지금 진주로 떠난다고."

사내가 더욱 놀란 얼굴로 새삼 의관을 차리고 앉아 있는 김언기를 쳐다본다.

"어르신! 덫에 사슴이 걸릴지도 모리는데, 사슴 생피를 좀 잡사야 될 낀데, 겨우 사흘 밤 주무시고 벌써 떠나실라 캅니꺼?"

"내가 하루라도 빨리 떠나야 자네가 좋을 거 아닌가. 사슴보다 눈 감은 호랑이라도 걸리면 즉각 연락을 하게나."

"여부가 있겄십니꺼예."

"어서 산감 방으로 올라가서 노복들을 불러오게."

"예, 예."

사내가 허둥지둥 고꾸라질 듯 방문 밖으로 뛰어나갔다.

그가 어둠 속으로 사라지자 김언기가 방문을 닫고 매분을 향해 손을 내밀었다.

"이리 오너라."

매분이 다리를 풀며 김언기 가까이로 다가갔다. 그가 그녀를 안아 무릎 위에 앉혔다.

"나와 헤어지는 것이 싫으냐?"

매분은 대답 없이 고개만 숙였다.

김언기가 그녀의 뺨을 어루만지며 입으로 볼을 깨물어 보기도 한다.

"엄가 놈이, 너를 여자로 만들어 줄 꺼다. 내가 너를 그놈에게 맡기는 것은 치가 떨리는 일이지만, 어찌할 수가 없구나. 내가 기운이 다시 돌아오면 너를 데려갈 테다. 그러나 기운이 돌아오지 않더라도 너가 내 여자인 것은 변함이 없다. 한 달쯤 후에 내가 또 오마. 네 옷과 패물들을 챙겨다 줄 것이니, 진주에 나올 생각은 언감생심 하지 말거라."

김언기는 매분의 뺨과 입술을 연거푸 쓰다듬고 빨고 핥으면서 손으로 젖가슴도 움켜쥐어 보며 아쉬운 듯 억울한 듯 앉은 채 몸태질을 했다.

"너는, 몸이 뜨거운 년이라서, 진주에 가도 나를 진득이 기다리지 못할 년이야. 곰 같은 놈하고, 밤낮으로 실컷 풀어라. 그리고 내가 오면, 갖은 수단으로 나를 즐겁게 해야 한다…."

놀랍게도 김언기의 뇌까리는 소리가 물먹은 목청처럼 점점 꺽세어졌다. 더운 숨을 뿜어내며 손과 혀로 매분의 전신을 애무하듯 더듬으면서도, 눈동자가 붉게 젖어 들고 목이 메는 듯 말 음절을 끊고 있었다.

매분은 민망스러워졌다. 기생이 아닌 양인으로 신분을 격상시켜 준다 하면서도, 한 여자더러 동시에 두 서방을 섬기게 하는 그의 의중을 도시 헤아릴 수 없어 생각이 복잡한 와중에, 제 입으로 고한 이별을 억울해하는 그의 모습은 또 다른 얼굴로 비쳤기 때문이다. 그러나 어찌 되었든 그가 걱센 음성으로 눈시울을 적시니, 그녀도 콧속이 쩌엉해지며 눈물이 주르르 흘러내렸다.

"매분아…."

김언기가 매분을 꼬옥 끌어안았다.

밖이 소란스러워졌다. 주막집 사내가 절간의 산감 방으로 득달같이 올라가서 노복들을 깨워 온 모양이었다.

매분은 김언기의 품 안에서 가만히 벗어나 그에게 나붓이 큰절을 올린다.

"어르신! 강녕하시고…."

"그래, 그래…."

김언기를 태운 말과 노복 일행이 미명이 트고 있는 산속 길을 떠났다. 산짐승도 산새도 미처 일어나기 전인 어둠 속의 숲길을 타닥타닥 말발굽 소리를 내며 떠났다.

그들 일행의 모습과 소리가 보이지 않고 들리지 않을 때까지 지켜보고 서 있던 사내가 홱 돌아서면서 하늘로 솟구치듯 펄쩍 뛰어올랐다. 그리고 옆에 선 매분을 답삭 안고는 한 바퀴 휭 돌았다.

"으흐흐, 으하하. 이렇게 큰 보석을 나에게 주시다니! 이기 참말로 꿈인가 생신가? 산신령님, 고맙십니더! 산신령니임."

사내가 매분을 등짝에 업고는 사방 산을 향해 허리를 숙여 절을 해대며 소리를 질렀다. 사내의 소리가 산울림이 되어 골짜기를 서서히 메우고 있었다.

6

의기회의 아침

의기회의 아침

선조宣祖 24년 신묘년辛卯年.

2월 스무날 아침녘의 햇살이 유난히 화사했다. 살을 에는 정월의 추위도 한풀 꺾이고 날이 한결 따습고 부드러워졌다. 정짓간의 조왕단竈王壇 옆에 울긋불긋 색실을 휘감은 대나무를 꽂아 할매바람을 뫼시고 정성 들여 빌기를 스무날째인 이날, 드디어 소지에 불을 살라 바람을 하늘로 올렸기 때문인지 몸에 닿는 공기가 확연히 달라진 것이다. 춘색이 완연했다.

논개는 기와집 안채의 화단가에서 두 팔을 벌려 금싸라기로 쏟아지는 햇살을 쓸어안는 자세를 취하면서 몸을 한 바퀴 빙 돌려 본다.

"그래. 2월의 할매바람이 천상으로 올라가고 용왕龍王까지 먹였으니 이제는 춘삼월 상시절이 오는 것이야."

집 안은 적막했다. 그도 그럴 것이 온 식구가 사경四更에 조왕단의 할매바람 신단을 허물고 대나무와 소지를 태워 이월바람을 올린 후, 그길로 북어 곡식 나물 그릇을 함지에 담아 이고 남강으로 내려가 용왕먹이기를 하고 돌아와선 다시 잠들었기 때문이다. 논개 혼자만 깨어나 뜰에 나와 있었던 것이다.

올해는 무언가 좋은 일이 일어날 것 같은 예감이 논개의 가슴에 가득 차 왔다. 육 년째 소식을 두절한 강동찬 아재로부터 왠지 기별이 있을 것 같았고, 그녀가 관심을 쏟고 있는 의기회義妓會의 활동이 더욱 활발해질 것 같은 느낌이었다.

또한, 지리산 속의 매분 성님이 연년생의 세 아들 뒤끝에 또 네 번째 아들을 낳을 것 같았고, 외톨박이 떠돌이 장돌뱅이의 재취로 들어간 만삭의 향녀 성님도 필히 옥동자를 낳을 것 같았다. 관기로 관아에 들어간 금지와 옥매도 수령의 귀여움을 더 받을 것 같았다. 그뿐인가, 기와집의 큰성님이 된 논개의 아래로 열 살, 여덟 살짜리 초희初姬와 월향月香이의 부진한 공부도 진전이 있을 것 같았다. 금년 신수를 위해 정초에는 안방 어머니와 절에 가서 불공을 드렸고, 대나무 가지에 색실을 매달아 이월바람 할매와 용왕님께 치성을 드리기도 했으니 올해는 진정 좋은 일만 생길 것 같았다. 당금의 따습고 밝은 햇살이 앞날에의 서광을 느끼게 하는 것이었다.

논개는 만면에 미소를 머금고 작약이 화사하게 꽃을 피웠던 화단께로 가 본다. 생명이 태어나고 있었다. 노란 흙더미 속에서 빨간 고추끝 모양의 작약 순이 여기저기서 뾰족뾰족 솟구치고 있었다. 색깔의 선명함이 눈이 부실 정도이고 앙증스럽기가 짝이 없었다. 그녀는 장독대를 둘러싼 담장 아래의 축축한 땅도 고개를 숙여 살펴본다. 그러다 짧은 탄성과 함께 눈이 부신 모양을 한다. 그 흙땅에 역시 푸른 순의 땡깔꽈리 움이 뾰조록이 솟아오르고 있었기 때문이다. 그것은 환희이자 외경스러움이었다. 논개는 커다랗게 환호성을 지르고픈 심정이었다. 생명의 강인함과 신비스러움에 가슴이 터질 것 같았다. 그것은 곧 자신의 삶에도 벅찬 희망으로 안겨 와 논개의 얼굴은 붉게 상기되었다.

순간적으로 논개는 의기회의 편사 대회를 가져야겠다는 생각을 떠올린다. 기생들로 구성된 의기회의 회원은 스무 명 정도에 불과했고, 그나마 훈련 참여는 없이 곡물이나 엽전으로 후원만 하는 대여섯 명의 안방 기녀*들을 제외하면 기껏 여남은 명의 궁술을 다루는 젊은 회원들뿐이었지만, 기운이 솟구치는 이른 봄에 편을 갈라 대회를 가지면 실력이 빠르게 늘 것 같았던 것이다.

그때 대청마루 쪽에서 기척이 났다. 안방 어머니 설매가 머리를 쓸어 올리며 방문을 밀고 마루로 나섰다. 그녀는 뜰을 서성거리며 혼자 생각에 골몰해 있는 논개를 바라보며 그윽한 눈빛이 된다. 열일곱 살 논개의 아름다운 자태가 눈부셔서 잠시 숨을 죽인다. 훤칠한 키와 반듯한 이마, 오뚝한 콧날에 선홍색 입술이 광채를 내뿜듯 어여쁘고 무엇보다 우아하고 기품 있는 자세가 돋보여서 설매는 혼자 고개를 끄덕인다. 오밀조밀 아담한 여인의 용모나 성품이기보다는, 큰 키와, 윤곽이 뚜렷하고 총기가 넘치는 형형한 눈매와, 밤낮으로 활터를 휘돌아 불그스름하게 그을린 살갗과, 용감하고 올곧은 행동 등이 남자의 면모에 가까운 논개를 보며, 설매는 빼어난 미청년을 바라보듯 새삼 뻐근한 감동에 젖는다.

'저 아이는 진정, 예사 아이가 아니야. 나는 훤칠한 대장부 하나를, 든든한 아들 하나를 키우고 있는 것 같아! 고추만 달렸으면 큰일 할 아이인데…. 여식에다 기녀이니, 저 뻰지르는 기상을 어찌할꼬? 저 천한 신분을 어찌할꼬…?'

설매가 속으로 뇌까리면서 한숨을 뿜어낸다. 가볍게 혀를 차기도 한다. 논개가 대청마루의 설매를 발견하고 활짝 웃으며 다가왔다.

"어머니! 더 주무시지 않고, 벌써 기침하셨어요? 새벽에 올린 할매바람이 너무나 잘 올라갔나 봐요! 갑자기 햇살이 얼마나 부드럽고 따스해졌는지요! 작약 순과 땡깔 순도 뾰조록이 솟고 있어요! 어머니, 의기회의 젊은 사원들끼리 편사 대회를 한번 갖겠어요. 그동안 추위 때문에 웅크려 연습도 제대로 못했는데 우의도 도모하고 실력도 좀 길러야

---

* 안방 기녀 : 퇴기이거나 혹은 동기를 양성하는 나이 든 기녀

하겠어요!"

논개의 음성은 활기차고 얼굴은 넘치는 의욕과 희망으로 터질 듯 싱그러웠다.

"네 가슴에 또 봄바람이 스며드는구나! 밤낮 활만 쏘고 말이나 타고 강산만 휘젓고 다니면 어쩌겠다는 것이냐? 얘야, 신안골 그 어른이 어저께 또 매파를 보내왔더구나. 기어이 네 머리를 얹고 싶다 하니, 이 일을 어찌하면 좋을꼬?"

설매는 진주 바닥에서 가장 전답을 많이 가진 신안골 만석꾼 늙은 토호에게 논개를 보내고 싶은 마음은 추호도 없었지만, 이날 저녁에 영감이 들르겠다고 통고를 해 온 터라 말은 아니할 수가 없었다.

논개의 얼굴에 서서히 웃음이 거두어지면서 그녀는 설매의 손을 모아 잡았다.

"어머니! 저까지 이 집에서 내보내시면 어머닌 누구를 의지하고 사신답니까? 저는 남정네의 예속물도 되고 싶지 않지만, 어머니를 어린 초희와 월향이에게 맡기고 떠날 수가 없습니다. 저를, 어머니 곁에 두어 주십시오!"

설매가 한숨을 내쉬었다.

"몸은 기녀인데, 그럼 평생을 머리도 얹지 않고 선머시매나 가시내로 살려느냐?"

"어머니! 이미 여러 번 부탁을 드렸습니다만, 어떤 사내든, 제가 남정네를 정할 수 있게 해 주십시오. 언감생심 기녀 주제에 말 같잖은 소리라 하실지 모르지만, 제가 선택한 남자가 아니라면 저는 차라리 평생 어머니를 모시고 자유롭게 살고 싶어요."

"휴우, 네 나이 벌써 열일곱인데 앞날이 걱정이로구나."

"어머니! 이 좋은 날에 저 때문에 우울하셔서는 안 돼요. 한숨 거두시고 저와 함께 선학산 산바람을 쐬러 가시지 않으시겠어요?"

설매가 고개를 저었다.
“아서라, 너는 젊어 열이 많다마는, 나는 아직도 바람이 차겁다. 그리고 오늘 저녁에 그 어른이 들르신다고 전해 왔는데, 어쨌거나 맞을 준비를 해야 되지 않겠느냐.”
논개는 잠시 시선을 아래로 한 번 깔았다가 설매를 바라본다. 그리고 조금은 어처구니가 없다는 낯빛이 되어 말을 잇는다.
“그 영감님, 환갑을 넘긴 연세에 첩실이 다섯 집이나 되고 서자 적자가 스무 명이 넘는다고 들었는데, 또 첩실을 들여놓아서 어찌하겠다는 것일까요?”
“마지막 발악이거나 회춘回春을 해 보겠다는 욕심이겠지. 만석꾼이니 재물은 넘치겠다, 죽을 때 안고 갈 것도 아니니 살아생전 흥청망청 써 보자는 것일 게다. 나도 너를 그 어른에게 보내고 싶은 마음은 추호도 없다마는, 쉽게 포기하지 않을 것 같으니 걱정이구나.”
“저를 그 영감님에게 보내시면, 어머님이 큰 덕을 보실 텐데…. 정말 죄송해요! 제가 훗날 은혜를 갚아 드릴게요, 어머니!”
“은혜는 지금도 네가 갚고 있는 것이다. 지금 우리 집은 네가 없어져도 큰 문제란다. 문전성시를 이루는 이곳 풍류객들이 너 하나 보고 오는 것 아니더냐?”
“그야 여전히 아름다우신 어머니와 난실 이모도 계시고, 옥봉골 인초, 계수도 전갈만 하면 득달같이 달려오니, 어디 저 하나 보고 온다고만은 할 수 없지요.”
“늙은 내가 난실이나, 얼굴 없는 인초, 계수 백 명이 있으면 무얼 하겠느냐? 네가 일당백 일당천인 걸.”
“어머니, 저는 강가 활터라도 다녀와야 하겠습니다. 따뜻한 기운이 충천하니 전신에 힘이 뻗쳐 들앉아 있을 수만은 없습니다.”
“조심해라. 나는 네가 말을 타고 씽씽 달릴 적마다 오금이 저려 든다.

저러다 낙마라도 하면 어쩌나 하고….”

“염려 마셔요, 고마우신 울 어머니!”

논개는 두 팔로 설매를 꽉 끌어안았다가 놓고는 건넌방으로 들어가 남장을 한다. 흑단같이 땋아 내린 긴 머리를 풀어내어 위로 올려 상투를 만들고, 그 위에 갓을 쓴다. 그리고 흰 두루마기를 입는 것으로 의관을 갖춘다. 이어 그녀는 활과 화살을 어깨에 메고 행랑채의 마구간에 매인 종자말을 끌어내 훌쩍 올라탄다.

“어머니, 다녀오겠습니다!”

논개는 큰 소리로 인사말을 남기고는 말의 배를 두 발로 힘껏 차 기와집 언덕길을 내리달린다. 가슴이 탁 트이는 것 같았다. 세상이 온통 생명들의 환호로 가득 차 있는 것 같았다. 오로지 자기만을 반겨 춤을 추는 것 같았다. 눈에 보이는 어떤 형체도 없었지만 몸에 닿는 바람 기운이며 솟구치는 의욕과 희열로 그녀는 그렇게 느꼈다. 세상 사는 즐거움 중의 하나가 바로 이런 기분이 아닐까 싶었다.

남강 둑길로 접어들었다. 청량한 강바람이 논개의 몸을 휩쌌다. 그녀는 말 울음 같은 탄성을 내지르며 달린다. 얼마를 달렸을까 그녀는 강변의 활터에 금방 닿았다. 아직 오전이어선지 활터에는 한 명의 활량도 보이지 않았다. 논개는 절호의 기회라고 생각했다. 그녀는 두세 번 심호흡을 하고는 살통에서 화살들을 뽑아 과녁을 향해 쏘기 시작했다. 연이어 쏘았다. 시위를 떠난 화살이 힘차게 휭휭 소리를 내며 백발백중 과녁의 중심부에 꽂혔다. 신명이 솟구쳤다. 진작부터 두 어깨에 절로 신바람이 일고 입술이 벙긋벙긋 벌어졌다. 논개는 과녁에 꽂힌 화살을 모조리 뽑아내서 다시 쏘기 시작한다. 역시 화살은 과녁판 중심부로 어김없이 꽂히고 논개는 활을 든 채 두 팔을 흐느적이며 둥둥 춤사위를 펼친다. 솟구치는 희열을 이기지 못해 덩더꿍덩더꿍 가야금 거문고 자지러지는 소리를 나직이 읊조리며, 휘돌듯 던지듯 미끄러지듯 날아오르듯 한바탕 온몸으로 춤을 춘다.

"하하하, 훤칠한 미소년이 우찌 기생춤을 추는 것일까? 참말로 잘도 추시네! 여자 옷만 입혔으모 그대로 낭창한 기생 같겠네."

활터의 입구 쪽에서 느닷없는 사내의 목청이 호탕한 웃음소리와 함께 터졌다.

논개는 동작을 멈추고 고개를 돌렸다. 그러다 숨을 컥 들이마신다. 질식할 것처럼 갑자기 숨이 막혀 왔다. 순간 자지러지게 경악했던 것이다. 마치 숲 속에서 산적을 만나면 이런 기분이려니 싶었다. 검붉은 얼굴에 털투성이에 장승같이 키 큰 사내 하나가 누런 털가죽을 어깨에서 중의께까지 늘어뜨리고, 짚신에서 종아리까지 새끼줄을 둘둘 감은 양다리를 떡 벌린 채 껄껄거리며 서 있었기 때문이다. 논개는 얼굴과 목덜미가 화끈 달아올랐지만 외려 고개를 발딱 치켜든 채 사내를 쏘아본다. 놀랍게도 사내가 순식간에 다소곳해지기 시작했다.

"하이구, 지가 길례결례를 한 거 같소이. 하, 텅 빈 활마당에서 추는 춤이 하도 기맥히길래 그만. 미, 미안쿠만요이."

껄껄대던 사내의 큰 입이 서서히 닫히고, 웃느라 옆으로 찢어지던 부리부리한 큰 눈이 차분히 제자리를 찾았다. 그러나 무엇에 사로잡힌 듯 사내의 눈은 논개의 얼굴에 박혀 움직이지 못했고, 대신 두툼한 입술이 빽빽한 고방 문 열리듯 벌어졌다.

논개는 사내에게서 시선을 거두지 않았다. 두 눈에 기를 모아 찌를 듯 사내의 눈을 계속 뚫어지게 응시한다. 허리에 얹혀 있던 사내의 두 팔이 천천히 내려지고, 쩌억 벌려 섰던 두 다리가 안으로 모아지고 있었다. 마치 살모사 대가리 앞에 얼이 빠진 개구리처럼, 커다란 덩치의 야수 같아 뵈는 사내가 꼼짝없이 순해지고 있는 모습이었다. 논개는 비로소 사내로부터 시선을 거두고 몸을 휙 돌려 과녁판의 화살들을 다시 뽑는다. 그리고 활과 살통을 능란하게 어깨에 메고는 말 위에 가볍게 몸을 얹는다.

"저, 저…."

사내가 꿈틀 화들짝 놀라면서, 말 위로 사뿐히 올라앉는 논개를 향해 잡을 듯 손을 뻗는다. 논개는 두 발로 말의 배를 힘껏 차면서 강변 모래사장을 향해 달렸다. 사내는 논개의 뒷모습을 멍하니 바라보면서 고개를 천천히 내젓는다.

"뉘 집 서방님인지, 참말로 무서분 안광을 가졌구나! 심장이 서늘해지고 혼백이 빠지나가는 거 같은 기. 그렇지만 우찌 머라꼬 말로 행용形容을 몬하겄네. 심장이 뛰고 뜨겁고 오금이 저리고…. 그것만이 아인기라. 내 온몸띠가 열불이 솟구치고 멍멍해지고…. 기가 맥힌 미색인기라. 꿈이까 기신이까?"

털북숭이 장정이 강가 활터에 자신이 왜 왔는지도 잊어버리고 중얼중얼 더듬거리며 서 있는 동안, 논개는 참았던 웃음보를 터뜨리며 모래사장 위를 달린다. 북받치는 희열에 겨워 자신이 남장을 한 사내 모습인지도 잊은 채 몸에 익은 기생춤을 추고, 여차하면 터지려는 여자 음성 대신 눈빛으로 사내의 정곡을 찌르고 달아나는 당금의 기분은 황홀했다.

"그런데, 어인 일로 강가에 산도적 같은 사내가 출현했을까? 어깨에 걸친 짐승 가죽 위로 활과 살통을 멘 걸 보면 사냥꾼 같기도 하고…. 보아하니 놀고먹는 한량은 아니었어. 어쨌거나, 활쏘기 내기나 한번 해 볼 걸 그랬나?"

그러나 그것은 그냥 떠올려 본 생각일 뿐, 활시위가 손에서 떠나듯 논개는 이미 사내가 선 활터를 벗어나 모래벌판을 달리고 있었다. 물가에는 군데군데 새벽녘에 용왕 먹인 흔적들이 남아 있고, 벼랑 아래로는 잿물에 담근 빨랫감을 이고 나온 여자들 네댓 명이 빨래를 하고 있었다.

논개는 의기회의 회원들이 세 명이나 있는 파발역 부근의 명월관으로 달렸다. 활쏘기 대회 건을 통고하기 위해서였다. 활을 다룰 줄 모르는 명월明月 어머니가 십중팔구 논개의 일방적인 제의를 거절하며 애단, 숙향, 강매의 참여를 저지할 것이라는 생각도 들었지만, 그러나 일단 부딪쳐 보리라 작심하면서 논개는 명월관의 대문 고리를 흔들었다. 다행히도 명월 어머니는 이월 스무날 바람을 올리고 절에 불공을 드리러 가고 없었다. 논개는 그녀와 비슷한 나이이거나 연상인 세 여인들에게 앞으로 열흘 후에 강변 활터에서 봄맞이 편사 대회를 갖겠다고 통고한다. 그러자 세 기녀들은 공모라도 하듯 은밀한 웃음을 지으면서 그러겠다고 했다. 그녀들은 활을 쏘는 데 목적이 있기보다 이른 봄에 강변에서 바깥바람이나 쐬고 싶은 것이 본마음인지도 몰랐다.

논개는 다른 회원들에게도 전언하기를 부탁하고 명월관을 벗어났다. 세 여자들이 다투어 대문 밖에까지 배웅을 나와서는 말 위의 논개를 쳐다보았다.

"저렇게 잘생긴 미청년이 있어 나를 은애한다면, 나는 목숨을 바칠 수도 있어!"

애단이 중얼거리면서 말 위의 논개를 쳐다보고 실눈을 지었다. 논개가 눈을 찡긋해 보이곤 말 배를 차면서 그곳을 떠난다.

장이 서는 날인가 보았다. 강변의 가맛길에는 소가 끄는 달구지가 띄엄띄엄 보이고 나뭇짐을 진 농부들이 장터 쪽으로 가고 있었다. 포목 짐을 짊어진 장돌뱅이도 바쁘게 걸음을 재우치고, 엿판을 진 엿장수도 가위 소리를 요란스럽게 내며 지나갔다.

논개는 말을 달려 강바람을 쐬고, 활터에서 활도 쏘고, 역전의 명월관까지 달려가 곧 있을 편사 대회를 통고하는 등 짧지 않은 거리를 숨차게 돌아친 셈이었지만, 그러나 곧장 집으로 들어가고 싶지는 않았다. 한낮이 되려면 아직도 족히 한 시진은 더 지나야 할 것 같았지만 조반을 걸러서인지 옛날 먹던 국밥 생각과 함께 불현듯 예전 그 주막집이 떠올라서 장터께로 몸을 돌렸다.

"그래! 그 할매, 그 아지매 아직도 주막집 하고 있는지, 그 집에 한번 가 보자!"

여섯 해 전, 뼈 빠지게 일해 주고 밥을 얻어먹던 그 주막집을 떠올리곤, 논개는 말고삐를 힘주어 당겼다. 곱사등이 방물장수를 따라 기와집에 오기 직전에 몸담았던 곳으로, 몇 차례 생각은 났었지만 고달팠던 기억 때문인지 별로 찾고 싶지는 않았는데, 이날은 조급증이 날 만큼 갑자기 가 보고 싶었다.

그 장터는 옛날과 별로 달라진 것이 없었다. 두 집뿐이던 주막집이 여기저기 대여섯 곳으로 늘어난 것 외에는, 포목전 우시장 나무장도 그 자리 그대로였다. 사람들이 많아진 것만은 육 년 전과 다른 것 같았다. 사립짝 울타리의 그 주막집도 그대로 있었다. 논개는 골목 입구의 느티나무에 말을 매어 놓고 주막집으로 성큼성큼 들어섰다. 장돌뱅이들이 술청 마루와 안방, 아래채 방, 평상 등에 예전과 다름없이 꽉 들어차 득시글거렸다.

"하이고, 어서 오시소예!"

자지러지듯 반기는 인사 소리, 바로 하동댁 그녀였다. 귓가와 가리마 부근의 머리가 희끗희끗한, 그러나 팔분에 숯으로 반달처럼 그린 눈썹과 둘레머리에 맨 새빨간 댕기 등으로 치장한 얼굴은 더 젊어진 것 같았다.

"이, 이리 앉으시소. 하이구! 우찌 이리도 잘생긴 어른이실꼬. 청아한 모습은 도령님 같으신데, 벌써 상투는 올리셨고…."

하동댁은 논개를 전혀 알아보지 못하는 것 같았다. 논개의 준수한 모습에 감동이라도 한 듯 얼굴에서 눈을 떼지 못하고 속눈썹을 깜박이며 눈웃음을 살살 치기까지 했다.

"국밥 드실 꺼지예?"

논개가 마당의 대평상 위로 올라 의젓하게 양반다리를 만들어 앉으면서 하동댁을 바라보곤 "그렇소." 한다.

"쪼깨만 기다리시소. 지가 금방 해 올리겠십니더!"

하동댁이 연신 눈으로 추파를 보내곤 궁둥이를 살래살래 흔들면서 술청 안으로 들어갔다.

논개는 술청 안과 안방, 아래채 방, 마당과 고방께를 두루 살펴보았지만 노파는 눈에 띄지 않았다. 그때의 나이가 환갑에 가까웠으니 벌써 저세상 떠난 것인지, 아니면 속 썩이는 아들 집으로 들어갔는지 어쨌든 주막에는 보이지 않았다.

그런데 술청 안 정짓간에는 노인 대신 하동댁보다 훨씬 젊어 보이는 여자가 국밥 뜨는 일과 설거지를 하고 있고, 그 여자의 자식인 듯싶은 네댓 살짜리 사내아이가 여자의 치마 끝에서 징징거리며 울고 있었다. 또한 역시 그 여자의 딸인 듯싶은 예닐곱 살쯤의 여자아이가 징징대는 사내아이를 밖으로 데리고 나가려고 어르고도 있었다. 때맞추어 안방에서 빈 국밥상을 술청 마루로 들어내고 있는 남자를 무심히 바라보던 논개가 숨을 멈칫했다. 아래채 방에서 하동댁의 사랑 타령과 푸념에 고통스러워하던 얼굴이 잘생긴 피물 장수, 바로 그 남자였기 때문이다. 그렇다면 정짓간의 젊은 여자며 아이들이 하동댁보다 열 살 연하인 그 남자의 식솔들이고, 그들을 아예 주막으로 죄다 불러들여서 한집에서 처첩으로 어울려 살고 있는 것으로 헤아려졌다.

하동댁이 국밥 소반을 들고 여전히 엉덩이를 흔들면서 논개 앞으로 가져왔다.

"맛있게 드시소! 지가 괴기를 마이 넣었십니더."

하동댁이 논개 앞에 소반을 놓곤, 평상 위로 올라 마주 앉았다. 논개는 심히 민망스러웠다. 마주 앉은 하동댁의 끈적하고 요사스런 눈길과, 한 무릎은 꿇고 한 다리는 세워 앉아 허벅지의 살을 내보이고 있는 그녀의 모습에 구역질이 솟구칠 것 같았다. 논개는 목청을 돋우어 크게 헛기침을 했다.

"하이구, 사래가 들리십니꺼? 천처이 드시소예. 장 귀경구경 오싰습니꺼? 어느 골에 사시는지…?"

그런데 바로 그때 피물 장수 남자의 소리가 술청에서 터졌다.

"바빠 죽겄는데, 거서 벌리고 앉아 머 하노?"

하동댁이 찔끔 놀라는 얼굴을 하면서 다리를 모으고 입술을 삐죽 내밀며 일어나 술청 안으로 들어갔다.

"또 발정하나? 우째 사람이 나이 묵을수록 더하노. 니 자꾸 이쁘장한 사내만 보모 사타구니 벌리고 꼬리를 치는데, 고마 니캉 끝내 삐릴 끼다. 나 하나 신세 조짔으모 됐제, 또 우떤 젊은 놈 망칠라꼬 냄새를 풍기노?"

피물 장수의 말소리는 크지 않았지만 관심 갖고 귀를 기울이면 다 들을 수 있는 소리로 하동댁을 나무라고 있었다.

"내가 우쨌는데 이래쌓소? 저 손님이 이 말 저 말 귀찮거러 자꾸 물어싼께 대답해 준 기지."

논개는 하동댁이 능청스런 거짓말을 주워대고 있음을 들었지만, 더 관심을 두지 않기로 한다. 국밥 반 그릇 정도를 가까스로 먹고 엽전 한 닢을 상 위에 올려놓은 후에 논개는 서둘러 주막을 나와 버렸다. 하동댁의 수작도 구역질이 났지만, 그해 여름 못 먹고 일에 골이 빠져 야윈 열한 살배기 어린아이가 지은 죄 없이 하동댁에게 머리카락 뜯기고 두들겨 맞던 모습이 바로 어저께인 양 되살아나서 목이 꺽꺽 막혀 왔기 때문이다. 그뿐만 아니라 더 앉아 있다간 하동댁에게 기어이 자신을 드러내 보이며 가슴을 찍는 모진 보복의 말을 쏘아붙일 것 같았기 때문이다. 이날은 남장의 청년 그대로 넘어가는 것이 차라리 마음이 편할 것 같아서였다. 주막집에서 그런대로 자기를 보살펴 주던 노파가 보이지 않아 섭섭했지만, 그렇다고 많이 아쉬운 것은 아니었다. 어린 그녀를 가엾게 생각은 하면서도, 일을 시킬 때는 독하고 모진 구석도 없지 않았던 노인이었기 때문이다.

그러나 가슴에 더운물이 서서히 스며들 듯 그리운 사람들이 있었다. 선학산 자락의 초전골 섭냄이와 점백이 할매였다. 그뿐만이 아니었다. 선학산 암반태기의 오매 뫼와 잠시 머물던 활터와 바위굴도 이날따라 그리운 향수처럼 가슴을 적셔 왔다.

*

논개는 하늘을 쳐다보았다. 해가 중천에 떠 있었다. 선학산과 초전골을 모두 다녀오려면 해가 짧은 이른 봄이라 날이 저물 것이었지만, 그러나 내친김에 이날 기어이 가 보리라 마음을 다진다. 지난 육 년 동안 시시때때로 생각나고 보고 싶었던 섭냄이와 점백이 할매였다. 오매 무덤을 자주 찾지 못하는 일만 해도 언제나 마음이 무거웠다. 손위 동기들이 제 나름대로의 길을 찾아 하나둘 흩어지고, 새 동생들이 들어오고, 기와집을 찾는 풍류객들의 주연에 큰 기녀로 거의 매일 참석하는 등 일도 많았고 그간 변화도 많았었다. 그러나 선학산을 찾을 기회를 더욱 얻지 못한 것은 강동찬 의병장의 잠적이 큰 이유이기도 했다. 그가 활터를 그대로 관장하고 선학산에 머물렀더라면 안방 어머니의 성화에 의해서라도 산을 몇 차례 찾았을 것이고 아울러 오매의 산소도 돌보았을 것이었다.

논개의 마음은 갑자기 바빠지기 시작했다. 그녀는 말을 달려 기와집으로 다시 돌아갔다. 집을 나갈 때와는 달리 웃음을 잃은 채 얼굴이 상기되어 들어서는 논개를 설매가 가만히 바라보았다.

"어머니! 선학산을 좀 다녀오겠습니다!"

"아니 얘가, 갑자기 그곳에는 왜?"

설매의 얼굴에 수심이 한 자락 지나갔다. 순간적으로 강동찬을 떠올린 것 같았다.

"너무 오래도록 못 갔어요. 오매의 무딤이 그곳에 있거든요."

"오, 그랬지. 내가 무심했었구나. 하지만 늦지 않아야 할 텐데. 신안골 영감님이 오신댔으니까."

"어머니. 선학산에 간 김에 산 아래 동네 예전 살던 곳에도 한번 가 보고 싶습니다!"

"그렇게 되면 오늘 돌아오기가 어렵지 않겠느냐? 하필이면 오늘이니?"

"어머님이 영감님께 말씀을 잘 해 주십시오. 그 어른이 오신다니까 자리를 일부러 피하고 싶기도 하지만, 요즘 거의 매일 밤 꿈에 오매가 나타나곤 하여 마음이 가볍지가 않습니다. 다녀오게 해 주십시오. 가능하면 이경二更 안으로라도 돌아오겠습니다마는 여차하면 하룻밤 묵을지도 모르겠습니다."

설매는 지금까지 논개가 하고자 하는 것을 못하게 저지한 적은 없었다. 어긋난 일을 한 적이 없고 약조를 어긴 적이 없고 단 한 번도 안방어미인 자기를 실망시킨 적이 없는 논개를 그녀는 철석같이 믿고 있었고, 또한 막아 본다고 한들 한번 마음먹은 것은 쉽게 돌이키지 않는 논개의 고집을 알고 있었기에 설매는 더 긴말을 삼켜 버린다.

"그래, 다녀오너라. 무덤에 갈 것이면 북어포나 약주도 가져가야 되지 않겠니? 조금만 기다리거라."

설매는 산소에 놓을 수 있는 몇 가지 음식을 담아 내왔고, 논개는 방안으로 들어가 자신의 비상금인 엽전 꾸러미와 자기 소유의 패물 몇 가지를 명주 수건에 둘둘 말아 허리에 찼다. 점백이 할매와 섭냄이를 생각해서였다. 엽전과 패물들은 모두 안방 어머니가 그녀에게 주었던 것인데, 그녀는 보관만 하고 있을 뿐 애용하지는 않았던 것이다. 사랑채의 연회석에 나갈 때도 패물 보화를 일절 착용하지 않아 한때 설매의 지적을 받기도 했지만, 그러나 보화로 머리나 저고리, 손가락 따위에 장식을 하지 않아도 그녀는 어느 자리에서나 군계일학처럼 돋보였기에 설매는 그것조차 더는 채근하지 않았던 것이다.

"이것은 산소에 놓을 것이다."

설매가 내미는 보퉁이를 건네받으면서 논개는 콧속이 찡해짐을 느낀다. 오매에게 대여섯 해나 무심했던 것에 대한 죄스러운 감정과 따뜻한 설매의 마음씀씀이 때문이었다.

이날따라 논개의 애마인 종자말은 신이 난 듯 평소보다 더 잘 달렸다. 논개의 상승된 기분을 잘 알고 있다는 듯 채근 한 번 없어도 한결같은 속도로 달려 주었다. 성문을 지났다. 육 년 전 병졸들과의 기억이 떠올라 논개는 말 위에서 빙긋 웃었다. 물론 그때의 병졸들은 아니었지만 성문을 지키는 병졸들은 그녀를 그저 바라보기만 했다. 얼굴이 준수하고 위엄기마저 도는 양반집 서방님 같은 그녀의 모습이 너무나 당당해선지, 관졸들은 외려 허리를 굽신대며 흘끔흘끔 쳐다보기만 할 뿐 어떤 저지도 하려 들지 않았다. 말티고개를 넘고 쪽방골을 지나 선학산으로 들어섰다. 워낙 빨리 달려서인지 걸어서 다니던 때하고는 비교가 되지 않을 정도로 쉽고 빠르게 산에 들어선 셈이었다.

소문 들었던 대로 활터는 완전히 폐허가 되어 있었다. 강동찬 의병장이 한양으로 간 후 활터의 원주인인 민구식이 맡아 의병 훈련을 시켰었지만, 강동찬이 끝내 돌아오지 않자 의병들이 위축되어 한 사람 두 사람 나오지 않게 되면서 활터는 결국 폐쇄되고 말았다는 것인데, 눈앞의 상황이 너무나 황량하여 논개는 가슴이 무너져 내리는 아픔을 느낀다. 넓은 훈련장은 잡초가 까부라진 채 말라 있고 하얗게 마른 억새풀이 무성했다. 그동안 활터가 얼마나 방치되어 있었는가는, 훈련장을 헤쳐 나갈 수 없을 정도로 얼크러진 잡풀과 억새의 황량한 풍경으로 가히 짐작할 수 있었다. 오륙 년 사이에 어찌 이렇게 변할 수 있을까 믿어지지 않을 정도로 활터는 산속의 억새밭으로 변해 있었던 것이다.

"기가 막혀. 기가 막혀…."

논개는 그 말 외에는 입이 얼어붙은 듯 떨어지지 않았다.

그러나 과녁판은 그대로 있었다. 조금 높은 곳에 위치해 있어선지 억새가 지천으로 주위를 둘러싸고 있어도 그것은 그대로 드러나 보였고, 논개가 잠시 기숙하기도 했던 산막도 헐리지 않고 그대로 남아 있었다. 통나무로 지어진 산막 역시 키 큰 억새풀에 둘러싸여 있었지만 검은 지붕과 집채의 상부는 드러나 있었던 것이다. 그나마 반가웠다. 논개는 말을 재촉하여 억새풀을 헤치고 통나무 산막 가까이로 다가가 보았다. 문짝에는 기다란 나무 판때기를 가로질러 굵은 쇠못을 박아 폐쇄시켜 놓았고, 문짝 위쪽에 달린 쇠통은 녹이 슬어 있었다. 이날따라 산새 울음소리도 없고 사방이 적막했다. 사위가 괴괴했다. 빗장 질러진 통나무 산막에서 무슨 소리가 흘러나오는 것 같고 전신으로 오스스 소름이 끼치기도 했다.

논개는 숨을 몰아쉬면서 문 앞을 벗어났다. 그리고 그곳을 떠나려 했다. 그러나 그냥 지나쳐 버리기가 안타까워서 말 위에 앉은 채 과녁판을 향해 활을 한 발 쏘았다. 시위를 떠난 화살이 휘잉 울음이라도 울듯이 기이한 소리를 내며 과녁판 중앙에 탁 꽂혔다. 과녁판 뒤쪽의 굴참나무에 까치가 앉아 있었던지 화살 맞는 소리에 자지러지게 울어 대며 날아올랐고 그제야 산이 비로소 깨어나는 것 같았다. 논개는 연이어 두 발, 세 발, 화살 스무 개를 다 날렸다. 강동찬 아재로부터 바로 이곳에서 얻었던 화살 전부를 사용했다. 눈가가 뜨끈해지며 눈물이 주르르 볼을 타고 흘러내렸다. 만감이 교차하면서 통곡이라도 하고 싶은 심정이었다.

강동찬, 그는 논개의 마음 밑바닥 가장 깊숙한 곳에 보물처럼 안겨 있는 은인이었다. 혈육이나 육친 같은 어른이었다. 살아생전에 기어이 은혜를 갚아야 한다고 다짐한 첫 번째 어른이었다. 김언기에 의해 지리산 사냥꾼에게 넘겨진 매분 성님이 그 어른을 짝사랑하였고, 자기를 거두어 준 안방 어머니가 그 어른을 깊이 은애하여 육체의 연까지 맺은지라 차마 자기의 속마음을 내비칠 수는 없었지만, 그는 논개에게 있어 실제 부모나 정인 이상의, 오히려 더 윗자리의 사람이었다. 열한 살 적 산굴 앞에서 강 진사 댁 노복들에게 새끼줄에 묶여 주먹으로 구타당할 때, 불같이 나타나 그들을 두들겨 혼비백산 도망치게 하여 자기를 구해 주었던 어른. 혼절한 그녀를 안아다 바로 저 통나무로 만든 산막 안에 머물게 하며, 쌀과 장아찌를 구해다 주고, 활쏘기를 가르쳐 주었던 어른. 또 기와집 뒷산에서 활을 쏘다 밤길이 위태하다며 넓은 등짝에 업어 주었던 어른이었다.

육 년 전 초겨울 즈음에 한양으로 떠난 이후 종무소식인 그 어른 때문에 안방 어머니는 일 년여를 몸져 앓아눕듯 오매불망 그를 그리워하며 기다렸지만 한 자락 소식조차 들을 수 없었고, 그의 둘도 없는 친구인 민구식은 오히려 설매에게 강동찬의 소식을 물어보던 터였다.

논개는 북받치는 눈물을 주체할 수 없어 고개를 젖혀 하늘을 쳐다본다. 하늘이 투명했다. 중천의 눈부시던 햇살은 서녘으로 조금 비꼈지만 이월의 하늘이 구월의 그것처럼 파랬다. 구름 한 점 없었다. 끝없이 펼쳐진 무한한 푸른 하늘 위에 그 어른의 모습이 초상화처럼 하얗게 드러났다. 의관을 갖춘 훤칠한 모습의 어른이 빙긋이 웃음을 머금고 그녀를 내려다보는가 싶더니, 이마 위에 흰 수건을 동여맨 훈련 때의 모습으로 그려지기도 했다.

"아재요, 어디 계신단 말입니꺼? 심장이 터지도록, 온몸이 저리도록 보고 싶단 말입니더. 어르신! 아재요!"

논개는 기어이 소리를 내질러 울음을 터뜨린다. 하늘과 사방 산을 휘둘러보면서 "아재요, 어디 계시오? 와 오시지 않는단 말이요? 아재요!" 하고 크게 소리쳐 불러 본다.

어디 하늘뿐인가. 억새밭이 된 훈련장에서 활쏘기를 지휘하던 모습이며, 곡식과 된장을 얻어 활짝 웃으며 산길을 걸어오던 모습도 눈앞에 생생하게 펼쳐져 보이는 것이었다.

말이 꿈틀거렸다. 논개의 느닷없는 큰 울음소리에 놀란 것 같았다. 그녀는 애써 마음을 가다듬으면서 말의 목덜미를 쓰다듬어 준다. 긴 세월 쟁여만 두었던 가슴 바닥의 응어리를 한껏 소리쳐 토해 내서인지 한결 서러움이 몸 밖으로 빠져나간 것 같았다.

논개는 억새며 잡초로 쑥대밭이 되어 버린 활터를 바라보면서 순간 한 가지 중대한 결심을 한다. 이 황량한 곳을 옛 모습의 활터로 다시 일구어 내리라 마음을 굳힌 것이다. 그 어른이 돌아왔을 때 그를 맞이할 터전을 마련하고 그가 가르친 구국충정의 정신을 의기회를 중심으로 이곳에서 더욱 연마하리라 다짐한다. 논개의 그 결심은 그녀에게 새로운 의욕과 힘을 솟게 했다.

그녀는 수건으로 눈물범벅의 얼굴을 닦아 내고 활터를 떠나 오매의 무덤으로 향했다. 그녀의 정신은 온통 활터의 복구에만 몰입되어 자칫 오매 무덤으로 가는 길을 잘못 들 뻔도 했다.

그런데, 이게 웬일인가! 오매의 봉분이 있는 선학산 동남쪽 방향의 암반태기 구릉은 찾았는데, 묏자리가 없었다. 묏자리는커녕 구릉 아래쪽의 완만하고 아늑하던 그 터는 숫제 없어지고, 흙과 돌과 뿌리째 뽑힌 나무 그루터기들로 꽉 메워져 있었다. 논개는 경악하여 입을 쩍 벌리며 말에서 뛰어내렸다. 잘못 찾아온 것이 아닌가 싶어 사방을 샅샅이 둘러보았지만 눈앞의 산은 오매의 무덤이 있던 틀림없는 암반태기 그곳이었다. 작년에도 삼 년 전 여름에도 폭우가 열흘 넘게 쏟아진 적이 있었다. 그때 산꼭대기의 봉우리 한쪽이 무너져 내린 듯, 거대한 산사태로 무덤이고 골짜기고 할 것 없이 흙더미에 파묻혀 버리고, 새로운 산이 하나 만들어져 있는 것이었다.

논개는 "세상에, 세상에, 세상에…."만 잦아들듯 뇌까릴 뿐 그저 망연한 기분이 되어 마주 선 산을 바라보며 맥없이 두 팔을 늘어뜨리고 서 있었다. 오매의 봉분을 찾아낸다는 것은 불가능한 일이었다. 눈앞을 막은 거대한 흙더미를 허물어 내야 구릉 바닥에 깔린 봉분 자리를 찾을 수 있을까? 그것은 이제 완전히 불가능한 일로 더 생각할 엄두조차 없게 되고 만 것이다. 기가 막혔다.

"옴마아, 옴마아! 이 일을 우짜모 좋노? 세상에, 이 일을 우짜모 좋노? 우째 이런 일이 생길 수 있노? 벽해상전이라더만 옴마 묏등 위에 산이 생겼다. 옴마! 죄송하요. 어느 해 폭우에 이리 됐는지도 모르고, 이 일 저 일 머가 그리 중하다고 산에도 못 오고…. 옴마, 옴마아, 이 일을 우짤꼬?"

논개는 막막한 심정에서 여전히 속으로만 전전긍긍 주절거릴 뿐 참담한 심정을 다스리지 못한다. 산봉우리 하나가 무너져 저렇듯 덮어씌워졌으니 얼마나 무겁고 숨 막힐까 싶어 산 사람 깔린 듯 마음을 끓이기도 한다. 그렇다고 마냥 넋을 놓고 서 있을 수만은 없었다. 그녀는 후들거리는 팔다리로 설매가 챙겨 준 북어포와 약주 두루미를 새로 생긴 황토산 앞에 벌여 놓고 그 산을 향해 절을 한다. 눈앞의 흙산이 무덤인 양, 까마득히 깊은 흙더미 속에 묻혀 있을 오매를 떠올리며 두 번, 세 번, 네 번 절을 한다.

논개는 술을 흙산 자락에 뿌리고 북어포를 여러 갈래로 찢어 던져 본다. 좀 전까지만 해도, 억새밭이 된 활터처럼 성묘하지 못한 봉분에도 잡풀이며 억새만 무성하겠거니 예상했었다. 사람의 기가 극에 오르면 오히려 담담해질 수도 있는 것인지, 논개는 심장만 벼락 치듯 쿵쿵 뛰고 기가 찰 뿐 눈물도 나오지 않고 서러운 감정도 일어나지 않았다. 인력으로 어찌할 수 없는 대자연의 재해라면 순응할 수밖에 없다는 생각을 한다.

논개는 다시 말 위에 올랐다.

"옴마. 내 어릴 때, 사람은 흙에서 나서 흙으로 가는 기라고 옴마가 말했었제? 새삼 그 말이 떠오르네. 옴마! 내 또 올 끼다. 이제는 이 산이 옴마 봉분인 기라. 여시나 살쾡이 두더지가 뫼를 파헤치는 일도 없고, 흙이 수백 석도 더 덮였으니 뫼등 허물어질 일도 없고, 춥지도 않을 끼다. 그리 생각하니 맘이 든든하고 차라리 편하다. 옴마! 나 다음에 또 올께. 잘 있어라…."

*

논개는 붉은 황토산을 향해 비로소 소리쳐 말하고는 골짜기를 따라 내려가 옛날 살던 도동의 초전골로 향했다. 산사태로 옛길들이 없어져 빙빙 둘러 가다 보니 동네 초입까지 족히 한 시진이 넘게 걸렸다. 동네가 가까워지면서 논개는 절로 입가에 잔잔한 미소를 머금는다. 섭냄이며 점백이 할매며 백정이네 집 백치며 또한 백치가 낳은 아기까지 줄줄이 떠오르면서, 억새밭이 된 활터와 황토산 밑에 깔린 오매의 봉분 생각은 스러지고 있었다.

"섭냄이, 시집갔을 끼다. 알맞은 혼기가 열네다섯 살인데, 섭냄이가 올해 열여덟 살이나 먹었으니 벌써 시집가서 자식을 보았겠다! 오데로 시집을 갔을꼬? 왜 지금까지 섭냄이 시집갔을 거는 생각 못했을꼬. 보고 싶은 마음만 너무 넘쳐서 그랬을 끼라. 점백이 할매는 건강하실까,

살림이 좀 폈을까? 백치네 아기도 벌써 대여섯 살이 되었겠네. 강 진사 댁 노비며 창기 오매는 우찌 사는고? 모진 사람들 같으니….”

매일 얼굴 보고 살던 때가 육 년 전으로, 따져 보면 엄청나게 긴 세월 같지는 않은데, 심정적으로는 십수 년 된 것 같은 느낌이 들어 논개는 미소를 머금는다. 그때는 자신이 생각해도 황당스러울 만큼 너무 어렸던 것 같고, 지금은 어떤 난관에 부닥쳐도 헤쳐 나갈 수 있을 것처럼 철든 어른이 된 것 같은 스스로의 느낌 때문인지도 몰랐다.

동네는 육 년 전이나 지금이나 고즈넉하고 조용했다. 동네 마당에는 누렁이 검둥이 땅개들이 인분이라도 찾는 양 대가리를 땅에다 박은 채 킁킁거리고 있고, 아이들은 누런 콧물을 흘리며 정신없이 놀고들 있었다. 아이들의 입성은 하나같이 때에 절고 헝겊 조각으로 덕지덕지 기워 입어 누더기 같았다. 누런 콧물을 훌쩍이며 땅따먹기 자치기 패차기 놀이에 해 기우는 줄도 모르고 있었다. 논개는 아이들의 모습에서 자신의 옛 모습을 보는 듯 가슴이 찡해져서 그들로부터 눈을 떼지 못한 채 동네 마당을 천천히 가로질러 지나갔다. 아이들이 정신없이 놀다 말고 우뚝우뚝 멈추어서며 호기심과 겁먹은 얼굴들로 말 위의 논개를 올려다보았다. 강 진사 댁 큰 도련님 아니면 말 타고 다니는 양반을 보는 기회가 많지 않았기 때문이다.

논개는 웃음 머금은 얼굴로 아이들을 뒤로하고 동네 마당을 지나 점백이 할매 집 골목으로 접어들었다. 땅으로 주저앉을 것처럼 웅크린 초가집과 곰삭아 시커멓게 썩은 싸리 울타리…. 옛날에는 조금도 초라해 보이지 않던 할매의 집이 움막 같아 보였다. 논개는 말을 사립짝 기둥에다 매어 놓고 집 안으로 들어선다. 빈집인 듯 안에서는 아무런 기척이 없었다.

“할무이 기십니꺼?”

대답이 없었다. 큰방 마루 아래로 헐어진 짚신 한 켤레가 제멋대로 뒹굴고 있을 뿐이었다. 논개는 마루에 무릎을 놓고 구부린 자세로 방문을 열어 보았다. 지린내와 곰팡냄새 같은 역한 내음이 왈칵 콧속으로 스며들면서 방 안의 정경이 드러났다. 사람이 없는 것이 아니었다. 해골 같은 사람 하나가 누워 퀭하니 꺼진 눈을 문 쪽으로 돌렸다.

"누고?"

논개는 자기의 눈을 의심하면서, 광대뼈가 불거지고 양 눈이 움푹 꺼진 노인을 유심히 바라보며 방 안으로 들어간다. 점백이 할매였던 것이다.

"할매요!"

할매가 꺼진 눈을 홉뜨면서 반쯤 몸을 일으키려 하다가 자지러지는 기침을 했다. 노인의 머리맡에 찬물이 담긴 사발이 놓여 있었다. 논개가 얼른 물그릇을 들어올리자 노인이 고개를 내저었다.

"누, 누신고?"

간신히 기침을 멈춘 노인이 벽에 상체를 기대면서 논개에게서 눈을 떼지 못하고 누구냐고 거듭 물었다.

"할매요! 지, 논갭니더. 우찌 이리 되셨단 말입니꺼?"

논개는 피골이 상접하여 도무지 옛날의 점백이 할매 같지 아니한 노인의 두 손을 모아 잡으면서 말한다.

"노, 논개라 캤소?"

"예, 할매요."

"우, 우찌…?"

"지가 남장을 한 겁니더. 논갭니더, 논개요."

점백이 할매가 비로소 논개를 알아보는 것 같았다.

"논개라꼬? 선학산에 살던 논개? 하이고오, 세상에. 우리 논개가 훤한 장부네!"

"우째, 이리 됐습니꺼? 오데가, 우찌 아프십니꺼?"

"쏙벵인 기라. 몬 묵는 기라. 피고름 똥이 나오고, 죽을 날만 기다리고 있는 기라…. 쏙벵 든 지 이태나 되었는데, 죽도 않고 낫지도 않고. 그란데 논개야…. 논개 니는… 오데서 우찌 사노?"

"지는 잘 삽니더. 할매가 이리 아푸신지도 모리고 한 번도 몬 찾아뵈서 예가 아입니더. 죽이라도 좀 잡샀습니꺼? 아재와 아지매는 밭에 가싰는가 보네예. 송달이도 잘 크지예?"

"미음을 마싰는데… 이리도 쏙이 아푼 기라. 애비 에미는 붕디미 의원 집에 갔고, 송달이는 강 건너 남산에 나무하러 갔다. 니, 니 얘기 좀 해 봐라. 우찌 사노?"

논개는 그간 살아온 이야기를 대충 들려준다. 노인은 놀라지도 않고 눈물이 그렁그렁한 얼굴로 고개를 끄덕였다. 대견스럽다고 했다. 논개가 영민하고 마음이 착해서 이리도 훤하게 잘 컸다면서 갈퀴 같은 손으로 논개의 얼굴을 만져보기도 했다.

논개는 허리에서 적지 않은 엽전 꾸러미를 풀어내서 노인 앞에 내놓는다.

"약 짓는데 보태시소. 할매가 지한테 올매나 잘해 주싰는데, 은혜도 몬 갚고…."

노인이 잇몸뿐인 입을 벌렸다.

"이, 이기 머꼬? 엽전 아이가! 이렇기 많은 돈이 오, 오데서 났노? 하이구…."

"안방 어머니가 제 용돈으로 쓰라고 주신 거를 모은 겁니더. 지가 복이 많아서 안방 어머니가 저를 친자식 이상으로 챙기십니더."

"그려! 니는, 오데 가도 귀임을 받을 애다. 니가, 올매나 영민한 안데…. 그래도 젊은 니가 돈이 있어야 힘을 쓰는 기다. 내가 니한테 멀해 좄다꼬? 내가 이 돈 몬 받는다. 니 맘이 켕기거덩 멫 개만 도라…. 내 벵은 약 묵어 봐야 소용이 읎는 기라."

"아입니더. 지는 안방 어머니가 또 주실 깁니더. 할매요! 지가 가무도 잘하고, 시문도 잘 짓고, 글씨도 잘 쓰고, 활쏘기도 잘합니더. 지는 젊고, 앞으로 엽전을 모으는 것은 어렵지 않습니더. 아무 말씀 마시고 아재 아지매한테 이 엽전으로 약을 지어 달라 카시소. 얼렁 약 잡숫고 일어나시야지예! 그래서 지가 잘사는 것도 보시야지예!"

노인이 눈물을 질금거렸다. 움푹 꺼진 눈동자가 진작부터 붉게 물이 드는가 싶더니 눈물을 비쳤다.

"오냐, 논개야. 논개야, 으흐흐… 고맙대이, 고맙대이. 그려, 내 약 지어 묵고 니 잘사는 거 봐야제. 으흐흐, 어이, 으흐흐…."

"할매, 와 자꾸 우십니꺼? 고만 우시소예. 힘 빠지십니더."

노인이 손등으로 콧물을 닦았다. 논개가 흰 수건을 꺼내 노인의 얼굴을 닦아 준다.

"니 오매 뫼에는 가 봤더나?"

노인이 울음을 그치고 말했다. 선학산 산사태를 알지 못하는 것 같았다. 논개는 걱정을 끼치는 일일 것 같아서 상황을 설명하지 않았다. 성묘를 잘 하고 있다고만 전한다. 논개는 엽전 꾸러미를 노인의 베개 머리맡에 내려놓곤, 섭냄이가 어디로 시집을 갔는지 물어본다.

노인이 고개를 내저었다. 혀도 끌끌 찼다.

"그집 딸년들, 말도 말거래이. 큰년 옥개란 년은 장개실로 시집가서 서방질하다가 쫓기나고, 둘째 순개는 섬놈한테 시집을 갔는데 시집간지 석 달 만에 서방이 괴기 잡으로 나갔다가 풍랑 맞아 쌩과부가 됐고, 셋째 년 섭냄이는…."

노인이 힘이 드는지 숨을 몰아쉬었다.

"할매, 힘드십니더. 자리에 누우시소."

논개가 노인을 부축하여 자리에 눕힌다. 그러면서 눈빛으로 노인의 다음 말을 기다린다.

"섭냄이 년은, 우떤 놈하고 붙었는지, 아를 배 갖고…. 처니가 아를 배서 배가 불러 온께네, 동네서 고마 쫓아낸 기라."

논개는 숨을 멈추면서 노인을 내려다본다.

"할매예, 무신 말씸이십니꺼? 섭냄이가, 아를 배서 동네서 쫓기났다 캤습니꺼?"

"그런 기라."

"온제예?"

"작년 겨울이다. 올매 안 됐다."

"세상에, 추분 겨울에 아 밴 사람을 오데로 쫓아냈단 말입니꺼? 누가 섭냄이한테 아를 배게 했단 말입니꺼?"

"글케 말이다. 우떤 놈인지를 모르는 기라. 그년이 입을 꽉 다물고, 말을 안 했던 기라."

"그라모, 섭냄이가 시집을 간 것도 아이고, 아를 배서 지금 이 동네에 사는 것도 아이고, 오데를 갔는지도 모린다 이 말씀이십니꺼?"

"하모, 바로 그런 기라."

"섭냄이, 불쌍해서 우짭니꺼? 지금 오데 가서 살고 있을꼬예? 저거 옴마도 모립니꺼?"

논개는 그지없이 자상하고 착한 섭냄이의 얼굴을 떠올리면서 가슴이 미어지는 듯한 아픔을 느낀다.

"저거 옴마도 모리는 갑더라. 에미가 울고불고, 섭냄이 년 도망친 뒤에 벵이 다 난 기라."

"도망을 쳤습니꺼?"

"쫓기난 기나 도망친 기나, 그기 그거제."

노인의 말에 의하면, 섭냄이의 배가 점점 불러 오면서 동네 사람들이 쑤군거리기 시작했고, 끝내 서당 훈장을 필두로 마을 어른들이 섭냄이 집에 들이닥쳐 통정을 한 사내가 누군지 토설하도록 했지만, 섭냄이가 그 말은 못한다고 이를 악물어서 상대가 누군지는 모른다는 것이었다. 마을 어른들이 섭냄이의 부모에게, 처녀가 잉태하는 일은 동네의 수치고 곤장을 맞을 짓이니 먼 곳에 사는 친척 집으로 딸년을 보내든지 해서, 무슨 일이 있어도 절대로 동네에서 아기를 낳는 일은 없도록 하라고 으름장을 놓았다고 했다. 만약 이 동네에서 가시내가 몸을 풀어 동네를 더럽히면, 섭냄이 집 식구들 전부를 쫓아낼 것이라고 했다는 것이다. 그런데, 동네 어른들이 다녀간 바로 그날 밤에 섭냄이가 옷 두 벌과 짚신 한 짝을 챙겨 들고 집을 나가 버렸다는 것이다.

"그 담날 아츰에 지 오매가 미친년맨키로 펄펄 뛰고, 훈장 어른한테 쫓아가서 내 딸 찾아내라꼬, 부끄러운 줄도 모리고, 당신들이 먼데 금방 산달인 딸년을 이 엄동설한에 오데 가서 얼어 죽게 만드느냐고 악다구니를 써 댔던 기라. 어히구, 불쌍한 년…."

섭냄이 오매를 두고 말하는 것인지 섭냄이를 불쌍타고 하는 것인지 노인이 혀를 끌끌 찼다.

논개는 할매의 말만 듣고 가만히 앉아 있을 수가 없었다. 지난겨울이라면 몇 달 지나지 않았고, 산달이 가까웠던 몸이면 지금쯤 어디에서 몸을 풀었을 텐데, 논개는 죽을 고생을 하고 있을 섭냄이 생각에 안절부절못하는 마음이 되었다. 섭냄이 오매라도 만나 보았으면 싶었다.

"할매요, 지가 섭냄이 오매를 한번 만나 볼랍니더."

그러자 노인이 깡마른 팔을 들고 휘휘 내저었다. 절대로 안 된다고 했다. 섭냄이 오매가 논개를 보면 머리끄덩이를 잡아 뜯으려 할 것이라고 했다. 섭냅이가 그렇게 된 것이 마치 논개 때문인 양 지금까지도 별의별 소리를 다 하고 다닌다고 했다.

논개는 너무나 의외의 말에 눈을 벌려 뜬다.

"지를 와예?"

"니가 이병들이 있는 활턴가 하는 데 있게 됐다고 한 뒤로 섭냄이가 맨날 니를 찾으러 선학산을 휘젓고 다닌 기라. 산귀신이 씐 년맨키로 니 이름을 불러 대면서. 결국, 니를 몬 찾아내고 아가 고만 얼이 빠져뿌린 기라. 그래도 날마다 하는 짓이 선학산 들어가서 헤매고 다니는 일밖에 움썼는데…, 쯔쯔."

그러던 섭냄이가 산속을 찾아 헤맨 지 몇 달 만에 의병 훈련장인 활터를 찾아내기는 했는데, 논개는 이미 그 활터에서 떠나고 없었다는 것이다. 이후로 섭냄이는 선학산에 더 가지는 않았지만 밤낮으로 논개 생각에 빠져 집안일 따위는 관심이 없었고, 그때부터 섭냄이 오매는 논개 귀신이 자기 딸한테 씌어서 저런다고 논개를 저주하고 다녔다는 것이다.

"논개 니가, 섭냄이 혼을 빼 가 삐맀다는 기라. 그래서 섭냄이가 정신이 빼여서 아를 뱄다는 기라. 말도 안 되는 소리를 해쌌고 다닌 기제. 그니께 섭냄이 오매 만나지 말거라. 딸년 셋이 팔자들이 기박하게 되고 본께네 에미도 지정신이 아인 기라. 탓만 대는 기라. 전부가 조상탓이고 주변 사람 탓인 기라. 도치날맨키로 독이 올라 있은께."

"무슨 말씀이신지 알겄습니더. 아무래도 오늘은 날이 기울라 캐서, 안 되겄습니더. 다른 날, 아침 일찍부터 여유를 갖고 와야 되겄습니더. 참, 백정이 아재네 아기는 많이 컸지예? 그 아재도 잘 기십니꺼?"

노인의 얼굴에 씁쓸한 웃음이 스쳐 지나갔다.

"하이고, 니가 모르는 기 당연하제. 그 백정이가, 손자와 빙신 딸년을 데리고 이 동네를 등진 거는 백치가 아를 놓던 그핸 기라. 아무리 천치 백치라도 가시나가 얼라를 낳았은께 동네 수치라고, 어른들이 내쫓은 거나 똑같은 기라. 훈장 어른은 백정이한테 살괴기도 마이 얻어묵고도 그리 모지락시리 군 기라."

논개는 온몸의 힘살이 머리에서 아래로 스르르 빠져 내리는 것 같았다. 기운이 없었다. 도무지 알 수가 없다는 생각이 들었다. 중병을 앓고 있는 점백이 할매를 비롯하여 자기에게 잘했던 마음씨 좋은 사람들이 하나같이 불행하게 되어 버렸다는 사실에, 가슴이 미어지듯 아프고 화가 솟구쳐 올랐다. 방 안이 어두워지기 시작했다. 논개는 궁금한 것이 많았지만 당장 한꺼번에 다 알려 하지 않기로 하고 자리에서 일어설 채비를 한다.

점백이 할매는 논개의 속마음을 다 알고 있는 사람처럼, 강 진사 댁 노비가 논개 대신에 샘골의 열세 살짜리 언년이를 제 부모한테 전답을 주고 사 가서 주인 영감의 회춘을 돈우는 몸종으로 두고 있다고 했다. 논개를 쫓아낸 창기 오매는 어린 나이의 창기를 장가들여서 며느리 시집을 호되게 살리고 있다고도 했다.

"할매예, 인자 고만 말씀하시소. 지가 너무 힘들게 해 드리는 거 같습니더. 해가 저무는 거 같은데 지는 가 봐야 됩니더. 제가 다음에 올 때는, 다 낫아서 일어나 계셔야 됩니더!"

노인이 팔을 뻗어 논개의 손을 그러잡았다.

"갈라 쿠나? 고마 누우 자고 가모 안 되겄나? 진주꺼정 온제 가겠노."

"갈 수 있습니더. 그런데, 아재 아지매가 와 아즉도 안 올까예? 할매를 혼자 두고 떠날라 카이 맘이 안 놓이는데…."

"송달이도 올 때 됐고, 저 애비 에미도 올 때쯤 됐다."

"할매요! 그라모 지는 인자 가 볼랍니더. 약 잡숫고 빨리 낫아야 합니더."

"오냐, 오냐. 논개야…. 으쨌든 가서 잘 살으래이."

논개는 갈퀴 같은 노인의 손을 풀고 그 방을 벗어났다. 노인의 움푹 꺼진 눈에 다시 눈물이 고여 들었다.

"논개야. 고, 고맙대이…."

점백이 할매의 꺽센 음성이 논개의 뒷덜미를 잡는 듯했다.

논개는 방문을 닫기 전에 노인의 얼굴을 다시 한 번 돌아본다. 왠지 마지막일 것 같은 예감이 들어서였다. 노인 역시 흥건히 눈물 고인 얼굴을 들어 논개를 쳐다보면서 고개를 끄덕였다. 어서 가라는 듯 손짓을 했다.

"할매요…."

"오냐, 잘 살그래이…."

해골에 가죽을 씌운 것 같은 노인의 섬뜩한 얼굴이 온통 눈물범벅으로 일그러졌다. 논개는 가슴이 미어지는 아픔을 느끼면서 방문을 닫고 만다. 그리고 정신을 가다듬으면서 몸을 돌려 마당을 나와 사립짝 기둥에 매어 둔 말고삐를 풀고 말에 훌쩍 올라 할매네 집 골목을 서둘러 벗어났다.

*

날이 어두워지고 있었다. 말에 박차를 가했다. 선학산을 가로지르면 진주로 들어가는 데 지름길이 되겠지만, 어둔 밤에 산속 길을 택하는 것은 무리였다. 다른 방법 없이 산자락을 빙빙 돌아 편편한 길을 찾아 진주로 들어갈 수밖에 없었다. 밤길을 달려 보지 못한 논개는 적잖이 걱정이 되었다. 잘 닦인 길이라 해도 한 번도 그 길을 가 본 적이 없어 일일이 사람들에게 길을 물어서 가야 했는데, 밤길에 사람을 만날 수 있을지도 의문이었지만 무엇보다 성문이 닫히기 전에 성안으로 들어설 수 있을 것인지 걱정이 태산 같았다.

이 밤에 진주로 들어가는 것은 무리라는 판단이 섰다. 동구 밖 정자나무 아래로 옛날에 없던 주막이 생겨 있음을 보고서 논개는 말을 멈추었다. 그녀는 한껏 목소리를 깔고는 늙수그레한 주모에게 하룻밤 묵어갈 방이 있느냐고 물었다. 주모가 양반집 서방님 행색에다 점잖은 한양 말투를 쓰는 논개를 쳐다보곤 허리를 굽히면서 빈방이 있다고 했다. 논개는 이곳에서 하루를 묵어가리라 작정하고 말에서 내렸다. 안방 어머니에게도 하룻밤 지내고 올 수도 있다는 말을 했기 때문에, 늦어지면 자고 올 것이려니 여겨 걱정하지는 않을 것이라 생각되었다.

논개는 주모가 안내하는 객방으로 들어가면서 국밥을 시켰다. 술청에서 저녁을 먹은 후에 방으로 들어갈 수도 있었으나, 그곳에는 누더기 장삼을 걸친 늙은 중 하나가 술을 마시면서 주변의 객들과 함께 커다란 소리로 떠벌리고 있었기에 일부러 자리를 피했다. 탁발하고 장삼까지 걸친 스님이 술을 마시고 고기가 든 국밥을 먹고 있다는 사실만으로도 '땡중'이 아니고서야 절대 그럴 수 없다는 생각인데, 그는 술청 안이 떠나가도록 갈갈 웃어 젖히며 큰 소리로 떠들어 대고 있었던 것이다.

논개가 술청 맞은편의 객방 안으로 들어가려 하자, 탁발승이 논개의 뒷덜미를 잡아채듯 소리쳤다.

"이보소, 젊은 선비양반. 이리 와서 같이 한잔 나눕시다요!"

논개는 말없이 그냥 방 안으로 들어가려다 말고 힐끗 돌아보면서 "생각이 없소이다." 하고 맞소리를 쳐 준다.

"허어 그 양반, 목소리 한번 힘 있고 청아하고, 이목구비도 수려하시네! 그런데, 수명은 길지 않겠구먼."

논개는 겁 없이 떠벌려 대는 탁발승의 말을 들으면서 방 안으로 들어갔다. 조금은 어처구니가 없는 기분이었다. 술 취한 땡중의 떠벌림으로 무시해 버릴 수도 있었지만 끝말이 걸렸던 것이다.

"땡중 표 내느라고 척해 보는 소리겠지. 그런다고 내가 무슨 말이냐며 금방 쫓아가서 당신과 술 대작을 할 줄 아는감? 그런데, 말씨에 제법 예가 붙은 것이 이 부근의 중은 아닌 모양이네."

논개는 윗목의 목침을 끌어당겨 머리에 받치곤 방바닥에 드러눕는다.

"한데, 이게 다 무슨 냄새람?"

방 안 구석구석에 밴 곰팡내, 구린내, 인내 같은 악취가 한꺼번에 콧속으로 물씬물씬 스며들었다. 청소라고는 하지 아니한 방 같았다. 기와집에 들어간 후 육 년 만에 처음으로, 그것도 장돌뱅이들이 뒹굴던 방에서 외박을 해 보는 논개는, 영 마음이 편치가 않았다.

마침 주모가 국밥 소반을 방 안으로 들여놓곤 손바닥으로 방바닥을 만져 보며 말했다.

"방이 좀 차불 낍니더. 군불 지피 디릴 텐께 쪼깨마 참으시소."

"알았소."

논개는 군불 지피기보다 방 청소부터 먼저 해 달라는 말을 하고 싶었지만 그냥 입을 닫고 만다. 몇 시진만 참으면 되려니 싶어서였다.

"약주 한잔 잡술랍니꺼?"

주모가 방문을 닫기 전에 물었다.

"됐소."

논개는 국밥도 드는 둥 마는 둥 했다. 마음이 심란해서였다. 섭냄이가 만삭인 채 입던 옷 두 벌과 짚신 두 켤레만 챙겨 동네를 떠났다는 말과, 죽음의 그림자가 드리운 점백이 할매의 모습이며, 느닷없는 땡중의 '수명이 짧겠다'는 말이 뒤얽혀 머리와 가슴을 심란케 했던 것이다. 논개는 반 그릇도 먹지 않은 국밥 상을 방문을 열고 쪽마루에 내놓았다. 탁발승은 여전히 떠들고 있었다. 쪽마루 아래에서 아궁이에 군불을 지피던 늙은 주모가 얼른 상을 들고 가면서 젊은 양반이 이리도 먹는 양이 적어서 어쩌느냐며 혀를 찼다.

방문을 닫아도 탁발승의 목소리는 작지 않게 들렸다. 객방과 술청 간의 거리도 가까웠지만 탁발승의 목소리가 워낙 컸기 때문이다.

"이 동네는 말이오. 아니지, 여기뿐이 아니지. 선학산 자락에 다닥다닥 붙어 있는 동네마다 유별난 일이 자주 일어날 것이오. 여자들이 살이 뜨거워서 방방 뛰다가 바람도 필 것이고, 잉태도 할 것이고, 남녀 할 것 없이 노약老弱과 병사病死의 기운이 유별할 것이오."

마치 예언자처럼 탁발승의 큰 음성에는 위엄기마저 서려 있었다.

그를 응대하고 있는 사내 하나와 주모가 왜 그러하냐고 물어보고 있었다. 하필이면 선학산 자락에 붙은 동네만이 그러한 기변奇變을 겪게 되느냐고 사내가 물었다. 아기 낳고 늙어지고 생로병사를 겪는 일은 기변이 아니라 사람 사는 짓이 다 그렇지 않으냐는 말로 주모가 거들었다.

"할매, 그렇지 않소이다. 신성한 산을 무지한 인생들이 건드려서 그런 것이오."

"산은 맨날 거기 있는데, 누가 산을 우찌 건디렸다 말입니꺼?"

이번에도 사내가 탁발승의 말을 받았다.

"허허, 산의 신성한 그곳을 인생들이 겁도 없이 건드린 겁니다아."

"산의 그곳이라니, 오데를 말하는 깁니꺼?"

"모태母胎 자리라는 곳이 있소. 신성한 산은 남정네의 그것과 여자의 그곳인 음양陰陽을 반드시 지니고 있는 법이오. 암산과 숫산이 나란히 어울려 조화를 이루고 있다는 말이오. 그런데, 암산의 그곳에 변이 생긴 것이오."

논개는 진작부터 방문에 얼굴을 대고 탁발승이 떠벌리는 말에 귀를 기울이고 있었다. 선학산의 '암반태기'를 두고 말하는 것이 아닌가 싶어서다. 그 산골짜기의 형체가 여자의 음부 자리와 비슷하다 하여 이름이 암반태기라 붙여졌다고 어른들에게 들은 적이 있었다. 그런데 그곳에 괭이와 삽으로 구덩이를 파서 오매를 꽁꽁 파묻었고, 이제는 산사태로 암반태기의 모양새는 깡그리 없어지고 새로운 산세로 변해 버렸는데, 그곳을 두고 말하는 게 아닌가 싶었다.

"선학산에 삽인지 먼지 그런 거이 있다는 소리는 몬 들어 봤는디. 이 동네에 처니가 아를 배서 쫓기난 일은 있었제. 작년 계울이던가….”

주모가 탁발승의 말을 받고 있었다. 그네는 다른 고을에서 이 동네에 들어와 주막을 차린 모양으로 동네의 자초지종을 잘 알지 못하는 것 같았다. 그렇지 않고서야 선학산의 유명한 암반태기를 모르지는 않을 것이기 때문이다.

“암산 신령님을 노하시게 한 거요. 사람들이 산신제를 지내야 더 화가 없을 텐데….”

탁발승이 결론이나 짓듯이 말하고 있었다.

논개는 심장이 쿵쿵 뛰었다. 탁발승의 말이 사실이라면, 암반태기 한가운데에 오매 묏자리를 썼으니 앞으로 끊임없이 재앙이 일어날 것 같은 예감이 들었기 때문이다. 그러나 오매의 무덤을 논개가 먼저 쓰기는 했지만, 나중에 산사태가 암반태기를 덮어 없애 버렸으니, 자연의 재해가 그곳을 더 크게 건드린 결과로 암산 신령이 노했을 것이라고 혼자 생각도 해 본다. 하지만 논개의 심장 박동은 좀체 가라앉지 않았다. 하필이면 자기 주변의 사람들이 쫓겨나거나 도망치거나 아픈 것은 어떻게 해석을 해야 될 것인지 기분이 점점 가라앉기만 했다. 오매를 묻어 준 백정이 아재가 백치와 손자를 데리고 동네에서 쫓겨난 일이나, 논개와 가장 친한 섭냄이가 처녀 몸으로 애를 배서 도망친 일이나, 또한 죽음의 그림자가 드리운 점백이 할매의 모습이며, 그뿐만 아니라 선학산 활터가 폐허가 된 것도 그것과 무슨 연관이 있는 것 같았다. 불안감이 마음 밑바닥에 켜켜로 조금씩 쌓이기 시작했다.

일면 탁발승의 그 말들을 깡그리 무시하고 싶은 심정도 없지 않았다. 술을 마시고 고기를 먹는 땡초 중이 자기가 무엇을 안다고 그런 당찮은 소리를 하는가 싶었던 것이다. 그러면서도 한편으로는, 목탁을 두드리며 맑게 도를 닦기는커녕 아무렇지도 않게 술과 고기를 즐기는 승려 같지 아니한 그의 모습이 외려 범상凡常의 수준을 초월한 듯 여겨져 그 말에 일말의 신뢰감을 갖게도 하는 모순을 느끼면서 논개는, 한숨을 뿜어낸다.

'무엇에다 근거를 두고, 저런 말을 하는 것일까? 땡초 중이 그냥 나오는 대로 지껄여 보는 것일까? 하지만, 터무니없는 소리로 일축하기에는 뭔가 있는 것 같은데…. 암반태기에 묏자리를 쓰는 데 나를 도와준 내 주변 사람들의 불행이, 아무래도 우연은 아닌 것 같아. 아니야, 암산 신령이 노했다면 내가 묏자리를 써서가 아니라, 산사태로 그곳이 없어져 버려서일 거야. 그럴 거야. 하지만….'

논개는 속으로 이렇게 읊조리면서, 누구에게도 알리지 않고 자기 혼자만이라도 선학산 산제를 한번 올려야겠다는 생각을 한다. 산사태가, 자신과는 상관없는, 단지 장마에 폭우로 인한 이변이라 쳐도, 그녀는 자신이 선학산에서 살기까지 했었고, 실제 눈앞에 벌어진 주변의 상황만으로도 한 번쯤 산신제를 지낼 필요가 있겠다고 생각한다.

그때 술청 안의 탁발승이 큰 소리로 창을 뽑아 대고 있었다. 염불이 아니라 가락을 뽑아 대고 있음에 논개는 반사적으로 쓴웃음이 터졌다. 주모가 북이나 장구를 치듯 젓가락 장단을 맞추고 있었다.

"참말로, 팔방미인의 땡초로구나."

그런데 탁발승이 창 가락을 치는 일보다 더 난감한 문제가 일어나고 말았다. 논개가 침울한 기분으로 산제를 올릴 일과 활터를 다시 복구할 생각을 하면서 문고리를 걸고 옷을 입은 채 목침을 베고 서서히 잠속으로 빠져들던 순간이었다. 주모가 방문을 거칠게 흔들며 논개를 깨웠다. 논개가 엉거주춤 몸을 일으켜 문고리를 풀었다.

"손님예, 이 방에 한 분이 더 주무시야 되겄십니더."

논개가 두 눈을 번쩍 뜨면서 자세를 바로 하고 앉았다. 그 와중에도 목청을 돋우어 변성을 만들었다.

"무엇이라 했소? 이 주막에, 객방이 이것뿐이란 말이요?"

"또 하나가 있는데예, 구들장이 꺼져 버려서 불을 몬 땝니더. 우짭니꺼, 두 분이 하룻밤만 같이 주무시소."

주모의 뒤에는 술청 안에서 큰 소리로 떠벌리며 조금 전까지 창을 불러 대던 그 탁발승이 벙글벙글 웃으며 서 있었다. 서 있는 것이 아니라 그는 숫제 방 안으로 한 발짝 성큼 올려놓고 있었다. 논개는 가슴이 덜컥 내려앉는 것 같았으나 겉으로는 조금도 내색하지 않는다.

"젊은 양반, 우리 함께 동숙합시다아. 사내대장부가 계집처럼 방문은 와 건다 말이요. 젊은 양반이 하도 자알생기셔서 그런가아, 내가 마치 분단장하고 서방 기다리는 새색시 방에 들어서는 기분이구만, 허허."

"등에 멘 바랑이나 몸에 걸친 장삼 염주, 뽀얗게 민 두발을 보면 탁발승이 분명하신 듯싶은데, 말씀은 객줏집 건달 같으시오. 이보시오, 주모. 구들장이 꺼졌다는 그 방, 화롯불만 좀 담아내 주시오. 나는 낯을 많이 가리는 사람이라 낯선 사람은 부담스럽소."

주모가 손을 내저었다.

"아, 안됩니더예. 구들장이 꺼져서 몬 쓰는 방이라서, 고방으로 쓰고 있는 기라요. 곡물 가마이하고 큰 독들이 꽉 들어차 있어서 사람은 몬 잡니더. 지가 이불을 한 채 더 갖다 디릴 텐께, 고마 하룻밤만 참으시소예!"

주모가 논개를 바라보며 그 방에 잠잘 수 없음을 말하는 동안 탁발승은 논개를 사랑스럽다는 눈길로 쳐다보고 있었다. 그러다 벌건 잇몸을 거침없이 드러내고 벙글벙글 웃으면서 논개를 달래듯 말했다.

"이보소, 젊은 양반. 훤칠한 대장부가 숫처녀처럼 깨끔을 떨어쌌는 거 같소이다? 그러지 마시고 이것도 좋은 연인데 하룻밤만 같이 잡시다아! 전생에 젊은 양반과 내가 뭔 인연이 걸쳤던 거 같소."

논개는 속으로 빠르게 생각을 굴렸다. 능글스러우면서도 매서운 기가 도는 탁발승의 눈빛에 자칫 어설프게 굴다가는 본색이 드러나겠다 싶었기 때문이다.

"이 집에 달리 잘 곳이 없다니 한 지붕 아래에 눕소마는, 얼마나 소리가 클지 두렵소이다요."

논개는 사내처럼 한 다리를 무릎 위로 척 올리면서 넉살을 치듯 말한다. 깔끔을 떠는 것이 계집이라서가 아니라 바로 당신의 코 고는 소리 때문이라 알리기도 할 겸, 실제 탁발승의 주먹코며 위로 쳐든 듯한 커다란 콧구멍이 유별나 보여 내심 걱정도 되었던 것이다.

"아하! 코 고는 거 때문에 그러시는 것 같은데, 이걸 우짜면 좋소. 고거는 글씨, 소승이 약속을 못하겠구만요이. 아, 방법이 있소! 젊은 양반이 먼저 잠드시몬, 내 소리를 듣지 못할 거 아니겠소?"

주모는 두 사람 사이에 오가는 대화에서 서로 타협이 되는 것으로 보았는지, 얼른 본채로 들어가 목침 한 개, 이불 한 채와 찬물 한 사발을 윗목에 놓아 주고는 방문을 닫아 버렸다.

방 안에 갑자기 술 취한 탁발승과 둘이만 남게 되자 논개는 적잖이 당황했으나, 속마음을 들키지 않으려고 짐짓 계속 태연한 척했다. 고슴도치가 자기 방어를 위해 털을 세우듯 전신을 팽팽하게 긴장시키면서도 겉으로는 아무렇지도 않은 듯 얼굴에 잔잔한 미소를 머금기도 했다.

"아하, 피곤하구만."

탁발승이 먼저 논개가 받쳤던 목침을 끌어당겨 자기 머리 밑에 받치면서 네 활개를 큰대자로 펴고 자리에 누웠다. 그리고 눈을 지그시 감으면서 말했다.

"젊은 양반은, 오데 사시오?"

"진주 사요."

"이 동네에는, 어찌 오시었소?"

"지나가는 길이었소."

"나는 탁발하러 왔소이다."

그런데 민머리에 주먹코, 쳐들린 콧구멍과 두툼한 입술 등 탁발승의 눈을 감은 모습이 재미스럽게 보이면서 논개의 마음에 조금의 여유가 생겼다. 탁발승의 매서운 눈빛이 눈꺼풀로 가려져 버리자 갑자기 멍청하고 우스꽝스럽게 보였던 것이다.

이번에는 논개가 먼저 말을 걸었다. 마음에 찜찜하게 걸려 있던 말을 삼키지 못하고 물어본 것이다.

"아까 나를 보고 수명이 짧다 하셨는데, 내 얼굴 관상이 그러했소?"

탁발승이 눈을 감은 채 벙긋 웃었다.

"마음에 걸리시오? 괘념치 마시오. 그냥 느낌이 그랬을 뿐이오. 돌중의 느낌 같은 거이 무슨 의미가 있겠소이까. 허어, 그리 앉아만 계실 것이요? 등잔불 끄고 누워서 잡시다아. 젊은 양반이 먼저 잠이 들어야 내가 맘 놓고 코를 골 거 아니오."

"그럽시다."

논개는 대답은 그렇게 했으나 눈곱만치도 먼저 잠들 생각이 아니었다. 코 고는 소리가 시끄러워 잠들 수 없는 지경이 될지언정 탁발승이 먼저 깊이 잠들어 주는 것이 차라리 안심이 되기 때문이었다. 그러나 그를 잠들이기 위해서는 자신이 먼저 잠든 척해야 될 것 같아, 논개는 선선히 대답을 하고 등잔불을 입으로 불어 껐다. 그리고 주모가 들여놓은 목침과 이불을 끌어당겨 몸뚱이를 이불에다 둘둘 감듯 덮고는 서서히 잠 속으로 빠져드는 듯 고른 숨소리를 냈다. 물론 잠은 진작부터 천리만리 달아나 있었고, 등짝 뒤편 문간 쪽으로 드러누운 탁발승의 동정에만 신경이 칼끝처럼 곤두섰다.

얼마간 조용한 침묵이 흘렀다. 서로의 탐색전 때문인 것 같았다. 그러나 드디어 탁발승의 숨소리가 거칠어지기 시작했다. 커다란 덩치와 주먹코에 위로 들린 콧구멍을 가진 얼굴 생김새답게 코 고는 소리가 점점 높아지기 시작하면서 입도 벌어지고 있음을 소릿결로 느낄 수 있었다. 시간이 흐를수록 탁발승의 코 고는 소리는 끄르르, 쿠루루, 끅끅…, 그러다 피리나 휘파람을 부는 것 같은 희한한 소리도 간헐적으로 섞이면서 점점 요란해졌다. 논개는, 그의 코 고는 소리가 높아지고 현란해질수록, 몸과 마음의 긴장이 풀림을 느낀다. 뼈와 살이 이완되는 듯한 느긋함이 찾아왔던 것이다. 피곤이 새삼 온몸을 덮치면서 하품이 나고 눈 안이 시렸다.

그녀는 깜빡 잠이 들었다. 깊은 산속 같았다. 새까맣게 익은 머루송이들이 바로 눈앞에 주렁주렁 열려 있는데, 논개는 그것을 바라보고만 서 있었다. 머루나무 아래에 커다란 구렁이가 둘둘 똬리를 틀고 오수午睡를 즐기고 있었기 때문이다. 돌 한 개를 주워 구렁이의 대가리를 맞히면 그것은 다른 곳으로 배를 밀고 도망가 버릴 것 같은데, 주변을 아무리 둘러보아도 돌멩이가 없었다. 바스러진 떼만 사방에 깔려 있고 썩은 나무둥치 하나조차 뒹구는 것이 없었다. 논개는 어깨에서 활과 화살을 풀어내어 구렁이를 향해 겨누었다. 죽이기는 안됐다는 생각이 들었지만 그러나 입 안에 침이 고이게 하고 목줄까지 당기게 하는 머루를 따 먹기 위해서는 구렁이를 처치할 수밖에 없다는 생각이었다. 그런데 놀랍게도 논개가 화살을 당기기도 전에, 구렁이가 제 스스로 똬리를 슬슬 풀어내어 머루나무 아래에서 배를 깔고 기어나갔다. 논개는 회심의 미소를 머금은 채 고개를 끄덕이고 섰다가 느닷없이 닭이 홰를 치는 소리를 들었다. 논개는 어인 산속에 닭 울음소리냐고 중얼거리면서 눈을 떴다. 꿈이었다.

그런데, 동네 쪽에서 닭이 우렁차게 울어 대고 있었다. 그녀는 꿈이 아닌 실제 닭이 우는 소리에 잠을 깬 것이었다. 방문 창호지에 희부옇게 미명이 트고 있었다. 순간, 논개는 소스라치게 놀라면서 문간 쪽의 방바닥을 살펴보았다. 탁발승이 없었다. 소피라도 보러 갔는가 싶었다.

논개는 우선 자신의 몸부터 살피기 시작했다. 옷고름이 풀어졌나 바지 허리끈이 풀어졌나 싶어 재빠르게 전신을 훑었지만 그대로 매여 있고 묶여 있었다. 무엇보다 둘둘 몸을 말고 잠잔 이불도 그대로 멍석 말듯 몸뚱이에 말려 있었다. 논개는 안도의 숨을 뿜어내면서 탁발승이 누웠던 자리를 다시 살펴본다. 소피를 보러 갔으면 목침은 그의 머리가 놓였던 그 자리에 있을 법한데 목침이 없었다. 아랫목에 얌전하게 개켜 있는 또 한 채의 이불 위에 그것은 얹혀 있었다. 그렇다면 그는 뒷간에 간 것이 아니라 침구를 정리하고 아예 이 방을 떠난 것이었다.

논개는 뒷간도 갈 겸 몸을 감았던 검정 무명 이불을 풀어내고, 방문을 열고 밖으로 나섰다. 아직 날이 완전히 밝으려면 좀 더 있어야 할 것 같았다. 오경五更쯤은 되었음 직했다. 하늘에는 샛별이 그대로 반짝이고 있고 하현달도 걸려 있었다. 논개는 주막집 뜰 가운데에 선 채 두 팔을 위로 한껏 올려 심호흡을 한다. 웅크려 누웠던 몸을 위로 길게 늘이듯이 뻗어도 보았다.

야릇한 마음의 변화가 있었다. 가슴 한쪽에 바람이 살랑거리듯 뭔가 심히 허전한 기분이 되었던 것이다. 논개는 자신의 그러한 기분이, 탁발승에게 암반태기에 대해 더 알아보고 싶은 것이 많았는데 그냥 그가 훌훌 떠나 버렸기 때문에 그런 것이려니 싶었다. 그런데 그런 기분만은 아니었다. 지난밤의 탁발승이 실제로 있었던 인물이었나 싶은, 묘한 기분이 스쳤던 것이다. 술청 안에서 술을 마시고 고기를 우적우적 씹어 가며 큰 소리로 떠벌리고 창 가락을 뽑던 탁발승의 모습이 마치 환상이나 환청을 보고 들었던 것처럼 생각되었기 때문이다. 새벽녘 꿈속에서 본 머루나무 아래서의 구렁이의 사라짐과 잠 깨어 목도한 탁발승의 사라짐이 무슨 연관이라도 있는 것처럼 번갈아 떠오르면서, 논개는 형체를 잡을 수 없는 미묘한 기분 속에 빠져들었다. 지난밤의 일에서부터 당금까지의 상황이 마치 긴 꿈을 꾸고 난 후의 느낌처럼 몽롱하게 느껴졌다. 무엇인지 분명치는 않지만 어떤 신불神佛의 시현示現을 목도한 것 같은, 일찍이 경험한 바 없는 희한스런 감정 속에 휩싸이기도 한다.

논개는 갑자기 마음이 바빠지기 시작했다. 아픈 흔적이 구석구석 남아 있는, 배고프던 어릴 적의 옛 동네에서 왜 서성이며 겉돌고 있는지, 어서 이곳을 떠나야 한다는 생각이 마음을 조급하게 하는 것이었다. 논개는 허리의 전대 속에 비상금으로 남겨 두었던 엽전 몇 개를 꺼내 객방의 윗목에 숙박비 조로 놓아두고, 마구간에 매어 둔 말을 끌어내 훌쩍 올라탔다. 그리고 양다리로 말의 배를 차면서 주막집을 벗어났다.

*

선학산 자락을 휘감은 큰길만 좇아 달려가면 진주로 들어가는 길이 될 것이라 생각했다. 한 번도 그 길을 따라 진주에 들어가 본 적은 없었지만 확신이 섰다. 시간이 흐를수록 하늘은 훤하게 동이 터 왔다. 차갑던 하현달도 반짝이던 별들도 어느새 밝아지는 빛 속으로 사라지고, 사방은 낮게 깔린 안개로 자욱한 속에서도 서서히 아침이 밝아 오고 있었다. 길은 가마나 달구지가 다닐 만큼의 큰길로 계속 뻗어 있었지만, 가끔은 산자락을 비껴 들판 쪽으로 휘돌아 가게끔도 나 있었다. 초가집 십여 호가 엎드려 있는 동네 앞을 지날 무렵, 괭이를 어깨에 둘러멘 농부 한 사람을 만났다.

"이보시오, 이 길이 진주로 들어가는 길 맞소?"

"예, 예, 맞십니더. 이 길로 쭉 가시모 진주가 나옵니더."

논개가 드디어 낯익은 큰길로 들어서 성문 앞에 이르렀을 때, 마침 햇살은 동녘 산봉우리로 불쑥 솟아올랐고 성문은 활짝 열려 있었다.

관졸들은 성문만 열어 놓고 다시 잠들을 자는지 한 사람도 성문을 지키고 서 있지 않았다.

"군기가 말이 아니구만. 왜인이나 산도적 떼들이 들락거려도 모르겠군."

논개는 중얼거리면서 성문을 통과했다. 그녀가 기와집에 도착하여 대문을 흔들었을 때는 아침녘이었다. 설매가 버선발로 뛰어나와 안채 마당으로 들어서는 논개를 끌어안았다. 안방 어머니의 반김이 이날따라 유별해서 논개는 저도 모르게 얼굴이 상기되었다.

"우리 논개가 오는구나! 그럼, 와야지. 오고말고. 네가 나를 두고 떠날 수는 없지. 네가 첫 외박을 했구나! 그래, 너 자라던 동네서 잤더냐? 어디서 잔 것이냐? 어서, 어서 올라가자, 얘야!"

"죄송해요 어머니! 밤인 데다 말이 가는 길이 익숙지가 않아서, 밤길을 달려올 수가 없었어요."

논개는 버선발로 뛰어나오는 안방 어머니의 반김이 하도 따뜻하여 콧속이 찌엉해짐을 느낀다.

"괜찮다. 어서 방으로 들어가자! 손이 차구나. 지난밤 꿈자리가 하도 어수선해서, 실은 지금 내가 선학산으로 너를 찾으러 가려고 했었다."

"좋지 않은 꿈을 꾸셨군요?"

"글쎄다. 흉몽이라기보다, 그 어른 떠나신 후에 처음 꾸는 꿈이어서…."

설매는 논개에게 손수 꿀물을 한 대접 만들어서 건네며 마시게 했다. 그러고는 꿈 이야기를 했다.

"그 활터에 글쎄, 그 어른이 계시더구나. 열 살 남짓의 쬐그마한 너에게 활쏘기를 가르치면서 그렇게 즐거워하시더구나. 내가 가까이 다가가도 관심조차 없으시고, 오로지 어린 너에게만 흠뻑 빠져 계시더라구. 꿈이 생시처럼 너무나 명징해서, 혹시 너에게 무슨 일이 생긴 것은 아닐까, 혹시 너마저 나를 떠나 버리는 것은 아닌가 노심초사했구나."

"이 세상에 어머니 말고, 저에게 누가 더 있다고, 제가 어디로 떠난단 말씀이셔요? 어머님이 밀어내셔도 저는 떠나지 않을 테니, 염려 놓으셔요!"

논개는 안방 어머니의 마음자리가 나이를 더해 감에 따라 외로움을 심하게 겪는 탓일 거라 헤아리면서, 선학산의 황폐화된 활터와 암반태기 이야기, 동네 주막의 탁발승에게서 들었던 이야기를 자초지종 들려주었다. 그리고 활터를 다시 복구하겠다는 뜻과 산신제山神祭를 올리겠다는 말도 했다.

"그래, 활터도 주인이 없어지니 삭막한 내 마음처럼 황량해진 모양이로구나. 사람이나 강산이나 정이 미치지 못하면 황폐해지는 것이지. 휴우…."

설매가 활터를 복구하고 산제를 지내라고 했다. 자기가 돕겠다고 했다. 산일을 할 일꾼들을 사는 일과 무당을 부르는 일, 산제 음식을 장만하는 일 등을 다 맡아 줄 테니 바로 시작하라고 했다. 논개는 안방 어머니의 적극적인 동조에 천군만마를 얻은 듯 기운이 솟구쳤다. 미처 예상치 못한 그녀의 도움이었다.

그날, 설매와 논개는 바로 무당을 불러 길일을 잡고, 그로부터 닷새 후에 선학산 암반태기 앞에서 반나절 가까이나 산신제 굿을 올렸다. 논개는 산사태로 새로운 산이 되어 버린 예전의 암반태기 앞에서 백 번도 넘게 절을 했다. 이 산을 의지하고 사는 산속의 사람들과 인근 동네와 그리고 자기 주변의 사람들에게 더 이상의 재앙이 없게 해 달라고 간절히 빌고 또 빌었다.

산신제 후에 설매와 논개는 지체 없이 선학산 활터 복구에 나섰다. 산신제와 활터 복구 일로 인해 미리 예정되어 있던 의기회의 편사 대회는 자연히 다음으로 미루어졌다. 활터의 복구는 그곳과 가장 가까운

거리의 동네인 쪽방골 장정들에게 맡겼다. 열흘 안으로 억새와 잡초를 말끔히 뽑아 주고 마당을 다져 달라고 했다. 훈련용 구덩이에 차 있는 물도 퍼내 주고 과녁판 주변의 허물어진 축대도 다시 쌓아 달라고 했다.

활터 복구에 대한 안방 어머니의 관심과 정성은 지대했다. 논개의 정성을 능가할 정도였다. 논개는 그녀의 심정을 백분 짐작하고 있었다. 오로지 강동찬 의병장을 향한 그리움과 흠모의 감정으로, 그를 위하는 일념으로 혼신을 다하고 있음이 굳이 말을 안 해도 절로 느껴졌다. 그녀의 이러한 애정과 관심은 즉각 그 효과를 나타냈다. 처음의 막막하던 상황에서는 활터의 복구 작업이 예정된 일수보다 많이 지연될 것으로 보였는데, 오히려 이틀이나 앞당겨져 끝났던 것이다. 대여섯 명의 쪽방골 남정네들에 의해 선학산 활터는 옛 모습을 고스란히 되찾게 되었다. 흙마당이 옛날처럼 제대로 반반하게 다져지지는 못하고, 통나무로 만들어진 산막과 과녁판은 많이 낡아 있었지만, 그러나 어느 활터보다도 넓고 제대로 된 훈련장 같았다.

활터가 옛 모습을 되찾게 된 날, 논개는 말을 타고 활터 마당을 수없이 빙빙 돌며 달렸다. 어떤 상황에서든 화살은 백발백중 과녁판을 맞혔다. 논개는 자신의 활솜씨가 나날이 눈에 띄게 늘고 있다는 사실을 스스로도 알고 있었다. 이는 오로지 편안해진 마음 때문이라 생각했다. 무엇보다 산신제를 올려 선학산 자락 초전골의 재앙을 잠재운 것 같은, 옛 살던 곳에 대한 빚 갚음이랄까, 인연의 마무리를 제대로 한 것 같은 편안한 마음이 제반사에 능률을 올리는 계기가 되었다고 생각했다.

"신궁이 바로 너로구나! 참으로 잘 쏘는구나! 사내로 태어났어야 했을 것을…. 하기사, 마음 넓은 것이나 생각 깊은 것이나 너야말로 훤칠한 장부지."

설매가, 천방지축 말을 뛰게 하고는 그 위에서 자유자재로 활쏘기를 구사하는 남장의 논개를 바라보며 중얼거렸다.

한바탕 훈련장에서 활을 당기던 논개가 설매 앞으로 다가와 말에서 내려 그녀의 손을 덥석 모아 잡았다.

"어머니! 고맙습니다! 이 활터의 재건은 오로지 어머니의 사랑과 관심의 결과입니다. 강, 동 자, 찬 자 아재, 아니 의병장님이 오시면, 제가 어머님의 마음을 말씀 올리겠습니다."

"얘가? 저기 일꾼들이 보고 있다. 남장한 대장부를 보고 '어머니'라니…?"

설매가 웃으면서 논개의 어깨를 두드렸다.

"이게 모두 네 영민한 머리로 이루어진 것이다. 네 활솜씨가 이제는 신궁이구나. 그 어른이 오셔서, 옛날처럼 다시 지낼 수 있으면 얼마나 좋겠니…. 기다려 보자꾸나. 저 일꾼들이, 네가 어느 댁 서방님인지 물어샀더라. 인물과 활솜씨가 너무 출중해서 함자라도 듣고 싶다는 게야. 그리고 우리를 의병들로 알고 있더라. 앞으로 그렇게 행세하는 것이 좋을 것 같어."

"알겠어요, 어머니!"

논개는 의기회의 본격적인 훈련장으로 이 활터를 활용할 생각이었다. 진주와의 거리가 좀 있었지만, 회원들이 대부분 말을 탈 수 있었기에 큰 문제가 될 것 같지는 않았던 것이다.

*

음력 삼월 중순께가 되면서 만산이 연초록 옷으로 사뭇 싱그럽고, 진달래와 산벚꽃이 만개한 속으로 벌 나비들이 윙윙거렸다.

봄기운이 생동하는 산경을 즐기며 의기회 회원 십여 명이 속속 선학산 활터로 모여들었다. 활터가 옛 모습을 되찾은 후, 매달 초하루와 보름날을 선학산 활터에서 모이는 날로 정했는데, 이날이 삼월 보름으로 정식 훈련을 위해 처음으로 모이는 날이었다. 진주에서 선학산 활터까지의 길을 익히기 위해 논개의 인도로 한 번씩 이미 활터에 와 본 적이 있었던지라 다들 별 어려움 없이 산속의 활터를 찾아들었다.

회원 숫자는 이십여 명이 되지만 나이 든 퇴기와 어린 동기들을 제외하면 말을 타거나 활을 쏠 수 있는 회원은 십여 명에 불과했다. 모두가 남장을 한 데다 뿔뿔이 각자 흩어져 다녔으므로 성문지기 관졸들이나 인근 지역 사람들 누구도 그들이 여자이고 기녀들인 줄은 알지 못했다. 이날도 거의가 집에서 진시辰時, 오전 7-9시에 출발하여 이른 사시巳時, 9-11시에 도착한 후, 그녀들은 모두 활쏘기 훈련에 열심이었다.

의기회가 발족될 당시에는, 나라의 위급한 상황에 대처하기 위해 무술과 신체 단련에 주력하는 의병들을 돕는 것을 목적으로 나이 많은 퇴기나 기생 어미들이 주축이 되었었다. 하지만 논개가 모임의 중심이 되면서부터 의병들에 대한 자금 지원과 함께, 기녀들 스스로도 활쏘기와 무술을 익히는 방향으로 의기회 활동이 확대되었다. 기녀라고 술만 따르고 가무나 바치며 사내들과의 사랑놀이에 끌탕만 하고 살 것이 아니라, 말 그대로 의로운 기녀들답게 몸으로도 나라에 도움 되는 일을 해 보자는 논개의 역설에 애단, 숙향, 강매 등 젊은 기녀들이 호응해 온 것이다.

그러나 수향관의 매화, 매란, 추월 등은 의기회 구성에 코웃음을 치며, 기생이면 기생답게 놀 것이지 태평성대에 같잖게 뛰어 본들 누가 알아나 줄 것이냐고 빈정거리면서 참여하지 않았다. 하지만 그녀들도 활은 잘 쏘았다. 한량이나 풍류객들의 취향에 맞추자면 활쏘기를 배워 두지 않을 수가 없었고, 따라서 그녀들도 비봉산 활터나 남강 활터에 곧잘 나가 풍류객들과 어우러져 활쏘기 겨루기도 하며 어우러졌던 것이다.

논개는 이날 선학산에 모인 회원들에게 특히 활쏘기 연습만 집중적으로 거듭하게 채근했다. 바로 열흘 후에, 비봉산 활터의 풍류객들에게 활쏘기 시합을 갖자는 편사 초청을 미리 해 놓았기 때문이었다. 비봉산 활터의 풍류객들은 놀란 얼굴들로, 그러나 쾌히 수락하면서 터놓고 벙글거렸었다. 웃음의 내면에는, 상대가 기생들이라는 점과 여자들의 실력이야 제아무리 잘 쏜다 해도 뻔한 것인데 감히 겁도 없이 남자 풍류객들에게 시합을 걸어오는 것이 가소롭다는 속뜻이 담겨 있는 듯했다.

사실 논개도, 그들이 본격적인 무술 연습이나 훈련을 하는 의병들은 아니라 해도, 활터에서만 뒹굴고 사는 활량들이라 결코 얕볼 상대가 아님은 알고 있었다. 다만 그녀가 노리는 것은, 회원들에게 그들이 대적해야 되는 상대가 있음을 확인시켜 주고, 따라서 한편이 되는 회원들과의 협동심을 기르고, 아울러 연습에 적극성을 갖게 하여 실력을 증진시키자는 데에 있었다.

그러나 이날 활터에서의 회원들 실력으로 봐서는 창피를 당하기 십상이었다. 선학산 활터에서야 매달 두 번밖에 만나지 못하니까 자기 집 가까운 활터에서 짬나는 대로 연습을 많이 해 두라고 누누이 일렀지만 그다지 진전된 모습은 보이지 않았다.

"논개 아우님! 우리, 좀 쉬었다가 합시다아. 꽃이 사방에 만개하고 벌나비가 제철 맞아 춤을 추는 춘삼월에, 이거 온종일 활시위만 당기게 되었소?"

명월관의 열여덟 살 먹은 숙향이가 과녁의 중앙부에서 자꾸만 벗어나는 자신의 활촉을 바라보면서 말했다. 애단, 강매, 소심까지 나서 점심이나 먹고 하자고 했다. 실제 점심때가 훨씬 넘었는데도 논개는 각자가 준비해 온 점심조차 먹을 시간을 주지 않았던 것이다.

"그래요, 집중해서 열 번씩만 더 쏘고 점심을 하십시다. 연습들을 너무 하시지 않았어요. 지금, 이런 실력들로는 도무지 이길 수가 없어요. 그들에게 이기지는 못하더라도 구경꾼들 속에서 수치는 면해야 할 터인데 걱정입니다. 아직 시합 날까지 열흘 정도 남았으니, 각자 가까운 활터에서 거의 매일 연습을 해야 되겠어요."

논개는 웃지 않고 말했다. 의기회의 실력을 얕보는 활량들의 코를 눌러 주기는커녕 당장의 실력으로는 비웃음을 사기가 알맞았기 때문이다.

산속 활터에서의 가장 즐거운 시간은 역시 점심을 먹을 때였다. 모두들 준비해 온 주먹밥과 찬합을 꺼내면서 희색이 만면했다. 당장의 표정들은 꽃다운 나이의 소녀들 모습 그대로였다. 봄나들이 나온 유달리 정이 많은 처자들일 뿐이었다. 그녀들은 점심을 들면서도 연회에서 만나는 자기 고객들의 이야기 등으로 재잘대느라 입을 조금도 가만히 두지 못했다.

논개와 동갑내기인 애단이 방글거리며 말했다.

"논개님! 들리는 소문으로는 신안골 만석꾼이 향반께서 논개님을 지극정성으로 연모하신다는데, 얼마큼 진전이 되었지요?"

모두의 눈빛들이 선망에 가득 차서 논개의 얼굴로 집중되었다. 그녀들에게는 그 소식이 무엇보다 궁금한 사항인 모양이었다.

논개가 웃었다.

"갑년이 지난 어른께서, 그것도 이미 다섯 명의 첩실을 둔 어른이 어인 욕심이 그리도 많으신지…. 나는, 관심 두지 않고 있어요."

논개가 분명하게 말했다.

선학산을 가던 날 저녁에 기와집에 들른 만석지기 그 노인이 논개의 부재로 많이 섭섭해했다는 말을 안방 어머니로부터 들었을 때도, 논개는 설매에게 노인이 더 기대를 하지 않게끔 자기 의사를 전달해 달라고 못 박아 말한 적이 있었다.

“설매 어머니도 논개님의 생각과 같은가요? 모두가 그런 ‘봉’을 못 잡아서 안달인데, 들어오는 큰 복을 어찌 모른 척하신단 말입니까? 진주 바닥에서 그 양반 이상의 더 큰 봉황은 없지 않습니까요!”

애단이 알 수 없다는 눈빛을 하고 논개를 바라보았다.

“부자라는 것으로 봉황이라 말할 수 있을지 모르지만, 탐욕으로 주색을 밝히는 노인에게 그런 호칭은 과하다는 생각이 들지 않아요?”

논개가 씁쓸하게 웃으면서 대답했다.

“첩실만 되어도 전답 열 마지기는 안겨 준다고 합디다. 진주 바닥 어떤 부자가 그 어른의 재력을 따라갈 것이며, 그런 넉넉한 마음을 갖겠습니까요. 우리 같은 천민들에게는 하늘의 태양 같은 분이지요. 그럼요, 해 같은 분이고말고요.”

애단은 논개의 반응이 못마땅한지 말끝이 자조적이었다.

논개는 애단에게 왜 그렇게 자기 비하적이냐고 말해 주고 싶었지만, 이날은 그쯤으로 개인의 심금을 건드리는 말은 하지 않기로 했다. 그러나 못들은 척 가만히 있을 수도 없었다.

“그런 재력으로 의병들이나 좀 양성해서 나라에 보답하면 길이길이 의로운 토호이자 향반으로 역사에 남을 텐데….”

논개의 말에 이날 참여한 열한 명의 회원 중 가장 나이 어린 열다섯 살의 소심이 끼어들었다.

“논개 성님! 태평성대에 의병은 왜 양성하십니까요? 논개 성님은 남자로 태어나셨으면 아마도 의병이 되셨을 기라예. 의병에만 관심이 있으시거든예!”

“은애하는 의병이 혹여 우리 논개님 가슴에 묻혀 있어서, 의병에 대해 유별한 감정을 갖고 있는지도 모르제.”

애단이 차분히 가라앉은 표정으로 소심의 말을 받았다.

그러자 묵묵히 음식만 씹고 있던 열아홉 살 지향이 손을 내저었다.

"아니라. 논개 아우님은 천생 남정네로 태어날 사람이 물건을 잘못 달고 나와서 그런 거 같아. 여자처럼 곰살맞은 면보다 활 쏘고 창 던지고 돌팔매질에 씨름꺼정, 그 힘센 것 보면 알 수 있제."

논개가 웃었다.

"애단님이나 지향 성님 모두 마음대로들 생각하십시오. 저를 두고 어떻게 얘기를 해도 좋습니다. 그러나 우리 소심 아우님이 말한 '태평성대'라는 말은, 내가 생각하기에는 맞지 않는 것 같습니다. 옛날부터 왜인의 노략질로 인한 피해가 얼마나 잦았습니까? 우리가 태어나기도 전이지만 제포, 부산포, 염포의 삼포왜란, 고성 사량진의 왜구 침입이 있었고, 위쪽에서는 야인野人, 여진족들이 호시탐탐 우리 조선을 먹겠다고 노리고 있는데 태평성대라고는 말할 수 없지요. 들리는 소문으로, 왜인 첩자들이 변장해서 우리 땅에 들어와 우리 강토를 삼키기 위해 방방곡곡 길을 익히고 다닌다는 말도 있고, 또 얼마 가지 않아 왜란이 일어날 것이라고 모두들 말하고 있으니, 예사로운 때가 아니지요. 나라 인심들이 이리 흉흉할 때는 우리는 무조건 유비무환으로 나라와 자신을 지킬 수 있도록 대책을 세워야 해요. 관군들만으로는 나라를 지키기 어려우니 의병들이 많이 양성되어서 건재해야 왜인이나 오랑캐들을 막을 수 있으니까요."

정색을 하고 힘주어 말하는 논개의 태도가 조금은 어색하고 딱딱하고 또한 의아스러운지 회원들이 음식을 씹다 말고 서로의 얼굴들을 쳐다보았다.

"미안해요! 밥 먹는 시간에 무겁고 껄끄러운 말을 해서…."

점심 후에도 활쏘기 연습은 진행되었고, 해가 지기 전에 의기회 회원들은 모두 활터를 빠져나왔다.

*

그런데, 그날 저물녘에 지리산 속에 살고 있는 매분이 만삭의 몸으로 보퉁이 하나를 머리에 이고 올망졸망한 아들 셋을 앞세워 기와집 안채로 들어섰다. 설매와 논개는, 워낙 갑작스러운 일인 데다 매분 일행의 행색에 너무나 놀라 두 눈을 화등잔만 하게 뜨고 그들을 맞이했다.

매분이 김언기를 따라 지리산으로 들어간 후 그녀가 직접 진주로 나온 것은 처음이었다. 오 년 전에 설매가 김언기에게 길을 물어 지리산의 매분을 찾아본 후, 바로 작년 가을에는 설매와 논개가 또다시 그곳을 방문했었는데, 그때로부터 여덟 달 만에 매분이 만삭의 배를 앞으로 내밀고 연년생의 아들 셋을 앞세우고 들어선 것이다. 그녀는 심하게 지쳐 보였다. 백여 리 길을 걸어와 지친 것뿐만이 아니라 남편과 싸움을 했는지 오른쪽 눈두덩이 시퍼렇게 부어올라 있고 입술도 부풀어 있었다.

"도대체, 어떻게 된 것이냐? 이 몸으로 그 먼 길을, 이 어린것들하고 어떻게 걸어왔단 말이냐? 세상에…."

설매는 매분의 몰골이 말이 아닌 것에 마음이 상하는지 얼굴을 찌푸리고는 아이들의 손을 잡고 대청마루로 끌어올렸다.

"어머니. 죄송해요…."

매분이 울먹이면서 대청마루로 올라서더니 설매에게 큰절을 했다.

"그만두어라. 그 배를 하고 절은 무슨 절이냐?"

그러나 매분은 아이들까지 나란히 세워서 절을 하게 했다. 설매가 정짓간의 덕산댁에게 어서 따뜻한 저녁밥을 지으라 이르고는 아이들을 한 번씩 고루 안아 준다.

"외할무이, 아부지가 옴마를 때린 기라예!"

다섯 살배기 금돌이가 설매를 보고 말했다.

"술 묵고 우리도 때렸어."

네 살짜리 은돌이가 말하자 세 살짜리 옥돌이도 "때렸쪄." 했다.

아이들의 몰골도 말이 아니었다. 봄이라고 해도 조석으로는 쌀쌀한데 홑저고리, 홑바지 차림에 금돌이는 버선도 신기지 않은 맨발이었고, 하나같이 세수는 언제 시켰는지 얼굴이 땟자국에 절어 더럽고 누런 콧물을 흘리고 있었다. 급하게 아이들을 끌고 집을 나오느라 그랬는지, 아니면 불시에 쫓겨났는지 아이들뿐만 아니라 그녀 자신도 집에서 입던 옷 그대로였다.

"말 좀 해 봐라. 어떻게 된 것이냐?"

설매가 무명 수건으로 아이들의 코를 하나하나 닦아 주고는 매분을 재우쳤다.

"술만 퍼 마시믄 지정신이 아입니더. 김언기 어른이 다녀가시고 나면 더 펄펄 뛰면서 저를 개 패듯이 패 댑니더. 그 어른이 오시면 저를 그 어른 방으로 제 손으로 밀어 넣고는, 가고 나면 재미 좋았느냐 몇 번이나 했느냐면서 팹니더. 이치 따지는 것이 소용이 없고 주먹이 먼저 옵니더. 저를 짐승 잡듯이 패 대고는 널브러져 잠이 들길래 무작정 아이들을 몰고 나와 버렸습니더."

"김언기 어른은, 매년 오시느냐?"

"일 년에 한 번씩 가을철에만 와서 산고기를 드시고 가는데, 사흘 전에 절에 일이 있어 오셨다면서 집에서 하룻밤 묵고 갔습니더."

설매는 대청마루의 낯선 풍경에 마냥 두리번거리고 있는 아이들을 둘러보면서 낮은 목소리로 말한다.

"그 어른, 지금은 일이 되더냐?"

"아니 됩니더."

"아니 되는 줄을, 금돌이 아버지가 모르느냐?"

"처음 몇 년은 제 말을 믿는 것 같더니 이제는 믿지 않습니더."

"그럼 그 어른과 합방하지 않겠다고 네가 완강하게 말해 보렴."

"그러면 또 때립니다. 그 어른이 우리 집에 들를 때마다 제가 그분을 뫼시도록 되어 있다면서, 또한 그 약속을 어기면 그 어른이 돈을 주지 않을 것이라며 방 안으로 저를 떼밀어 넣습니다."

"그래 놓고도, 그 어른이 떠나고 나면 때린다?"

"예에."

"완전히 광인이구나. 어찌하면 좋단 말이냐?"

"전에는 그러지 않았는데 지금은 술만 마시면 눈을 시뻘겋게 붉히고 심한 의처증 병자가 됩니다. 땅꾼이나 사냥꾼들이 집 앞을 지나가기만 해도 눈알을 희번덕입니다."

"혹시, 금돌이 아버지의 밤일이, 전에 같지 않더냐?"

설매가 소리를 더욱 낮추어 매분에게만 들릴 정도로 물었다.

매분의 눈이 놀라움으로 빛났다.

"어머님이, 그것을 어찌 아십니꺼? 맞습니더! 지난겨울부터 밤일을, 제대로 잘 못하더라구요."

설매가 고개를 끄덕이면서 매분을 처연한 시선으로 바라보기만 했다.

"나이 오십 줄인 데다 몇 년간 너한테 물불 못 가리고 홍청망청 몸을 써서 기진한 게다. 사는 재미가 그것만이 아니라 해도, 너는 젊고 제 몸은 늙었으니 발광이 되나 보다. 이제는 너도 일만 하고, 자식 잘 키우는 재미로만 인생을 살아야 하겠구나."

"어머니, 저는 괜찮습니더. 저는 이제 밤일이 지긋지긋한 기라예. 줄줄이 아이 낳고 키우고, 이제는 돌아가셨지만 중풍 시어머니 두 해나 대소변 받아 내고, 집안일 화전 일에, 그러고도 밤마다 당하는 일에 저는 죽을 지경이었던 기라예. 뱃속의 이 아기만 낳으면, 제발이지 아이가 안 들어섰으면 싶은 기라예. 참말로 더는 안 낳고 싶은 기라예."

논개는 안방 어머니와 매분이 주고받는 말을 들으면서 매분의 삶이 고단하기 짝이 없겠다는 생각을 한다. 이제 스물한 살이 되는 매분의 얼굴이 서른 살은 넘어 보일 만큼 주근깨와 잔주름이 깔려 있고, 입술과 살갗은 꺼칠꺼칠 메말라 있었다. 얼굴이야 만삭의 임부이니 더욱 험할 수 있으려니 생각을 하면서도, 그러나 그 희고 곱던 손이 크고 깡마르고 투박해져 마치 머슴 손처럼 거칠어져 있고, 손마디는 돌멩이같이 딱딱하게 굳어져 있어 보기 딱했다. 논개는 매분의 손을 거머쥐고 쓰다듬기만 했다. 너무나 상해 버린 그녀의 모습에 가슴이 아리어 아무런 말도 나오지 않았던 것이다.

"논개야, 너는 시집가지 말거라. 그냥 이대로 살아라. 어머니, 논개가 어찌 이리도 훤출하답니까요! 지난가을에 보았을 때보다 더 미색이 트였어요. 선녀 같아요."

"매분 성님도 옛날에는 선녀 같았소!"

그날 밤, 설매는 행랑채의 빈방 하나를 청소하고 군불을 지피게 하여 매분의 식구들을 그곳에 머물게 했다. 하룻밤 정도는 옛날에 매분이 거처하던 안채의 건넌방이나 사랑채의 비어 있는 방을 내줄 수도 있었지만, 남편에게 두들겨 맞고 화 바람에 친정이랍시고 그 먼 길을 달려온 그녀를 다음 날 당장 돌려보낼 수가 없어, 며칠간이라도 마음 편히 지내도록 아예 빈방 하나를 내준 것이다. 그러나 매분은 건넌방도 사랑채의 빈방도 아닌 대문간 옆의 행랑채에 들라고 설매가 말하자 조금은 섭섭한 표정 같은 것이 얼굴에 스쳤다.

"건넌방에는 논개와 두 동생들이 있고, 사랑채의 방들은 연회 자리들이 아니냐. 어른들 술 마시고 기생 끼고 노는 것, 금돌이 은돌이 보아서 좋을 것 없다. 우선 아이들을 생각해서 그리했지만, 내일 당장 네가 돌아갈 것도 아니고 해서 편하게 행랑채를 쓰라고 한 것이니 섭해 말거라."

"아, 아닙니다, 어머니! 고맙습니다…."

매분이 머리를 몇 번씩이나 조아리면서 말했다.

논개는, 육 년 전 향녀 금지 옥매와 열한 살짜리 자기를 지시하고 가르치던 제일 만성님이었으며, 경도 전에 몸이 뜨겁다며 우물가에서 찬물에 살을 씻던 그녀가, 이제는 애 낳고 기르기와 남편 시집살이와 노역에 지쳐 나이보다 훨씬 더 늙어 보이는 것이 내내 안타까웠지만, 그러나 자기가 어찌해 줄 수도 없는 눈앞의 현실이었다.

그런데 소스라치게 놀라운 일은, 바로 그날 밤에 매분이 기와집의 행랑채에서 또 아들을 순산한 것이었다. 논개는 다음 날 아침에야 그 사실을 알고는 탄성을 내질렀다. 지난밤에는 낮 동안 선학산 활터에서의 활쏘기 연습으로 피로하여 일찌감치 잠자리에 들었던 터라, 집 안에 굿이 벌어질 정도로 소란을 피웠어도 알지 못했던 것이다.

논개는 너무나 감탄스러워서 매분이 머물고 있는 행랑채로 달려갔다. 방문을 조심스럽게 열자, 금돌 은돌 옥돌 세 아이가 나란히 줄지어 앉아 갓난아기를 신기한 듯 들여다보고 있었다.

논개는 그 모습을 보는 순간, 네 아들을 생산하고 누워 있는 매분이 진실로 훌륭하다는 생각이 절로 솟았다.

"매분이 성님! 경하해요!"

매분이 핼쑥한 얼굴에 웃음이 가득해지면서 고맙다고 했다.

"논개야. 글쎄, 또 고추다. 어쩌면 좋으냐?"

매분이 울상을 지었다.

"무슨 말씀이오? 이 시대에 여자가 어디 사람이오. 아들이니 얼마나 좋소!"

"그래도 나는, 딸이었으면 했다."

"하이고오, 어쩜 이렇게 귀여울까. 성님은 훌륭한 큰 부자요! 금돌, 은돌, 옥돌이, 거기다 이 아기까지…. 얼마나 크고 소중한 자식 농사란 말이오! 성님의 대단한 업적이오!"

"그럴까? 낳아만 놓으면 뭐하겠어? 잘 키워 내야 할 텐데…."

매분은 논개의 말이 싫지 않은 듯 눈앞에 나란히 앉은 자식들을 바라본다.

"힘들지 않았소? 아기 낳을 때는 배 아파서 내지르는 소리로 동네가 시끄럽다던데, 나는 까맣게 몰랐소."

"첫째 금돌이 낳을 때는 죽는 줄 알았는데, 이제는 길이 나서 술렁술렁 잘 낳는다. 어저께는 사경四更 때부터 길을 걸었으니 몸을 심하게 움직인 셈이고, 이 녀석도 더는 버틸 수가 없었던 모양이야. 안방 어머니께 번거롭게 해 드려서 어쩌면 좋다니? 어젯밤에 한숨도 못 주무셨다."

그러나 설매는 마치 당신의 친딸이 친정 와서 몸을 푼 양 갖은 정성으로 미역국을 끓여다 주고, 아기 포대기며 배내옷 등도 손수 지어 주었다.

"여자란, 참말로 미련하고 독하고 무서운 종자다. 아무리 화가 솟구쳐도 그렇지, 어쩌자고 오늘 낳을지 낼 낳을지도 모를 몸뚱이를 하고, 그나마 올망졸망한 새끼들 몰고 어찌 백 리 길을 나설 수 있었단 말이냐? 길에서 낳기라도 했으면 어쩔 뻔했어?"

설매는 생각할수록 기가 막히고 어처구니가 없는지 아기의 옷을 지으면서 연신 고개를 내저었다.

매분이 웃었다.

"어머니, 셋째 옥돌이는 산나물을 뜯다가 산속에서 낳았어요. 그때를 생각하면 지금도 오싹해져요. 기가 막히더라구요. 그날은 키 큰 두릅나무를 휘어 내려서 두릅 순을 딸려고 낫을 가지고 갔는데, 그 낫으로 탯줄을 잘랐어요. 낫날이 무뎌서 얼마나 애를 먹었던지요."

설매는 반쯤 입술을 벌리고 매분을 바라본다.

"아니, 혼자서 제 몸뚱이 탯줄을 너 스스로 낫으로 끊었다는 말이냐?

핏덩이를 받아 주는 사람 없이, 야생의 짐승들처럼 거친 흙바닥에 그냥 싸질렀단 말이냐?"

"산달래가 무더기로 깔려 있던 곳이었어요. 양다리를 앙버티고 쭈그리고 앉은 자세로 낳아 아기가 굴러 내리지 못하게 했지만, 낫이 무뎌서 진땀을 뺐어요. 그런데 어머니, 참말로 무섭고 놀라운 일이 일어났었어요. 피비린 냄새가 유난했던지, 여운지 늑댄지 모를 짐승이 숲 주변으로 어슬렁거리는 게 눈에 띄었고, 매처럼 생긴 새가 우리 모자 머리 위로 빙빙 도는 거 있지요! 공포감과 두려움으로 간이 콩알만 해져서, 칡줄기로 탯줄을 묶고 가까스로 바깥쪽을 낫으로 끊고는, 그냥 아기를 치마로 둘러 싸안고 산을 내리뛰었어요. 뛰어내리는 중에 태반이 쑥 빠져서 다리를 타고 내리고, 아기는 자지러지게 울어 젖히고…. 그래도 한 손은 아기를 싸안고 또 한 손은 낫을 휘둘러 주변에 따라붙고 있을지도 모를 짐승들을 위협하면서 뛰었어요. 다행히 집 가까운 골짜기여서 제가 살았지, 집이 멀었으면 큰 낭패를 당했을 거예요. 지금도 생각하면 오스스 솜털이 돋고, 숲 속에 어른거리던 짐승들의 푸른 눈을 떠올리면 간이 오그라들어요."

"세상에, 지어낸 옛날이야기를 듣는 것 같구나. 혼자 아기를 낳고 탯줄을 끊고, 그리고 애 낳은 어미가 금방 산을 뛰어내렸다니 믿어지지가 않아. 그래, 산짐승들이 피비린내를 맡고 모여들었을 거야."

설매가 연신 고개를 주억거렸다.

"어머님, 고마워요. 사실 어젯밤처럼 이렇게 편안하게 아기를 낳아 본 적이 없어요. 금돌이 때만 그 인간이 받아 내 주고요, 은돌이도 저 혼자 낳았고, 옥돌이 때도 그랬고. 이 아기만 어머님 덕분에 호강하는구만요."

"하기사, 민초들이야 농사짓다가 양수 터져서 집에 들어와 가위와 굵은 실 찾아 놓고, 아기 목욕물 덥혀 방 안에 들여놓고, 쑤욱 아기를 빠트리고는 제 손으로 탯줄을 자르고 태반 빠트리고 아기 씻기고 그리고 들에 다시 일하러 나간다는 말을 듣기도 했다만, 너는 참말로 야생의 산짐승처럼 산속에서 우리 옥돌이를 빠트렸구나!"

설매가, 옆에 앉아 어른들의 오가는 이야기를 듣고 있는 금돌, 은돌, 옥돌이의 머리를 번갈아 쓰다듬어 주면서 말한다.

"어머니! 이 아기의 이름을 어머님이 지어 주시면 좋겠어요!"

매분이 말했다.

"글쎄다. 제 형들이 금, 은, 옥을 다 가졌으니, 튼튼하게 자라나라고 쇠돌이라 부를까나?"

"좋아요, 어머니! 저도 그렇게 생각했었는데, 그럼 쇠돌이라 하겠어요. 외갓집에서 태어났으니 '외돌'이란 이름도 괜찮겠다 싶었지만, 역시 형제들과 비슷한 것이 좋겠어요!"

이렇게 해서 매분의 넷째 아들 이름은 '쇠돌'이라 지어졌다.

그런데, 매분이 쇠돌이를 낳은 지 사흘 만에 눈매가 날카롭고 얼굴이 말상인 지리산의 그 사내가 기와집에 들이닥쳤다. 남루한 차림에 술에 취해서 제 몸뚱이도 제대로 가누지 못하면서, "떡갈보 같은 기생 잡년이, 기생집 아니믄 갈 데가 오딨느냐?" 소리소리 질러 대면서 대문을 박차고 들이닥친 것이다. 방 안에서 사내의 째지는 목소리를 들은 아이들이 경기를 하듯 소스라치게 놀라면서 순식간에 하나같이 이불 밑으로 머리들을 쑤셔 박았다.

마침 이날은 진주 장날이라 설매는 덕산댁과 행랑어멈을 데리고 장터에 나가고 없었고, 집에는 논개가 활터에 나갈 준비를 끝내고 매분이 누워 있는 방을 잠시 들여다보고 있을 때였다. 다짜고짜 집 안으로 들어선 사내가 남장의 논개를 지그시 쏘아보고는, "허어, 멀쩡한 선비가, 대낮부터 기생 사타리에 처박히서, 꼴값 치는구마이. 이바라 매분아, 니 서방 왔다. 오딨느냐, 이년아? 금돌아, 은돌아, 옥돌아, 애비 왔다아. 이리들 나오이라. 오딨느냐아?" 하고 소리를 내질렀다.

그때 매분이 오만상을 찌푸리며 퉁퉁 부어오른 얼굴로 방문을 활짝 열고 몸을 반쯤 내밀었다. 절망감과 낭패감으로 그녀의 얼굴은 일그러지다 못해 참담해 보였다.

"여기가, 여기가 오데라고 왔소? 제발, 소리 좀 낮추시오. 제발요!"

"온냐, 이년이 진짜로 여기 처박힜구나. 이, 이년아. 서방질하고 싶어 이리 왔냐? 와? 와? 내가 늙어서 안 되겄더나, 이년아아!"

사내가 매분을 발견하자 두 눈동자를 화등잔만 하게 벌려 뜨곤 허겁지겁 방 안으로 뛰어들어 그녀에게 달려들며 머리채를 휘어잡으려 했다.

논개가 그런 사내의 몸뚱이를 방문 밖으로 힘껏 밀어 버렸다. 사내가 마당에 어이없이 나동그라졌다.

"형편없는 사람이군. 이거 봐요. 금돌이 오매가 당신 아들을 또 낳았소. 어디다 손을 댈려는 거요."

사내가 마당에 나동그라진 채 두 눈을 껌벅였다. 그러다 커다란 입을 쩌억 벌렸다.

"머라꼬? 이, 이년이, 아, 아덜을 또 싸질렀다꼬? 어, 어, 어허허, 어허허. 보자, 내 아덜 보자아."

사내가 비틀대며 일어나더니 문지방을 엉금엄금 기어 넘어 방 안으로 다시 들어갔다. 아이들이 이불 속에서 동시에 얼굴을 빼내고 제 어미 뒤쪽으로 우르르 몰려가 방구석에 박혀 섰다.

사내는 그런 아이들에게는 관심 없다는 듯 강보에 싸인 핏덩이를 게슴츠레한 눈빛으로 내려다보았다. 그러다 고개를 끄덕거렸다.

"어허허허. 나 닮았다! 그렇제. 아암, 이 새끼는 내 꺼거덩! 내가 알제. 어허허."

사내가 갓난아기를 내려다보고 긴 말상의 얼굴을 연신 주억대며 지절거리고 있자, 잔뜩 겁을 먹고 구석에 박혀 섰던 아이들 셋이 열린 방문 사이로 쪼르르 밖으로 뛰어나갔다. 논개는 고개를 천천히 내저었다. 저 사내가 얼마나 어린 자식들을 밤낮으로 잡았으면 아이들이 저렇듯 오금을 못 펴고 제 아비를 두려워할까 싶어서다.

사내가 갓난아기에게서 시종 눈을 떼지 못하고 킬킬거리더니 그냥 옆자리에 머리를 덜컥 놓곤, 눈을 감아 버렸다. 그러고는 거짓말같이 금방 코를 골아 댔다. 사지를 큰대자로 벌리고 그대로 잠이 들어 버린 것이다. 집 나간 아내와 자식들을 찾아내서 안심이 된 것인지, 매분이 낳은 아들이 자기 자식이라는 제 나름대로의 확인을 해서 마음이 놓인 것인지, 아무튼 사내는 지극히 평온한 얼굴로 잠 속에 빠져들었다.

"이 집을, 어떻게 알았는지 모르겠네…."

매분이 사내를 내려다보면서 난감한 표정을 풀지 못한 채 중얼거렸다.

"옥호屋號만 알면 찾기가 뭐 그리 어렵겠수. 그나저나 이 양반, 잠 깨서 성님한테 해코지하면 어쩐다우? 나는, 지금 나가 봐야 하는데…."

"걱정 말고 나가 봐라. 술 깨고 정신 들면 발광은 않는다."

"아이들이 얼마나 겁을 먹고 있는데, 아비라는 사람은 저 어린 자식들이 가엾지도 않을까? 그럼, 나, 나갔다 와요."

아이들이 대문 밖 양지쪽에 쭈그리고 앉아 있었다. 셋 모두 누런 콧물을 훌쩍거렸다. 논개는 말을 끌고 대문간을 나서다 말고 그들에게 다가가 흰 수건에 코를 풀게 하여 닦아 주고는 마당 안에 들어가 놀게 한다. 그러고는 말에 훌쩍 올라 남강 활터로 향했다.

*

깊숙이 가라앉은 마음이 쉽게 풀리지 않았다. 매분이 낳아 놓은 아이들이 이 세상 그 어떤 업적보다 위대해 보이면서도, 그것만큼의 업보도 함께 안고 있으려니 싶으니까, 이 세상에 완벽한 업적이나 자유 같은 것은 없을지도 모른다는 생각이 들기도 했다.

강둑 위를 달리자 강변 바람이 싱그러웠다. 논개는 차츰 매분에 대한 생각에서 벗어났다. 비봉산 활터 풍류객들과의 편사 대회를 앞두고 의기회 회원들의 연습은 독려하면서도, 정작 자신은 매분이 기와집에 나타나 아기를 낳은 사흘 전부터 한 번도 활을 잡지 못하고 있었음을 새삼 깨달으면서 말에 박차를 가한다.

남강 활터에 의기회 회원들은 한 사람도 보이지 않았다. 그런데, 얼마 전에 이 활터에서 만난 적이 있는 산적 같은 털투성이 사내가 화살을 과녁판에 맞히고 섰고, 그 주변에 낯선 활량들 몇이 구경을 하며 둘러서 있었다. 사내의 화살이 과녁판의 정중앙에 꽂혔다. 보통 솜씨가 아니었다.

논개는 둑 위에 선 채 털투성이 사내의 활솜씨를 훔쳐보곤 그냥 돌아서 버릴까 생각했다. 사내와 부딪치고 싶지 않았기 때문이다. 그러나 논개는 돌아서지 않았다. 피하는 것이 비열하다는 생각이 들었기 때문이다. 남강 활터로 달려온 것이 틀림없으면서 마음에 들지 않는 사람이 있다 하여 그냥 등을 돌리는 것은 남장을 한 사나이로서의 태도는 아니라는 판단에서였다. 또한 그녀가 돌아서면 어차피 활터 사람들의 눈에 띄게 마련일 것이고, 그러면 그들은 의아스러움에 굳이 불러 세울 수도 있을 것이었다. 논개는 활터로 내려갔다.

털투성이 사내의 활쏘기를 구경하던 대여섯 명의 활량들이 가까이 다가서는 논개를 쳐다보았다. 논개는 말 위에서 허리를 꼿꼿이 세운 채 그들을 휘둘러 내려다보면서 고개를 약간 숙여 보인다. 털투성이 사내가 고개를 돌려 논개를 흘끔 쳐다보다가 서서히 두 눈을 벌려 떴다. 숨을 멈추듯 잠시 얼굴을 움직이지 않았다.

"하아, 드디어 오셨습니더!"

사내가 활을 들었던 팔을 천천히 아래로 내리면서 말하고는, 논개 앞으로 성큼성큼 다가왔다.

논개가 사내를 처음 만났을 때처럼 눈에 독기를 모으지 않기도 했지만, 다가서는 사내의 몸짓은 당당했다. 차분히 가라앉은 시선으로 마주 오는 사내를 응시하던 논개가 변성을 만들어 입을 열었다.

"나를, 기다리기라도 하셨다는 말씀이시오?"

"예! 젊은 선비님 만날라고 여기에 세 번이나 더 왔었는데, 오늘에사 오셨습니다아."

"알 수 없는 일이오. 나는 댁을 알지도 못하는데, 무슨 일로 나를 기다렸다는 것이오? 도대체, 댁은 뉘시오?"

사내가 논개의 얼굴을 눈이 부신 듯 쳐다보면서 짙은 눈썹 아래의 눈을 밝혔다.

"나는, 울산포에 사는 산방이라는 사람입니다. 산에도 살고 물가에도 살고, 동가식서가숙하는 행색입니다마는, 산에 더 많이 지내는 편입죠."

"의병이시오? 아니면, 결례하겠소만 산적이시오?"

사내의 눈빛이 다시 한 번 번쩍였다. 눈빛뿐만 아니라 입술도 벙긋이 벌어졌다.

"참말로 젊은 선비님의 눈은 예리하십니다! 소생의 얼굴에 산적이나 의병이라는 글자라도, 혹 박혀 있습니까? 실제 소생은, 의병이랄 수도 있고, 산적이랄 수도 있는 사람입지요."

"나에게 용건이 무엇이오? 왜, 나를 기다리셨소?"

"선비님의 활솜씨가 너무나 훌륭해서, 우리 병영에 귀감을 보이고자 한번 모셨으면 해서입니다. 안 되겠습니까?"

"내 솜씨보다 산방 의병님의 활솜씨가 더 훌륭하십디다. 한 가지 물어보아도 좋겠습니까?"

"좋다마다요! 물어보십시오."

"울산 지역이나 다른 지역의 활터나 의병 훈련장에서 강씨 성에 동 자, 찬 자 함자를 가진 의병장님 존함을 들은 적은 없으십니까?"

산방이란 사내가 고개를 갸우뚱했다. 그러다 고개를 크게 끄덕거렸다.

"함자를 들은 적은 있습니다! 용맹무쌍하시고, 신궁이시라 했던 거 같습니다만…. 그런데 그분의 소식은 어찌 물어보십니까?"

"활을 가르쳐 주신 스승이신데, 소식을 알지 못해 그럽니다. 활의 귀감을 보이시려면 그런 분을 초청해 가셔야 실효를 거둘 것이라 생각해서입니다. 그럼."

논개는 그 말을 끝으로 말 머리를 돌려 남강 활터를 벗어났다.

"하이구, 저, 젊은 선비니임. 어디 사는 뉘신지, 함자는 주시야지요."

산방이란 이름의 털투성이 사내의 당황스런 목소리가 논개의 뒷덜미를 잡아채듯 했으나 그녀는 들은 척도 않고 강둑길을 되돌아 달렸다. 털투성이 사내를 처음 대면했을 때 독기를 받은 짐승처럼 당황스러워하던 모습과는 달리, 당당한 풍채만큼 반듯한 말씨와 서서히 좁혀드는 위세에 실은 그녀가 위축되던 터라, 그곳에 더 머물다간 본색이 탄로 날 우려도 없지 않아 먼저 피해 버린 것이었다.

논개는 그길로 다시 비봉산 활터로 갔다. 활쏘기 연습을 하지 못했기 때문이다. 그곳 역시 의기회 회원들은 한 사람도 보이지 않았다. 그렇다고 편사 시합의 상대인 그곳 활터의 주인 격인 풍류객들도 특별히 나와서 연습하는 사람은 없었다.

남강 활터와 마찬가지로 지나가는 과객인 듯싶은 선비 차림의 두 사람이 화살을 날리다 논개가 가까이 다가갔을 때쯤에는 돌아갈 채비들을 하고 있었다. 그들은 뭔가 예사롭지 아니한 이야기를 나누는 듯 논개가 활터의 중앙부에 닿기까지 돌아보지도 않았다.

"조정에서 드디어 정사 황윤길黃允吉과 부사 김성일金誠一, 서장관 허성許筬을 통신사로 왜국에 보냈다고 하더구만요."

"임금님도 보내지 않을 수 없었겠지요. 왜국 사신들이, 우리가 요구한 왜국에 거주하는 조선의 반민叛民을 수십 명이나 잡아다 주었으니 더 버틸 이유도 없어졌지만, 무엇보다 그들이 이번에도 교섭이 여의치 않으면 병화兵禍가 일어날지도 모른다는 암시를 했다니, 임금님도 불안하셨겠지요."

"보빙報聘*도 할 겸 왜국의 실정과 도요토미의 저의도 탐지하기 위해 결국 통신사를 보내기는 했지만, 그들이 제대로 그곳 정세를 파악해 올지는 알 수 없는 일이지요."

진주 지역 말씨가 아닌 매끄럽고 세련된 선비들의 말을 들으면서, 논개는 내용을 나름대로 파악하고 귀를 더욱 벌렸다. 그러나 그들은 이미 말 위에 오르고 있었다. 논개는 나라의 상황을 정확히 알고 있는 것 같은 그들의 대화를 더 듣고 싶고 물어보고도 싶었으나, 그들은 갈 길이 바쁜 듯 말에 오르자마자 서둘러 떠나 버렸다. 논개는 그들의 대화 내용을 자초지종 파악할 수는 없었지만 어쨌거나 나라가 왜국과 통호通好를 하게 되는 것임은 짐작할 수 있었다. 조선과 왜국과의 교섭이 좋은 일인지, 혹여 어떤 화근을 불러들일 조짐인지 알 수는 없었지만, 그녀는 뭔가 중요한 일이 나라에 일어나고 있다는 느낌을 받았다.

선비들이 떠난 텅 빈 활터에서 그녀는 서너 시진을 쉬지 않고 활쏘기 연습을 했다. 사나흘 간 연습하지 못한 것을 일시에 다 만회하려는 듯, 온몸이 유연해지고 신명이 오를 때까지 정신을 집중하여 쏘고 또 쏘았다. 그야말로 쏘는 화살마다 백발백중으로 과녁의 중앙을 뚫어 그녀의 기운은 더없이 충천했다. 그녀는 비봉산 중턱으로 뛰어 올라갔

* 보빙(報聘) : 답례로 외국을 방문함

다. 나는 새라도 쏘아 맞히고 싶은 솟구치는 기운으로 사방의 숲과 하늘을 쳐다보았지만, 움직이는 짐승이나 새 따위는 보이지 않았고 연초록 숲만 눈 안에 가득했다. 비봉산飛鳳山의 이름 그대로 봉황새가 날아오르기라도 하면 활을 쏘아 맞힐 것도 같은 기분이었지만 산은 조용했다.

"맞아! 비봉산의 원래 이름이 대봉산大鳳山이랬지! 무학대사가 이 산이 진주의 명산으로 봉황이 있어서 출중한 인물들이 많이 난다고 하니까, 이태조가 불안하여 봉황새가 날아가 버렸다는 뜻으로 비봉산으로 개명하라 했다던가. 봉황새는 두고라도 꿩이라도 좀 나타나거라."

논개는 혼자 중얼거리면서 산의 정상까지도 헐레벌떡 올라 보았지만 눈에 띄는 것은 다람쥐나 청설모밖에 없었다. 논개는 움직이는 산짐승 사냥은 단념하고 산을 다시 뛰어내리면서 비탈 아래 나무로, 혹은 위쪽의 고목을 향해 종횡무진 몸을 돌려 화살을 쏘아 대며 뻗지르는 기운을 풀어냈다.

그날 논개는 완전히 어두워져서야 기와집으로 돌아왔다. 귀가 시간이 너무 늦어 버려 안방 어머니에게 미안하여 조심스럽게 들어섰던 것인데, 집 안에는 의외의 일이 벌어져 있었다. 행랑채 매분의 식구 모두가 떠나 버리고 없었던 것이다.

어머니와 덕산댁이 장터에서 돌아와 보니, 술이 덜 깬 매분의 서방이 언덕 아랫길에 소가 끄는 수레를 대 놓고 매분과 갓난아기와 금돌, 은돌, 옥돌이를 모두 태워서 떠나려 하고 있었다고 했다. 설매는 우마차를 붙잡고 아기 낳은 지 사흘 만에 산모와 갓 태어난 아기가 바깥바람을 쐬면 안 된다고 한사코 말렸지만, 오히려 매분이 가겠다고 고집하는 바람에 어쩔 수 없이 이불로 그녀를 감싸 주고 쌀 한 가마와 사두었던 미역과 홍합, 옷가지 등을 넣은 여러 개의 보퉁이를 수레에 실어 주었다고 했다.

"매분 성님이 금돌이 아버지 때문에 서둘러 집으로 가겠다고 나섰을 거예요. 어머님이나 우리 식구들에게 폐를 끼칠까 봐서요."

"그런 거 같더라마는…. 그러나 매분이도 자식 넷을 달고 저 혼자 살아갈 일을 새삼 생각해 보니 막막하기도 했을 거다. 아무리 술을 마시고 의처증이 있다 해도 아이들에게는 제 애비만큼 더 나은 사람은 없을 테니 말이다. 잘 따라나선 거야. 암, 잘하고말고. 하지만, 올망졸망한 고놈들이 안 가겠다고 울며불며 떼를 쓰던 것이 눈에 밟히고 가슴이 아프구나. 지금쯤이면 단성쯤에나 갔는지 모르겠다."

"염려 마십시오. 애들 아버지가 술을 마시지 않으면, 잘해 주기도 하나 봐요. 알토란 같은 아들 자식이 넷이나 되는데, 이젠 정신 차릴 거 같아요."

"그래, 나도 그런 생각이다만, 그러나 김언기 어른한테 한마디쯤은 해야 되겠다. 산에 가더라도 이제 매분이는 찾지 말라고. 꼭 그 어른 탓만은 아니겠지만…."

설매는 한숨과 함께 어서 씻고 저녁을 먹자며 논개의 등을 밀었다.

이날 밤 논개의 기분은 오랜만에 여유롭고 편안했다. 자기 주변의 모든 상황들이 나름대로 정리가 된 것 같은 기분이었던 것이다. 섭냄이를 비롯하여 점백이 할매, 오매의 무덤, 백치의 아기며 매분의 삶 등이 그녀 인생의 끈적한 정들로 마음에 앙금처럼 걸려 있었고, 특히 점백이 할매와 섭냄이는 혈육 이상의 응어리로 가슴 밑바닥까지 저려 들었었는데, 이제 그들의 소식을 들은 것만으로도 고맙고 다행이다 싶어 가슴에 맺혔던 게 풀리는 것 같고 마음이 차분해졌다. 그들의 삶이 평탄치 않아 가슴이 미어지듯 아프기도 하고, 가엾은 생각에 더러 밤잠을 설치기도 하지만, 소식도 알아보지 못해 가슴에 쟁여 그지없이 송구스럽던 마음이 한 꺼풀 정리가 된 느낌은 분명했다.

그뿐인가. 어쩔 수 없는 자연의 재해로 오매의 무덤이 산이 되어 버린 사실에 막막함과 체념이 전신을 덮쳐 왔었지만, 그러나 산제를 지낸 후부터는 그 일 또한 마음이 담담해졌다. 초전골 주막에 환상처럼 나타났던 탁발승의 '암반태기'에 관한 말들이 예사스럽지가 않았었고, 마치 그것을 증명이라도 하듯 자기 주변의 사람들이 하나같이 행복하지 못함에 두렵기조차 했던 것도 이제는 멀게 느껴졌다.

섭냄이에 대한 연민은 아직도 명치끝을 저미는 통증을 동반했지만, 그 또한 연이 닿으면 만날 수 있으려니 운명에 맡기는 체념적인 심정이 되었다. 매분이 애들 아버지를 따라 지리산으로 다시 들어갔다는 이날의 소식은 논개의 마음을 더욱 평온하게 만들었고, 더불어 지난 삶의 끈적한 인연들과의 아픔에서 드디어 벗어난 것 같은 미묘한 안도감과 자유로움도 느꼈다.

논개는 혼자 미소를 머금기도 했다. 열일곱 살 나이에 마치 인생을 절반 이상 산 사람처럼, 지난 한 달 동안의 자기 삶의 궤적을 일시에 더듬어 보고 나름대로 정리가 된 양 생각하고 있는 지금의 자신이 유별하다는 느낌이 있어서다.

"어디, 먼 길 떠날 사람처럼…."

그녀는 혼자 중얼거리면서 지극히 가벼운 기분으로 잠 속으로 잦아들었다.

다음 날부터 논개는 의기회 회원들의 집을 일일이 찾아다니면서 억지다시피 반강제적으로 회원들을 끌어내어 활쏘기 연습을 시켰다. 그녀들 대부분은 활량들과의 편사 시합을 하나의 봄놀이쯤으로 가볍게들 생각하고 있었다. 따라서 승리하면 어떻고 또 지면 어떠냐고 했다. 그쪽들은 본업이 활량들이니 어차피 승리를 하게 되어 있고, 이쪽은 논개의 실력밖에 믿을 것이 없는데 너나 열심히 연습하라는 동갑내기 회원도 있었다.

나이 어린 회원들도 논개에게만 떠밀었다.

"우리는 아무리 연습해 보아야 논개 성님 들러리밖에 되지 못할 것인데, 우리들한테 기대하시지 말고, 일당백 일당천이 될 형님만이라도 연습 많이 하세요!"

논개는 그녀들을 이해했지만 답답했다. 남정네들의 편사 대회를 구경은 했지만 실제로 참여하여 경험한 적이 없었고, 의병들 지원금 내는 것만으로도 의기회 회원으로서의 자긍심을 누리며 자기 위안도 삼았던 것인데, 본격적으로 연일 몸을 움직이게 하는 것이 저들에게 번거롭고 귀찮을 것이라는 생각도 했지만, 그러나 이래서는 안 된다며 논개는 그녀들의 등을 떠밀어 연습을 하게 했다.

이날 논개는 억지로 끌어낸 회원 대여섯 명과 함께 시합이 있을 현장인 비봉산 활터에서 두세 시진을 연습하고는, 그녀들에게 이틀 후에 선학산 활터에 모일 것을 지시했다. 선학산 활터는 거리 관계로 매달 초하루와 보름에 모이기로 되어 있었지만, 시합 전에 그 두 날이 끼어 있지 않아 이틀 후로 날을 잡은 것이다. 시합 턱밑에 가서 마지막 연습을 그곳에서 하기 위해서였다. 이는 널따란 선학산 활터에서의 훈련과 연습이 활발하게 진행되었던 점을 상기해서였지만, 말을 타고 외곽 지대로 달려가고 달려오는 것만으로도 심신 단련이 된다는 생각에서였다.

"얼마씩의 지원금을 내는 것만으로 의기라는 자긍심에 머물러 있는 정신이 문제라구. 그저 의병을 도울 뿐 자신들이 의병은 아니라는 마음가짐인 거지. 하지만, 몸과 마음을 단련시켜 시합을 치르고 나면 뭔가 좀 달라질 거야. 분명히…."

그녀는 중얼거리면서 선학산 활터에서의 연습을 강행키로 하고, 자신이 직접 개개 회원들을 일일이 방문하여 참여를 촉구했다.

그녀의 노력은 헛되지 않았다. 이틀 후 선학산 활터에는 전 회원이 한 사람도 빠짐없이 다 모였다. 잡담을 일절 거두도록 하고, 한 사람

한 사람 독려하며 돌아치는 서슬 푸른 논개의 행동에 모두들 말을 삼가고 연습에만 몰두했다. 조를 나누어 시합도 해 보았다.

점심때였다. 모두들 담아 온 찬합의 밥과 반찬을 펼쳐 놓고 비로소 재재거리며 떠들기 시작했다.

"논개야. 우리 무슨 전쟁에 나가는 것도 아니잖냐? 왜 이리 딱딱하게 숨도 쉬지 않고 연습만 해야 되는 거냐? 이 좋은 날에 쉬엄쉬엄 좀 놀아 가면서 하자야!"

동갑내기 초향이 밀주를 준비한 백자 술병을 보퉁이 속에서 슬그머니 꺼내면서 말했다.

논개가 질색을 하면서 그녀로부터 술병을 뺐었다.

"여기서는 안 돼. 점심 먹고 두어 시진 정도 더 연습해야 된다. 집에 가서 저녁에 마셔라."

초향은 기가 막힌다는 듯 입을 벌리고 논개의 손으로 건너간 술병을 다시 뺏으려 했다.

"야, 논개야! 술병 이리 줘! 얼마나 참았는지 아냐? 이리 내라. 딱 한 잔만 먹을게."

"안 돼. 너, 연회석에서 마시는 술만으로도 지겹지 않니? 조금만 더 참아라. 술을 마시면 연습할 때 절대로 집중이 안 된다."

"야, 논개야…."

초향의 얼굴이 붉게 달아올랐다. 화가 솟구치는 것 같았다. 저러다 연습마저 안 하겠다고 벌떡 일어나 돌아가 버리면 어쩌나 싶은 걱정도 없지 않았다.

논개가 표정을 풀었다.

"그래. 그럼 이렇게 하자! 이 술로 우리 모두가 한 모금씩 목만 축이자!"

"그래, 그래! 그게 좋겠다!"

여러 회원들이 논개의 말에 맞장구를 쳤다.

그러나 초향은 단연코 거절을 했다.

"안 돼. 이건 나 혼자만의 것이야. 나 혼자도 모자라. 누구도 줄 수 없어."

초향의 반대가 너무나 완강하여 논개는 그녀를 가만히 바라보기만 했다. 한동안 말없이 그녀를 응시하자 논개를 마주 쏘아보던 그녀가 눈길을 비켰다.

"정말, 너 혼자만 마시겠니? 그리고 오후의 연습은, 너 혼자만 안 할 참이냐?"

논개가 재차 다짐을 두듯 말하자 초향은 땅이 꺼질 듯 한숨을 뿜어내면서 마음대로 하라며 술병을 내밀었다.

"논개 네가 대장 아니냐. 널 이길 사람이 오딨냐. 네 맘대로 해라."

여러 회원들이 박수들을 쳤다. 그리고 주둥이가 기다란 술병을 돌려가며 한 모금씩 목을 축였다. 정작 술 주인인 초향에게 술두루미가 안겨졌을 때는 술이 한 모금도 남아 있지 않았다. 논개는 초향의 일그러지는 얼굴을 쳐다보면서 찬물 한 그릇을 얼른 내밀어 목을 축이라고 한다.

이틀 후에 다시 한 번 선학산 활터에서 편사 전의 마지막 연습을 했다. 회원들의 솜씨는 눈에 띄게 좋아졌고 질서도 잡혔다. 긴장감도 갖게 되었다. 논개는 회원들에게 천민인 자신들의 위상을 높이는 길은, 시합의 규칙을 벗어나지 않고 남이 넘보지 못하는 실력을 쌓는 것뿐이라며, 그날 혼신을 다해 한마음으로 힘을 모으자고 했다. 모두들 말없이 고개를 끄덕였다.

*

편사 대회가 있는 날은 유난히 날씨가 화창했다. 마치 가을철마냥 쪽빛 하늘에 햇살이 보석처럼 반짝이는 맑고 밝은 날이었다. 금빛 햇살이 온 누리에 완전히 퍼질 때쯤, 대회의 서막은 열렸다.

의기회 회원들은 모두가 남장을 했다. 연습 때도 그랬지만 남장은 여장을 할 때보다 치장을 할 필요가 없고 활을 쏘기에도 편했던 것이다. 그런데 상대인 활량들이 의기회 회원들의 옷차림에 의아한 표정을 풀지 못했다. 화사한 기녀답게 울긋불긋한 비단옷에 둘레머리로 성장을 하고 나타날 것으로 기대했던 모양인지, 그들의 표정은 하나같이 뜨악해했다. 조금은 어이가 없다는 듯 조소적인 낯빛들도 지었다.

활량들 중 가장 나이가 많은 마흔 살가량의 허윤상이 의기회 회원들의 남장 차림을 손가락으로 가리키며 논개에게 기어이 한마디를 했다.

"어째 이렇게 변장들을 했나? 이러면 음양의 조화도 없고, 오데 여자 맛이 있어야지…."

논개는 그들의 심중을 단박에 헤아렸다. 그들은 활쏘기 대회는 겉으로 내세운 미명일 뿐이고, 진주 바닥에서 한다하는 기생들의 총집합을 즐기면서 한바탕 어우러져 놀이판을 벌이는 것을 기대하고 있었던 것이다. 그야말로 어이가 없는 것은 논개의 기분이었다.

"상대 적수에게 존칭으로 예의를 지키시오. 활쏘기 시합에서 음양의 조화는 왜 찾소? 여자 맛이 왜 필요하냐 말이오? 비봉산 활터의 활량들이 신성한 편사 시합을 욕 먹이는 그런 분들은 아닐 것으로 알고 있소!"

진주 바닥의 절세미인이요, 만석꾼 부자의 유혹도 받아들이지 않는다는 그 도도한 논개가, 찌를 듯한 눈빛으로 자기를 쏘아보며 하는 말에 그는 더 응대할 답을 잊어버린 채 그냥 서 있었다. 실제 그들은 의기회의 편사 초청을 순전히 재미로 받아들이고는 한 번도 모여서 연습을 하거나 따로 준비를 하지 않았었다. 특별히 연습을 하지 않아도 그들은 활솜씨가 능숙했을 뿐만 아니라, 더구나 기녀들과의 시합은 누워서 떡 먹기로 얕보기도 했고, 무엇보다 그들이 기대하는 것은 노는 여자들과의 신명나는 놀이에 있었기 때문이다. 그런데, 참가한 기녀들의 표정은 팽팽한 긴장감으로 굳어 있고, 남장으로 꽃다운 자태를 폐쇄한 채 당당하게 맞서 오는 그녀들의 기세가 놀이와는 상관없는 분위기여서 그들은 내심 실망하고 당황했다.

더욱이 비봉산 활터에는 활량들과 기생들이 벌이는 전례가 없는 편사 시합을 구경하기 위해 사람들이 구름처럼 모여들고 있는데, 자칫 규칙에서 벗어난 모습을 보였다간 수많은 구경꾼들의 질책을 받기가 십상이었다. 허윤상은 단박에 표정을 바꾸면서 궁색한 낯빛을 지우지 못한 채 말했다.

"미안하구려. 얼굴들이 하도 굳어 있어서 부드럽게 판을 바꾸어 보려고 그랬소."

시합은 시작되었다.

이번 시합이 여느 편사와 다른 점은 우선 남자와 여자의 대항이라는 것이고, 그것도 양인이나 반상班常 쪽인 활량들과 천민인 기생들과의 접전이라는 점이었다. 사정射亭끼리 기예를 겨루는 터편사射亭便射도 아니고, 고을과 고을의 지역 대항전인 골편사洞便射도 아니고, 한양 사대문 안의 사정들이 한편이 되고 사대문 밖의 사정들을 두 구역으로 나누어 이 세 편이 서로 경기를 벌이는 장안편사長安便射도, 또한 사랑별로 교유하는 무사들이 사원을 편성하여 접전하는 사랑편사舍廊便射도, 사원 중에서 한량들로만 편성하여 벌이는 한량편사閑良便射도 아니었다. 유례없는 남과 여의 대항에다 양반과 천민의 대항이었다.

논개는 당초에 비봉산 사정의 활량들에게 편사를 초청한 주최 측의 입장으로 일반 편사에서 갖는 진행상의 의식을 생략하려 했으나, 구경꾼들을 생각하여 소정의 의식만 갖추었다. 우선 사원들을 위한 주연은 생략하고 시루떡만 열 말을 쪘다. 사원들과 구경꾼들에게 나누어 주기 위해서였다. 또한 시합에 참여하는 사원들을 격려하고 구경꾼들의 흥을 돋우기도 할 겸 천진한 어린 동기들을 화사하게 차려입혀 지화자 낭자로 뒷줄에 세웠다. 보통의 편사에서는 그 역할을 주연에 나서는 성숙한 기녀들이 맡았으나, 편사에 임하는 양측의 분위기를 다잡기 위해 이번에는 그리하지 않은 것이다. 동기들은 사원들이 번갈아 활을 쏠 때마다 소리를 질러 격려하고 과녁을 맞히면 지화자를 부르며 춤을 추었다. 여덟 살에서 열 살 사이의 어린 동기들이 앳된 소리로 창을 하고 여린 팔을 휘둘러 춤을 출 때마다 구경꾼들은 밝게 웃으며 손뼉을 쳤다.

비봉산 활터는, 활을 쏘는 사대와 과녁 간의 거리가 80간*에 과녁판은 세로 12자, 가로 9자의 목판 한가운데에 동심원을 그려 중심을 표시한 것이 여느 활터에 비해 정확했고, 활이 멀리 튀지 않도록 과녁 뒤에 쌓은 토성도 높고 길었다. 이렇듯 빈틈없는 시설 속에서, 경기 사원들끼리 사대에서 과녁 간의 거리가 어떻고 과녁판 나무의 질이 어떻다는 등 탓을 댈 이유는 없었고, 오로지 쌍방 간의 실력이 승패의 원인이 될 뿐이었다.

초반에는 양편의 점수가 비슷하게 나왔다. 전혀 연습을 하지 아니한 활량들은 평소의 점수가 나오는 것이고, 기녀들은 연습 후에 웬만큼 쌓인 실력이 발휘되는 셈이었다. 놀랍게도 활터 양쪽으로 빙 둘러선 구경꾼들은 기녀들의 편을 들고 있었다. 기녀들의 화살이 과녁의 중앙부에 명중하면 우레 같은 박수와 함성을 올렸고, 반면에 활량들에게는 관중貫中을 해도 반응이 조용했다.

후반에 접어들면서 의기회의 명중률은 서서히 줄어들고 활량들의 실력이 앞섰다. 무위도식하며 평생을 활터에서 활이나 쏘며 살아온 활량들의 몸에 밴 실력이, 벼슬아치 무사들이나 활량들의 놀이 상대를

* 약 145m. 1간은 여섯 자로, 약 1.81818미터이다.

위해 교양으로 활을 익힌 기녀들과는 실력 차가 있을 수밖에 없었다. 그러나 점수 차는 그리 크지 않았다. 결국 양쪽 십오 명씩의 단체전은 의기회가 선전했지만 패하고 말았다.

그러나 양쪽 수장인 허윤상과 논개의 개인전에서는 논개가 현격한 점수 차이로 단연코 우승을 했다. 두 사람의 시합을 지켜보면서 그 성적을 정시지正試紙에 적는 획관獲官도 두 눈을 휘둥그렇게 벌려 뜨고, 사정 위의 활량들도 고개를 내둘렀다. 구경꾼들은 논개의 화살이 과녁에 명중할 때마다 우렁찬 환호성과 함께 박수를 쳤다. 논개의 화살은 그야말로 백발백중으로 과녁의 한가운데를 관중했던 것이다.

"명궁이다! 선사로다! 아니 저 기녀가 설매 집 논개가 아니더냐! 담담한 표정에 차분한 몸가짐하며 집궁執弓 방전放箭 등 궁체법식弓體法式에 백분 소홀함이 없구나! 제대로 배웠도다. 오!"

사정에 앉아 지켜보던 활량패 중에서 가장 나이가 많은 박시울이 수염을 쓰다듬으며 탄성을 발하자 옆에 앉은 두세 활량들이 맞장구를 쳤다.

"단정한 모습하고 반듯한 행동하고 근엄하고 날카로운 눈빛 좀 보시오! 예사 여식이 아닌 것 같소."

"저 기녀에게 붙어 다니는 말은 많지요. 열 살 전후에 제 어미 살리고자 수지 절개하고, 활을 뺏으려던 성문지기 관졸들에게 되레 큰절을 받아 내고, 연회석에서 행동거지 반듯하여 휘청거리지 않고, 만석꾼 영감의 첩실 요청을 거부하는 등, 여러 말들이 붙어 다니지요."

"쯔쯔. 그런들, 지가 기생인데 어쩔꼬. 기녀 주제에, 만석꾼 어른의 머리 얹음을 마다하다니, 무슨 뱃심일꼬?"

논개의 우승이 확정되면서 동기들에 의해 풍악이 울려지고 구경꾼들의 함성이 하늘을 찌를 듯 연달아 터졌다. 결국 편사 시합은 단체전에서는 활량 측이, 개인전에서는 의기회 측이 승리하여 엄밀하게 따지려 들면 비긴 것이나 다름없었지만, 분위기는 의기회가 이긴 것처럼 기운이 충천하고 상대편은 위축되는 기운이 감돌았다. 그도 그럴 것이 단체전에선 근소한 차이로 활량들이 이겼지만 개인전에서는 논개의 실력이 두드러지게 뛰어났기 때문이다.

이날의 시합은 봄날의 긴긴해가 지기 전에 끝이 났고, 사람들은 시루떡 몇 조각씩을 받아 들고 희색이 만면하여 돌아들 갔다. 구경꾼으로 참여한 일부 한량들은 궁술 대회에 술이 없음을 한탄하였고, 끝난 후에도 상대 기녀들과의 한판 놀이가 없음을 아쉬워도 했지만, 논개는 관심을 두지 않았다. 다만 이번에는 그들이 편사를 초청하면 들어줄 의향이 있음을 내비쳤지만, 그들은 당장에는 반응을 보이지 않았다. 논개에게 완패하다시피 한 허윤상이 붉어진 얼굴을 삭이지 못한 채 그 자리를 서둘러 떠나 버렸고, 대부분의 활량들도 하찮게 봤던 기녀들에게 근소한 차이로 겨우 자존심을 유지케 된 것이 심히 수치스러운 듯 줄줄이 활터를 벗어나 버렸던 것이다.

“하이구, 속이 후련하다! 잘들 싸웠다! 단체전도 우리가 이긴 거나 다름없다. 상대가 누구더냐? 날아가는 새도 떨어뜨린다는 비봉산 활터의 활량들이 아니더냐! 떡이 된 허윤상 어른의 얼굴 보았지? 차라리 불쌍하더구나! 가자, 모두 우리 집으로 가자. 내가 자축의 술을 내마!”

설매가 회원들을 격려하고 부추겼다. 회원들은 서로의 손을 잡고 잘 싸웠다고 격려하면서, 논개에게도 너무나 멋지게 잘 이겨 주었고 그동안 참으로 수고했다고 위로했다.

논개는 회원들에게 혼신으로 잘 싸워 주어 고맙다는 답례와 함께 ‘이제 시작’임을 강조하고, 앞으로 궁술을 더 연마하여 진주 바닥의 최강 사원들이 되자고 독려했다. 실제 이번 대회를 계기로 의기회 회원들 간의 친목과 단합이 잘 이루어졌고, 무엇보다 사람들에게 천대받는 기녀들의 또 다른 좋은 모습을 만민에게 심어 준 것으로 확신했다. 그것 이상으로 더 큰 수확은 회원들이 얻게 된 자긍심과 자존심이었다.

그날 의기회 회원들은 전원 기와집으로 몰려가 설매의 축하 대접을 받으면서 그간의 피로와 긴장을 풀었다. 남정네 한 사람 섞이지 않은 순전히 기녀들만 모인 자축연은 낭자하게 흐드러졌다. 각자 장기대로 거문고도 타고 가야금도 뜯고 피리도 불고 장구와 북도 치고 춤도 추었다. 또, 편사 시합에서 일중一中·이중二中에 부르는 장령산 곡조, 삼중三中에 부르는 염불곡, 사중四中·오중五中에 부르는 타령조를 비로소 합창으로 불러 댔다. 여느 편사에서 성숙한 기녀들이 회중의 흥을 돋우고 판을 무르익게 하려고 부르던 것을 이날은 동기들의 '지화자'만으로 대신했던 것인데, 비로소 그들만의 잔치에서 제 흥에 겨워 합창으로 불러 댄 것이다. 그뿐인가. 승전했을 때 승리의 기쁨을 뽐내며 부르는 '태평곡'과 '길군악'을 목청을 돋우어 입을 모아 불러 댔다.

그때였다. 덕산댁이 사랑채 방문을 열고 손님이 왔음을 알렸다. 설매가 오늘은 손님을 받지 않는 날임을 덕산댁에게 언급하고 문을 닫으려 하자, 바로 남정네들의 큰기침 소리가 방문 밖에서 났다.

"허윤상이올시다. 논개님을 만나러 왔소이다."

방 안의 모든 가무가 스르르 그치고 모두가 서로의 얼굴을 바라보았다. 자축연의 기녀들은 하나같이 긴장된 표정으로 침묵한 채 서로의 얼굴을 쳐다보았다.

"편사를 청하러 온 것 아닐까?"

누군가 중얼거렸다.

"어머니, 일단 방으로 뫼셔야지요?"

논개가 설매를 돌아보며 말했다.

"그럴 수밖에 없겠구나."

설매가 방문을 활짝 열고 마루로 나갔다. 허윤상과 일행 세 사람이 사랑채 마당에 서 있었다.

"어서 오시어요. 방으로 오르시지요!"

설매의 상냥스런 인사말에 네 명의 한량들은 큰기침 헛기침들을 다투어 하면서도 방에 들지 않고 머뭇거렸다. 열린 방문 안으로 이날 편사의 사원들이었던 남장의 기녀들이 가득 앉아 있음이 눈에 들어왔기 때문인 듯싶었다.

논개가 설매 뒤를 따라 문밖으로 나서면서 사랑채 마당에 버텨 선 그들에게 정중하게 허리를 굽힌다.

"저를 만나러 오셨다니, 따로이 방을 마련할까요? 아니면 저희 회원들이 함께 있는 이 방으로 드시겠습니까?"

허윤상이 논개를 지그시 바라보면서 다른 방을 달라고 했다. 그의 표정이 눈에 두드러지게 굳어져 있는 것은 아니지만 그렇다고 유화적인 것도 아니어서 논개는 그들 방문의 뜻이 무엇인가를 대충 짐작한다.

설매가 바로 옆방으로 그들을 안내했다. 그들이 아랫목에 좌정한 후에 논개는 방 안으로 들어가 그들 앞에 마주 앉았다. 주흥을 즐기기 위해 기녀로서의 논개를 찾은 것이 아님을 알기에 그녀는 꼿꼿한 자세로 정좌한다. 설매가 방 안의 분위기를 훔쳐보면서 덕산댁에게 찻상을 준비시킨다.

"폐정弊亭으로 일차 왕림하오소. 오늘 미진한 점을 창서暢叙하시기를 바랍니다."

허윤상이 정중한 말씨로 논개에게 편사를 청했다.

논개는 편사에서 패한 쪽이 이긴 편에 다시 시합 갖기를 원할 때 그런 문자를 쓴다는 것을 들었지만, 처음 겪는 일이라 내심 당황했다. 하지만 진 쪽이 청하는 편사를 이긴 쪽에서 반드시 응해야 한다는 원칙을 알고 있었기에, 논개는 선선히 받아들이겠다고 대답했다.

"좋소이다. 그럼 시합 날짜는 단옷날로, 장소는 비봉산 활터로 정하면 어떨까 싶소만….”

오월 단옷날이면 한 달 열흘 가까이 남아 있었다.

“좋습니다. 그렇게 하지요.”

논개는 시합 날짜와 장소 역시 선선히 대답했다. 그리고 이번에는 논개가 그들을 향해 정중하게 말했다.

“폐정弊亭으로 일차 왕림하오소. 오늘 미진한 점을 창서暢叙하시기를 바랍니다.”

허윤상이 앞서 편사를 청했던 말을 그대로 반복하여 그녀가 말하자 모두가 놀란 표정이 되었다. 마치 허윤상의 말을 흉내라도 내듯 말귀 한 절 틀리지 않는 논개의 복창에 놀라움과 함께 어리둥절한 표정이다가 곧 고개들을 끄덕였다. 근소한 차이이긴 해도 단체전에서는 의기회가 그들에게 졌으니, 단체전의 재시합을 요구한 것임을 알아챈 모양이었다. 그들은 서로 눈들을 마주치곤 “좋소이다!” 했다.

“그럼 편사 날짜는 오는 팔월 한가윗날로 하고, 장소는 선학산 활터로 함이 어떨까 싶소만….”

논개는 다시 정중하게 말했다. 진 편에서 편사 장소를 지정하여 말하는 것은 통고나 다름없는 것이었다. 지고 청하는 편사는 이긴 편에서 반드시 들어주어야 하듯이 시합 장소도 요청에 따르는 것이 통례였지만 그들은 선뜻 대답을 하지 못했다.

“선학산 활터라면, 선사 강, 동 자, 찬 자 어른이 운영하다 폐쇄된, 그곳을 말하는 것이오?”

허윤상이 고개를 갸웃해 보이면서 반문했다.

“그렇소이다. 잡초를 뽑아내고 토성과 과녁만을 새로 세워 옛 모습 그대로 복구되었소이다.”

“그럼 그분이 오셨단 말이오? 그래서 다시 복원된 것이오?”

그들은 반가운 낯빛이 되어 논개를 건너다보았다.

"아닙니다. 저의 어머님이 복구하셨습니다. 그럼 편사 장소는 선학산 활터로 정하겠습니다."

논개는 다시 다짐을 두었다.

"그, 그렇게 하지요."

그들은 대답했고 이로써 서로 간의 개인전과 단체전 편사 초청은 이루어진 셈이었다.

덕산댁이 때맞추어 찻상을 들여왔다. 논개는 그들에게 다소곳이 허리를 굽혀 보이곤 회원들에게 이 사실을 알리기 위해 그 방을 벗어났다. 회원들과 상의해 보지도 않고 그녀가 일방적으로 또다시 편사를 초청했던 것이지만 걱정하지는 않았다. 시합 직후, 근소한 점수 차로 패배하자 몇몇 회원들이 억울함을 토로하며 먼저 나서서 편사를 청하자는 말도 있었던 데다, 무엇보다도 다시 편사를 앞두면 회원들의 계속적인 훈련과 신체 단련이 가능할 것이기 때문이었다.

논개가 다시 회원들이 모여 있는 방으로 들어서자 모두의 시선이 일시에 그녀의 얼굴로 쏟아지면서 물을 끼얹은 듯 조용해졌다.

"예상대로 나에게 재도전을 해 왔어요. 그러겠다 응하고 우리도 청했어요. 단옷날은 나와 허윤상 어른이 치르고, 오는 한가윗날에는 우리 회원 전부와 그들 전부가 다시 시합을 벌이기로 정했으니, 그리들 아십시오."

회원들은 모두들 잘했다고 했다. 그들의 내방이 바로 논개에게 편사를 청하기 위함일 줄 알았다고 했다. 이름난 진주 활량패의 수장이 열 살도 더 어린 기녀 논개에게 참패했으니 그 자존심이나 수치감이 오죽했겠느냐고 시시덕거렸다.

"문제는, 앞으로의 끊임없는 연습입니다. 오늘의 시합만으로도 우리 의기회의 명성은 한결 높아질 것이고, 위상 또한 명성만큼 높아질 것이란 걸 알아야 합니다. 우리가 남에게 하시당하지 않는 유일한 방법은, 피나는 노력으로 우리의 실력을 나날이 증진하는 것입니다."

논개는 회원들을 한마음으로 묶는 가장 큰 힘이 노류장화의 천녀賤女에서 의로운 기녀로 대접이 격상되는 데 있음을 알고 있었다. 동병상련의 처지에 있는 그녀들을 하나로 동여매는 굵다란 동아줄이 저들 모두의 가슴 밑바닥에 깔려 있는 신분의 한恨임을 누구보다 잘 알고 있었기 때문이다. 또한 이날의 패배로 인한 억울함과 경쟁심이 동반되어 앞으로의 연습은 의외로 잘될 것 같은 예감이 논개의 기분을 한층 밝게 했다.

7

끊어진 인연, 이어진 사랑

끊어진 인연, 이어진 사랑

그런데 편사 대회가 있던 날로부터 나흘 후에 논개는 진주 관영의 일방적 통고에 의해 연회석에 나가게 되었다. 관기가 아니었으므로 그 연회의 부름에 적당한 이유를 만들어 참여하지 않아도 되었지만, 의기회 문제로 진주 목사晉州牧使가 특별히 찾는다는 전갈에 논개는 예사롭지 않은 긴장감을 느꼈다.

고을 수령이 일개 기녀를 보고자 하면 관졸을 시켜 곧바로 불러들이면 되었지만, 사람들의 시선을 피하려는 뜻인지 혹은 하찮은 기생 하나를 독대할 가치가 없다고 생각했는지 그도 아니면 그저 주흥을 돋울 바깥 기생으로 불러들이는 것인지, 어쨌거나 관영의 주연회에 곧바로 참여토록 통지를 보내왔던 것이다.

논개는 뭔가 선명치 않았지만 참석키로 했다. 불러들임의 방식이 어떠했든, 의기회와 상관된 일이라면 굳이 오해의 소지를 만들 필요는 없다고 생각했기 때문이다. 논개는 갓에다 깨끗하게 손질한 흰 두루마기로 남복을 갖춰 입고 집을 나섰다. 설매가 연회석이니 그냥 여복 차림이 어떻겠느냐고 걱정했지만 논개는 남장을 고집했다.

관아의 연회석에는 수많은 사대부들과 관기들이 짝지어 앉아 있고 목사는 아직 자리에 나와 있지 않았다. 논개는 안내하는 병졸에게 자기의 이름을 밝히고 말석에 양반처럼 책상다리를 하고 앉았다. 여느 기방과는 다른 자리인지라 관아의 주연회는 뭔가 내용이 있을 것이라 생각했지만 외형으로 보아서는 알 수가 없었다. 관아를 도와주는 사대부들과 지방 토호들을 초청한 봄맞이 연회인지, 아니면 달리 주연을 벌일 만한 내용이 있어서인지는 몰라도 그 분위기가 특별한 것 같지는 않았다.

논개는 좌중을 빙 둘러보다가 입가에 미소를 머금었다. 관아로 들어올 때부터 만날 수 있을 것으로 기대했던 금지와 옥매가 대각선의 자리에 앉아 있음이 눈에 들어왔기 때문이다. 그녀들은 옆에 앉은 사대부와 짐짓 눈을 흘겨 가며 소곤소곤 정담을 나누느라 여념이 없었고, 그래선지 논개 쪽으로는 단 한 번도 눈길을 주지 않았다. 논개는 내심 적잖이 반가워서 달려가 손이라도 잡고 싶었지만 자신의 차림을 생각하여 가만히 앉아 있었다.

백여 명이 앉을 수 있는 대연회석이 거의 다 찼을 때쯤, 목사가 얼굴이 맷방석 같고 키가 땅딸막한 명나라 복장의 사내 하나를 동반하고 나타났다. 모두들 일어나서 두 사람을 맞이했다. 목사가 두 팔을 벌려 모두 제자리에 앉게 하고는 옆의 남자를 명나라 사신이라고 소개했다. 나라의 손님으로 열흘 전에 와서 조선의 수려 강산 유람을 나섰다가 진주 지역으로 들러 이렇게 모시게 되었다고 했다.

논개는 이 주연이 명나라 사신의 환영연 자리라는 사실을 비로소 알았지만, 이런 자리에 자신이 왜 불려왔는지 거듭 생각해 보아도 알 수가 없었다. 그녀는 다시 좌중을 둘러보다가 두 눈을 벌려 떴다. 맞은편 끝자락에 등을 보이고 앉은 사내가 비록 의관을 갖추긴 했지만 남강 백사장에서 만났던 바로 그 털투성이 산적 생김새의 남정네였기 때문이다. 그뿐만이 아니었다. 그녀의 옆쪽으로는 자신을 탐내는 신안골 만석꾼 영감과 매분의 머리를 얹어 준 천석꾼 김언기가 앉아 있고, 다시 살펴보니 진주의 선사善射라 불리는 남강 활터의 정운보와 망경

산 활터의 박구도 앉아 있고 며칠 전 편사에서 대적했던 비봉산 활터의 허윤상도 자리 잡고 있었다. 백여 명에 가까운 지역 토호들 중에 논개가 안면이 있는 이들은 활과 상관된 사람들과 기와집을 드나든 몇몇 선비들 정도였지만, 진주에 이렇듯 부자와 명사들이 많은가 싶어 그녀는 새삼 놀란다.

관영의 연회는 여느 기생집 주연과 다르지 않았다. 술과 음식이 넘쳐 나고, 거문고 가야금 병창에 퉁소 소리가 흥을 돋우고, 기생들의 가무로 향연은 질탕하게 흐드러졌다. 논개는 음식을 드는 둥 마는 둥 새삼 손님의 입장에서 동료 기녀들의 춤과 노래를 바라보면서 마음이 착잡해진다. 기녀들의 고혹적인 몸짓에 흥에 겨워 우쭐거리는 남정네들 앞에서 그들의 비위를 맞추려고 갖은 몸짓을 구사하는 동료들이 안쓰럽다 못해 민망하게 느껴졌기 때문이다. 세상이란 어차피 고르지 못해 살아가는 방법이 각양각색이라고는 하지만, 제대로 된 보상도 받지 못하면서 사내들 눈에 잘 보이려 혼신을 다하는 여인들이 새삼 눈물겨웠던 것이다. 타고난 끼가 넘쳐서 제 스스로 즐기기라도 하면 제멋에 겨워 노는 것이라 한은 없겠으나, 실제로 적성에 맞아 그야말로 기녀 생활을 즐기는 경우는 그리 많지 않았다. 예기藝技에 출중하거나 타고난 성정이 자유분방하고 열정적이더라도 양반집 규수는 타고난 신분 때문에 기녀가 될 수 없지만, 천민 출신에다 찌든 가난 탓에 혹은 부모가 없어 어쩔 수 없이 기생이 된 여인들은 자기 기질과 맞지 않더라도 오로지 연명을 위해 사내들의 표정을 살펴야만 하는 비열함에 남몰래 가슴 아파했던 것이다.

"논개라는 기녀는, 어디에 있느냐?"

그때 목사의 호탕한 음성이 좌중에 울렸다. 논개는 내심 긴장하면서 고개를 들었다. 좌중이 조용해지고 사람들이 두리번거리며 기녀들을 흘끔흘끔 훔쳐보았다.

논개가 자리에서 천천히 일어났다. 그리고 상석의 목사를 향해 허리를 숙이며 말했다.

"제가, 논개입니다."

모두가 놀라는 표정들로 그녀를 향해 고개를 돌렸다. 목사의 눈빛이 의외라는 듯 크게 벌어졌다.

"오호, 그런가? 자네는 여자이고 기녀인데, 어찌해서 남장을 하였는고?"

"남장이 편해서 그리했습니다."

"허허, 편해도 그렇지 내가 불렀는데 예가 아니지 않은가?"

"여자가 남장을 해서는 안 된다는 법이 따로 없음에 예의가 아니라고는 생각하지 못했습니다. 결례가 되었다면 죄송합니다."

"허어, 대답이 당돌한지고. 여자가 남장을 해서는 안 된다는 법이 따로 없는 것은, 남녀유별이 불변의 원칙이기 때문이 아닌가. 더욱이 자네는, 기생이 아니더냐? 주연에 너를 부른 이유를 몰랐다는 말이냐?"

고을 수령이 기생을 불렀을 때야 그 역할이 뻔하지 않냐는 듯 모두들 수긍하는 낯빛으로 목사의 말에 고개를 주억거렸다.

논개는 내심 당황했다. 그러나 얼굴만 붉혔을 뿐 자세는 흐트러뜨리지 않았다.

"저는 관기가 아니니 관아의 주연회에 가무를 할 경우는 없다고 생각했습니다."

"그렇다면, 왜 너를 불렀다고 생각하느냐?"

"소녀도 목사님께서 관장하시는 진주목 안의 백성이기에, 초청해 주신 것으로 알았습니다."

논개의 대답은 또렷했다. 선명함에 그치지 않고 억양에 약간의 조소와 빈정거림도 담겨 있었다.

그러자 목사가 갑자기 박장대소했다.

"하하하! 과연 듣던 대로 너는 단아하고 당찬 소녀로구나! 내 너를 부른 것은 네가 의기회를 만들고 빼어나게 활을 잘 쏜다고 해서이다. 신궁에 버금갈 정도로 뛰어나다고 소문이 크게 났기에 너를 불러 보았노라!"

논개는 허리를 숙였다.

"과찬의 말씀이십니다. 의기회는 저희 어머님 연대에 만든 것이옵고 저의 궁술 실력은 소문과는 많이 다르옵니다. 보통 수준 이상이 못 되옵니다."

"나라를 위하고 좋은 일 하자는 의기회를 누가 만들었든 그것은 참으로 가상한 일이로다! 네 궁술 실력은 내가 다음 기회에 한번 보기로 하마. 이리 가까이 와서 진주 백성의 자격으로 나와 명나라 사신께 술을 한 잔 따라 주지 않겠느냐? 나에게는 고을 수령에게의 예우로, 사신께는 우리 진주를 찾아 준 이웃 나라 손님에게의 예우로써 말이다. 아니 되겠느냐?"

"광영이옵니다."

논개는 목사와 사신 앞으로 다가가 무릎을 꿇고 두 사람에게 술을 따라 올렸다. 그녀를 바라보는 목사의 눈빛이 그윽하고 명나라 사신의 눈빛은 번득였다. 사신은 눈길을 그녀에게 꽂은 채 목사에게 그들의 말로 무엇인가를 소곤거렸다. 목사가 미소를 머금은 채 고개를 끄덕이며 역시 명나라 말로 대답을 해 주었다.

"네가 매혹적으로 미려하다고 칭찬하는구나. 명나라에도 너만 한 미인은 드물다고 하는구나!"

"몸 둘 바를 모르겠습니다. 제 자리로 돌아가겠습니다."

"그리하거라. 조만간 나와 다시 한 번 이야기를 나누도록 하자."

논개는 자기 자리로 돌아와 앉았다. 그녀는 좌중의 수많은 시선들이 온몸에 꽂히는 것을 느꼈다. 무엇보다 깔끔한 인상의 순수한 청년이 남자 아닌 여자이고, 바로 기녀 논개라는 사실에 놀란 모양이었고, 웬만한 남자보다 더 의연하고 당당한 그녀의 모습에 감동하는 것 같았다.

그러나 실로 경악하여 가슴이 무너져 앉는 충격을 받은 사람은, 동가식서가숙한다는 산적 생김새의 '산방'이란 털투성이 사내였다. 그는 목사 앞으로 불려 나간 청년이, 바로 남강 활터에서 만났던 그 매혹적인 사람이고 더욱이 여자이면서 기녀라는 사실에 숨통이 녹아드는 것 같은 아뜩함을 느꼈던 것이다. 경악스러움과 허탈감과 아픔과 또한 감동 같은 감정이 사내의 오감을 휘청거리게 했다. 그는 등 뒤로 앉아 있는 논개의 모습을 보기 위해 몸을 반쯤 돌려 입도 반쯤 벌린 채 넋이 나간 듯 그녀를 바라보았다. 마치 온몸의 힘이 빠져나가 버린 양 사지에 맥이 풀리고 얼도 나간 것 같았다.

시간이 흐를수록 연회장의 분위기는 많이 흐트러졌다. 명나라 사신이 땅딸막한 키를 한껏 늘이며 더덩실더덩실 기녀들의 춤에 어우러져 들고 수많은 사람들이 목사에게 술을 올리려 상석으로 몰려들면서 자리는 어수선해졌다. 논개는 연회가 파할 때까지 그 자리에 앉아 있고 싶지 않았다. 남장은 했으나 본색이 드러난 마당에 아무렇지 않은 듯 더 앉아 있기가 불편했고, 끊임없이 흘끔거리는 사람들의 눈길과 얼을 놓은 채 바라보고 있는 털투성이 산방의 낌새가 부담스러웠다. 그뿐 아니라, 목사 주변 못지않게 기생들의 자지러지는 아양 속에 둘러싸여 있는 만석꾼 영감의 끈적하고 음흉스런 눈길 또한 진작부터 자기에게 박혀 있어 더욱 부담스러웠던 것이다. 진주에서 이름 높은 활터의 수장들인 정운보와 허윤상, 박구 등도 짬짬이 눈빛으로 관심을 보이고 있음을 그녀는 알고 있었다. 그들은 하나같이 양반이란 자존심과 체면 따위로 쉽사리 먼저 다가서지 못할 뿐, 마음들은 온통 그녀에게 쏠린 채 흘끔흘끔 논개의 동정을 살피고 있었던 것이다. 금지와 옥매가 한삼 자락을 펄럭이며 춤을 추면서도 자주 그녀에게 눈길을 보내왔고, 논개는 오로지 그녀들에게만 가벼운 목례와 웃음으로 반가움을 표시했다. 논개는 그녀들을 따로 만날 것을 포기하고 슬그머니 일어나 뒷간에라도 가듯 몸을 감추어 버렸다.

이날 이후, 목사는 논개에게 진주 관아의 관기가 될 것을 종용했으나 논개는 이에 응하지 않았다. 소속되어 매이는 것이 싫었기 때문이다. 금지와 옥매의 경우와는 달리, 그녀들을 길러낸 설매도 논개를 관기로 보내는 것은 반대했다. 기생의 신분상 관기官妓는 행의行儀 시詩서화書畫 가무歌舞의 기예가 더욱 격을 갖추었고, 거기에다 의녀義女와 침선針線의 역할로 약방기생 상방기생 노릇도 하는 등 일반 기방의 가기家妓보다 상위에 있었지만, 그러나 관아에 완전히 매이는 구속적인 입장이었다. 목사는 사람을 보내 논개를 기어이 관기로 끌어들이려 했다. 관아의 기생을 관리하는 늙은 관졸이 얼굴을 붉히며 설매와 논개를 설득하려 들었다. 감히 목사님의 기대를 저버리려 드느냐며 그렇게 해서 유익한 일이 무엇이겠냐고 위협도 했다.

"기녀 노릇을 하려면, 관기로 들어서야 정통이고 대접을 받는다는 것을 모른단 말인가? 일급이 아니냐 이 말인 게야. 관기는 창기娼妓와 질적으로 많이 달라 예의범절에 밝고 또한 우리 전통 가무를 보존하고 전승하는 뛰어난 예인藝人이라는 사실을 어째 모르느냐 이 말일세."

기와집에 두 번째 들른 늙은 관졸은 입귀에 침을 모으며 계속 논개를 회유하려 들었다.

"관기만이 예의범절이 높고 전통 가무의 보존자 전승자가 되는 것은 아닙니다. 여느 기방의 기녀들도 다 그만한 자격자들이고 행의 또한 반듯하기는 관기와 다름이 없지요. 관기든 기방 기녀든 다 사람 나름이지요. 논개는 안 됩니다. 저 아이는 우리 집 기둥뿌리입니다. 저 아이마저 관기로 뽑아 가게 되면 우리 집은 무너집니다. 다시는 그런 말씀

마십시오."

설매의 말과 표정은 단호했다. 논개를 자기 집의 기둥뿌리로 표현하는 그녀의 말은 실제 틀린 말이 아니었다. 여덟아홉 살짜리 어린 기녀들뿐인 기와집에서 논개는 일당백의 역할을 하고 있는 셈이었고, 눈에 보이듯 분명한 이러한 사실을 설매는 구체적으로 관졸에게 피력했다.

"우리 어머니 말씀이 틀리지 않습니다. 관기가 되고픈 마음은 추호도 없으니 수령님께 그리 사뢰어 주십시오. 그 일로 저희 집에 다시 오시지는 마십시오."

논개는 설매의 말에 이어 자신의 심경도 분명히 해 두었다. 논개가 진주 관아의 기생이 되기를 간절히 원하는 목사의 바람을 받아들이지 않겠다는 것을 확실히 한 것이다.

그러나 이후로, 논개는 진주 관아와 완벽하게 상관이 없는 것으로 지내지는 못했다. 관영에서의 활쏘기와 관계된 일에는 언제나 불려갔기 때문이다. 관영에서는 다른 지역에서 공무로 찾아온 내객을 위한 자리나 자체 내에서 벌이는 활쏘기 대회 등에 논개를 빠짐없이 초청하여 그녀의 활솜씨로 여러 사람들을 즐겁게 하거나 부럽게 혹은 놀라게 해 주었던 것이다. 진주 목사는 외부인들에게 논개의 뛰어난 미모와 활솜씨를 은근히 자랑하면서 그녀를 진주의 보석처럼 아끼고 사랑하고 존중해 주었다.

관영을 드나들기 시작하면서 논개의 활솜씨는 더욱 늘었다. 관영 전속의 시설 좋은 활터에서, 목사로부터 하사받은 몇 종류의 활과 화살들을 자유자재로 다루면서 그녀의 기량은 점점 더 늘었다. 오월 단옷날 허윤상과의 개인 편사에서 논개는 또다시 거뜬히 우승하여 의기회 회원들과 진주 활량들의 부러움을 샀고, 그녀의 이름은 진주성 안팎을 비롯하여 인근 지역에까지 파다하게 퍼졌다.

*

유월 보름을 하루 앞둔 날이었다. 이날따라 날씨는 찌는 듯 무더웠다. 설매는 논개를 불러 남강 백사장에 모래찜질을 가자고 했다. 일 년에 한 번씩은 뜨거운 모래에 몸을 묻어야 겨울에 고뿔도 걸리지 않고 건강하게 지낼 수 있다며 매년 여름 설매가 유별하게 챙기는 놀이 중의 하나였다. 설매는 찹쌀을 불려 쪄서 떡메로 쳐 인절미를 만들도록 하고, 토종닭을 두 마리나 백숙을 만들도록 하는 등 여느 해보다 준비에 더욱 신경을 썼다. 여름을 타는 아이들에게 입맛을 돋워 주기 위해서였다.

그리고 논개에게는 고방과 장롱의 열쇠 꾸러미를 맡겼다. 비봉산 활터와의 한가윗날 편사를 위한 의기회의 훈련과 관아를 출입하며 활 쏘는 일 외에는 별로 관심이 없는 논개에게 새로운 인식을 심어 주기 위해선지, 설매는 한사코 받지 않으려 하는 그녀에게 강권하다시피 그것들을 맡겼다. 그뿐만이 아니었다. 설매는 논개에게 기와집을 드나든 풍류객들의 술빚 음식 빚을 받을 목록도 보여 주고, 자개장롱에서 금붙이와 패물이 든 자개함을 꺼내 보여 주기도 했다. 또한 열쇠를 맡는 주인이 되면 집안의 살림 규모도 알아야 한다며 하동에 있는 당신 소유의 전답 스무 마지기의 소재와 연 수확량 등을 자초지종 다 알려 주었다.

"어머니! 도대체 왜 이러셔요? 제가 관기가 되어 이 집을 나가지 않을 거라는 것도, 제가 살림 같은 거 잘 못하는 천방지축인 것도 잘 아시면서, 왜 이런 엄청난 것을 저에게 맡기시느냐구요? 어머니 아직 젊으시고 저 아직 어린데 왜 이러시느냐구요? 죄송해요…. 이제는 밖으로만 나돌지 않고 집안 살림에도 마음 쓰겠으니 말씀 거두어 주셔요. 많이 부담스럽고 어머니께 불경스러운 것 같아서 저 정말 싫습니다요!"

논개는 울상을 지으며 얼결에 받았던 열쇠 뭉치를 설매 앞으로 조심스럽게 밀어 놓았다.

"그래. 네가 이 집안의 기둥인데, 허구한 날 선머스마처럼 밖으로만 나돌고 살림을 너무 몰라서 내가 부담을 좀 주려고 그런다. 이제는 집안일에도 신경을 쓰면서 내 짐도 좀 덜어 주렴. 오늘부터는 고방과 안방 관리를 네가 맡는 것이다."

"어머니이…."

"아무 말 마라. 너도 이제 과년한 열일곱 살인데, 이 어미 뜻을 따라 효도 좀 해라. 내가 차근차근 도와줄 테니 걱정 말고. 왠지 요 며칠 동안 기분이 이상해지면서, 이렇게 하고 싶구나."

설매의 사뭇 비장해 보이는 표정에 논개는 더 거절을 못하고 방바닥의 열쇠 꾸러미를 난감한 낯빛으로 바라보기만 한다.

대나무 숲이 병풍처럼 둘러싼 남강 모래사장에는 모래찜질하고 멱을 감는 사람들이 띄엄띄엄 보일 뿐 조용했다. 어린 초희와 월향은 풀어 놓은 강아지들처럼 모래벌판과 물가에서 펄쩍펄쩍 뛰어다녔다. 모래 위에 삿갓을 세우거나 젖은 무명 수건으로 얼굴을 덮어 한낮의 따가운 햇살을 가리면서 네 사람은 모래찜질에 열중했다. 사이사이에 인절미를 먹고 백숙도 먹었다. 모래 속에 온몸을 파묻고 한숨 늘어지게 자고도 싶었지만, 논개는 자주 먼산바라기를 하는 설매에게 자꾸만 신경이 쓰여 그렇게 되지가 않았다. 이날따라 설매는 아이들이 음식 먹는 모양을 넋을 놓은 듯 바라보기도 하고 논개의 몸 위에 모래를 덮어 주면서 소리 없이 한숨을 죽이기도 했다.

"어머니, 무슨 걱정 있으세요? 오늘 어머니의 얼굴이 보통 때 같지가 않아요."

"걱정은…. 그냥, 너희들을 바라보면서 너희들이 진짜 내 친자식들이 아닌가 생각했었다. 자식을 생산하지는 못했지만, 낳았다면 지금 너희들을 바라보는 내 심정이 친어미의 심정이 아닐까, 그저 그렇게 생각해 본 것이다."

"제가 어머니 마음을 많이 상하게 해 드렸나 봐요. 오늘 어머니 기분이 무겁게 가라앉은 것이 모두 제 탓인 것 같아요."

"아니다. 나는 너로 인해 참말로 행복하단다! 가끔은 네가 내 분신인 것도 같고. 너 잘되는 것이 바로 내가 잘되는 것 같거든."

설매가 모래 속에 파묻힌 논개를 내려다보면서 그지없이 따뜻한 미소를 지었다.

그날, 남강에서는 기어코 엄청난 일이 일어나고 말았다.

논개는 설매가 다독다독 눌러 주는 모래를 온몸으로 뒤집어쓰고 슬며시 눈을 감았다. 편안하고 아늑했다. 안방 어머니의 기분이 조금만 덜 우울하면 이날의 남강 모래찜질은 최상의 놀이가 될 것 같았지만, 자꾸만 혼자 생각에 빠져드는 그녀로 하여 논개는 가능한 한 말을 죽였다. 그러다 스르르 졸음이 쏟아지면서 자꾸만 눈꺼풀이 내리덮였다. 초희와 월향이가 키들거리며 설매의 몸에 모래를 얹어 주는 소리를 들으면서 논개는 잠 속으로 빠져들었다. 그녀는 생시인지 꿈인지도 모를 세상 속으로 잦아들었다.

끝없이 펼쳐진 들판이었다. 푸른 초원인 것도 같고 백사장 같기도 했다. 그런 것만도 아니었다. 해가 떠오르는 순간의 붉은 기운인지, 해가 지는 순간의 황혼인지 세상이 온통 주황색으로 물들어 있는 것도 같고, 붉고 희고 푸른 세 가지의 색깔이 한데 어우러져 현란함을 빚어내는 것도 같은 요상한 세상이었다. 그곳을 안방 어머니가 혼자 걸어가고 있었다. 꼿꼿한 자세로 아득히 멀어지고 있었다. 논개가 아무리 소리쳐 불러도 그녀는 들리지 않는 듯 아득한 지평선 너머로 하나의 점이 되어 사라지고 있었다.

"성님, 성님, 성니임."

어디선가 논개를 부르는 아이들의 화급한 목소리가 들렸다. 꿈결 같기도 하고 생시 같기도 했다. 그러나 그 소리는 바로 그녀의 귀 가까이에서 터져 나왔다. 초희와 월향이가 모래 속에 파묻힌 논개의 몸을 거칠게 흔들면서 불러 댔다.

논개가 눈을 떴다. 아이들이 하얗게 질린 얼굴로 울고 있었다. 논개가 몸 위의 모래무덤을 무너뜨리고 후다닥 일어나 앉았다. 무엇인지 모를 불길한 예감이 머리를 쳤던 것이다.

"무슨 일이냐?"

"성님, 어머니가, 어머니가…."

"어머니가 왜? 어머니가 어디 계시냐?"

논개가 벌떡 일어서면서 사방을 두리번거리자 아이들이 누가 먼저랄 것도 없이 팔을 들어 강물 속을 가리켰다.

"뭐라구? 강에? 어디?"

논개가 물가로 달려갔다. 강의 위쪽 아래쪽과 강물의 중심부를 두루 살폈다. 아무도 없었다. 물가에서 진작부터 멱을 감던 두서너 아이들조차도 보이지 않았다.

"강물 속에 아무도 없지 않느냐?"

"어머니가 몸에 묻은 모래를 씻는다고 자꾸만 강 가운데로 들어갔어요."

초희가 말했다.

"물이 깊으니까 얼렁 나오시라 해도, 헤엄을 치면서 들어갔어요."

월향이가 말했다.

"그래서?"

"그냥 없어졌습니더. 어머니가 사라지셨어예. 어머니의 머리가 물 위로 두 번인가 솟구치는 거 같앴는데, 그냥 안 나오시는 기라예."

아이들이 또다시 입술을 비죽이며 훌쩍거리기 시작했다.

"이게 무슨 소리고? 그럼 어머니가 물에 빠져 익사라도 하셨다는 말이냐?"

아이들이 그 말을 기다리기라도 했던 것처럼 동시에 고개들을 끄덕였다.

논개는 강물 속으로 뛰어들었다. 물이 얕은 곳에서는 첨벙첨벙 뛰고 수심이 깊은 중심부에서는 헤엄을 쳤다. 정신이 아뜩했다.

"어머니, 어머니."

아이들이 물가에서 발을 동동 구르면서 자지러졌다.

"성니임, 논개 성님. 엉엉. 성님, 가지 마이소. 성니임."

강물 가운데 어디쯤에선가 갑자기 몸이 빙 돌았다. 소용돌이에 휘말리는 것 같았다. 논개는 결사적으로 역방향으로 헤엄을 쳤다. 혼신의 힘을 다해 간신히 그곳을 벗어나자 온몸이 마비된 듯 굳어지며 순간적으로 전신에 소름이 쫙 끼쳤다. 안방 어머니를 빨아들인 곳이 바로 그곳이려니 싶었다. 정확히는 알 수 없었으나 마치 물 한가운데에 세차게 돌아가는 물기둥 하나가 서 있는 것 같았다. 회오리바람처럼 둥글게 휭휭 돌아가는 물살이 무엇에 비할 수 없을 만큼 굉장히 셌다. 몸을 미리 조심하거나 긴장하지 않고 그 물살에 내맡겨진다면 찰나적으로 휘말려 들 수밖에 없을 대단한 힘의 물기둥이었다. 강 한가운데에 어찌하여 언제부터 그런 소용돌이가 생겼는지 놀라지 않을 수 없었다. 남해 바다에 '울돌목'이란 무서운 역바람 물곳이 있다는 소문은 들어보았지만, 진주 남강에도 그런 곳이 있다는 소리는 들어 본 적이 없었기에 논개의 경악스러움은 더 컸다.

논개는 회오리 물기둥의 기운이 뻗치지 아니한 강가로 헤엄을 치면서 혹시나 싶어 물속을 샅샅이 살펴보았다. 행여 안방 어머니의 몸체라도 찾을까 해서였다. 그러나 팔다리가 뻐근하도록 헤엄을 치면서 물속 사방을 찾아보았지만 그녀의 옷가지 한 자락 눈에 띄지 않았다. 안방 어머니의 몸체가 회오리 물기둥 속으로 깊숙이 빨려 들어가 흔적도 없이 스러지고 만 것이란 확신이 들면서, 논개의 가슴은 녹아내리는 것 같았다. 그녀는 어쩔 수 없이 수심이 얕은 곳으로 비칠거리며 헤엄쳐 나와 물 밖으로 얼굴을 내밀었다. 막혔던 숨을 토해 냈다. 귀를 찢듯 울부짖는 아이들의 소리가 비로소 고막을 쳤다.

"성님, 논개 성님, 나오소. 어서 나오소, 성니임-."

논개는 아이들이 서 있는 곳을 향해 손을 들어 보이고는, 회오리 물기둥이 선 그 위치쯤을 뚫어져라 바라보았다. 물의 중심부가 아래로 깊숙이 함몰되면서 그 주위로 끊임없이 물이 빙빙 돌며 소용돌이치고 있었다.

"맞아! 저, 저곳이 어머니를 빨아들인 거야. 어머니, 어머니이, 어디 계셔요? 대답 좀 해 보시오-."

논개는 강물을 향해 소리소리 질렀다.

물론 대답도 없고 여전히 사방 어디에도 아무런 흔적조차 없었다. 막막했다. 심장이 터질 듯 쿵쿵 뛰고 있었다. 이 무슨 날벼락 같은 횡액橫厄인가 싶었다.

"어머니, 어머니요. 으흐흐."

논개는 목청이 찢어져라 소리 높여 설매를 부르다 비로소 울음을 터뜨린다. 아이들 가까이에서는 마음대로 울 수도 없을 것 같아 물속에 선 채, 거짓말처럼 사라져 버린 그녀를 불러 대며 오열을 토한다.

아이들이 계속 논개를 부르며 발을 동동 구르고 울부짖다 못해 그녀가 서성대는 물속을 향해 뛰어들었다. 논개는 소스라치게 놀라 두 팔을 내흔들어 아이들이 물에 들어서지 못하게 다그치면서 그들을 향해 물가로 첨벙거리며 뛰어나갔다. 그녀는 양 겨드랑이에 초희와 월향이를 끼고 강물을 벗어났다. 두 아이는 논개를 끌어안은 채 울기만 했다. 띄엄띄엄 흩어져 있던 사람들이 그들 주변으로 하나둘 모여들었다. 어찌하면 좋으냐고 함께 걱정들을 했다.

"나도 그 아지매가 혼자서 헤엄치는 거를 봤는데 금방 베락같이 움써저 버린 기라."

"물 우로 머리가 몇 번 솟구치다가 고마 움써졌어."

둘러선 대여섯 명의 사람들이 그렇게 말하고 있었다.

"거게가 물귀신 쏘가 있는 덴데…."

어떤 늙수그레한 영감이 중얼거렸다.

논개가 고개를 돌려 그 노인을 쳐다보았다.

"물살이 빙빙 돌면서 빨려 들어가는 곳이 있던데, 그곳이…?"

"하모 하모요. 거기에 말려 들모 뻬도 몬 찾는 데라요."

영감이 논개의 말을 맞받았다.

결국, 그날 저물녘까지 강가에서 동분서주했지만 설매의 옷자락 하나도 건지지 못한 채 날은 어두워지고 말았다. 기와집은 온통 울음바다이다가 밤이 되면서 적막강산이 되었다.

논개는 설매의 시신을 끝내 찾을 수는 없었지만 초희와 월향이와 목격한 사람들의 말을 근거로, 또한 그녀 자신이 물기둥 소沼를 확인한 것으로 설매의 사망을 인정해야만 했고, 따라서 장례 절차를 밟아야 할 것 같았다. 그녀는 초희와 월향이를 의기회 회원들 집으로 보내 부음을 전하게 하고 회원들을 기와집으로 불러들였다. 대여섯 명이 경악한 낯빛들로 금방 모여들었다.

논개는 그녀들에게 자초지종을 설명한 후, 의견을 물었다. 모두가 불가佛家의 원혼제冤魂祭를 지내는 것으로 장례를 대신하면 될 것이라고 했다. 홍수가 범람하여 물에 빠져 죽은 사람들, 특히 시신이 없는 경우는 볏짚으로 가假시체를 만들어 원혼굿을 벌인다고 했다. 달리 방법이 없어 그렇게 하기로 결정했다. 다음 날 곧바로 원혼제를 지내기로 하고 각자 할 일을 나누어 맡았다. 회원들 중 네 명은 논개와 함께 일단

강으로 나가 향과 불을 밝히고 밤을 지새우기로 하고, 다른 사람들은 음식을 준비하거나 무당집에 연락을 하는 등 모두 바쁘게 돌아쳤다.

마침 무더운 유월이라 모래벌판에서 불을 밝히고 밤을 지새우기는 어렵지 않았다. 연장자인 퇴기 명월이 논개에게 집에 가서 설매의 초상화를 찾아오라고 했다. 삼경에 이른 이슥한 시각이었지만 논개는 초상화를 찾으러 터덜터덜 걸어 기와집으로 돌아왔다. 언젠가 설매가 장롱 속에서 자신의 초상화를 꺼내 보이면서 실물보다 너무 어려 보이지 않느냐 묻고는, 당신 죽은 후에 영정으로 사용하라며 보자기에 고이 간직하여 두는 것을 본 적이 있었다.

왠지 안방에 들어가기가 섬뜩했다. 바로 이날 오전에 설매는 이 방에서 장롱과 고방 열쇠를 자기에게 넘겨주고, 전답 문서며 빚 받을 데까지 소상히 적어 둔 장부를 보여 주었기 때문이다. 논개는 내키지 않았지만 안방으로 들어가 떨리는 손으로 장롱 문을 열었다. 인견 보자기로 잘 묶어 둔 초상화를 꺼내 보자기의 매듭만 풀어 확인하곤 다시 여몄다. 자신도 모르게 한숨이 나오고 눈물이 후드득 쏟아졌다. 도무지 믿기지 않는, 믿을 수 없는 사건이었기 때문이다.

이날 오전에 있었던 설매의 제반 행위들은 마치 먼 길을 떠날 사람 같았다. 뭔가 넋이 나간 듯, 한 가지 생각에 골몰하는 눈빛이 되어 서둘러 그녀의 모든 것을 논개에게 떠넘겼었다. 그녀의 행동이 평소 같지 않았던 점을 떠올려 보면, 이날의 일은 뭔가 의도적인 것일 수도 있다는 느낌이 논개의 머리를 짓눌렀다. 헤엄을 치다 잘못하여 물기둥소에 휘말린 것이 아니고 그런 곳이 있음을 미리 알고 찾아든 것 같은, 왠지 자살일 수도 있다는 심증이 내내 지워지지 않는 것이었다.

하지만 논개가 알기로는 설매가 자진할 만한 이유가 없었다. 진주바닥의 기방들 중에서 비록 기생 숫자는 적지만 동기를 반듯하게 양성해 내는 곳으로 자리매김하고 있었고, 이렇다 할 불행한 일 없이 열심히 살고 있던 그녀가 스스로 명줄을 끊을 리가 없다는 생각이었다. 굳이 뭔가를 집어낸다면, 6년 전에 한양으로 떠난다며 홀연히 자취를 감춰 버린 강동찬 의병장에 대한 사무치는 그리움이랄까, 그런 감정의 아픔은 대단했을 것으로 짐작할 수는 있었다. 그러나 그것이 목숨을 단절할 이유는 되지 못한다고 생각했다. 그렇다면 강 가운데에 그토록 무서운 물기둥 함정이 있는 줄 모르고 마음 놓고 헤엄을 치다가 빨려 든 것일 수도 있었다. 어쨌거나 진정 어이가 없고 거짓말 같은 눈앞의 현실이었다.

논개는 장롱 문을 잠그고 혼자 우두커니 안방 가운데에 앉아 있었다. 앞일을 어떻게 끌고 나가야 할 것인지 당장은 막막한 심정이었다. 어릴 적 친오매가 피를 토하고 죽었을 때와 같은 전신을 엄습하는 두려움과 불안감은 덜했으나, 당장은 아무런 대책도 떠오르지 않았다. 친오매보다 더 살갑고 따스한 정을 쏟아 준 안방 어머니 설매였다. 그래서인지 설움이 온몸을 절여 버릴 것처럼 옥죄어 들고 심장께는 끝없이 미어졌다. 얼마간을 멍하니 앉아 있다가, 이윽고 그녀는 치맛귀로 눈물을 훔치면서 다시 일어났다. 초상화를 넣은 보퉁이를 소중히 보듬어 안고 남강 백사장으로 내려갔다. 기녀 네 명이 호롱불을 켜 놓고 쭈그리고 앉았다가 그녀를 반겼다.

예전에 기녀의 상여는 그 기생이 생전에 관계한 남자들이 서둘러 메고 산까지 간다고 했었다. 천민 신분의 사고무친한 기녀들의 죽음이 얼마나 멸시를 당했으면 상여를 메어 줄 사람이 없어 그랬을까 싶지만 사내들의 의리를 새삼 생각게 하는 부분이기도 했다. 그런데 실제 사내들의 의리보다 더 소중하게 보이는 것은, 기녀가 사망했을 때 동료 기녀들이 보여 주는 단결심과 의리였다. 그럴 경우 대개, 기녀들은 스스로 힘을 모아 상여를 어깨에 메고 괭이로 무덤구덩이도 손수 파는 등 하나에서 열까지 자신들만의 힘으로 동료의 장례를 잘 치러 냈다.

한밤중 모래사장에서 호롱불이 꺼질세라 마음 졸이며 끊임없이 향을 피우고 강물을 마주하고 앉은 동료들을 바라보면서 논개는 잔잔한 감동을 받는다.

"이리 가져오너라."

퇴기 명월이 논개가 보듬고 있는 초상화 보퉁이를 조심스럽게 건네받으면서 울먹였다. 보자기를 풀어내는 명월의 손이 떨렸다. 살아 있는 듯한 표정의 설매 얼굴이 펄럭이는 불빛 속으로 홀연히 드러났다. 모두들 숨을 멈추듯 긴장했다.

"참말로…. 어느 화공이 그렸는지 실물처럼 생생하구나."

명월이 중얼거리며 모래를 긁어모아 초상화를 세웠다.

그림 속의 눈빛이 흐릿한 불빛 속에서 살아 있는 사람의 그것처럼 번쩍이는 것 같았다. 이상했다. 논개는 초상화 속의 눈길이 시종 자기를 꿰뚫듯 바라보는 것 같아 긴장했다. 생전의 어머니 눈매 같지 아니한 매서운 시선이 정면이나 측면에서 혹은 앉거나 서 있는 위치에서도 한결같이 자기만을 응시해 오는 듯 느껴져 오스스 소름이 솟구치기도 했다.

"초상화가 무서워요. 눈빛이 너무 날카로워요."

느낌이 비슷했던 모양이었다. 수향이 초상화로부터 얼굴을 돌리면서 말했다.

"그림이 무섭다니, 별소리 다 한다."

명월이 중얼거렸다 그러나 바람이 강 쪽에서 불어와 초상화가 자기들 앞으로 넘어지자 모두가 하나같이 숨을 들이키며 몸을 움츠렸다.

"이게 무엇이냐?"

엎어진 초상화를 다시 세우려던 명월이 초상화 뒷면의 판에 부착되어 있는 한지 봉투를 발견하고 그것을 조심스럽게 떼어 냈다. 봉투 속에는 곱게 접힌 하얀 종이가 들어 있었다. 놀랍게도 그것은 설매가 남긴 유언장遺言狀이었다. 자기 영전에 놓일 초상화의 뒷면에 손수 적은 유언장을 붙여 둔 것이었다.

내용은 자기 재산의 상속에 대한 것이었다. 장롱과 고방 열쇠를 논개에게 맡길 때 이미 예상했던 것이지만 기와집과 집 안의 모든 재물은 논개 앞으로, 하동의 전답은 강동찬 앞으로, 그러나 강동찬이 끝내 나타나지 않을 시는 논개가 모든 재산을 소유 관리하도록 되어 있었다. 흔들리는 불빛 아래서도 선명하게 드러난 설매의 친필 붓글씨는 네 사람의 눈에 도드라졌다. 모두가 논개에게 경하한다는 말과 함께 당연한 사필귀정이라고도 했다.

논개는 아무 말 없이 넘어진 초상화를 다시 세워 앞뒤로 모래를 돋우어 거센 바람에도 쓰러지지 않도록 다독였다. 안방 어머니의 자기에 대한 사랑과 강동찬 의병장에 대한 지워지지 않는 흠모의 마음을 다시 접하면서 가슴이 미어졌다. 그뿐만 아니라 두 사람에게 자신의 모든 것을 맡긴 그녀의 속마음을 논개는 나름대로 헤아리고도 있었다. 유희의 향연으로 평생 모은 재산이지만 좋은 일에 쓰고 싶다는 것이 평소 그녀의 지론이었고, 강동찬이나 논개는 자기의 그러한 뜻에 동조 이상의 더 큰 뜻을 가진 사람들이라 믿었기 때문일 것이었다. 명월은 유언장을 다시 접어 봉투 속에 넣어 논개에게 내밀면서 잘 간직해 두라고 했다.

바람이 또 한 번 불어쳤다. 든든하게 받침대를 만들어 둔 초상화는 더 이상 넘어지지 않았다. 논개는 초상화 속의 여전히 살아 있는 듯 빛나는 설매의 안광을 마주 보면서 혼자 고개를 끄덕였다. 새벽으로 접어들면서 은싸라기처럼 반짝이던 하늘의 별들이 조금씩 빛을 잃어 가고 있었다.

날이 밝자 강변에서의 원혼제에는 많은 사람들이 모여들었다. 진주바닥의 모든 기녀들과 설매의 품 안을 벗어났던 기와집 출신의 몇몇 기녀, 그리고 관기로 들어간 금지와 옥매도 달려와 모래사장을 두드리며 대성통곡했다. 통째로 삶은 돼지가 제상 위에 올려지고 떡시루가 양옆으로 놓여졌다. 이름난 무당 세 명이 굿을 이끌었다. 억울하게 죽은 설매의 혼을 불러들이고 용왕을 위무하는 무당들의 굿은 시간이 흐를수록 절정에 올랐다. 볏짚으로 만든 설매의 가시체 위에 하얀 종이꽃이 눈부셨다. 왕무당은 푸른 댓잎 묶음을 흔들어 열 번 스무 번 가시체를 쓰다듬듯 하며 한을 풀고 가라고 망자를 달랬다.

굿은 세 시진 가까이나 진행되었다. 기녀들의 줄 이은 향배 후에 마지막으로 초희 월향이 금지 옥매 논개가 강물 속의 '물기둥 소'를 향해 큰절을 네 번 올리고 입을 모아 '어머니'를 부르며 울부짖는 것으로, 또한 볏짚 시체와 초상화를 불에 태우는 것으로 굿판은 끝이 났다. 물에 빠져 죽은 사람의 원혼제에, 그것도 진주 바닥의 기녀들이 다 나와 벌이는 굿판에 구경 나온 사람들의 숫자는 엄청났다. 세 개의 떡시루에서 쪄낸 떡이 구경꾼들에게 한 조각씩 나누어졌는데도 일순간에 다 없어지고 말았다.

*

그날 밤, 기와집 안은 썰렁하고 적막했다. 한 사람의 자리가, 특히 주인의 자리가 얼마나 컸던가는 그가 떠난 후에야 비로소 느끼는 것이라지만 집이 커서인지 빈자리의 느낌이 유독 휑했다. 안방에 설매의 동년배인 기생 어미 명월과 매실, 주방의 덕산댁과 울산댁, 그리고 이날은 관영으로 들어가지 않아도 된다는 금지와 옥매가 모여 앉았는데도 집 안은 온통 적막강산으로 텅 비어 있는 것 같았다. 넓은 집 안을 두루 한 번 둘러본 후, 논개는 건넌방의 초희와 월향이를 데리고 안방으로 건너갔다. 명월 어머니가 집 안에 있는 모든 사람들을 다 모이게 했던 것이다.

"먼 곳으로 떠난 사람은 이제 더 생각할 것 없다. 사십구재四十九齋까지 올리면 너희들 어머니의 넋도 좋은 곳에 가실 거다. 내가 말하지 않아도 당연한 사실이지만, 이 집 주인은 이제 논개가 된다. 초희, 월향이는 논개 성님의 말을 안방 어머니 말씀이듯 순종해야 하고, 덕산댁하고 울산댁도 논개를 계속 도와주기 바라오."

초희와 월향이가 무릎을 꿇고 앉아 그렇게 하겠다고 대답했다.

그때 금지와 옥매가 누가 먼저랄 것도 없이 동시에 말문을 열었다.

"명월관 어머니. 이 집 재산은, 이제 어찌되는 겁니까요?"

진작부터 많이 궁금했던 사항인 모양이었다. 그렇지 않고서야 둘이 그렇듯 동시에 같은 내용의 질문을 하지는 않았을 것이다. 재산에 대한 관심은 금지와 옥매뿐만이 아니었다. 그녀들의 질문에 덕산댁과 울산댁도 두 눈을 부릅뜨며 명월을 뚫어져라 쳐다보았다.

"유언장이 초상화와 함께 있었다. 집과 재물은 논개에게 상속되었고, 전답은 강동찬 어른 앞으로 되어 있었지만, 그 어른이 오시지 않을 경우는 역시 논개가 소유 관리토록 했더라. 그리고 너희 어머니는 이미 떠날 날을 알았던 사람처럼, 익사하던 바로 그날 아침에 장롱과 고방 열쇠를 미리 논개에게 넘겼더구나."

"아니, 그럼 이 집 재산 전부를 논개에게 다 넘기셨다는 것입니까? 저희도 이 집 자식인데, 믿을 수가 없네요."

금지가 얼굴을 붉히고 명월과 논개를 번갈아 쳐다보며 반문했다. 옥매도 기가 막힌다는 표정으로 논개를 사뭇 쏘아보았다.

그러자 명월이 논개에게 설매의 유언장을 내오라고 했다.

"유언장을 어디에 두었느냐? 이리 가져오너라."

논개는 장롱 속에 넣어 두었던 유언장 봉투를 꺼내 명월 어머니에게 건네었고, 명월은 그것을 활짝 펴서 금지와 옥매와 덕산댁 앞으로 내

보였다.

"보거라. 네 어머니 친필에 이 인장 분명하제? 읽어들 보려무나."

그것은 틀림없는 안방 어머니의 유언장이었지만 금지와 옥매는 섭섭한 감정을 노골적으로 드러내면서 이러실 수가 없다고 했다.

함께 있던 매실 어미가 많이 언짢아하는 금지와 옥매를 바라보며 의아한 낯빛을 지었다.

"내가 남의 집 재산 상속에 왈가왈부할 자격이 되는지 모르겠다만 너희들 어머니 친구로서 듣기가 언짢구나. 너희들은 사갓집 같으면 출가외인이나 다름없고, 엄밀하게 따지면 너희들이 이제는 너희 어머니를 도와드려야 했던 거 아니냐? 이 집 자식들이 어디 너희들뿐이더냐? 내가 대충 꼽기로도 스무 명은 될 법한데, 그럼 이 집 출신들이라고 그 스무 명에게 재산을 다 나누어 주어야 한단 말이냐? 논개는 지금 너희 어머니를 모시고 있었고 도리 없이 이 집을 이어 나갈 사람 아니더냐? 당연히 잘하신 것 같은데, 너희들이 유독 그리하니 모양새가 안 좋구나."

"논개는 그렇다 치더라도, 전답은 왜 엉뚱한 어른에게 넘기셨냐 이거지요?"

옥매가 입술을 비죽이며 말했다.

매실 어미가 웃음을 머금으며 말을 받았다.

"어떤 사연이 있을 것이다. 너희 어머니가 결정하신 일을 너희들이 가타부타 말할 처지는 아니라 생각한다. 누구한테도 재산 상속에 관한 불만은 말하지 않는 것이 너희들에게 좋을 것이다. 키워서 독립시켜 주었는데도 그 은혜를 모르고 생전에는 무심히 굴다가 죽고 난 후 밥그릇 숟가락에 관심 갖는 것은 누가 봐도 모양새가 좋지 않을 테니 말이다. 생전에 너희들이 따뜻하게 잘 모셨으면 너희 어머니가 모른 척 가실 분이 아니라는 거 너희들이 더 잘 알지 않느냐?"

매실 어미의 빈틈없는 말에 금지와 옥매는 더 대꾸하지는 않았지만 표정은 풀어지지 않았다. 흰 눈으로 옆에 앉은 논개를 힐끔힐끔 쳐다보면서 "너는 벼락부자 돼서 좋겠다! 우리 관아의 목사님도 너를 대단한 보석처럼 알고 있으니."라며 빈정거렸다.

그런데 상속에 대해 실제 무섭게 화를 내는 사람은 그녀들보다 덕산댁이었다.

"안방 아지매가 생전에 나한테 한 말이 있십니더. 사고무친한 내가 죽으모 이 집 패물이며 옷이며 다 오데로 가겠느냐고. 내 집 일이다 생각하고 일 잘해 주모 알아서 남가 준다 캤십니더. 논개 애기씨한테 다 넘겨줬을 리 엄십니더."

얼굴에 가벼운 마맛자국이 있는 덕산댁의 양 볼은 퉁퉁 부어 있었고 내뱉는 말에 침방울이 튀었다.

울산댁도 거들었다.

"내한테도 그란 기라요. 나도 일 잘하모 재산 좀 남가 준다 캤어예."

그러자 덕산댁이 울산댁을 노려보며 언성을 높였다.

"울산댁한테 그라는 거는 나는 몬 봤네. 내야 이 집 진일 맡은 기 일곱 해나 됐지마는 울산댁이사 인자 두 해밖에 안 됐는데 온제 그런 말을 했을꼬. 그거는 헛말이네."

이번에는 울산댁이 발끈했다.

"내가 할 소리 사돈이 하고 있네. 나는 죽은 아지매가 덕산댁한테 고런 소리 하는 거 한 번도 몬 들어 봤구마이. 죽은 사람 말 몬 한다꼬 이녁 맘대로 말하모 안 되제."

"이년 보래. 마빡에 쇠똥도 안 벗거진 기 성님도 큰성님뻘인 나보고 덕산댁이라니? 니년이 머시라꼬 안방 아지매가 니년 보는 데서 그런 말을 하까?"

"누구 보고 년짜를 붙이노. 성님겉이 굴어 봐라. 덕산댁이라 쿠는가.

기생집 정짓간에서 진일 하는 니년이나 내나 개 팔자긴 마찬가진데, 사람 죽고 음따고 지 혼자 다 처묵을라 칸께 그렇제."

"요년이, 요 씨부랄년이."

순식간에 덕산댁이 울산댁의 머리채를 휘어잡았고 울산댁이 두 손으로 덕산댁의 양 볼을 움켜잡았다.

"이게 무슨 짓들이요?"

논개가 냅다 소리를 지르면서 두 사람을 떼어 놓았다.

명월과 매실은 그녀들을 바라보면서 어처구니없다는 표정을 하고, 금지와 옥매는 기막히게 재미있다는 듯 앉은 채 손으로 턱을 괴기도 하면서 방글거렸다.

명월 어미가 덕산댁과 울산댁을 번갈아 쳐다보며 나무랐다.

"사람 죽은 지 사흘도 안 됐는데, 죽은 사람 재산 가지고 이게 무슨 해괴한 꼴들이란 말인고. 오늘 내가 식구들을 다 모이라고 한 것은 주인어른 없더라도 힘 잃지 말고 서로 단합하여 잘 살라고 말해 주려 했던 것이제, 이렇게 남의 재산 갖고 탐내는 꼴 보려고 모이라 한 거는 아닐세. 안방 아지매가 설령 두 사람 모두에게 무엇이든 남겨 주겠다고 말을 했더라도 유언장에 기재가 되어 있지 않으니 근거가 없고, 두 사람이 서로 안방 아지매가 생전에 그런 말 하는 거를 못 봤다고 하니, 진짜 그런 말을 안 한 모양이구만. 우쨌거나 유언장에 유언이 없으니, 두 사람이 머리끄댕이 붙잡고 싸워도 다 소용없는 것이네."

"나한테는 그런 말 했단 말이요오!"

덕산댁이 악을 썼다.

"나한테도 했소오!"

울산댁도 질세라 소리쳤다.

"저년한테는 그런 말 안 했어."

덕산댁이 침방울을 튀기며 다시 소리치자 울산댁도 "저년한테도 그런 말 안 했어." 하고 맞받아쳤다.

그때 논개가 자리에서 일어나더니 초희와 월향이에게 뒤란 우물에 가서 찬물을 길어 오도록 시켰다.

"어른님들 성님들 속내가 타서 그러니 얼렁 뒤란에 가서 찬물 한 바가지 떠 오고 물 대접도 함께 가져오너라."

어른들의 쌈질에 겁먹은 얼굴을 하고 있던 초희와 월향이가 해방된 듯한 밝은 낯빛을 하고 방문을 열고 나갔다.

금지가 손을 턱에 괸 채 논개를 쳐다보고 말했다.

"해결은 우리 논개 아우님에게 달렸구만. 아우님이 턱없이 받은 재산을 우리와 덕산댁 울산댁에게 고루 분배해 주면 될 테니까 말이야."

명월이가 이번에는 금지를 나무랐다.

"어허, 그래도…. 품어 키워 주신 안방 어머니를 조금이라도 생각한다면, 어머니 원하시는 대로 해 드려야 도리가 아니겠느냐?"

금지가 비아냥거리며 맞받았다.

"명월 어머니와 매실 어머니는 어찌해서 논개만 두둔하신답니까? 논개가 갑자기 부자가 되어서 그러신가요? 저희는 섭섭하네요."

"그만두자. 너하고는 말이 안 되는구나. 죽은 너희들 안방 어머니만 가엾구나. 논개야! 우리 이 집에서 며칠 묵고 갈 테니 침구를 좀 펴려무나. 사람 가고 없는 집과 큰방이 휑할 것 같아서 그런다."

명월이 자리에 누울 차비를 하면서 말했다.

"그러시어요, 어머님들! 집이 갑자기 적막강산처럼 비어 버린 것 같았는데, 잘 되었어요! 오늘 저녁에는 초희와 월향이를 이 방에서 자게 하겠어요."

"그러려무나."

명월과 매실이 동시에 대답했다.

논개는 금지와 옥매를 돌아보면서 건넌방에 침구를 펴 놓겠다고 했다. 어릴 적 함께 어울려 잠자던 곳에서 옛일 생각하면서 밤을 지내자고 했다.

"건넌방으로들 가십시다요. 그리고 아지매들도 아랫방으로들 가세요. 오늘은 밤이 늦었으니 이 집에서 주무시고 내일부터는 두 아지매 중에 한 분만 일하도록 하세요. 사십구재까지는 연회를 갖지 않을 것이라 달리 큰일이 없기 때문입니다. 이제부터는 한 사람이 열흘씩 번갈아 일을 해 주시면 좋겠어요."

논개의 말에 방 안 사람들이 모두 그녀를 쳐다보았다. 계속 볼이 부어 사뭇 씩씩거리던 덕산댁이 발딱 얼굴을 쳐들었다.

"무신 소리고? 그란께네, 열흘은 내가 일하고 또 열흘은 저년이 하라 그 말이가? 그란께네, 두 사람이 반달씩만, 그것도 혼자서 일하라는 말이가?"

"그렇습니다. 할 일도 없는데 여러 사람이 머리를 모으고 가만히 앉아 있을 수는 없지 않습니까."

덕산댁이 입을 벌리고 고개를 내둘렀다. 울산댁도 놀란 얼굴이었다.

"아이고, 금방 주인 노릇 할라꼬 드네. 일이사 만들모 일이제. 우째 이 큰 집에 일이 엄슬꼬. 구석구석 일깜인데. 벌써 사람 쫓아낼라꼬 수작하는 거 같네?"

"아지매, 그렇게 말씀하시지 마세요. 순리대로 형편대로 일을 하자는 것입니다. 사랑채는 사십구재까지 일절 사용하지 않을 것이니 매일 청소할 필요도 없고, 또한 주연이 없으니 음식 마련할 일도 없고, 안채 청소는 나와 아이들이 맡을 테니 두 사람은 주방과 빨래만 맡아 주면 되니까 그러는 거예요."

그때 초희와 월향이가 우물에서 금방 퍼낸 찬물을 놋주전자에 출렁거리도록 담아 대접과 함께 방 안으로 들여왔다.

논개가 흰 사발에다 찬물을 따라 명월과 매실에게 먼저 권한다.

"이리 무덥고 답답한 날은 잠들기 전에 한 대접씩 마시면 머리도 몸도 맑아진다고 하더라구요."

"그래, 그래."

명월과 매실이 논개의 거침없는 언동을 바라보면서 웃음을 머금은 채 받아 마시고, 금지와 옥매는 고개를 돌리고 물을 마시지 않았다. 그녀들은 느닷없이 웬 찬물을 안기느냐며 외려 논개를 쏘아보았다.

"싫으면 그만두십시오."

논개는 개의치 않고 자신도 한 대접 꿀꺽꿀꺽 마시고는 윗목 한쪽에 그것들을 밀어 놓고 명월과 매실이 덮고 잘 침구를 자리에 펼쳤다.

"초희와 월향이도 이 방에서 어머님들과 함께 자거라. 나는 성님들과 건넌방에서 잘 테니."

"세상에, 우짜모 금방 저리도 주인 행세를 한단 말이고."

옥매가 중얼거렸다.

논개는 안방 문을 활짝 열었다. 그리고 방 안에 앉아 있는 금지 옥매와 덕산댁 울산댁이 밖으로 나올 때까지 문고리를 잡고 서 있었다. 그녀들은 할 말이 가득한 낯빛이었으나 논개의 서슬 푸른 채근에 안방을 나서지 않을 수 없는지 하나둘 마루로 나왔다.

다음 날 먼동이 트기 시작할 무렵, 논개는 말을 타고 언덕길을 달려 강가로 내려갔다. 강에는 아무도 없었다. 희부연 하늘빛 아래 강물이 검게 흐르고 있었다. 논개는 말에서 내려 '물돌이 소'가 있는 곳을 향해 큰절을 네 번 했다. 그리고 힘껏 소리쳐 설매를 불러 본다.

"어머니이. 어머니이."

절규하듯 울부짖는 소리가 강물 위로 물결처럼 번져 나갔다.

"초희 월향이 잘 키우고 어머니 재산 유익하게 사용할 테니 걱정 마셔요."

논개의 울부짖음은 그냥 통곡으로 변한다. 무슨 팔자로 친모는 흙에 묻고 양모는 물에 묻어, 이렇게 가슴이 미어지도록 아파야 하는지 못내 답답하고 안타까웠다.

논개는 다시 말 위에 올라 강둑을 달리기 시작했다. 몸에 닿는 새벽공기가 시원했다. 그녀는 남강 활터로 내려가 미명 속의 과녁판을 향해 화살을 날렸다. 화살이 휭휭 날았다. 탁탁탁 과녁을 맞히는 소리가 줄을 잇고 화살통의 화살이 다 비워졌다. 동녘 하늘의 구름 위로 붉은 해가 솟는 걸 보면서 논개는 과녁판 중앙부에 가득 꽂힌 화살들을 뽑아낸다.

이날 정오쯤에 금지와 옥매는 논개의 이후 태도를 주시해 보겠다면서 관아로 돌아가고, 울산댁은 논개의 지시대로 자기 집으로 돌아가 덕산댁만 기와집에 남았다.

논개는 대청마루에 설매의 신위를 세우고 향을 피워 빈소를 마련했다. 찾아와 조문할 사람들을 위해서였다. 그러나 논개와 초희, 월향이만 조석으로 정성을 다해 상식上食을 올릴 뿐 찾아오는 사람은 먼 곳에 사는 기와집 출신의 몇몇 기녀들 말고는 거의 없었다.

*

설매가 떠난 지 보름여가 지나면서부터 논개는 그녀가 이 세상 사람이 아니라는 사실을 몸과 마음으로 실감하기 시작했다. 얼떨떨한 상황에서 그래도 어느 날 불쑥 어머니가 화사한 웃음을 머금고 집 안으로 들어설 것만 같던 기대가 그저 허황한 꿈이라는 느낌이 보름여가 지나면서부터 비로소 확실히 인식되었던 것이다. 논개는 조석으로 빈소에 메를 올리는 일과 집 안의 살림 내용을 확인하는 일 말고는 매사에 근신하는 마음으로 행동을 자제했다. 남의 눈이 미치지 않는 새벽녘에 강에 가서 물돌이 소를 향해 절을 하고 남강 활터와 비봉산 활터를 돌며 기본적인 활쏘기 연습을 한 후, 집 안에서 글씨 쓰기와 방 청소와 살림 확인만을 계속했다. 물론 술손님도 일절 받지 아니했다. 사십구재 탈상까지는 가무는 말할 것도 없고 기와집 식구들 모두가 사람들 눈에 띄게 바깥으로 나돌지도 않았다.

논개는 안방의 장롱 속을 샅샅이 살펴보고 다락 속의 궤짝들도 먼지를 털어 낸 후 하나씩 열어 내용물들을 확인했다. 이 과정에서 그녀는 소리 죽인 탄성과 함께 고개를 내둘렀다. 안방 어머니가 의외로 큰 부자라는 생각 때문이었다. 장롱 속에는 춘하추동 번갈아 입을 수 있는 옷들이 수십 벌 층층이 쌓여 있고, 삼층장 둘째 셋째 칸에는 명나라에서 온 비단이며 인조견이며 한산 모시까지 몇 필인지도 모를 만큼 두루 말려 있었다. 자개함에 보관된 보석 패물류도 적지 않았다. 금비녀 은비녀 옥비녀에 각종 머리꽂이며 노리개며 가락지 종류도 십수 가지로 눈이 부실 지경이었다. 태어나서 처음 보는 이름도 용도도 알 수 없는 갖은 귀물들에 논개는 시종 눈이 휘둥그레졌다.

무엇보다 그녀가 숨이 껄떡 넘어갈 듯 경악한 것은, 오층장 제일 아래 칸이 온통 엽전 꾸러미로 꽉 차 있는 것을 보고서였다. 그것들은 시커먼 구렁이들이 첩첩이 똬리를 틀고 있는 것처럼 흉물스런 모습으로 다가들어 그녀는 짧은 비명을 지르기도 했다. 도대체 무엇으로 이렇듯 많은 돈을 모았는지 얼마나 되는지 감도 잡을 수 없었다. 그녀는 돈을 덮고 있던 보자기와 몇 가지의 겉옷들을 집어 다시 돈을 덮어 버렸다. 마치 봐서는 안 될 것을 본 양 논개의 심장은 쿵쿵 곤두박질치듯 뛰어서 그녀는 한동안 가슴을 쓸어내리며 가만히 앉아 있었다.

그뿐만이 아니었다. 고방도 샅샅이 살펴보다가 혀를 내둘렀다. 안채 바른편으로 따로 지어진 스무 평 남짓한 커다란 고방에는 벼 가마와 보리 가마가 천장 높이까지 쌓여 있고, 방앗간에서 빻아 놓은 쌀과 보리쌀 콩 팥 수수 참깨 등이 독이나 항아리마다 가득가득 차 있었다. 곡식뿐이 아니었다. 건어물인 명태 엮음이며 말린 해삼 개불 홍합 미역 등의 고급 안주감과 각종 버섯류와 나물류도 종류별로 깔끔히 손질된 채 바구니마다 담겨 있고, 곶감 잣 호두 꿀은 여러 개의 유리 단지 속에 나뉘어져 그득그득 차 있었다. 술도 많았다. 술독과 작은 술항아리들이 고방 속 장독대인 양 바람이 통하도록 성글게 놓은 나무둥치 위에 열 개도 넘게 얹혀 있었다. 가장 많은 술은 찹쌀지에밥을 쪄서 빚은 곡주였고, 뱀술 솔잎술 더덕술 머루술 항아리도 큰 독 양옆으로 줄줄이 놓여 있었다. 도대체가 없는 것이 없는 고방이었다. 산해진미의 귀물이 다 모여 있는 곳이었다. 걱정인 것은 작년 추수 때 들여놓은 묵은 벼와 보리와 쌀과 보리쌀이 아직도 가득한데, 올 가을걷이까지 겹쳐 곡물이 들어오면 어찌하나 싶을 정도였다.

논개는 안방 어머니가 이재理財에 밝고 빈틈이 없는 보기 드문 재력가라는 것을 새삼 깨달았다. 그동안에는 안방의 사방 벽을 메운 장롱과 고방에 무엇이 얼마나 들어 있으며 그런 것이 살아가는 데 또한 얼마나 긴요한 것인지를 알려고도 않고 알 필요도 없어 무심했었는데, 이제는 모두 자기 관심 아래 관리되어야 한다는 사실이 빠근한 부담으로 다가오기도 했다. 고방 속의 재료들로 거의 밤마다 주연을 베풀고 많은 식솔들이 설매의 슬하에서 살아 왔던 사실이 실제 아무나 흉내 낼 수 없는 대단한 일이었음을 논개는 거듭거듭 절감했다.

안방의 장롱들과 다락, 고방의 재물만 확인하고 정리하는 데도 대엿새나 걸렸다. 이어서 주방의 덕산댁과 울산댁 그리고 막일꾼으로 설매가 부를 때만 와서 일해 주던 넉근 아범의 새경도 파악했고, 또한 명월 어머니가 관장하는 의병을 돕는 의기회 모금에 매년 상당한 곡물과 돈을 내놓는 것도 파악했다. 놀라운 사실은 안방 어머니가 그간 관아에도 곡물을 몇 섬씩 내놓고 있다는 것을 장부를 통해 찾아내기도 했다. 그렇게 적지 않은 곡물과 돈을 뽑아내는데도 고방에는 작년 수확의 곡물이 아직도 천장에 닿아 있고 돈은 오층장 아래 칸에 꽉 차 있으니, 논개는 차라리 두려운 마음이 되었다.

논개는 매일 많은 생각을 거듭했다. 자신이 안방 어머니의 뒤를 이어 기생 어미 노릇과 함께 이 집의 대표 기생으로 기방을 계속 운영할 것인가에 대해서였다. 그녀는 이 집을 기녀들의 문무 교습장으로 만들고, 내면으로는 선학산 활터를 비롯한 의병들의 본거지로 만들고 싶었다. 안방 장롱과 고방에 쌓여 있는 재물이나 하동의 토지에서 매년 나오는 곡물을 기녀들의 본격적인 문무 교육과 의병 지원으로 사용하고픈 것이었다.

논개는 이러한 자신의 생각을 사십구재를 올린 날 저녁에 명월과 매실 등 일여덟 명의 기생 어미들에게 밝혔고, 그녀들은 의외로 고개를 끄덕여 긍정하는 낯빛들을 지었다. 봄빛 같은 요염함과 섬세함과 다정다감함이 자태에 밴 일반적인 기생 기질이기보다는 활쏘기와 말타기 같은 남성적인 것을 즐겨하고, 생각하는 품새가 소극적이 아니라 진취적이고 대범한 논개의 평소 면모를 그녀들이 익히 알고 있기 때문인 듯싶었다. 그뿐 아니라 자신들의 위상을 높여 줄 인물로 논개에게 거는 기대가 적지 않기 때문인 듯했다.

그러나 나이 든 기생 어미들 생각과 젊은 기생들의 생각이 반드시 일치하지는 않았다. 기생이면 기생답게 온전히 기생질이나 할 것이지 본격적인 기생 교습소는 무엇이고 의병들의 본거지는 또 무엇이냐며 빈정거리고 질시하면서, 논개의 그런 방자하고 겁 없는 생각들이 오히려 기녀들에게 화를 불러올 소지가 될 수도 있다고 이죽거렸다.

논개는 동료 선후배들의 반응이 각각인 것에 별로 개의치 않았다. 젊은 기녀들이 뭐라고 하든 자신이 뜻한 바를 이끌어 나가고 싶었고, 그 일환으로 우선 한가윗날의 편사를 앞둔 의기회의 집합소로 기와집을 사용하기 시작했다. 실제 추석도 열흘 정도밖에 남아 있지 않아 회원들의 연습을 집중적으로 독려할 필요가 있었던 것이다. 논개 자신은 새벽녘 남들이 보지 않는 틈을 이용하여 활쏘기 연습을 꾸준히 해 왔고 회원들도 각자 연습을 하게끔 채근해 왔지만, 그녀가 직접 앞서지 못하자 다들 하는 둥 마는 둥 기들이 쇠진해 있었던 때문이다.

그런데, 비봉산 활터의 허윤상도 설매의 죽음으로 편사가 실행되지 못할 것으로 지레 판단했던지 대회를 하루 앞둔 날 기와집으로 찾아와 피차가 사정이 여의치 못하니 편사를 무기한으로 미루자고 했다. 논개는 우리 사정은 괜찮으니 조금도 그럴 필요가 없다고 거절했다. 그러자 허윤상은 당황하는 낯빛을 감추지 못하면서, 기실은 시합에 참전해야 할 활량들 대여섯 명이 추석 차례를 모시기 위해 귀향하여 숫자가 맞춰지지 않는다고 했다.

논개는 의기회 역시 연습이 부진한 상황이었지만 그런대로 대회에 맞설 각오는 되어 있었던 것이고, 무엇보다 약속을 깨는 입장은 아니었으므로 오히려 당당하게 나갔다.

"약조는 천금보다 소중한 것인데, 이렇듯 지키지 못함은 결국 패배한 것과 다름이 없지요."

못 이긴 듯 그들의 요청을 들어주면서 논개는 허윤상에게 한마디 했다.

허윤상은 논개가 어떤 맵찬 말을 해도 자존심을 상해하거나 부끄러워하지 않았다. 얼굴을 상기한 채 한가위를 지내고 몇몇 활량들과 기와집에서 모임을 갖기로 했으니 주연상을 준비해 달라고 했다. 논개는 웃으면서 이제 기방 운영을 아니 하기로 했으니 다른 데를 물색해 보라고 말했다. 그는 실망하는 낯빛을 감추지 못하면서 논개에게 만석꾼 소실로 들어앉게 되었느냐고 물었다. 그렇지 않다고 대답하자, 그러면 기생 노릇을 아니하게 되었느냐고 다시 물어 왔다.

"어이 이리도 소상히 물으십니까? 그렇습니다. 기생은 기생이되 노류장화 노릇은 아니 하려 하는 겁니다. 아시겠습니까? 어르신은 저와 편사 이야기만 나누시지요. 편사의 무기한 연기가 얼마나 오래 갈는지 의논이 되는 대로 알려 주십시오. 그럼, 안녕히 가십시오."

허윤상이 약조를 지키지 못한 사실에는 조금도 미안해하거나 부끄러워함이 없이 사적으로만 관심을 보여 오는 것이 끈적하여 그녀는 시종 차갑게 그를 대했다.

"도무지, 알 수 없는 일이로고…."

그는 중얼거리면서 쫓기듯 돌아갔다.

한동안 기와집 대문간은 논개를 만나겠다고 찾아오는 술손님들과 논쟁이 잦았다. 그러나 덕산댁과 넉근 아범이 객들과 다투며 밀어내기를 한 달여, 차츰 찾는 객이 줄어들면서 기와집은 기녀들의 문무와 기예 교습소로, 교습이 없는 날은 의기회나 의병들의 모임 장소로 혹은 두 모임의 본거지로 서서히 탈바꿈했다. 열흘에 두 번씩 동기들을 모아 퇴기들이 가무와 시문을 가르치고 논개는 활쏘기와 창던지기를 가르쳤다.

진주 근방의 의병들은 처음에는 기와집으로 쉽게 모여들지 않았다. 그러나 의기회에서 의병들에게 곡물을 지원하는 날이나 그것 때문에 의논이 있을 때는 의병장들이 기와집을 찾았다. 다른 지역의 의병이 진주에 들렀을 때도 연락처와 만나는 장소로 기와집을 이용케 했지만 그 횟수가 많지는 않았다. 하지만 차차 나아질 것으로 논개는 의심하지 않았다.

그녀는 분주했다. 설매가 살았을 때보다 몇 배의 책임감이나 부담을 가지면서도 그녀는 제반사를 자신의 뜻대로 거침없이 밀고 나갔다. 그러면서도 더러는 밤잠을 설치기도 했다. 긴 겨울밤, 깊은 잠 속에 들어 있는 초희와 월향이에게 이불깃을 여며 주고 안방으로 돌아오면, 이 세상에 덜렁 혼자만 남아 있는 것을 뼈저리게 실감하면서 자기의 인생은 장차 어떻게 전개될 것인지, 눈앞의 삶을 제대로 살고나 있는 것인지 오만 가지 상념으로 밤잠을 들이지 못했다. 그러나 날이 밝으면 그녀는 새로운 기운으로 초희와 월향이를 앞세워 동기들을 훈련시키고 의병들을 격려하고 돕는 생활로 바쁘게 돌아쳤다.

새해 정월을 며칠 앞둔 늦겨울이 되면서 기와집은 의병들의 본거지로 확고하게 자리가 잡혀 갔다. 각 지역 의병들 간의 연락처 기능에다 의병장들의 모임 장소이자 기숙 장소로 의병들이 수시로 드나들면서 명실공히 본거지로 자리가 굳어진 것이다. 의기회의 모임이나 동기들의 교습은 기와집의 안채가 중심 장소가 되었고, 사랑채와 행랑채는 의병들의 전용으로 구분하여 운영이 되었다.

논개는 설매 생전에 기와집의 유일한 대표 기녀로 그나마 띄엄띄엄 주연회에서 가무를 베풀고 시문을 읊던 행위를 일절 중단하고, 의기회의 젊은 수장으로서 내면으로는 의병의 소임을 다하면서 지냈다. 논개는 집 안에서도 여복을 하는 경우가 드물었다. 일상복도 남장으로 습관화되고 의병장들과 시국을 논하고 끊임없이 무술 연습을 하는 등 평소의 모든 행위가 더욱 남성화되어 갔다. 남강 활터에서 그리고 관영의 명나라 사신 환영연에서 만났던 털보 의병장과, 호남과 충청 지역에서 온 다른 의병장들과도 교분을 트면서 세상 돌아가는 새로운 정황을 듣기도 했다. 그뿐만 아니라 관아와도 좋은 관계를 계속 유지했다. 한 달에 한두 번쯤은 관영에서 행하는 관리들의 궁술 대회에 기녀 차림으로 출전하여 분위기를 돋우어 주고 쾌승을 거두기도 했다. 따라서 진주 바닥과 인근 지역의 활량들과 의병들 사이에선 논개를 모르는 이가 없었으며, 그들은 그녀를 의기義妓나 기선사妓善射 혹은 '의병 논개'라고도 불렀다. 강건한 애국심에다 재색才色과 무예와 지혜와 용기를 갖춘 그녀는 젊은 남정네들 사이에서 사뭇 우상시되었다. 반면 젊은 기녀들과 여인들 사이에서는 선망과 질시의 대상이 되어, 그들은 삼삼

오오 모여 앉으면 '기생이면 기생답게, 여자면 여자답게 살 것이지 왜 저리 설치느냐'며 이죽거렸다. 그러나 누구도 논개의 면전에서는 그렇게 말하지 못했다.

논개는 사랑채에 다른 지역에서 의병이나 의병장이 왔다는 말이 오면, 찻물을 만들어 직접 들고 나가 그들을 만나 보곤 했다. 그녀가 굳이 사랑채에 드는 의병을 직접 만나는 것은 그 지역의 시국 이야기뿐만 아니라 강동찬의 소식을 들을 수 있을까 하는 기대 때문이었다. 그가 잠적한 지 햇수로 칠 년째였다. 수많은 의병들을 만나고서도 그에 관한 한 가닥 소문조차 접하지 못한 그녀는 내심 초조감이 들었고, 혹여 그가 타계했을지도 모른다는 불길한 예감에 사로잡히기도 했다. 기와집의 주인으로 그를 모시는 것이 죽은 안방 어머니의 의도였을 수 있고 또한 논개 자신의 뜻이기도 했기에 그를 찾고자 하는 그녀의 마음은 참으로 절실했다. 더욱이 선학산 활터를 복구했을 때와 마찬가지로 기와집을 의병의 본거지로 일을 벌여 놓으면서도 언제나 그를 떠올렸고, 이제 그가 나타나 맡아 주기를 진심으로 원했다.

무엇보다도 논개는 사무치도록 그가 보고 싶었다. 삼십 초반에 접어들었을 훤칠하고 늠름한 그의 모습이 은인이나 스승의 감정에다 이성異姓의 감정까지 겹쳐 뼈에 저리도록 그리운 것이었다. 그를 흠모했던 안방 어머니를 떠올릴 때마다 죄스럽던 심정도 더 이상 그녀가 이 세상에 존재하지 않는다는 엄연한 사실로 조금씩 희석되더니 이제는 어머니에 대한 죄스러움은 그를 그리워하는 데 조금도 방해가 되지 않았다. 혼자 남는 긴 밤이 되면 논개는 가무를 하거나 시문을 짓거나 혹은 시조창을 읊으면서 그에 대한 그리움을 삭여냈다. 논개는 낮 내내 무명 띠로 봉긋한 가슴을 조이고, 가랑이 터진 속바지에 치마 차림이 아닌 남장의 바지를 입었다. 하지만 밤이 되어 무명 띠를 풀면 가슴은 솟구쳐 오르고, 달마다 치르는 경도 때에는 미묘한 육정肉情의 현훈을 느끼곤 했다. 옛적 선학산에서 목격했던 산짐승처럼 상交接하던 옥개의 모습이나, 주막집 주모 하동댁이 젊은 장돌뱅이의 혼을 빼던 일이나, 매분이 찬물로 살을 씻던 모습 등이 가깝게 느껴지기도 하는 것이었다.

*

늦겨울비가 하루 종일 촉촉이 내리던 날이었다.

이번 비가 그치고 나면 얼어붙은 땅속의 생명들이 흠뻑 물을 머금어 싹을 틔울 준비를 할 것이었다. 논개는 안방에 앉은 채 겹미닫이문을 밀고 안뜰의 화단께를 물끄러미 내려다보고 있었다. 그때 행랑채의 대문을 흔드는 소리가 요란하게 났다. 대문에 매단 놋쇠 요령 소리가 하도 소란스러워서 그것을 떼어 놓았더니 방문을 알리는 내방객의 육성이 앞서곤 했는데, 이번엔 누군지 사람 소리는 없고 문 흔드는 소리만 힘찼다. 논개는 대문을 흔드는 힘을 가늠하여 이 집에 처음 방문하는 객이 아님을 느낀다. 대개 첫 방문객은 "이리 오너라." 하는 육성도 점잖고 대문을 흔드는 것도 조심스러운데, 저렇듯 힘주어 흔드는 것은 흔치 않은 일이었기 때문이다.

사랑채와 안채의 허드렛일을 돌보는 넉근 애비가 대문을 열어 줄 것인데도 건넌방에서 초희가 쪼르르 달려나오더니 축담으로 내려섰다. 몸이 날래고 귀가 밝아 주변의 조그마한 움직임에도 민감한 반응을 보이는 초희에게 논개는 몇 번 주의를 주었지만 쉬이 고쳐지지 않았다. 꽃신을 발에 꿰던 초희가, 안방의 겹미닫이문을 열고 앉은 논개를 쳐다보고 화들짝 놀란다. 초희는 단박에 얼굴을 붉히고는 두 손을 깍지껴 상체를 비비 꼬면서 "성니임. 누가 오싰는지, 지가 나가 보모 안 될까예?" 했다. 논개는 어린 초희의 당황해하는 모습을 보면서 그만 웃어 버린다. 그리고 고개를 끄덕여 준다. 그러나 초희가 마당으로 내려서기도 전에 먼저 대문간으로 나갔던 넉근 애비가 헐레벌떡 안채로 뛰어들었다.

“저어, 오싰어요! 오싰습니더!”

자지러지듯 숨찬 넉근 애비의 소리에 이어 안마당으로 삿갓을 쓴 훤칠한 장정이 들어섰다. 논개는, 찢어질 듯 크게 입을 벌리고 호들갑스럽게 고하는 넉근 애비의 행동으로 보아 강동찬 그 어른이 아닌가 직감한다. 논개는 반사적으로 벌떡 일어나 마당으로 내려섰다. 장정이 빗속에 우뚝 선 채 한 손을 들어 삿갓을 뒤로 기울여 얼굴을 드러냈다. 검붉은 얼굴에 사람을 빨아들일 듯한 강렬한 눈빛이 논개의 얼굴을 가만히 응시해 왔다. 양 뺨에서부터 턱에까지 수염이 길게 자라 있었으나 강동찬 그 어른이 틀림이 없었다.

“네가, 논개이더냐?”

굵고 낮은 그 목소리, 너무나 그리웠던 그의 목소리에 논개는 가슴이 미어지는 통증을 느낀다.

“강, 동 자, 찬 자 아재…? 맞지예!”

“어허! 우리 논개가 틀림없구나! 어허, 세상에….”

강동찬의 얼굴이 놀라움과 미소로 범벅이 되었다. 감동과 감탄에 겨운 얼굴이라 함이 더 어울렸다.

“아재요! 인자 오싰습니꺼….”

알 수 없는 일이었다. 조금도 서럽지가 않은데 눈물이 볼을 타고 내리면서 어릴 적 그에게 쓰던 말투가 저절로 터져 나왔다.

“논개가, 너무나 달라져서 알아볼 수가 없구나.”

“어서 들어오시소….”

논개는 비 내리는 마당 가운데에 그냥 서 있는 그를 대청으로 오르게 한다. 그가 젖은 삿갓을 벗고 마루로 올랐다.

“두루마기가 많이 젖었습니다. 벗으시어요.”

논개가 그의 두루마기를 받는 동안 초희가 마른 수건을 두 손으로 받쳐 올리고, 그가 젖은 손과 얼굴을 닦는 동안 논개는 솜으로 누빈 덧저고리를 찾아내어 그에게 올린다.

“오한 드십니더. 어서 이것으로 겹쳐 입으시고 안방으로 드십시오. 인사 올리겠습니더!”

논개의 가슴은 당황스러움으로 사뭇 어지러웠다. 눈물이 끊임없이 흘러내리더니 왜 심장은 대책 없이 쿵쿵 뛰어 대는지 정신을 차릴 수가 없을 정도였다. 덕산댁이 벙글거리며 따뜻하게 꿀물을 타 내오자 초희가 잽싸게 그것을 받아 논개에게 건넨다. 논개는 그가 안방 보료 위에 앉는 것을 바라보면서 꿀물을 올린다.

“꿀물, 드시소예!”

논개의 손이 와들와들 떨렸다.

“그래, 고맙구나!”

그가 꿀물 그릇을 비우자 논개는 그에게 다소곳이 큰절을 올린다. 또 눈물이 왈칵 쏟아졌다. 그를 그리도 흠모하던 생전의 안방 어머니가 떠올랐기 때문이다.

“알고 있다. 오늘 아침에 진주에 와서, 소식 다 들었니라. 남강에 가서 망인에게 사죄하고, 이리 오는 길이니라.”

그가 눈을 아래로 깔고 침통한 낯빛으로 설매가 사망한 사실을 들었노라 말했다. 심히 괴로운 표정이었다.

“지금까지 어디에 계셨습니까? 꼭 찬 6년 만입니다.”

“차차 이야기하자꾸나. 어쨌거나, 내가 설매와 너에게 참으로 무심한 사람이 되었다. 고맙게도 곱게 잘 컸구나! 폐허가 된 선학산 활터도 네가 복구하고, 의젓하게 장례도 잘 치르고, 이 집을 의병 본거지로 만들었다는 소식도 들었다. 과연 총명한 논개답다는 생각을 했느니라. 대견하구나!"

강동찬은 논개를 그윽이 바라보다 눈길을 떨구다 했다. 먼 길을 걸어온 듯 지친 모습이 역력했으나 뭔가 논개를 직시하지 않으려는 듯 시선을 비키곤 했다. 논개는 실로 오랜만이라 어색한 감정이 들어 그러려니 했다.

"어머니께서는 오로지 아재를 그리워하셨어요. 유언장에 당신의 모든 전답을 아재께, 이 집과 살림살이는 저에게 상속한다고 적어 두셨어요."

"들었니라. 내가 받을 자격도 없거니와 쓸 곳도 없니라. 모두 네가 알아서 하려무나."

"쓸 곳이 왜 없겠어요. 어머니께서는 당신의 재산이 좋은 일 큰일에 보탬이 되기를 바란다고 생전에 자주 말씀하셨어요!"

그는 더 아무 말을 하지 않았다. 설매에 대한 안쓰러움과 미안함이 거듭 가슴을 치는 듯했다. 설매가 자기를 일방적으로 은애하듯 그가 그녀를 흠모하지는 않았지만 그로서는 동정을 준 여인이었고, 또 자기를 지아비 이상으로 마음 써 주던 다정한 사람이었기에 미안함이 더했는지도 몰랐다.

"아재는, 이제 이 집 주인이십니다. 선학산 활터를 복구하고 이 집을 의병의 본거지로 만든 것은, 오로지 아재 돌아오실 날을 기다려서입니다. 저 혼자로는 운영이 불가능합니다."

논개는 그의 전후 사정을 듣고 난 이후에 천천히 말해도 될 내용을 먼저 표출하고 만다. 그가 불쑥 일어나서 또 어디론가 가 버릴 것 같은 불안감이 들었기 때문이다. 그는 계속 시선을 방바닥으로 비낀 채 아무런 대답도 하지 않았다. 저녁상을 올리기에는 좀 이른 시각이었지만 논개는 덕산댁에게 술을 곁들인 상차림을 지시한다. 그리고 초희와 월향이를 불러 어른께 인사를 올리도록 한다. 아이 둘이 방글대면서 앙증스럽게 두 손을 이마에 얹고 큰절을 올리자 그가 비로소 껄껄 웃었다.

"어릴 때 논개 모습을 보는 것 같구나! 하긴 너는 눈빛이 유난히 총명했었지. 활을 여전히 잘 쏜다고 들었다. 지금까지 손에서 놓지 않고 꾸준히 쏘아 왔다니, 네 의지가 그저 놀랍기만 하구나!"

논개는 그의 연이은 칭찬이 부끄럽기도 하고 행여 그가 유별한 사정이 있어 그녀의 뜻을 받아들이지 않을까 두려우면서도 당장은 든든하고 흐뭇하기가 이를 데 없을 정도였다. 연륜이 더해져서인지 그의 모습은 맑고 강건함에다 부드러움이 곁들어 있어 사람을 끌어들이는 면이 더 진해진 것 같았다. 특히 폐부를 찌를 듯 흡인력 있는 눈빛은 논개의 심장을 얼어붙게도 했다. 그녀에게 있어 부모나 진배없는 육친이요, 은인이요, 스승이라는 밑정 외에 이성의 대장부로 무섭게 다가드는 그의 빛깔로 하여, 논개는 숨을 삼킨다. 현란한 감정의 회오리를 느낀다.

이날부터 그를 안방에서 머물도록 하고 논개 자신은 건넌방으로 돌아갔다. 굳이 사랑채로 나가겠다는 그를 고인의 뜻이며 자신의 소원이라 간청하여 안방에 머물게 했다.

이틀 밤을 말없이 기와집에서 묵은 그가 논개를 안방으로 불러들였다. 논개는 백자 대접에 선홍색 홍시를 담아 방 안으로 들어갔다. 그는 두루마기와 의관을 정제한 채 앉아 있었다.

"논개야, 내 말 잘 들어라. 네 뜻과 고인의 뜻이 무엇인지 알겠다마는, 나는 한곳에 머물 수 없는 사람이니라. 한양 인근의 여러 활터를 내가 맡고 있으니, 그것은 곧 조정朝廷이 있는 한양을 사수하는 것과 같으니라. 육지로는 여진족이, 바다로는 왜구가 호시탐탐 이 나라를 노리고 있고, 특히 왜구의 짓거리가 심상치 않아 한시도 훈련의 긴장을 놓아서는 안 되는 때인데, 여러 곳의 수장을 맡고 있는 내가 어찌

한 집안을 맡아 안주할 수가 있겠느냐. 고인에 대한 도리로나 여러모로 보아 이 집의 주인은 여전히 네가 맡는 것이 적절하겠구나. 틈이 생기면 내 수시로 들러서 너를 도와주고 싶다마는 여의치가 않을 것 같구나. 지금까지 너 혼자 잘해 왔듯이 앞으로도 그렇게 해 나가면 되지 않겠느냐."

그의 음성은 낮았으나 결연한 의지가 담겨 있었다. 결국 그녀의 간절한 바람은 성취되지 않을 모양이었다.

논개는 그가 여전히 의병장으로, 그것도 도읍지 부근에서 여러 훈련장을 관장하며 살아왔다는 것을 알 수 있었고, 그렇다면 아직도 가정을 이루지 못하고 홀몸일지도 모른다는 생각을 했다. 기실 그것은 논개가 차마 물어보지는 못하였으나 가장 궁금하던 내용이었다.

"안주하시지 않으셔도 됩니다. 그러나 이 집의 주인으로만 행세하여 주시기 바랍니다. 아녀자인 데다 남들이 천시하는 기녀인 저가 혼자서 동기 교육장과 의병 본거지를 운영하기가 쉽지 않습니다."

"너를 직접 도와주지 못하는데, 명색만 그리하면 무슨 소용이겠느냐."

그가 안타까운 듯 깊은 한숨을 뿜어냈다.

"소녀의 머리를 얹어 주십시오."

논개는 눈길을 아래를 떨구며 또박또박 말한다. 그가 심히 놀라는 듯했다. 한동안 말을 꺼내지 못했다.

"논개야…. 네가, 지금 무어라 하였느냐?"

그의 음성이 잠긴 듯 껵세었다.

"제 머리를 얹어 달라 했습니다."

알 수 없었다. 서럽지도 아니한데 또다시 눈물이 볼을 타고 흘러내렸다. 안방 어머니의 뒷전에서 천연스레 그러나 내심 얼마나 간절히 기다려 온 사람인데, 그가 다시 홀연히 떠나려 하자 원망과 야속함에 그만 심중에 묻어 두었던 말을 감히 쏟아내고 말았다.

"나, 물 한 그릇 주겠느냐?"

그가 여전히 걱센 소리로 말했다.

"대답 먼저 주소서."

"너무 갑작스러워서 얼떨떨하구나. 내가 어찌 너를…. 안 될 말이로다."

"그럼, 누가 제 머리를 얹어야 합니까? 바람둥이 만석꾼 영감이 얹어야 합니까, 시정잡배가 올려야 합니까? 머리를 얹어 주시지 않으시면, 저는 평생 이렇게 살 것입니다."

논개가 얼굴을 새빨갛게 붉힌 채 쏟아지는 오열을 삼키려는 듯 아랫입술을 지그시 깨문다.

"네가, 얼마나 힘든 말을 했는지 안다…. 생각해 보마."

그야말로 힘들게 느껴지는 그의 말이 떨어지자 논개는 그제야 일어나 대청마루로 나가 냉수 한 사발을 받쳐 그의 앞에 놓는다. 야속함과 섭섭함에 속엣말을 먼저 뱉었으나, 얼굴과 몸뚱이는 만신창이가 된 자존심의 상처와 수치스러움으로 불이 붙은 듯 벌겋게 달아오르고 물그릇을 놓는 손끝이 와들와들 떨렸다.

그가 논개의 손을 잡았다. 크고 따뜻한 그의 손이 논개의 두 손을 모아 잡고는 가만히 쓰다듬었다.

"논개야…. 네가 너무 성숙해져 있어서, 황홀하도록 너무 고와서, 내가 두려웠던 것이니라. 한 가지 네가 알아 둘 것이 있나니, 내가 네 머리를 얹어도 지아비 노릇을 제대로 못할 것은 불을 보듯 뻔한데, 이 일을 어찌하면 좋단 말이냐."

"알고 있습니다…."

"생각해 보자꾸나. 과연 내가 보석 같은 너를 취할 자격이 있는지…. 그런데 논개야, 나는 지금 의령과 하동을 좀 다녀와야 하느니라. 사나흘이 걸릴지도 모르겠구나."

"다녀오시어요. 재齋 올릴 준비를 해 놓겠습니다. 어머니 좋은 곳 가시라고, 남강에서 아재가 재 한번 올리심이 좋을 듯싶어서요."

"네가 진정 어른이 다 되었구나! 그러도록 하자."

그는 그날 기와집에서 의령으로 떠났다. 논개를 비롯하여 초희, 월향이, 덕산댁, 넉근 애비 등 온 식구가 대문 밖까지 나가 잘 다녀오시라며 그를 배웅했다. 갑자기 찬란한 봄빛이 기와집으로 쏟아지듯 집 안에 생기가 돌기 시작했다. 누가 무슨 말을 한 것도 아닌데 기와집 식구들 모두가 싱글벙글 밝은 표정들을 감추지 못했다.

강동찬이 탄 말이 언덕 아래의 골목으로 접어들어 보이지 않을 때까지 지켜보고 섰던 논개는 몸을 돌려 집 안으로 들어섰다. 논개의 얼굴을 흘끔흘끔 훔쳐보는 덕산댁과 넉근 애비의 낯빛이 대낮 햇살처럼 밝고 초희와 월향이는 숫제 입술을 닫지 못하고 방글거렸다. 논개는 덕산댁과 아이들이 안방의 말을 엿들었음을 직감할 수 있었다. 그럴 수 있는 일이었다.

문제는 자신의 내면이었다. 그녀는 자신의 머리 얹는 일에 대해 지금까지 구체적으로 생각해 본 적이 없었다. 활쏘기 창던지기 돌팔매질 등 남성적 행위를 즐겨하고, 어느 누구에게도 얽매임 없이 자유롭게 한세상을 살고픈 것이 희망이었고, 또 지금까지 그렇게 살아왔었다. 지극히 생리적인 육신의 현훈眩暈이 피어오를 때면 언젠가는 어른이 될 것이라는 막연한 생각은 했었지만, 그러나 누구의 애첩이 된다든가 할 생각은 추호도 없었다. 조강지처나 현모양처의 꿈을 갖고 있는 것도 아니었다. 기녀 팔자에 권력가나 토호의 애첩이 되는 것만도 엄연한 신분 상승이고, 더욱이 정실이 된다면 큰 행운을 잡는 것으로 그 바닥에서는 생각들 하지만, 논개는 그런 것도 원하지 않았다. 사대부 집 안방마님이나 부잣집의 정실부인이 되지 않는 한, 이 시대에 여자의 한평생이라는 것은 노비 같은 구속적 삶이고 육신의 고통일 뿐이라는 그녀 나름의 뚜렷한 인식이 있었기 때문이다. 자기 인생은 자신이 마음대로 개척하면서 살고픈 것이 그녀의 마음 밑바닥에 깔린 변함없는 생각이었다. 그런데 그녀는 느닷없이 강동찬 의병장에게 스스로 머리를 얹어 달라고 했다. 심중에 깊숙이 잠겨 있던 마음 한 조각이 앞뒤를 살필 여유나 분별이 없이 그냥 튀어나와 버렸던 것이다.

기녀에게 있어 머리를 얹는 일은 육체적으로 어른이 되는 길이면서 세속사로는 시집을 가는 것과 비슷했다. 그러나 일정한 대가를 지불하고 머리를 얹어 주는 상대는 기녀의 삶을 책임질 필요가 없었다. 얼마간 기둥서방으로 여자를 보호하거나 더러는 신분에 따라 소실이나 아내로 맞아들이는 경우도 없지는 않았지만 흔한 일은 아니었다. 머리를 얹어 줄 상대가 혼례를 올리지 않은 총각이라 해도 그가 사대부 집 자제라면 신분상의 면치레로 상대 기녀를 정실부인으로 삼지는 않았던 것이다.

강동찬은 몰락한 양반 가문의 독자이면서 삼십 대 초반의 늦은 나이인데도 혼례를 올리지 않고 있었다. 의병장으로 활쏘기의 명수로 전국을 돌며 젊음의 열기를 불사르는 그가 의도적으로 가정을 이루지 않는 것임을 논개는 짐작하고 있었다. 그의 진솔한 의중을 한 번도 들은 바 없고 다만 짐작할 뿐이었지만, 그의 모습이 논개 자신과 공통점이 많다고 그녀는 감히 나름대로 생각하고 있었다.

그러나 논개가 그에게 머리를 얹어 달라고 말을 할 수 있었던 근저에 그의 조건들이 계산된 것은 아니었다. 그의 여러 가지 조건들이 그의 면모를 이루는 부분은 될 수 있을지 몰라도, 그러한 것을 훨씬 뛰어넘는 어떤 힘이 그녀 자신도 경악할 만큼 대뜸 속마음을 털어놓게 한 것이었다. 형체를 알 수 없는 그 어떤 힘이 흠모와 은애의 감정이라는 사실을 그녀는 알고 있었다. 그러나 두꺼운 껍질 속에 감춰져 있던 본심의 한 자락이 아무런 준비도 없이 터져 버린 것은 그가 다시 길 떠날 의관 차림으로 앉아 있었기 때문이었다. 논개는 사뭇 충격적인 자신의 속내 표출에 스스로 경악하고 얼떨떨해하면서도 뭔가 자기 인생에 또 하나의 새로운 전환점이 도래하고 있음을 예감했다.

한편 의령 지역으로 향하던 강동찬은 6년이란 지난 세월이 새삼 짧지 않다는 것을 실감했다. 논개의 성숙한 모습에서 확연히 그것을 느꼈던 것이다. 안채 마당에서 논개를 마주했을 때, 그는 숨이 멎는 듯했다. 금방 꽃잎을 터트릴 듯 봉오리 진 모란인가 목련인가 그녀의 물 머금은 화용월태花容月態가 정신이 혼미해질 정도로 눈이 부셨던 것이다. 하늘에서 하강한 선녀인지 수중 궁궐에서 물보라를 일으키며 솟구친 공주인지 미색으로 뭇 남자를 홀리는 요녀인지 알 수 없을 만큼 성숙해 버린 논개의 모습이며 분위기가 매혹적이고 강렬했다. 특히 논개의 열정적인 눈빛이 사람을 뇌쇄시킨달까 얼을 빼달까 그랬다.

그는 논개의 얼굴을, 더욱 정확히는 그녀의 눈빛을 제대로 마주 볼 수가 없었다. 이성의 화끈한 여자로 다가왔기 때문이었다. 그녀는 더 이상 선학산 속에서 만났을 때의 검게 그을린 얼굴에 피골이 상접하여 안쓰럽던 아이의 모습이 아니었다. 배를 제대로 채우지 못한 야생의 작은 짐승처럼 깡마르고 초라하던, 그러나 총명한 눈빛을 반짝이며 야무진 언변으로 어른을 나무라던, 별종의 그 작은 아이가 아니었다. 강 진사 댁 노복들에게 구타당하여 입귀에 피를 머금고 결박당한 채 시체처럼 나동그라져 있던 그 불쌍한 아이가 아니었다. 자신의 넓은 등짝에 가슴을 붙이고 어린 새처럼 새근새근 잠이 들던, 가엾고 정스러워 자식처럼 느껴지던 그 아이가 아니었다. 6년의 세월이 그 아이를 성장시켜, 자기 앞에 다가와 스스로 머리를 얹어 달라 말하게끔 무섭도록 아름답고 용기 있는 여성으로 만들어 놓은 것이었다.

강동찬은 용맹스러우면서도 이성적이고 냉철한 수장首將답지 않게 논개를 생각하는 것만으로도 전신이 불덩이처럼 뜨거워짐에 당황한다.

"어찌할거나, 어찌할거나 논개야! 내가 너를, 어찌할거나…."

그는 붉게 달아오른 얼굴을 하늘로 향해 쳐들면서 말에 박차를 가한다.

*

설 추위가 한차례 휘몰아칠 것인지 정초를 나흘 앞둔 섣달 스무엿샛날의 날씨가 예사스럽지 않았다. 논개는 시루떡을 찌고 돼지머리를 구하여 삶아 놓고 강동찬을 기다렸다. 그가 돌아온다던 날은 어저께였지만 하루쯤 늦을 수 있으려니 여기고, 이날은 기필코 돌아올 것이라 믿었기 때문이다. 홀연히 잠적해서 수년을 돌아오지 않았던 사람이니 실제 그가 다시 돌아올 것인지는 사실상 알 수 없는 일이었지만, 그녀는 심중의 예감으로 그가 돌아온다고 확신하고 있었다. 그녀의 예감은 틀리지 않았다. 그는 이날 오전 녘에 정확히 대문 안으로 들어섰던 것이다.

논개는 뒤란 목욕간의 가마솥에 물을 끓이게 하여 그를 목욕재계沐浴齋戒토록 했다. 머리며 수염이며 전신에 묻은 노정의 잡티를 말끔히 씻어 내고 고인께 재를 올리자고 했다. 6년이나 그를 그려 애간장을 태우다 죽어 간 고인의 저린 넋을 풀어 주기 위해 혼신의 정성을 다해야 한다고 했다. 결국 그 행위는 그를 연모한 설매의 혼령을 위로하기 위한 것이면서, 곧 연緣을 맺을 강동찬과 논개 자신을 위한 것이기도 했다.

강가에서 원혼제를 지낼 때의 무당을 다시 불렀다. 고인의 명복만을 빌어 주는 단순한 재이기보다 이왕이면 혼령을 불러 맺힌 한을 속속들이 위로하고 풀어 주자는 생각에서였다. 그날 밤 삼경三更에 강동찬과 논개, 초희, 월향이, 덕산댁, 넉근 애비, 그리고 본무당과 그녀를 돕는 고수와 여인 한 사람 등 아홉 명이 남강으로 갔다. 물돌이 소가 있는 곳을 향해 떡시루와 돼지머리, 포와 과일로 상을 차리고 강동찬을 비롯해 목욕재계한 식구들이 모두 절을 올렸다.

망자의 혼을 부르는 무당의 굿거리가 한밤의 적막을 깨트릴 때쯤, 논개는 물돌이 소에서 소복 차림인 채 물 위를 사뿐사뿐 걸어오는 안방 어머니의 환영을 보았다. 아니었다. 북녘의 캄캄한 하늘에서 커다란 눈송이가 내려앉듯 그녀가 초롱불을 들고 사뿐히 굿판 위로 내려서는 것도 같았다.

드디어 무당의 입을 통해 안방 어머니의 말이 터져 나왔다.

"하이고 어르신! 이제야 오시었소! 내 맘 같지 않은 임의 마음 진즉 알아 뫼셨기에 원망은 없었소이다. 우리 논개 부탁하오! 논개 아껴 은애하오시면 내 못다 한 짝사랑도 함께 피어나는 것이리니, 영영세세 사랑해 주오! 초희야, 월향아, 오로지 논개 성님만 따르거라. 이 세상 네 부모도 논개 성님만큼은 못하리니. 덕산댁, 넉근 아범, 우리 논개 도와주소. 선善하고 정正한 우리 논개 그대들에게 필히 정표 있으리니. 강, 동 자, 찬 자 어르신! 나는 가오. 갈 길이 너무 멀다오. 생전에 지은 죄 크지 않아선가 극락정토가 내 집이라오. 이승보다 더 좋은 그곳으로 나는 가오. 논개야! 내 딸 논개야! 못다 한 어미 사랑 네가 내 몫까지 다 살아 다오."

무당의 자지러지는 사설에 때맞추어 바람이 휘익 불면서 북쪽의 횃불이 심하게 펄럭거렸다. 마치 설매의 혼령이 바람을 일으키며 떠나가듯 느껴졌다. 논개가 눈물을 흘리며 수없이 절을 하고 강동찬도 절을 했다. 논개로서는 설매를 향한 그리움과 아픔과 고마움과 미안함을 가슴에서 떨어내는 절이었다. 고별의 뜻이었다. 어찌 혼령이 있어 이 자리에 왔겠는가 싶었다. 무당의 청승스런 넋두리에 의지하여 마음의 위안을 받는 것이려니 생각하면서도, 고인의 말이라 믿고 싶은 간절한 마음일 뿐이었다. 한풀이 굿을 겸한 재를 올리고 모두가 집으로 돌아왔을 때는 시간이 벌써 사경四更에 이르러 있었다. 모두가 서둘러 각자 방으로 들어갔다.

논개는 강동찬의 잠자리를 살피기 위해 그를 따라 안방으로 들어갔다. 먼저 윗목의 촛대에 촛불을 밝혔다. 논개는 장롱 문을 열다 말고 돌아서 그의 얼굴을 조심스럽게 쳐다본다.

"설을 여기서 쇠시면 좋겠습니더…."

그가 설 전에 어디로 떠난다는 말을 하지는 않았지만, 왠지 그에게서 풍기는 분위기가 곧 떠날 것만 같아 물어본 것이었다.

그런데, 그녀의 예감이 거짓말처럼 들어맞았다. 그가 사뭇 미안한 얼굴을 하고는 두어 시진時辰 후 동이 트면 바로 떠나야 한다고 말했다.

"논개야, 날이 밝으면 나는 또 강원도로 가야 하느니라. 정월 보름께 내 다시 내려와서 얼마간 머물도록 하마. 그때 우리 다시 만나자꾸나."

논개는 반쯤 입술을 벌리고 그를 쳐다보았다. 그는 일절 말하지 않았지만, 그가 관장하는 의병 훈련장 주변에 무슨 심상치 아니한 일이라도 생긴 것 같았다. 하지만 아무리 급하기로 변란이 일어난 것도 아닌데 의령 하동에서 나흘 만에 돌아와서 또 하룻밤 지새고 떠난다 할 때는 무언가 다른 심상찮은 이유가 있는 것도 같았다. 어쩌면 잠시 논개 자기를 피하려는 것일지도 모른다고 여겨졌다. 시간을 좀 더 두고 자기와의 인연을 생각해 보려 하는 것이라고도 헤아려졌다.

"저 때문에, 너무 부담 갖지 마소서. 마음이 내키지 않으시면, 그냥 지금처럼 살면 되니까요."

논개는 서둘러 그의 잠자리를 아랫목에 만들어 놓고 일어나 돌아서면서 말했다. 섭섭함과 원망스러움이 가슴 밑바닥을 싸악 훑고 지나갔다.

"논개야…. 촛불을 끄고 이리 와서 좀 앉으렴. 나는 왠지 너를 마주 보기가 부끄럽구나. 평생을 떠돌며 사는 내가 네 앞에 죄인만 같으니 어찌하누. 눈빛만 총총하던 어린 네 모습이 나를 혼란케 하는구나. 소중한 천연의 보석 같은 너를 내가 더럽힐 것 같아 죄스럽구나."

논개가 촛불을 끄고 그의 앞으로 다가가 앉았다. 칠흑 같은 밤인데도 하얀 창호지가 발린 겹미닫이문 쪽은 으스름달밤인 듯 부유스름했다.

"어르신…."

논개는 처음으로 그를 존칭하여 불러 놓고는, 그녀 역시 강동찬을 아재라 부르던 어린 시절의 회억 속으로 잦아든다. 육친의 마음이 앞섰다가 이성에의 그리움이 앞섰다가 혼란이 거듭되면서 목이 멘다.

"이리 오너라…."

그가 두 손을 뻗어 논개를 끌어당겨 가슴에 품었다. 조심스럽고 떨리는 손길이었다. 논개는 그의 가슴에 얼굴을 묻었다. 그의 심장 뛰는 소리가 절굿공이로 벽을 치듯 쿵쿵 귓속을 울렸다.

"아아, 논개야. 내가, 너를 품다니…."

그의 크고 따뜻한 손이 그녀의 등이며 어깨며 머리를 쓰다듬고 볼을 쓰다듬었다.

"어르신…."

논개의 심장은 쿵쾅쿵쾅 굉음을 내며 터져 버릴 것만 같았다. 전신에 화롯불을 뒤집어쓴 듯 온 얼굴과 몸뚱이가 뜨거웠다. 북풍 찬바람이 겹미닫이 문풍지를 요란스럽게 흔들며 지나갔지만 그녀는 그 소리를 듣지 못했다. 문풍지가 파르르 떨었다. 세밑 엄동의 한밤중 추위에 기온이 급강하한 듯 방 안에도 냉기가 흘렀으나 두 사람은 전혀 그런 기운을 느끼지 못하고 있었다.

"논개야…."

그의 음성은 그녀의 얼굴을 쓰다듬는 손길만큼이나 떨렸다. 그녀는 대답을 하지 못한다. 전신이 화끈거리고 부끄러웠지만 그녀는 그의 가슴 안에서 세상을 다 얻은 듯한 포만감과 황홀감이 차올라 사뭇 숨이 막혔던 것이다. 한겨울, 들판 가운데 서 있는 짚동 속처럼 그의 품은 포근하고 아늑하고 든든했다. 비로소 온 생애를 의지할 둥우리를 찾은 듯한 심정이었다.

"하루만, 더 머무시면, 아니 되옵니까?"

"논개야, 떠나야 하느니라. 대보름날 오겠으니…."

"지금, 머리를 얹어 주십시오."

논개는 쓴 약을 단숨에 들이켜듯 자포자기적인 심정이 되면서 말한다.

"논개야, 의식을 갖추어야 하는 게 아니겠느냐? 내 너에게 줄 정표 하나 준비를 못한 입장이거늘…."

"그것은 저도 마찬가지이옵니다. 정표가 굳이 왜 필요합니까. 그저 형식이지 않습니까."

"그래도 그렇지 않느니…. 네 마음이 허전할 게다."

"정안수 떠 놓고 서로 예를 갖추면 되지 않겠습니까? 잠시만 기다리소서."

논개는 그의 품 안에서 얼굴을 떼어 내고 몸을 일으켜 문밖으로 나갔다. 써늘한 대청마루를 지나 곧장 우물가로 가서 그녀는 두레박으로 물을 길어 올리기 시작했다. 정짓간의 물독에 길어 놓은 물이 있겠으나 그야말로 정화수로 샘에 고인 첫 물을 퍼 올린다. 두레박줄이 얼어 손바닥에 쩍쩍 붙었다. 보통 추위가 아니었다. 사방이 꽁꽁 얼어붙었는데도 금방 퍼 올린 샘물은 따뜻했다. 그녀는 온몸을 와들와들 떨면서 세수를 하고 뒷물대야에 새 물을 담아 뒷물도 한다. 남강에서 재를 지내기 전에 식구들 모두가 목욕재계를 하였지만 혼례나 다름없는 머리 얹기를 앞두고 몸을 깨끗이 씻어야 할 것 같았다. 논개는 이어 깨끗한 무명 수건 하나를 샘물에 적셔 소반에 접어 놓고, 백자 사발에 정화수를 담아 소반에 받쳐 안방으로 들어갔다. 그리고 두 개의 놋촛대에 불을 밝히고 그에게 물수건을 건넸다.

"바깥이 여간 춥지 않습니다. 이 수건으로 얼굴과 몸을 닦으소서. 그리고 의관을 정제하소서."

논개는 안방을 나와 건넌방으로 가서 둘레머리를 얹기 편하게 머리를 다듬고 새 비단옷을 꺼내 입었다. 굳이 이 새벽에라도 머리를 얹지 않으면 그를 다시는 못 볼 것 같은 두려움과 불안감이 전신을 옥죄어 기어이 일을 치르고 싶었던 것이다.

정화수 한 사발을 얹은 소반을 방 가운데 놓고 양옆으로 촛대를 세우고 두 사람은 마주 섰다. 그를 향해 논개가 큰절을 올렸다. 그리고 강동찬의 앞으로 다가가 그를 자리에 앉게 하고 자신의 총총 땋아 내린 긴 흑발을 머리 위에 둘러 얹도록 한다. 강동찬은 말없이 논개가 하라는 대로 따랐다. 여느 사대부 집 남자처럼 가정을 이루고픈 욕망도, 그럴 수도 없는 입장이거늘 그는 논개를 거역할 수 없었고, 솔직히 심장에 저며 드는 그녀를 스스로도 은애하지 않고는 배길 수 없는 상황이었다. 처녀의 상징으로 길게 땋아 내린 흑발은 강동찬에 의해 논개의 머리 위에 타래를 틀듯 얹혀졌다. 논개는 얹은머리로 다시 자리에서 일어나 그에게 또 한 번의 절을 올린다. 강동찬도 논개를 마주 보고 절을 했다.

"어르신은 절을 아니 하셔도 됩니다."

"아니니라. 이 의식은 우리 두 사람 마음과 온 우주에 우리의 가약을 고하는 행위가 아니더냐! 두 사람은 동등하게 서로에게 신의를 지키겠노라 천지에 예를 올려 사랑을 맹세해야 되느니…."

그들은 다시 한 번 더 맞절을 하고, 소반 위의 정화수를 한 모금씩 나누어 마셨다. 논개는 주안상을 마련할 수도 있었으나 그러지 않았다. 한밤에 그럴 여유도 없었지만 의식 자체를 명경같이 맑은 정신으로 갖고 싶었던 것이다. 소반을 물리고 촛대를 윗목으로 옮겼다. 문풍지가 바람에 흔들리면서 촛불이 펄럭거렸다. 그녀는 한쪽 구석에 세워진 열두 폭짜리 수병繡屛을 펼쳐 문 앞을 가렸다.

"이리 오너라…."

그가 논개의 얼굴을 두 손으로 감쌌다.

"나, 다른 사람들처럼 네 곁에서 너를 사랑할 시간이 적다 해도, 내 평생 너 하나만을 은애할지니…."

"저 역시 그러하옵니다."

그가 논개의 이마에 입을 맞추고 그녀의 저고리 고름을 풀어냈다. 민망스러울 만큼 그의 손은 떨리었고 심장이 뛰는 소리가 떡메를 치듯 마주 선 논개의 귀에 선명하게 들려왔다.

"불을, 끄겠습니다…."

논개가 돌아서서 두 촛대의 불을 껐다. 커다란 병풍으로 겹미닫이문을 가려서인지 방 안은 캄캄하고 두 사람의 숨소리와 비단옷 스치는 사각거림만 들렸다. 그의 손길은 보물을 더듬듯 조심스럽고 연신 떨렸다. 실오라기 하나 감지 않은 원초의 나신 위로 서툰 악사가 악기의 현을 건드리듯 그의 손길은 방황했다. 매끄럽고 탄력 있는 몸뚱이는 대책 없이 뜨거운데, 바람 끝에도 파르르 떠는 신경초 이파리처럼 논개의 몸은 민감하게 반응했다. 봉긋 솟구친 가슴은 그의 손길이 닿자 반사적으로 흔들렸고, 손끝이 아래로 흘러내리면 그녀는 숫제 몸뚱이를 고둥처럼 둥글게 웅크렸다. 그녀는 그러는 자신에 내심 적잖이 실망했다. 넋이 빠질 듯 그를 흠모하는데도 몸뚱이는 반사적으로 저항하고 있었기 때문이다. 그러지 않으려 스스로 거듭 다짐을 두어도 몸은 따로 반응했다. 그는 조금도 서두르지 않았다. 그녀 육체의 경직이 풀리도록 꾸준히 어루더듬고 달래면서 자신의 열기를 조절했다. 눈 코 귀 입 목덜미께로부터 가슴 허리 복부 허벅지를 타고 내려 종아리 발목 발등에 이르기까지 전신을 더운 입맞춤으로 부드럽게 애무하면서 그녀의 긴장된 근육이 이완되기를 기다렸다. 어디선가 첫닭이 홰를 쳤다.

"논개야…."

그의 자세가 갑자기 바뀌면서 논개는 숨을 컥 들이마시는 신음과 함께 하체를 파르르 떨었다. 그녀로서는 대단한 충격이고 고통이었다. 완전한 여자, 어른이 된다는 사실이 이토록 숨이 컥 막히는 관통이고 아픔인 줄을 미처 예상하지 못했었기에 논개는 순간 정신이 혼미할 정도로 아찔했다. 그 어지럼증은 드디어 어른이 되었다는 정신적인 희열에 희석되어 알 수 없는 쾌감과 현란한 색깔의 마비 증세를 일으키기도 했다. 생전 처음 느껴 보는 야릇한 감각이었다. 그는 참으로 조심스럽게 그녀를 다루었다. 그러나 극점의 순간에 이르면서 그는 논개의 숨통을 다시 막혀 들게 했고, 그녀는 이를 악문 채 소리 죽인 오열을 터트렸다. 그는 그녀의 몸 위에서 건장한 근육질의 육신을 내리며 논개를 지그시 끌어안았다.

"논개야…."

그는 자기 생명만큼이나 소중하고 존경스럽고 경이로운 이 여인을 위해 자신이 할 수 있는 일이 무엇일까 생각하면서 논개를 으스러져라 죄어 안는다. 첫닭이 울고 난 이후로 동네의 닭들이 이곳저곳에서 산발적으로 울어 젖혔다.

"한숨, 주무시어요…."

논개가 그의 품 안에 그대로 얼굴을 묻은 채 중얼거렸다. 부끄러움에 고개를 들 수가 없었던 것이다.

그러나 병풍 뒤의 겹미닫이문은 이미 훤하게 밝아져 그 빛이 병풍

위로 엇지르고 있었다. 강동찬은 논개를 더욱 죄어 끌어안으면서 아무 대답도 하지 않는다. 떠나야 할 시각이었던 것이다. 그러나 애마를 좀 더 채찍질할 생각으로 일각一刻쯤 더 머물러 보려 한다. 눈을 감아 보았으나 잠이 올 턱이 없었다. 그를 사뭇 가사假死의 몰아지경으로 빠져들게 하던 그녀에 대한 경이와 감동 속에서 그는 벗어나지 못하고 있었다. 그녀를 향한 깊고 무한한 사랑이 우선된 심리적인 측면도 있을 것이라 헤아렸지만, 그녀와의 교합은 설매 때와는 판이한 희열이었고 엄청난 감동으로 그를 뇌쇄케 했던 것이다.

논개가 살그머니 몸을 빼치며 일어났다. 강동찬은 잠을 청하는 척 눈을 감았다. 아랫목에서 바스락거리며 옷을 챙겨 입은 논개가 소리 나지 않게 방문을 열고 밖으로 나갔다. 강동찬은 벌떡 일어나 앉았다. 일각쯤 더 머물 작정이었지만 유난히 혹독하게 추운 날씨를 생각하면 여유를 가질 수가 없었기 때문이다. 그는 서둘러 옷을 입고 방문을 가렸던 병풍을 걷었다. 날이 훤히 밝아 있었다. 꿀물을 차반에 받쳐 들고 방 안으로 들어서던 논개는 그를 똑바로 쳐다보지 못하고 황망히 시선을 아래로 떨군다. 흘러내렸던 얹은머리를 어느새 다시 둘러 얹은 논개는 얼굴을 새빨갛게 붉힌 채 꿀물을 그에게 올렸다.

"드시어요. 그리고 조반이 준비되는 동안이라도 눈을 좀 붙이시오소서."

그가 금방 떠나야 할 몸임을 그녀는 이미 예감하고 있는 듯했다. 강동찬은 꿀물 차반을 받아 윗목에 내려놓고, 여전히 그를 마주 보지 못하고 서 있는 그녀를 죄어 안는다. 용기 있고 대담하고 결단력 있는 그녀도 숫처녀의 동정을 준 남정네 앞에서의 부끄러움은 어쩔 수 없는 모양이었다.

"논개야! 나를 쳐다보려무나! 우리는 이제 한 몸이나니, 육신은 떨어져 살아도 내 맘 네 마음에 우리는 함께 얼크러져 살고 있나니, 너무섭하게 생각 마라. 정월 보름에 내려오면 열흘 정도는 같이 지낼 수 있을 게다. 나 지금 아무것도 먹지 않아도 너로 인한 만복감으로 주저앉을 지경이구나. 그냥 떠나마."

논개가 그의 품에서 고개를 흔든다.

"아니 됩니다. 한숨도 주무시지 못하고, 더구나 빈속으로 그냥 가시지는 못하십니다. 제발 잠시만이라도 눈을 붙이시옵소서. 병나십니다."

그러나 그는 잽싸게 그녀를 다시 침구 위로 안아 눕혔다. 순식간에 일이 벌어지고 말았다.

"미안하다. 촌각이라도 너를 품고 싶은 마음 외에는 아무 생각도 없구나."

논개는 정신을 차릴 수가 없었다. 백주에 벼락을 맞은 기분인 채 너무나 당황하여 두 손으로 얼굴을 가려 버린다. 돌연히 광인처럼 펄떡이는 그에게 몸을 맡긴 채 그녀는 손바닥 안의 두 눈을 다시는 뜨지 않을 것처럼 힘주어 감아 버린다. 하얀 대낮에 천둥 번개가 우르르 꽝 지축을 흔들고 몸을 난자하며 지나간 것 같았다. 그의 몸이 하체에서 벗어나자 논개는 얼른 일어나 옷을 추스르며 선홍색 달뜬 얼굴에 당황한 기색을 감추지 못한다.

"미안하다! 미안하다!"

그가 함빡 웃음을 머금은 채 혼비백산한 논개의 얼굴을 두 손으로 감싸 주고서 이내 흘러내리려는 둘레머리를 다시 얹어 고정시켜 준다. 논개는 서둘러 침구를 접어 장롱 속으로 밀어 넣고 흥분이 가시지 않은 낯빛을 한 채 문밖으로 나가 뒷방의 덕산댁을 깨우고 건넌방의 초희와 월향이를 깨운다.

"아지매, 어서 조반상을 차리고 주먹밥을 만들어요. 어르신 지금 길 떠나신다 합니다."

덕산댁이 부스스한 머릿결을 손가락으로 넘기다가 논개의 둘레머리를 보고는 눈을 화등잔만 하게 벌려 뜬다.

"나중에 설명할 테니, 어서요."

논개는 조반 준비를 재촉하느라 초희와 월향이의 놀란 눈은 숫제 무시해 버린다.

강동찬이 서둘러 조반을 들고 상을 물리자 논개는 아이들과 덕산댁을 안방으로 불러들였다. 세 사람이 방 안으로 들어와 의관을 정제한 강동찬 앞에 무릎을 꿇고 앉았다.

논개가 그들을 둘러보며 말했다.

"모두들 짐작하겠지만 나는 이 어르신께 머리를 올려 받는 은혜를 입었어요. 그뿐 아니라 돌아가신 어머니의 유언이자 내 간절한 요청으로, 이 어르신은 오늘부터 우리 집의 원주인이 되십니다. 어르신 떠나실 길이 촉박하여 긴말은 생략할 것이니, 우선 초희 월향이 인사부터 올리거라!"

논개의 나지막한 음성에는 위엄기가 담겨 있었다. 초희와 월향이가 방글거리며 사뿐히 일어나 강동찬에게 큰절을 올린다. 다음으로 덕산댁이 강동찬에게 절을 했다.

강동찬이 미소를 머금었다.

"이렇듯 바쁜 내가 제대로 이 집 주인 노릇을 할 것인지 자신은 없다마는, 그래, 우리 서로 의지하며 함께 살아 보자꾸나! 내, 정월 보름날 내려올 터이니 제반사를 논개 성님 지시대로 잘 따르도록 하거라."

"예, 어르신."

모두가 활짝 웃는 얼굴로 경쾌하게 대답을 했다.

논개의 성화로 억지다시피 조반을 들고 주먹밥까지 보퉁이 속에 간직한 채 강동찬은 길을 떠났다. 초희, 월향이와 덕산댁이 안채 중문께서 그를 배웅하고 논개는 대문 밖에까지 따라 나갔다. 날씨가 귀를 에는 듯 차가웠다. 짐승 털로 만든 모자에 역시 짐승 가죽으로 만든 상의를 입은 그가, 장옷을 둘러쓴 채 따라 나오는 논개에게 어서 들어가라고 재촉한다.

"부디 몸조심하시어요…."

논개가 통정通情 이후 처음으로 말을 탄 그를 쳐다보며 간절히 말한다. 그러나 눈이 부신 듯 긴 속눈썹을 떨며 눈길을 금방 땅으로 깔아 버린다.

"논개야! 내가 내 한 몸이 아니고, 너도 네 한 몸이 아니니, 몸조심하거라. 내 너만 생각하리니…."

그가 그 말을 끝으로 재빠르게 언덕길을 달렸다. 그의 모습이 눈앞에서 사라지고도 논개는 그 자리에 한동안 서 있었다. 눈물이 볼을 타고 내려 금방 집 안으로 들어설 수가 없었던 것이다. 은애나 흠모의 감정이 무엇인지 그냥 그의 말을 듣고만 있어도 눈물이 나려 하고, 감미롭고 환희로워도 눈물이 나려 하고, 슬프지 아니한데도 눈물이 나오려 하는지 알 수가 없다는 생각을 하면서 그녀는 입가에 잔잔한 미소도 머금는다. 다만 그가 옆에 있을 때는 세상이 가득 찬 듯 포만감을 느꼈었다면, 이제 그를 떠나보내고 애정의 진수만 남겨진 채 홀로 서 있음에 갑자기 바람이 오뚝한 콧날을 에는 듯 차갑고 몸이 꽁꽁 얼어붙는 듯한 느낌일 뿐, 서럽지도 않은데 눈물은 자꾸만 흘러내렸다.

논개는 천천히 돌아서 대문 안으로 들어섰다. 짧은 시간에 너무나 급작스럽게 이루어진 머리 얹음이라 해도, 차갑도록 명료한 몸의 변화로 그녀는 드디어 성숙한 여인의 대열에 들어섰다는 뿌듯한 자부심 같은 감정도 없지는 않았다. 부모가 만들어 준 천연의 육신으로 무엇에도 구속됨 없이 혼자 자기 인생을 운영하며 살아가려 했던 생각은 조금도 변하지 않았지만, 그러나 어른이 되지 못한 채로의 그러한 삶은 미완성의 결핍으로 생각했던 터라 비로소 그녀는 흡족했다. 그뿐만 아니라 현훈을 느끼게 하던 교합에의 호기심도 몸소 강렬한 경험으로 충족한 것이었다. 어쨌거나 그녀는 모든 일이 자기 뜻대로 이루어지고 있음에 한껏 만족한 심정이었다.

*

논개가 머리를 얹었다는 소문이 진주 바닥에 쫘악 퍼졌다. 강동찬 의병장이 떠나고 사흘째 되는 날이 마침 임진년壬辰年 정월 초하루여서 사람들은 세시歲時 인사와 설놀이로 떼를 지어 몰려다녔고, 이로써 발 없는 말은 진주성 안에 빠른 물살처럼 퍼져 나갔던 것이다. 설빔을 차려입은 사람들은 삼삼오오 짝을 지어 연날리기 제기차기 팽이치기 윷놀이 널뛰기를 하러 이리저리 나들이를 다녔고, 논개가 머리를 올렸다는 이야기는 한량들이나 풍류객이나 기녀들이 아니어도 뭇사람들의 큰 관심거리였다. 활 잘 쏘는 절세가인 진주 명기 논개가 강원도 의병장을 주인으로 맞아 머리를 올리고 어른이 되었다는 소문은 양민 천민 할 것 없이 흥미로운 내용인 듯 사람들이 모인 곳곳마다 화젯거리였고, 제기를 차던 서당 아이들까지도 뭣도 모르고 키들대며 그 얘기를 주고받았다.

설날 오전, 논개는 일부러 그 소문을 확인시켜 주기라도 하듯 날아갈 듯한 비단 설빔에 얹은머리를 하고 덕산댁에게 제물 보퉁이를 들린 채 남강으로 나갔다. 집에서도 설매의 차례를 지냈으나 무덤이나 다름없는 남강의 물돌이 소沼 앞에서 또다시 약식 명절 차례를 지내기 위해서였다. 집에서 차례를 지낼 때도 그리했지만 고인이 묻힌 곳에서 다시 한 번 자신의 '머리 얹음'을 고하고, 강동찬 어른과 자신이 함께 고인이 일궈 놓은 집안을 명예롭게 유지하겠다는 다짐을 하기 위해서였다.

절기로는 이미 입춘立春이 지났지만 세한歲寒이 들어 날씨가 여간 차갑지 않은데도 강둑에는 연을 날리는 아이들 어른들로 성황을 이루었고, 개중에 논개 일행을 알아본 듯 몇몇 남정네가 흘끔거리며 돌아보기도 하고 뒤따르기도 했다. 언제나 상투를 틀고 남장을 한 채 말을 타고 달리던 그녀만 가끔 보아 오던 사람들이, 비단옷에 얹은머리로 성장한 모습의 논개를 구경하려는 목적인 것 같았다. 논개가 물돌이 소를 향해 제물을 차리고 절을 하고 강물에다 술을 뿌리고 돌아설 때까지 그들은 강바람을 쐬러 나온 듯 뒷짐을 지고 킁킁 헛기침을 하며 그녀 주변을 배회했다. 그녀는 그들 앞을 지나면서 웃음 머금은 얼굴로 신년 하례의 인사말을 먼저 건네었다. 사내들이 흠칫 놀라는 얼굴로 당황해하면서 덩달아 답인사를 했다. 그들의 얼굴이 민망스러울 정도로 붉어졌다. 약간의 장난기를 담고 있던 사내들은 으흠으흠 헛기침을 연달아 뱉고는 더 이상 그녀를 따라오지도 키들거리지도 못했다.

논개는 그길로 명월관과 옥향관 등을 들러 기생 어미들에게 세배를 올리고 머리를 올렸음을 정식으로 고했다. 선배 어른들이라 하여 머리 올린 일까지 고하는 경우는 없었지만, 그녀들이 안방 어머니 설매의 친구들이고 논개가 의지하며 의논하는 어른들이기에 예를 갖추는 것이었다. 명월은 어미가 흠모하던 남정네를 양딸이 이어받는 것이 세속 양인들 사이에서는 말이 될 수 있지만 기녀 바닥에서는 그리 문제될 것이 없고, 하물며 설매는 이미 타계한 데다 그리하는 것이 그 어미의 속 깊은 유지遺志일 수도 있으니 참으로 잘되었다고 축하를 해 주었다.

설날 오후부터는 이 집 저 집 안마당에서 울긋불긋 설빔을 차려입은 처녀와 아낙들이 널뛰기로 쿵덕쿵덕 신명을 냈다. 기와집에도 교습을 받는 동기들이 논개에게 세배를 하러 떼 지어 몰려오고, 그녀는 초희 월향이와 함께 어린 손님들 접대를 하느라 분주했다. 그녀는 안뜰에 가마니 두 장을 접어 깔고 작은 널을 얹었다. 떡국을 먹은 아이들이 키들거리며 널을 뛰기 시작했다. 어리게는 예닐곱 살, 많게는 열한두 살인 여자아이들이 저마다 설빔으로 모양내고 재재거리며 치맛귀를 앞으로 모으고 양손으로 무릎에 힘을 주면서 신명나게 널을 뛰었다. 몇몇 아이들은 건넌방에서 윷놀이를 하고 또 몇몇은 소꿉놀이를 했다. 관기인 금지와 옥매가 찾아온 것은 바로 그 시각쯤이었다.

"성님들, 어서 오시어요!"

논개가 반갑게 맞이했다. 그러나 그녀들은 논개의 둘레머리를 흘끔흘끔 쳐다보면서 표정들이 눈에 띄게 상큼해졌다.

"소문대로 머리를 얹으셨구만!"

금지가 말했다.

"강, 동 자, 찬 자, 그 어른이라 하셨던가?"

옥매가 받았다.

"방으로 드시지요. 아이들 세배도 받으셔야지요."

"그야 그래야지."

초희와 월향이가 먼저 조르르 안방으로 들어와 금지와 옥매에게 세배를 했다. 다른 아이들은 문밖에서 논개의 눈치를 살피고 있었다. 선배 기녀이긴 한데 낯설어서 절을 해야 할 것인지 가늠이 잡히지 않는 것 같았다.

"들어와서 인사를 올려라. 성님들이시다!"

논개가 아이들을 불러들여 예를 올리게 했다. 아이들이 어깨를 나란히 하고 일렬로 서서 손을 머리에 얹고 절을 했다. 상큼하니 꼬아진 기분이 한결 풀리는 듯 금지와 옥매가 약간은 당황스러워하면서 반절로 아이들의 예를 받았다. 초희와 월향이가 강정과 식혜를 얹은 다반을 내오자 논개가 그녀들에게 맛보라 권한다.

"그래 이야기 좀 함세. 머리를 얹어 주신 분이 강, 동 자, 찬 자, 그 어른이시라 했던가?"

금지가 옥매와 눈길을 맞추고 나서 말했다.

"그러합니다."

"매분이 성님이 흠모하고, 우리 안방 어머니가 은애하여 사랑하신 바로 그분 말이신가?"

이번에는 옥매가 금지의 말을 받아 논개를 향해 따지듯 물어 왔다.

"그러합니다."

그러자 금지의 음성이 높아졌다.

"금수가 아닌 이상 어찌 어미와 형이 좋아하던 사람을 기둥서방으로 맞을 수 있단 말인가?"

논개는 금지를 바라보며 나지막이 대답한다.

"성님들도 아시다시피 안방 어머니는 타계하셨고, 그분은 저를 아껴 주시고 저는 그분을 흠모합니다. 그럴 수도 있는 일이지요."

"하기사 살아 있는 기생 모녀나 기생 자매간에 한 기둥서방을 섬기는 일도 없지는 않지만, 좀 그렇지 아니한가?"

"어머님이 당신의 모든 바깥 재산을 그 어른께, 집과 안살림을 저에게 맡기신 의도를 성님들은 어찌 보시는지요? 명월 어머니를 비롯한 어른들께서는 그분과의 합연合緣을 의미하는 것으로 보셨고 저도 그렇게 생각했습니다. 어쨌든, 이 집 주인은 이제 그 어른이십니다."

논개는 못을 박듯 말한다. 뭔가 티끌을 잡아 시비를 걸려고 온 사람들처럼 집 안으로 들어설 때부터 기세가 당당하던 그녀들에게 결론부터 드러내면서 그쪽에서 기대하거나 요구해 올 내용을 미리 말막음하려는 것이다.

그러나 금지는 논개의 그 말을 개의치 않았다.

"논개야, 우리 솔직히 좀 따져 보자. 우리 세 사람 모두 고인과는 피 한 방울 섞이지 아니한 남남이다. 그런데 한 지붕 아래 한방에서 함께 큰 세 사람 중에 너만 왜 이 거대한 재산을 독차지해야 되는 거냐? 나하고 옥매한테도 좀 나누어 다오. 네 머리를 얹어 준 그 어른께서야 무얼 아시냐? 모두가 네 손안에 있는 것이 아니더냐?"

금지의 음성은 차츰 부드러워지고 그녀의 눈빛은 재물에 대한 탐욕으로 상기되어 있었다.

"그렇게 말씀하시면 곤란합니다. 이 집 출신 모두가 상속받을 자격이 있다면 상속인이 스무 명이 넘습니다. 어머니가 한두 사람에게 유산을 집중시킨 뜻은, 당신이 평소에 원하시던 좋은 일에 써 달라는 목적 때문일 겁니다. 성님들! 이 집 재산에 연연해 마세요. 남들이 조소합니다. 키워 주신 어머니의 유지를 받들어 드리는 것이 우리들의 도리이면서 어머니를 욕보이지 않는 일이라 생각합니다!"

그때 옥매가 코웃음을 쳤다.

"잘난 척 마시게. 자네는 이 집과 살림 모두를 받은 것도 모자라, 그 어른을 유혹하여 전답까지 통째로 삼키지 않았는가?"

논개는 입술을 반쯤 벌리며 옥매를 마주 쳐다본다. 그러다 입귀로 쓸쓸한 웃음을 머금는다.

"옥매 성님다운 말씀을 하시는군요! 하지만 그 반대입니다. 그 어른에게 집과 집안의 모든 재물을 제가 맡겨 드린 것입니다. 그 어른은 끝내 마다하셨지만, 제대로 관리해 주실 어른께 어머니의 모든 유산을 제가 안겨 드린 것이지요. 옥매 성님은, 어머니 살아 계실 적에도 제반사를 부정적으로 본다고 꾸중을 들으신 적이 있지요? 어머니 말씀이 조금도 틀리지 않았다는 것을 새삼 느끼네요."

"뭐야?"

옥매의 소리는 연이은 금지의 발작적인 외침에 묻혔다.

"비단과 보석 패물이라도 좀 내놓으란 말이야. 네 꺼 아니잖아!"

"그럴 수 없습니다. 재물은 흩트리면 정작 필요할 때 요긴하게 쓸 수가 없습니다. 성님들! 오늘은 임진년 정월 초하루 설날입니다. 좋은 한

해가 되도록 우리 덕담만 나누도록 하십시다."

논개는 일어나 밖으로 나가더니 독 안에 보관해 둔 주먹감 연시를 백자 그릇에 담아 방으로 들여와 상 위에 놓는다.

"두 성님들, 연시 유난히 좋아하셨지요? 작년 가을에 성님들 생각도 나고 해서 한 접 사다가 간수했던 것입니다. 성님들, 시국 돌아가는 이야기나 좀 해 주시오. 관아에 계시니 들은 말씀이 많으실 것 아닙니까."

그러나 그녀들은 그런 이야기 따위에는 관심도 없고 말할 기분도 아닌지 한동안 말없이 시무룩이 앉았다 끝내 얼굴을 풀지 않은 채 돌아들 갔다.

정월 초닷샛날 한낮이었다. 집 안이 적막했다. 덕산댁이 초하룻날 저물녘부터 설 휴가차 열흘간의 말미를 얻어 집에 없고, 넉근 애비도 보름을 지내고 돌아온다고 했으므로 집 안에는 논개와 초희 그리고 월향이뿐이었다. 사랑채서 묵던 세 명의 의병들도 설 명절을 맞아 차례를 지내러 각자 고향으로 돌아갔고, 초사흗날까지 안마당에서 북새통을 이루던 교습생 아이들도 나흘째가 되자 뜸해지더니 닷새째인 이날은 아무도 나타나지 않았다. 이제는 그만 놀고 집에서 한문, 언문 공부를 하라고 논개가 지시했기 때문이었다. 정식 교습은 정월 보름 이후부터 다시 시작하기로 되어 있었지만, 논개의 서슬로 미루어 바로 공부를 시킬 것 같아선지 아이들은 슬그머니 발걸음을 멈추었다. 그렇다고 각자의 집에서 공부하고 있지도 않음을 논개는 알고 있었다. 그녀는 미소를 머금었다. 저희들끼리 놀도록 그냥 내버려 두면 그동안 배운 대로 장구도 치고 북도 치고 앳된 목청으로 창도 부르고 어깨를 들썩거리며 춤들도 곧잘 추었지만, 정작 선배들이 가르쳐 주려 하면 왠지 모르게 굳어지는 아이들이기 때문이었다.

'찢어지게 가난한 부모 만나서 기녀 교습방에 던져진 너희들이지만,

그래도 운이 좋은 것이다. 여자가 감히 배울 수 있으니 말이다. 사대부 집 규수들은 집에다 훈장 어른 뫼셔다가 사서삼경을 배운다지만, 여느 양민 집 여자들이 공부 같은 거 엄두나 낼 수 있는 일이더냐. 여자가 글자를 알면 팔자가 세지고, 암탉이 울면 집안이 망한다면서 여자를 시당 근처에도 못 가게 하는 세상 아니더냐. 여자가 짐승처럼 대접받는 세상에서 너희들은 문맹을 깨는 것 아니더냐. 열심히들 배우거라. 짐승 아닌 사람처럼 살려면….'

논개는 아이들이 앞에 있는 듯 혼자 마음속으로 중얼거렸다. 학문은 무궁무진한 것으로 배우려 들면 끝도 한도 없을 것 같았지만, 여자든 남자든 평생을 노역만 하고 아기 낳고 먹고 자고 배설하는 일에만 그쳐서는 안 되고 배워서 깨우쳐야 한다는 것이 그녀의 생각이었다. 논개는 안뜰의 널판 위에서 헤어나지 못하는 초희와 월향이를 건넌방으로 불러들이고, 자신도 반상 앞에 앉아 책을 펼쳤다.

"오늘이 초닷새다. 너무들 많이 놀지 않았느냐? 이제 서서히 복습을 하자. 책들을 꺼내라."

그러자 월향이가 손가락을 입에 물고 논개를 쳐다보며 "보름까지는…." 했다.

"보름까지 놀아도 좋다고 아무도 말하지 않았어. 그리고 월향이 너, 설을 쇠었으니 너도 이제 아홉 살인데 손가락을 입에 물고 몸을 비비 꼬는 그 태도가 무엇이냐? 반듯하게 서서 자기 의견을 똑바로 말하지 못하고."

논개의 음성이 딱딱했던 것일까.

"히잉…."

월향이가 부끄러운 듯 웃는 얼굴이면서도 큰 눈에 금방 눈물이 그렁그렁 고였다.

"저런…."

논개가 혀를 찼다. 심성이 유난히 여리고 감성이 예민한 아이였다. 저렇듯 성격이 변하지 않고 성장하면 험한 세상에 마음 상처를 적잖이 받을 것이니, 논개는 월향이에게 배전의 신경을 써야 되겠다는 마음을 새삼 갖는다.

그때, 대문 쪽에서 요령 소리가 들렸다. 넓은 집 안이 유난히 적요해선지 조심스럽게 흔드는 것 같은 요령이건만 소리가 유별했다. 아이들이 화들짝 놀라는 얼굴이 되어 논개를 쳐다보더니 튕기듯 벌떡 일어났다. 행동이 판에 박은 것처럼 둘이 똑같고 반사적이어서 논개는 그만 웃고 만다.

"그래, 뉘신지 나가 보아라."

둘이 후다닥 튀어 나갔다. 책 앞으로 끌어 앉히기에는 아직도 설놀이 신명을 다 풀지 못한 것인지 아이들의 마음은 여전히 솜털처럼 부풀어만 있었다.

대문간으로 뛰어나갔던 아이들이 허둥지둥 방으로 뛰어들었다.

"성님, 성님. 아기 업은 걸뱅이 여자가 성님을 찾으십니다."

"왜 이렇게 호들갑이냐? 천천히 품위 있게 행동하고 차근차근 말하라지 않더냐. 뉘시라더냐?"

"섭, 섭냄이라고…."

"뭐라고 했느냐, 섭냄이라 했더냐?"

이번에는 논개가 자리를 차듯 일어났다. 그러나 다시 차분한 목소리로 "나가서 뫼셔 오너라." 말한다.

명치끝이 찡해졌다. 논개는 아이들이 달려나간 뒤를 따라 마당으로 내려섰다. 그런데 아이들에 떼밀리듯 주춤주춤 안마당으로 들어서는 섭냄이는 완전히 거지 행색이었다. 쪽진 머리는 검부러기를 단 채 흐트러져 있고, 주근깨가 박힌 얼굴과 양손은 검은 때로 절어 살갗이 터 있고, 얇은 홑적삼에 피골이 상접한 채 작은 눈만 퀭해 보였다.

"세상에, 섭냄아…."

"으흐흐, 으흐흐…."

섭냄이가 논개를 보자마자 울음을 터트렸다. 등짝에 붙은 바짝 마른 아기도 제 어미 따라 자지러지게 울어 젖혔다. 논개는 섭냄이를 안방으로 데리고 들어갔다. 초희와 월향이에게 더운 꿀물 한 그릇을 먼저 만들어 오게 하고 이어 밥상을 차리라 한다.

"논개야, 미안하대이. 이런 꼴로 찾아와서…. 논개야아!"

섭냄이가 눈물 콧물 범벅이 되어서 중얼거렸다.

"잘 왔다! 이게 몇 년 만이냐. 자, 이 수건으로 눈물 닦고 어서 아기를 내려 젖을 물려라. 배가 많이 고픈 모양이다!"

논개는 사람 모습 같지 않은 섭냄이의 행색에 심장이 저며지는 듯, 불쌍도 하고 화도 솟구쳤지만 조용히 한숨만 뿜어낸다.

섭냄이가 무명 띠를 풀고 아기를 돌려 안아 젖을 물렸다. 그러나 아기는 젖가슴에 와락 얼굴을 박고 허겁지겁 빨아 대더니 금방 입을 떼어 내며 다시 악을 쓰듯 울어 젖혔다.

"쯧쯧, 젖이 안 나오는 모양이구나! 그래, 그 꿀물 어서 이리 다오. 당분간 미음을 쑤어 먹이도록 하고, 우선 이것을 조금 먹여 보자꾸나."

논개는 마침 아이들이 갖고 들어온 꿀물을 받아 작은 숟가락으로 떠서 아기의 입술에 대 본다. 아기가 작은 입을 짝짝 벌리며 달게 받아 삼켰다. 초희와 월향이가 신기한 듯 그 광경을 내려다보다가 논개의 눈짓에 방문을 닫고 나갔다.

그날 논개는 섭냄이에게 더운밥을 먹이고, 뒤란 목욕간에서 물을 데워 몸과 머리를 씻게 하고, 참빗으로 머리 속의 이와 서캐를 훑어 내게 했다. 그리고 자신의 솜 누빈 옷 일습을 꺼내 입게 하고, 섭냄이가 입고 있던 남루한 옷들은 모두 태워 버렸다. 섭냄이의 얼굴은 비로소 눈코 귀 입이 제자리를 찾은 듯 선명하고 깨끗해졌다. 그러나 영양실조로 가죽만 남다시피 한 그녀의 얼굴은 열아홉이 아닌 서른 살쯤의 아낙으로 보였고, 아기 또한 앙상하게 뼈만 남아 보기가 딱할 정도였다. 논개는 쌀을 씻어 불려 미음을 만들었다. 섭냄이가 음식을 제대로 먹고 젖이 나올 때까지 아기는 미음을 먹여야 할 것이기 때문이었다.

"논개야, 고맙대이! 이 은혜, 우찌 갚노…."

섭냄이는 계속 울먹였다.

논개는 지그시 눌렀던 울화를 비로소 터뜨린다.

"그래, 이 답답한 가시나야. 이 얼라는 우찌된 기고? 오데서 우찌 살았는지, 인자 야기 좀 해 봐라. 내가 작년 봄에 초전골에 갔디만, 니가 아를 밴 채로 동네서 쫓기났다 쿠더라. 점백이 할매가 그라더라. 도대체 이 얼라 아부지가 누고? 아를 뱄으모 그 사나놈 자지를 물고 늘어지든지 내 죽었소 하고 그 집안에 처백힐 일이제, 가시나가 아를 배서 손에 쥔 것도 엄씨 혼자 길을 나서모 죽으러 가는 기나 다름웂는데 우짤라꼬 그랬더노? 그래, 물어보나 마나 니 고생 알겄다. 혼자서 남의 짚동 새서 아 놓고 지 손톱으로 탯줄 끊고, 미역국은커녕 밥 한 술도 제대로 몬 묵은 채 히청거렸겠구나. 봄여름 내내 한데서 잠자고 걸뱅이질하며 빌어묵다가, 더러는 남의 집 일품도 팔아 얻어묵다가 새끼 달렸다고 그나마 내쫓기서 엄동설한에 맨저고리 홑치마로 이 집 헛간 저 집 헛간에서 숨어도 자고, 산굴 속에 불 피워 놓고 배를 쫄쫄 곯으면서 새우잠도 자고…. 손톱 깨지고 손가락 부르튼 거 보니께 칡뿌리 캐니라꼬 두 손이 호미 되고 갈퀴 되었고나."

먹여 놓고 씻겨 놓고 입혀 놓고 보아도 가죽뿐인 섭냄이를 보면서 논개는 화가 나고 안쓰럽고 답답해서 옛적 쓰던 말 그대로 소리 높여 내뱉는다. 그녀의 목소리는 점차 꺽세어졌다.

섭냄이가 논개의 말이 모두 다 맞다는 듯 고개를 끄덕이며 훌쩍거렸다. 반짓골 어느 헛간에서 온몸이 불덩이처럼 열이 올라 정신이 오락

가락하며 쓰러져 있을 때, 어떤 사내가 주먹밥 덩어리 하나를 입에 올려놓고 아래를 짓이겼다는 말은 논개에게 차마 할 수 없어 섭냄이는 오열을 삼킨다. 일해 주러 들어간 농부의 집에서도 사내들이 제 여편네가 집 안에만 없으면 치마 밑을 들추고 상交接을 하려 들었고 더러는 당하기도 했다는 말도 삼킨다.

"얼라 아부지가 누고?"

논개가 감정을 가라앉힌 듯 차분한 목소리로 다시 물었다.

"개똥이 아부진 기라…."

섭냄이가 쭈뼛쭈뼛 떠듬거리며 논개를 쳐다보았다.

"머라 캤노? 개똥이 아부지라 캤나? 선학산에서 니 옥개 엉가하고 붙었던, 그 인간 말이가?"

섭냄이가 고개를 끄덕였다.

논개는 벌어진 입술을 닫지 못한 채 섭냄이의 얼굴만 쳐다본다.

"옥개 엉가 심부름 댕기다 겁탈당한 기라."

"세상에, 기가 막힌다. 너거 옥개 엉가는 장개실로 시집갔다 아이가?"

"시집가서 뛰쳐나가 뿌린 기라. 산청 가는 오데서 주막집 작부 노릇을 하다가 밤에 두 번인가 동네에 왔다 갔는데, 집에도 몬 들어오고 나만 불러내서 개똥이 아부지를 만나게 해 달라고 하더라꼬. 그란데 그 아재가 안 만날라 카는 기라. 시집도 몬 살고 작부 노릇 하는 거 더럽다꼬. 그라믄서 나를 겁탈한 기라."

"개똥이 아부지, 짐승만도 못한 사람이고나. 관아에 고해서 옥살이를 시키야 될 인간이고나. 그래서?"

"내가 아 밴 거를 우리 옴마 아부지가 알고, 그리고 씨 주인이 개똥이 아부진 줄 알고 울 아부지가 낫을 들고 쥑인다고 새복에 쫓아간 기라. 개똥이 아부지가 그거를 알고 먼저 피해 뿌맀는데, 그 담날에 개똥이를 데리고 아주 동네를 떠 삐린 기라. 그라고 내 배가 자꾸 불러 만삭이 되자 동네 사람들이 알게 되고, 나는 고마 쫓기나고 말았제….”

논개는 아연해진다. 섭냄이 아버지와 동갑인 개똥이 아버지가 어린 친자매를 연이어 어떻게 겁탈할 수 있었는지, 그나마 동네에서 도망을 쳐 버렸다니 저 아기는 도리 없이 섭냄이 혼자 평생 떠맡아야 할 모양이었다.

“사내가 나이 좀 많으면 우떤가. 개똥이 아부지가 홀애빈께 차라리 그 사람한테 시집이나 갔으모 애비 없는 자식은 만들지 않고 밥은 얻어묵고 살았을 거 아니가. 니도 참 지지리도 복은 움따.”

논개가 혀를 차며 고개를 저었다.

“나는 개똥이 아부지가 무섭고 싫은 기라. 그래도 이러다 얼라를 굶겨 죽이겠다 싶어서, 그 아재가 동네 뜬 줄은 알지마는 소문이나 들을까 해서 어짓밤에 동네에 숨어들어 갔던 기라. 그란데 아무 소문도 몬 듣고 점백이 할매 집 송달이 오매한테서 밥 한 숟갈 얻어묵고, 거기서 논개 니 소식만 듣고 니를 보고 싶어서 밤길로 기냥 진주로 들어온 기다. 그라고, 점백이 할매, 작년 여름에 죽었다 카더라. 할매는 죽어도 니가 작년 봄에 할매한테 주고 간 돈으로 그 집은 심이 좀 폈다 쿠더라.”

“할매가… 기어이 돌아가싰구나. 하기사 그때도 숨만 붙어 있지 눈만 감으모 영장 같으시더라마는….”

논개는 처연한 표정으로 고개를 끄덕인다. 가슴이 싸하게 시려 오고, 예상했던 혈육의 죽음을 듣는 듯한 허전함이 전신을 엄습했다. 그나마 살아생전에 노인을 찾아보고 나름대로 마음 빚을 어느 정도는 갚을 수 있었다는 것에 위안을 받는다.

“논개야….”

섭냄이가 논개의 얼굴을 살피면서 낮게 불렀다.

"이 얼라 말이다. 기생 시키고 싶은 기라. 기생 되모 밥은 안 굶제? 그라고, 내 여게서 니 종노릇해 줄 텐께 나 좀 데꼬 있으모 안 되겄나? 나는 핑생 니하고 살고 싶은 기라!"

논개는 섭냄이의 말이 진심이라는 걸 너무나 잘 알고 있었다. 어릴 적 선학산 산굴에 살 적에도 논개와 같이 살겠다며 밤길에 산을 찾아 오던 그녀였다.

"지금 니 꼴 보고 내가 니를 우찌 돌려보내겠노. 니 맘대로 해라. 나도 니가 옆에 있는 것이 좋다. 그라고, 얼라 기생 시키겄다는 생각은 그리 급하게 할 거 없다. 세상이, 또 우찌 바뀔지 모른께네."

"고맙대이! 그라고 논개야, 얼라 이름 하나 지어 도라. 좀 있으모 돌인데도 아즉 이름이 움따. 가시나야 애물단지라고 생각은 하믄서도 그래도 사람이라고 태어났은께 우짜겄노. 기냥 순하게만 잘 컸으모 좋겄지만…."

"순하고 덕 있으라고 순덕이라 부르면 되겠구나."

논개는 새록새록 잠이 든 아기를 내려다보면서 말한다. 섭냄이는 입을 함박만큼 벌리고 그 이름이 좋다고 한다.

"순덕아! 순, 덕, 아."

섭냄이는 아기의 이름을 연신 불러 대며 마냥 흐뭇해했다.

논개는 덕산댁이 머무는 안채의 뒷방에 섭냄이 모녀를 기거케 했다. 의병들의 처소인 사랑채나 행랑채에 그들 모녀만 머물게 할 수도, 안방에 머물게 할 수도 없었던 것이다.

섭냄이가 기와집에 들어온 지 이레가 넘었다. 뼈와 살가죽뿐이던 그녀의 볼과 엉겅퀴 같던 손가락이 제 모습을 찾고 아기의 볼도 조금씩 도톰해지기 시작했다. 섭냄이는 마냥 행복해하는 것 같았다. 논개의 곁에서 잠시도 떨어지지 않고 뒤를 졸졸 쫓아다니며 시중들고 집 안을 쓸고 닦고 윤이 나게 했다. 설 휴가를 끝내고 돌아온 덕산댁의 비위도 잘 맞추고 주방 일도 곧잘 도우면서 몸을 잠시도 가만히 놓아두지 못했다.

"논개야! 나는 니하고 살아서 너무 좋다! 니가 선학산에서 움써지고 난 뒤에 나는 고마 죽어 삐리고 싶었던 기라! 선학산을 이 잡듯이 뒤지고, 진주성 안으로 들어가서 찾아도 보고, 다리 밑의 걸뱅이들도 살피보고, 죽었는가 싶어 강에도 가 보고…, 아주 지랄굿을 다 벌인 기라. 에나, 살고 싶지가 않았던 기라. 니하고 내하고는 전생에 예사 인연이 아니었을 끼다. 그렇지 않고서야 니캉 내캉 피가 섞있나, 살이 섞있나, 뼤가 섞있나? 아무것도 섞인 기 웂는데, 그래도 니가 보고 싶어서 우째 그리 밤낮으로 울어샀을까…."

"나도 니가 억수로 보고 싶었단다."

"그랬제? 하모, 그랬을 끼다!"

논개가 잠시만 여유 있어 보이면 섭냄이는 끊임없이 조잘거려 댔다. 그녀의 말에 조금도 과장이나 허위가 없음을 논개는 잘 알고 있었다.

*

정월 대보름 전날이었다. 덕산댁과 섭냄이는 온종일 정짓간에서 헤어나지 못했다. 각종 말려 둔 나물거리를 꺼내어 물에 불려서 삶고, 오곡을 씻어 불리고, 북어를 방망이로 두드려 물에 담그고, 김에 기름을 바르고 소금을 솔솔 뿌려 재어 두었다. 수정과도 만들고 식혜도 담갔다.

대보름은 동지冬至와 설에 못지않은 큰 명절이었다. 안방 어머니가 살았을 적에는 설날보다 보름날을 더 큰 명절로 쳐서, 한 해의 건강과 풍작을 축원키 위해 많은 음식을 만들어 동제冬祭를 지냈고, 마을 사람들이 농악대를 앞세우고 집집마다 돌며 마당을 밟아 지신地神을 달래고 액운을 다스리는 지신밟기와 농사의 연풍을 기원하는 강변의 달집 태우기에도 참여했었다. 이번 보름은 특히 설매 타계 이후 첫 대보름이어서 논개는 그녀가 하던 그대로 답습하여 고인을 위로해 주고 싶었다.

그뿐만 아니라 대보름에 강동찬이 돌아오기로 되어 있어서 그녀의 마음은 차오르는 달처럼 한껏 부풀어 올랐다. 그가 떠나면서 보름께 돌아오겠다고 했으니 열나흗날인 이날에 올 수도 있고 보름 당일이나 열엿샛날에 올 수도 있었지만, 논개는 기다림만큼이나 조바심만 커질 뿐 틀림없이 어느 날에 올 것이라는 확신은 가질 수가 없었다. 지난 육칠 년간 너무나 긴 세월을 돌아오지 않았던 사람이고, 그가 벌여 놓고 있는 일이 실제 간단치만은 않을 것임을 미루어 헤아릴 수 있기 때문이었다. 그러나 날짜가 어떻게 되든 그가 필히 돌아올 것이라는 믿음만큼은 확실했다.

강동찬에 대한 그녀의 상사想思는 무엇에 비유할 수 없을 만큼 깊고 애절했다. 머리를 얹어 주십사고 자청하여 그의 품을 파고든 것이면서도 동정이 깨뜨려지는 충격이 너무 커서 정신을 차릴 수 없었던 터라 혹여 그에게 섭섭하게 대한 것은 아니었는지 별스런 걱정이 다 되고, 행여나 그가 원행에 몸살이라도 앓는 것은 아닌지 논개는 혼자만 되면 오로지 그에 대한 생각으로 머리와 가슴이 꽉 차는 것이었다. 밤마다 그를 떠올리며 그리워했다. 일부러 떠올리는 것이 아니라, 더러는 순간순간 떨쳐 내려 해도 그녀의 전신에 흡반처럼 달라붙어 마치 그녀와 하나의 육신 하나의 영혼인 것처럼 그에 대한 생각이 도무지 뇌리에서 떠나지 않는 것이었다. 넓고 강건한 그의 가슴에 안기고도 싶고, 갖은 사랑을 받고도 싶고, 그를 위해서라면 목숨까지도 바칠 수 있을 것 같은 비장한 감정이 솟구치기도 했다.

그는 이날 오지 않았다. 보름달 못지않은 기망幾望 달이 휘영청 떠올라 겹미닫이 창호지를 들이치고, 사방이 쥐죽은 듯 적막한 밤이었다. 온종일 보름 음식 준비를 하던 덕산댁과 섭냄이 그리고 초희와 월향이도 깊이 잠든 삼경三更이 가까운 시각이었다. 논개는 그가 집에 오면 바로 입을 수 있도록 장롱에서 명주 솜옷을 꺼내 요판 밑으로 넣어 덥혔다. 이 밤중에 그가 방 안으로 불쑥 들어설 것도 아니지만, 혹시 새벽이나 아침녘에라도 당도하면 지체 없이 따스함이 배어 있는 솜옷을 내주기 위해서였다. 차가운 날씨에 먼 길 달려오느라 얼어 있을 몸이 속히 풀리기를 바라는 마음에서였다. 가끔씩 귀를 대문 밖 골목 쪽으로 세우기도 했다. 그가 타고 오는 말발굽 소리가 들려오지 않을까 싶어서다. 그러나 사위는 여전히 적막하고, 그녀는 졸음을 이기지 못해 자리에 들었다.

날이 밝았다. 정월 대보름날이었다. 햇살이 고루 퍼지기 전인데도 기대와 설렘으로 그렇게 느껴서인지 동네가 사뭇 부산한 것 같았다. 초희가 월향이를 소리쳐 불러 대고 있었다. 월향이가 집 안에 없는지 아무 대답이 없었다.

"웬 소란이람…."

논개는 초희의 음성이 너무 크고 거침이 없어 의아스럽게 생각다가 곧 웃음을 머금고 말았다. 월향이가 안뜰 쪽에서 "니 더우 내 안 산다." 외쳤기 때문이다. 대보름날 아침 해가 뜨기 전에 서로 이름을 불러 무심코 대답을 하면 "네 복 내게 주고, 내 더위 네가 갖고 가라." 말하는, 더위를 파는 놀이를 그들이 하고 있었던 것이다.

대청마루 북향 벽에 설매의 신위神位를 세워 놓고 그 앞에 보름 상차림을 했다. 찹쌀, 콩, 수수, 차조, 팥으로 만든 오곡밥에, 시래기, 취나물, 고사리, 콩나물, 피마자 잎, 숙주나물, 무나물, 도라지나물, 시금치나물 등 아홉 가지 나물과, 북어조림, 두부조림, 구운 김 등 밑반찬을 상 가득 넘치게 차리고, 밤, 호두, 은행, 잣 같은 부럼도 깨어 놓고 귀밝이술도 따라 올렸다. 그러고 나서 논개와 초희, 월향이는 설매 영전에 절을 했다.

"어머니! 나물들이 간이 맞는지 빠진 것은 없는지 모르겠습니더. 많이 드십시오. 오곡밥은 참 잘 지어진 것 같아요…."

논개가 처연한 음성으로 축祝을 읊고는 숟가락을 오곡밥에 찌르고 젓가락을 생전에 그녀가 유독 좋아하던 시래기나물 위에 걸쳐 놓자, 덕산댁이 뒷전에 서서 지극정성이라며 고개를 끄덕였다. 차례를 마치고 상을 물린 후, 아이들이 생밤을 이빨로 깨물고 귀밝이술을 한 모금씩 마시면서 키들거렸다. 대문 밖에는 벌써 동네 아이들이 몰려와 "밥 주소." 하고 소리치고 있었다.

보름날에는 밥을 아홉 번 먹고 나무도 아홉 짐 해야 되고, 최소한 아홉 집을 돌면서 오곡밥을 얻어도 흉이 되지 않았다. 복을 주고 복을 받으러 다니는 것이라고 했다. 부잣집이든 가난한 집이든 상관이 없었다. 잘사는 집 아이들은 아홉 집을 채우지도 못하고 밥을 얻는 흉내만 냈지만, 잘살지 못하는 집 애들은 아예 커다란 바구니를 든 채 스무 집 서른 집도 넘게 찰밥을 얻으러 다녔다. 이렇게 보름날 얻은 밥으로 한 달을 먹고사는 가난한 사람도 있었다. 밥을 달라는 사람에게 주지 않으면 액운이 덮친다는 옛말 때문에 단 한 숟갈이라도 건네야 했으며, 언짢은 태도나 군소리를 해서도 아니 되었다.

논개는 오곡밥을 작은 함지에 가득 담아 대문 밖으로 들고 나가서 우르르 몰려 서 있는 열네댓 명의 아이들 밥 광주리에 한 주걱씩 퍼 주었다.

"와아!"

아이들이 입을 함박만큼씩 벌리고 "아지매, 손 크십니더! 복 받으시소예!" 했다.

"그래, 너희들도 복 받으래이."

논개도 맞장구를 쳐 주고 아이들을 돌려보냈다. 그러나 그 아이들로 끝나지 않았다. 어느 동네에서 왔는지 이런 손님들은 아이 어른 할 것 없이 오전 내내 대여섯 차례나 다녀갔고, 머릿수는 족히 40여 명이나 되었다. 큰 가마에 쪄낸 오곡밥이 거의 동이 날 정도였다.

논개는 설매가 그랬듯이 농악꾼들을 초청하여 안채 사랑채 뒤란 할 것 없이 온 집안의 흙땅을 다지는 지신밟기를 했다. 엽전과 술과 떡을 넉넉하게 내놓자 농악꾼들의 꽹과리 소리에 신명이 오르고 땅을 밟는 다리에도 힘이 더 주어지는 것 같았다.

어느덧 한낮이 기울 무렵이었다. 강변의 달집사르기 구경도 할 겸 달집 만드는 짚값이라도 보태기 위해 초희, 월향이, 섭냄이와 함께 집을 나서려던 논개는, 오매불망 기다리던 사람이 말을 탄 채 활짝 열려 있는 대문 안으로 성큼 들어서는 걸 보면서 잠시 숨이 멎는 것 같았다.

초희와 월향이가 자지러지듯 반기면서 인사를 한다.

"어르신! 오십니꺼예!"

"오냐! 어디로들 출타하는 길이더냐?"

그가 말에서 내려 대문 옆 마구간에 말고삐를 매면서 물었다.

"달집 짓는데 갑니더예!"

초희와 월향이가 합창하듯 동시에 대답하다가, 그러는 자신들이 우스웠던지 서로 마주 보며 킥킥 웃었다.

강동찬이 미소를 머금고 논개의 얼굴을 그윽이 바라보았다. 알 수 없었다. 논개는 그를 보는 순간부터 심장이 쿵덕쿵덕 방아 찧듯 뛰고 얼굴에 화톳불을 들이부은 듯 화끈거려서 그를 똑바로 쳐다볼 수가 없었다.

"성님, 저희들이 먼저 내리가겠습니더예. 성님은 나중에 달집 태울 때 어르신과 같이 오셔예! 그래도 되지예?"

초희가 연신 방글거리면서 그러나 논개의 얼굴에서 눈을 떼지 못한 채, 영문을 몰라 머뭇대는 월향이와 섭냄이를 떼밀면서 말했다. 논개가 고개를 끄덕여 주었다. 그녀들은 동그라질 듯 대문 밖으로 밀려 나갔다. 그리고 대문은 닫혔다.

"논개야…."

그가 활짝 웃으면서 논개 가까이로 성큼성큼 다가왔다.

"어서, 안으로 드시어요…."

진작부터 목덜미께까지 선홍색으로 물들어 있던 논개가 그를 바로 쳐다보지도 못하면서 말한다. 그리고 앞장서 걸었다. 사랑채 앞뜰을 지나 안채 마당으로 들어섰다. 희한한 몸의 상태였다. 두발은 땅을 밟는데 느낌은 꼭 몸뚱이가 둥둥 땅 위를 떠가는 것 같았다. 등 뒤의 느낌이 따뜻하고 훈훈했다. 아니 든든했다. 그가 그녀의 뒤에서 걸어오고 있다는 사실만으로도 그녀는 뿌듯하고 황홀한 느낌을 가졌던 것이다. 어찌 후면뿐이겠는가. 사방이 꽉 차는 것 같았다. 그에게서, 세상을 품에 안아 덥히는 뜨끈한 기운이, 신묘한 사랑의 기운이 끊임없이 샘솟아 번지는 것 같았다.

안뜰의 중간쯤에 이르렀을 때였다. 안채 바른편의 고방 문 앞에서 덕산댁이 화들짝 놀라면서 돌아섰다.

"아, 어, 어르신 오싰습니꺼!"

"그래요, 잘 있었소?"

"그, 그러문예, 예."

논개는 사랑의 기운에 취하여 얼얼한 상태이면서도 뭔가 차분히 가라앉는 기분이 된다. 덕산댁이 혼절 직전의 기함 상태로 화들짝 놀라는 모습이며, 잽싸게 뒤로 돌린 바른손의 몸짓 등이 평소와 다르게 몹시도 부자연스러웠기 때문이다. 논개는 순간적으로 뇌리를 스치는 예감에 잠시 혼란을 겪는다. 그러나 모른 척 스쳐 버리기에는 간단한 문제가 아니었다.

"어르신, 어서 방 안으로 드시어요."

논개는 눈이 부신 듯 긴 속눈썹을 떨며 그를 쳐다보고 말했다. 그러고는 마치 강동찬을 위해 음식 준비를 지시라도 하려는 듯, 그녀는 도망치듯 서둘러 정짓간으로 들어가려는 덕산댁을 불러 세운다. 그가 대청마루에 올라 안방으로 들어가는 걸 보고서, 그녀는 덕산댁 앞으로 손을 내밀었다.

"열쇠 이리 내놓아요."

덕산댁이 입을 따악 벌리며 한 걸음 뒤로 물러섰다. 심히 당황하면서도 무슨 엉뚱한 소리냐는 듯한 낯빛이었다.

"이리 내놓아요. 내가 목격하기는 오늘이 처음이니까, 그리고 어르신 오신 날이니까 이번 일은 아무것도 문책하지 않고 넘어가겠어요. 어서 내놓아요!"

논개의 음성은 낮았으나 차갑고 위엄이 있었다.

덕산댁이 머뭇거렸다. 그러나 어쩔 수 없다는 듯 뒤로 감추었던 바른손을 느릿느릿 앞으로 내밀었다. 놀랍게도 그녀의 손에는 열쇠 뭉치가 진짜로 쥐여 있었다. 장롱과 궤, 다락과 고방 등 집안 전체의 열쇠들을 한 묶음으로 꿰어 안방의 삼층장 위 칸에 넣어 두었던 그것이 실제로 그녀의 손에 들려 있는 것이었다. 논개는 아연실색하여 얼굴이 떡빛이 된 채 그녀의 손에서 열쇠 묶음을 받아 쥐었다. 이 열쇠 묶음을 어떻게 찾아냈느냐는 말도 물어보지 않았다. 식구들이 미처 대문 밖을 벗어나지도 않았는데 이렇듯 서둘러 고방 문을 열어야 했던 이유가 따로 있을지도 모른다는 생각을 하면서, 논개는 덕산댁을 지그시 노려본다.

"어서, 어르신 진짓상 차려요."

그녀의 말이 떨어지기 바쁘게 덕산댁은 황망히 정짓간으로 들어갔다. 논개는 그의 시중을 들기 위해 안방으로 들어가 보아야 했으나 급히 몸을 돌려 대문간으로 나갔다. 대문을 활짝 열었다. 아니나 다를까, 대문 좌측에서 지게를 진 촌부 하나가 대문 쪽을 향해 삐죽이 고개를 내밀다가 그녀와 얼굴이 마주쳤다. 논개가 대문 밖으로 썩 나섰다. 그리고 음성을 높였다.

"이보시오, 도둑 아재. 우리 식구들이 밖으로 다 나갈 때까지 많이도 기다렸겠소마는, 오늘은 글렀소. 덕산댁이 들켜 버렸거든. 옥살이나 곤장질 안 당하려면 어서 도망치고, 다시는 이 집에 도둑질하러 오지 마시오. 그때는 두 다리로 걸어 나가지 못할 테니까."

그녀의 음성은 낮았지만 야멸찼다. 머리에 무명 수건을 질끈 동여맨 농사꾼 차림새 사내의 얼굴이 시뻘게지면서 아무 대꾸도 못하고 뒷걸음질을 치더니, 이내 돌아서 달아나 버렸다. 논개는 두근대는 가슴을 손바닥으로 가만히 쓸어내렸다. 그래도 대문을 열어 보기까지는 설마설마했었다. 고방에 들어가서 곡식을 훔쳐 내려 했으면 누군가 그것을 지고 갈 사람이 있을 것이라 생각했고, 그래서 혹시나 싶어 대문을 열어보았던 것인데 놀랍게도 그녀의 예측이 들어맞은 것이다.

논개는 고개를 내저었다. 한솥밥을 먹는 식솔인데도 그네의 속마음을 너무도 모르고 있었다는 사실이 경악스러웠던 것이다. 그러고 보니 덕산댁은 이날 두 번씩이나 논개와 초희에게 달집 태우는 데 구경 가지 않을 것이냐고 물어 오기도 했었다. 덕산댁은 논개를 비롯한 식구들이 한시바삐 집을 비우기를 한낮부터 기다려 왔던 것이었다. 논개는 섬뜩한 기분이었지만 그래도 대문 밖 사내에게 마음의 여유를 갖고 큰소리는 친 셈이었다. 덕산댁의 담대한 행위에 가슴이 두방망이질하고, 더욱이 혼자가 아닌 사내와의 공모에 얼음물을 덮어쓴 듯한 서늘함은 있었지만, 한편으로는 마음 한구석에 든든함도 도사려 있었다. 그녀는 그 든든함이 바로 강동찬 그가 집으로 돌아왔기 때문임을 알고 있었다.

논개는 대문을 힘주어 닫아걸고 다시 안채로 들어왔다. 덕산댁이 언제부터 열쇠 묶음에 손을 댔는지, 비단과 보석 엽전 꾸러미가 들어 있는 안방의 장롱도 이미 손을 댔을지 모른다는 생각이 들면서 마음이 후들거렸지만, 그러나 이날은 일단 접어 두기로 했다. 바른손으로 가슴을 쓸어내렸다. 그가 먼 길을 달려 이제 마악 집 안으로 들어섰는데 어수선하게 만들고 싶지 않았던 것이다. 그녀는 덕산댁이 들어간 정짓간 쪽을 한 번 바라보고는 방 안으로 들어갔다. 그가 근심기가 묻은 얼굴로 보료 위에 앉아 있다가, 조심스럽게 들어서는 그녀를 쳐다보았다.

"집 안에 무슨 일이 있었더냐?"

"아닙니다."

논개는 미소를 머금으며 아무 일도 없다고 대답한다.

"다행이구나. 어서 이리 오너라. 한번 안아 보자."

그가 두 팔을 벌렸다.

"인사 먼저 받으소서."

논개는 그에게 절을 하기 위해 두 손을 이마에 얹었다. 그러자 그가 벌떡 일어나더니 큰절을 하려는 그녀를 와락 끌어안았다.

"부인이 지아비에게 절을 하는 법은 없느니라. 너는 이제 기생이 아니라 강동찬의 내자內子니라. 네가 얼마나 보고 싶었던지 너는 짐작도 못할 것이다."

논개는 그의 품 안에서 숨이 막힐 지경이 된다. 육신의 숨 막힘보다 자기를 내자라 불러 준 그의 말에 가슴이 벅차서 차라리 질식할 것 같았다. 언감생심이었고 넘치는 감동이었던 것이다.

"제가 어찌 감히…."

그의 정실부인正室夫人이 될 수 있겠느냐는 다음 말을, 그녀는 삼키고 만다.

"어찌 감히라니? 너는 나에게 분에 넘치느니라! 여느 사대부 집 가장

처럼 지아비 노릇도 제대로 못하거늘…. 지혜롭고 어여쁜 너는 나에게 살아 있는 기쁨을 느끼게 하는구나! 너는 나에게 저 하늘의 태양이며 달이며 천연의 보석이도다!"

"어르신도…."

논개는 뺨을 선홍색으로 물들이며 금방 눈물을 머금는다. 너무나 황홀했기 때문이다. 그러나 그의 가슴을 살며시 밀어낸다.

"시장하시겠어요. 오늘이 보름인데, 오곡밥을 드셨는지요? 아니 지금 어디서 오시는 길이신지, 조반이며 점심은 어찌하셨는지, 잠깐만 기다리시오소서. 진지를 드시고 세안을 하시어요."

논개는 방문을 열고 서둘러 정짓간으로 나갔다. 덕산댁에게 진짓상을 어서 올리도록 재우치기 위해서다. 그러나 부엌에는 덕산댁이 없었다. 상을 차리려는 준비나 흔적도 없었고 사람도 없었다. 화들짝 놀란 논개는 뒤란과 우물가, 고방 주변, 사랑채와 행랑채 등을 빠른 걸음으로 한 바퀴 돌았다. 그러나 그녀는 보이지 않았다. 대문의 빗장이 벗겨져 있음이 눈에 들어왔다. 그녀는 대문을 열고 밖으로 나가 보았다. 역시 아무도 없었다. 그녀는 대문 안으로 다시 들어와 빗장을 질렀다. 덕산댁이 집을 나간 것이 틀림없는 것 같았다. 논개는 일단 정짓간으로 들어가 우선 음식상을 차렸다. 오곡밥에다 각종 나물, 갖은 밑반찬을 정성스레 담아내고 귀밝이술을 곁들여 안방으로 상을 들여갔다.

"이 수건으로 우선 손을 닦으소서."

논개는 더운물에 적신 무명 수건을 그에게 먼저 건넨다.

"오, 오곡밥에 보름 음식이로구나!"

"부럼도 깨시고 복쌈도 싸시고 귀밝이술도 드시어요!"

논개가 두 손으로 수저를 집어 그에게 올린다. 그는 몹시 시장했던 듯 아주 달게 식사를 했다. 그녀는 그의 밥상머리에서 노릇하게 구운 조기의 살도 발라 놓고 북어조림의 가시도 뽑아낸다. 그가 약조한 대로 보름날에 돌아와 준 것이 생각할수록 고맙고, 그의 사랑 표현이 온몸이 저릴 만큼 환희로우면서도, 한편으로는 덕산댁이 말없이 집을 나간 것 때문에 기분이 내려앉기도 했다.

'무안했겠지. 하지만 말 한마디 없이, 이럴 수는 없는 거야. 어르신 오신 것을 보고서도 나가 버리다니. 하긴, 더 버티고 있을 수 없을 만큼 내가 모르게 이미 큰일을 저질렀는지도 모르겠군. 이를 어찌하나….'

"무슨 생각을 그리도 골똘히 하는가? 집 안에 분명히 무슨 일이 있는 모양일세."

밥상을 물리고 식후의 감주를 마시면서 그가 논개의 얼굴을 유심히 들여다보며 말했다.

그녀는 비로소 덕산댁 얘기를 꺼냈다. 자초지종을 다 들려주었다. 하필이면 어르신께서 집에 오시는 날 언짢은 일이 생겨서 속상하고 죄송하다는 말도 덧붙였다.

"허허, 내가 액운을 몰고 온 모양이로고. 그 열쇠들로 안방의 소지품들을 확인해 보면, 첫 소행인지 아닌지를 알겠구나."

"그럼 확인해 보겠어요."

그의 눈치를 더는 살피지 않아도 되었다. 논개는 설매 사후 살림살이를 파악하면서 언젠가 필요할 것 같아 일일이 적어 놓았던 안방 재물의 품목을 꺼내 들고 장롱과 삼층장, 오층장과 궤를 두루 열어 보았다. 패물이나 보석류, 비단 두루마리는 품목서와 차이가 없었지만, 오층장의 제일 하층에 꽉 차 있는 엽전 더미에서는 세 꾸러미가 비었다. 그것은 안방이 비어 있는 짧은 시간에 급하게 치마 밑으로 감추고 나갈 수 있는 수량이고 무게였다. 없어진 엽전 세 꾸러미는 덕산댁의 일 년 새경으로 보아 평생을 이 집에서 식모로 살고도 남을 큰돈이었다.

"엽전 꾸러미가 세 뭉치 없어졌습니다. 제가 열쇠를 방 안에 둔 채 안방을 길게 비운 적이 없고, 설날 남강에 제를 올릴 때는 덕산댁과 같이 갔었습니다. 덕산댁이 열쇠를 손에 쥔 것이 최근인 듯싶고, 돈을 빼간 것은 제가 사랑채나 뒷간에 가는 짧은 틈을 이용한 것 같습니다. 아예 고방에도 한번 가 봐야겠습니다. 대문 밖에 촌부가 지게를 지고 기다리고 있었던 것으로 보아서 처음이 아닌 것 같습니다."

논개는 곡물 품목서를 챙겨 서둘러 고방으로 가 보았다. 정확히 백미 다섯 가마가 비어 있었다.

"귀신이 곡할 노릇이네. 덕산댁 혼자서 쌀가마를 들지는 못했을 것이고, 그러면 대문 밖에 섰던 그 사내가 집 안까지 들어와서 지고 나갔다는 것이 아닌가. 집을 비우지 않았는데, 도대체 언제 어떻게…?"

도둑질을 하기로 작정하면 모든 순간순간이 기회가 되는 것이라고 생전의 설매가 말하던 것이 틀리지 않는 것 같았다. 그녀가 살아 있을 때도 고방의 곡식이 자주 없어져서 그녀는 곧잘 백 사람이 한 도둑을 못 당한다는 말도 했었다.

덕산댁의 설 휴가 전에 저질러진 일 같지는 않았다. 그랬다면 오곡밥을 짓기 위해 여러 가지 곡식과 말린 나물들을 꺼내느라 고방에 수시로 들락거리고 또한 그곳에 오래 머물기도 했으므로 없어진 것을 진작에 알 수 있었을 것이었다. 그리고 덕산댁이 열흘간의 설 휴가를 끝내고 돌아온 날은 열하룻날로 섭냄이가 기와집에 들어와 있을 때였다. 따라서 집 안에는 언제나 사람이 여럿 있었다. 그러나 집 안에 사람이 있긴 했어도 초희와 월향이는 섭냄이의 아기와 노느라 건넌방과 뒷방에서 돌아쳤고, 섭냄이와 논개도 함께 있을 때가 많아서 실제 안채 마당과 사랑채 뜰이며 고방 주변은 사람이 없는 경우가 많았다.

"언제 훔쳐 갔든, 도둑맞은 후 이제 와서 무슨 소용이란 말인가? 대보름날 가난한 사람에게 큰 인심 쓴 것으로, 저승의 어머니도 이해하시겠지…."

논개가 혼자 중얼거렸다.

"그래, 네 말이 맞다! 더 마음 쓰지 말고 두 번 이런 일 없도록 방지하면 되겠구나."

어느새 고방으로 뒤따라 나왔던지 그가 논개의 등 뒤에서 그녀를 쓸어안으며 말했다. 포근했다. 알 수가 없었다. 모든 고뇌가 일시에 스러지는 것 같았다. 그녀는 그의 가슴에 마음 놓고 등을 기대면서 고개를 끄덕인다. 예상치 못한 덕산댁의 절도 행위로 분명히 불편한 심사인데, 그 모든 감정의 응어리들이 용암에 녹아내리듯 그의 품 안에서 용해되고 있었다. 언짢음도 불쾌함도 분노도 슬픔도 온통 주홍빛 사랑의 기운 속으로 용해되어 출렁거렸다. 감미로움으로 용해된 감정의 산화물들이 뽀얀 기체가 되어 사방을 안개로 만들어 휩싸고 도는 것 같았다. 논개는 그의 널따란 가슴에 등을 기대고 눈을 감은 채 한마디로 형언할 수 없는 마음의 변화를 음미한다. 이 순간이 영원했으면 싶었다. 하늘이 무너져도 땅이 꺼져도 선 자리에서 어디론가 스러져 버린다 해도 좋을 것 같았다. 그가 울타리가 되고 기둥이 되고 집이 되어 그녀를 안고 있는 한 세상은 온통 자기 것인 양 포만하고 행복했다.

그가 논개를 돌려세웠다.

"이 큰 집에, 너와 나 둘뿐이더냐?"

"그러하옵니다…."

그가 그녀를 으스러져라 껴안았다. 전신의 뼈마디가 오도독 소리를 내는 것 같았다. 그의 숨소리가 거칠어지고 온몸의 근육이 툭툭 불거져 그녀의 죄인 몸을 강타하는 것도 같았다.

"논개야, 내가 너를 등에 업고 방으로 갈까나 두 팔로 안아 들고 갈까나?"

"모두 싫습니다! 그것보담도 어르신! 이 고방 안의 곡물들을 보소서. 이제 어르신께서 이 모든 것을 관리해 주시면 좋겠습니다."

"논개야, 나는 지금 너 외에는 아무것도 보이질 않는구나!"

그가 두 팔을 풀어내고 곧바로 등을 들이댔다.

"아닙니다, 어르신…."

그러나 논개는 그의 힘준 팔짓에 의해 그의 등에 업혀졌고, 고방 문은 그가 논개를 업은 채로 쇠통을 걸었다.

*

논개는 뭔가 가슴 밑바닥에서 미미하게 뒤틀어 오르는 불안감을 느끼기 시작했다. 너무 행복해서였을까 그가 또다시 훌쩍 떠나 버릴 것 같았던 것이다. 기와집에서 영원히 함께 살아 주기를 언감생심 바라는 것은 아니지만, 그러나 좀 더 오래도록 함께 있고 싶었다. 지난번 떠날 적에 보름에는 며칠 묵을 수 있음을 내비쳤었지만, 왠지 그에게서 풍기는 기운이 그러지 못할 것만 같았다. 그러나 그녀는 그것이 자신의 지나친 기우일수도 있다고 생각했다. 그가 집에 닿은 지 얼마나 되었다고 이렇듯 불안한 마음인가 싶었다. 해거름에 어스름이 내리는가 싶었는데 하늘에는 벌써 대보름달이 둥실 떠올라 있었다.

"내려 주시어요. 달님이 솟았어요!"

"오, 그렇구나!"

그는 달을 바라보며 탄성을 발했을 뿐, 그대로 대청마루로 올라 방 안으로 들어갔다.

"어르신, 달님께 절을…."

그러나 논개의 다음 말은, 그의 등에서 보료 위에 내려지는 순간 그의 입 안으로 막혀 들었다. 그의 손길이 헤매듯 다급하고 뜨거웠다. 논개는 그의 가슴을 밀었다. 달은 떴어도 아직은 방 안이 제법 훤한 초저녁인데 이 어인 부끄러운 일인가 싶어서였다.

"논개야…."

"낮이옵니다…."

"달이 떴느니라…."

언덕 아래에서 지신 밟는 꽹과리 소리가 요란하게 들려왔다. 온종일 멀게 가깝게 들리던 소리가 달이 떠올라서인지 아니면 동네 가까이 와서인지 유난히 크게 귓속을 파고들었다. 논개는 두 손으로 얼굴을 가린 채 그 소리를 듣고 있었다. 어슴푸레한 방 안의 빛살이 부끄러움을 가중시켰기 때문이다. 손만 떼어 내면, 코앞에 다가들어 있는 그의 이글거리는 눈빛이 그녀 얼굴의 미세한 표정까지 뚫어질 듯 내려다볼 것이기 때문이었다. 끝없는 수줍음과 민망함 속에서도 새록새록 피어나는 미묘한 희열의 속내를 그가 꿰뚫어 볼 것 같았기 때문이다.

"논개야, 우리는 부부니라! 사랑함에, 시와 때가 따로 있더냐?"

그의 음성은 턱에 닿듯 떨렸고, 발작하는 듯한 몸짓을 거듭했다. 논개는 참지 못하고 신음을 토했다. 그의 거친 몸짓에 의한 반사적인 소리만이 아니라, 요상하고 희한한 몸의 변화를 이길 수 없었던 것이다. 포만한 환희였다. 육신과 혼이 무엇에 마비된 듯 제멋대로 흔들리며 춤을 추는, 난생 처음 경험하는 정신과 육신의 변화였다. 그녀는 뺨과 목덜미, 얼굴을 가린 손등까지 온통 새빨갛게 붉힌 채, 작열하는 그의 몸짓에 따라 신들린 무당 손에 잡힌 댓가지처럼 부르르 떨었다. 지신밟기의 꽹과리 소리도 대문간에서 진작부터 울리고 있는 놋쇠 요령 소리도 귀에 들어오지 않는 막막한 순간이 되는가 싶더니, 그가 논개의 가슴에 얼굴을 묻었다. 갑자기 대문 기둥의 요령 소리가 논개의 귓속으로 파고들었다. 그 소리는 지극히 조심스런 것으로 섭냄이와 초희, 월향이가 돌아온 것으로 헤아려졌다. 논개가 그의 가슴을 밀었다.

"아이들이 돌아온 것 같습니다."

"논개야! 너를 사랑할수록, 너에게서 경이로움을 발견하나니…."

그가 서둘러 자리에서 일어나려는 논개를 끌어안으며 말했다.
"어르신, 아이들이 왔어요. 어서 이 팔 푸시어요!"
"너무 서두르지 말거라. 문은 내가 열어 주고 올 것이니라."
"아니옵니다. 어르신 체통이 아니십니다. 여기 그대로 쉬시어요. 제가 나가겠습니다."
논개가 붙잡는 그를 뿌리치고 방을 벗어난다. 안채와 사랑채를 지나 대문까지 가는 동안 흐트러진 옷과 머리를 매만졌다.
"밖에 뉘시오?"
"성님! 저희들입니다. 덕산댁 아지매는 뭐하고 성님이 손수 나오십니꺼?"
대문을 열자 초희가 말했다.
"성님! 왜 오시지 않으셨습니꺼? 집채 같은 달집을 태우는데 너무도 아름다웠어예! 어르신과 성님이 오실 줄 알고 저희는 눈이 빠지게 기다렸어예!"
월향이가 이어 말했다.
"그래 못 갔다. 어르신은 먼 길 곤하셔서 쉬시고, 덕산댁이 어디론가 말없이 나가 버려서 꼼짝을 못했구나. 너희들이 알아서 저녁을 챙겨 먹도록 하거라."
논개는 왠지 아이들 보기도 부끄러워 그 말을 끝으로 돌아서서 먼저 안채로 들어왔다.
"덕산댁이 오데로 말도 웂씨 가 삐맀을꼬. 논개야! 정짓간 일은 극정 말거라. 내가 있다 아이가."
섭냄이가 등짝의 아기를 추스르며 재빠르게 논개의 뒤를 따라 안채 마당으로 들어서며 말했다. 마치 이 집에서 자기 몫의 뚜렷한 일이 생겨서 다행이라는 듯한 낯빛이었다.
"니는 아기도 있는데, 초희 월향이가 모두 함께 돕도록 하고 큰일이 있을 때는 울산댁을 부르면 될 거다."

"안 불러도 된다. 무신 일이든지 내 혼자 다 할 수 있다. 아는 등짝에 업고 해도 된다. 정짓간은 고마 내한테 맽기라."

그러자 초희가 끼어들었다.

"덕산댁 아지매가 잠깐 마실 간 거 아닐까예? 대보름이고 한께…."

논개는 대답을 하지 않았다. 당장 자기 보기가 민망스러워 잠시 피했을 수도 있을 것이라 생각했다. 그러나 그럴 가능성은 뒷방으로 들어간 섭냄이의 호들갑스런 외침에 의해 바로 깨지고 말았다.

"덕산댁 옷이 다 움써졌다."

거짓말이 아니었다. 횃대에 걸려 있던 덕산댁의 나들이옷이며 빗과 댕기 짚신 등 그녀의 소장품이 들어 있던 보퉁이 두 개도 사라지고 없었다. 자기가 저지른 일이 너무 커서 몰래 줄행랑을 친 것이었다.

"옴마나, 아지매가 에나 움써졌네."

"옴마나, 옴마나!"

아이 둘이 뒷방을 들여다보고는 눈을 동그랗게 벌려 뜨고 논개를 돌아보았다.

"소란들 피우지 말거라. 어르신 주무신다. 덕산댁은 이 집보다 더 좋은 데 찾아서 떠난 모양이구나. 어서들 씻고 저녁들 먹도록 해라. 밤에는 나와 어르신이 달맞이를 갈 테니까 너희들은 이제 마음 가다듬고 책들을 읽어라. 노는 날은 오늘로 끝이라는 걸 잘 알게다. 내일부터 공부가 다시 시작되는 거 알지?"

호기심으로 들뜬 아이들에게 얼음물을 뿌리듯 논개는 일부러 표정까지 굳히고 초희와 월향이를 지그시 바라보면서 말한다. 덕산댁의 가출을 엄청난 사건인 양 경악하며 수선을 피우는 아이들의 마음을 가라앉히려고 일부러 사뭇 억압적으로 대했다. 아이들에게 사건의 내막을 자초지종 다 알려서 좋을 것이 없다는 생각에서였다.

"예, 성님…."

아이들은 단박에 풀 죽은 소리로 대답을 했다.

"야들아, 얼렁 손들 씻고 오이라. 내가 저녁 채리 놀 텐께."

섭냄이가 기죽은 아이들을 채근하여 우물가로 내보내고는, 논개의 팔을 슬쩍 끌어당기면서 활짝 웃었다.

"논개야! 그 어르신이, 니 낭군이래매? 아까 애들한테서 들었다. 참 자알생기싰더라! 대장부 같으시더라!"

논개가 고개를 끄덕이며 웃었다.

"그렇제! 참 자알생기셨제? 거기다 의로운 분이신 기라!"

논개는 섭냄이에게 거침없이 강동찬의 자랑을 한다. 소꿉친구인 섭냄이에게는 스스럼이 없었던 것이다.

"그리 잘난 사람을 우째 만났노? 하기사 니겉이 잘난 사람이 임금님은 몬 만나겄나마는…."

"내 생명의 은인이시고 내 스승이신 기라. 그쯤만 알아라. 자초지종 다 말할라면 이야기가 밤을 새워도 다 못할 만큼 길다."

그때 안방에서 강동찬의 헛기침 소리가 났다. 논개는 섭냄이에게 눈짓을 보내고는 기침 소리에 반응하듯 안방으로 향한다. 그는 보료 위에 입은 옷 그대로 앉아서 살며시 방 안으로 들어서는 그녀를 그윽한 눈빛으로 쳐다보았다. 논개는 그의 시선을 마주 받지 못하고 눈을 아래로 깔면서 보료 밑에 진작부터 넣어 두었던 명주 솜옷을 꺼낸다.

"이걸로 갈아입으시어요! 먼 길 오시고도 미처 세안도 못하셨지만…."

"세안이사 네가 준 물수건으로 얼굴이며 손을 닦았으니 되지 않았는가. 그런데, 이 누비 솜옷은 새로 지은 것이로구나!"

"집에서 입으실 옷이 마땅치 않아서 몇 벌 만들었습니다."

그가 감동스런 표정이 되었다.

"너는 어찌 이리도 다정하고 섬세하고 영리하단 말이냐! 인물 좋아, 머리 좋아, 활 잘 쏴, 음식 솜씨 바느질 솜씨도 좋아, 어디 한구석 허술한 데가 없나니. 내가 복이 많아 논개를 내 사람으로 얻었는데, 나는 너를 위해 무엇을 해 줄 수 있단 말이냐?"

"과찬의 말씀 거두소서. 큰일 하시는 어르신을 소녀가 뫼실 수 있다는 것만으로도 저는 족합니다. 어서 편한 옷으로 바꾸어 입으소서."

"아니다. 달님이 진작에 떴는데, 내가 너를 안고 싶은 욕심에만 급급했던 것 같구나. 우리, 집 뒤 언덕에 달맞이 가자꾸나!"

"많이 곤하실 텐데…."

"조금도 곤하지 않느니라. 가자꾸나!"

논개는 벌써부터 달맞이를 가고 싶은 마음으로 아이들에게는 이미 그리 통고하여 놓은 상태였다. 그녀는 명주옷을 다시 보료 아래로 밀어 놓고는 강동찬과 함께 일어섰다. 두 사람은 기와집 뒤의 언덕으로 올랐다. 달이야 뜰에서도 보였고, 툭 트인 강 언덕이나 모래사장에서도 볼 수 있었지만, 그들은 호젓한 집 뒤 언덕으로 올라갔다.

"이곳은, 네가 어릴 적에 활쏘기 연습을 하던 곳 아니더냐!"

"그렇습니다!"

"과녁으로 사용하던 그 썩은 나무둥치가 아직도 남았더냐?"

"없어진 지 오랩니다. 보시어요. 저렇듯 나무둥치가 박혀 있던 비탈이 밭으로 개간되어 보리가 심어져 있습니다."

"그렇구나! 너를 업고 내려오던 그 비탈길이 이제 보니 평지처럼 평평해졌구나."

어디선가 끼루룩 밤새 울음소리가 났다. 언덕배기에는 그들 외에는 아무도 없었다. 사위는 점점 어두워지고 둥그런 대보름달이 서서히 그 빛을 더하기 시작했다. 그들은 보름달을 향해 나란히 섰다. 누가 먼저랄 것도 없이 달을 쳐다보며 합장을 하고 허리를 굽혀 절을 했다. 두 번, 세 번, 네 번을 했다. 그리고 한동안 손을 모은 채 기구祈求하듯 눈을 감고 서 있었다.

강동찬이 먼저 손을 내리고 논개를 돌아보며 물었다.

"무엇을 빌었느냐?"

논개가 합장을 풀고는 미소를 머금고 그를 쳐다본다.

"어르신 도모하시는 일 막힘없이 잘 되고 기체 강녕하시라고 기원했습니다!"

"나도 너를 그렇게 해 주십사고 빌었느니라. 국태민안國泰民安의 염원도 함께…."

그의 얼굴에 수심 한 가닥이 스치는 것 같았다. 논개는 그의 얼굴을 조심스럽게 살피면서 말한다.

"어르신 하시는 일, 제가 알면 아니 되옵니까? 그곳은, 의병의 숫자는 얼마나 되며 운영의 어려움은 없는지요? 곡물은 모자라지 않는지요?"

그러나 그는 고개를 흔들었다.

"논개야! 이 좋은 밤에, 우리 어렵고 삭막한 이야기는 다음으로 미루자꾸나. 나, 너에 대한 속마음 한 자락 털어놓으랴? 너 어릴 적 말이다…."

"무슨, 말씀이신지?"

"너를 업고 이 비탈을 걸어 내리면서 왜 그리도 내 마음이 아프고 네가 애잔스럽던지…. 네가 혈육 같기도 하면서 또 왜 그리도 유별한 감정이 나를 휘둘렀던지…. 너를 내 죽는 날까지 보호하고 거두어 주어야 한다는 다짐을 그때 했었지. 그러고도 너를 만나지는 못했지만, 이 아이가 얼마나 자랐을까, 어떻게 변하였을까, 한적하고 조용한 시각이면 어김없이 네 생각을 했고 많이도 보고 싶었단다. 설매가 너를 잘 거두어 줄 것이라 생각은 하면서도, 그리고 설매에게는 그지없이 미안한 마음이면서도, 오로지 네 생각만 했었구나."

"어머니는 오매불망 어르신을 그리워하셨어요."

"알고 있었느니라. 그러나 마음이 따르지 아니하는 육체의 연은 뭔가 공허하고 속절없다는 생각이 들어서, 두세 번 진주를 지나는 길이 있었어도 찾지 않았느니라."

"너무 무심하셨어요…."

"하지만, 잘 자라고 있다는 네 소식은 들었느니라. 이제 너를 만나고 나니, 내 심장에 뚫려 있던 구멍이 뿌듯이 채워지고 세상을 다 얻은 듯 포만하나니…. 논개야! 우리는 전생의 연이 이생에 이루어진 것일 게다. 네가 어렸을 때 너에게 갖던 내 느낌이 운명적이랄까 숙명적인 것 같은, 예사롭지 아니한 무엇을 느꼈었기에 말이다."

"어르신, 저는 열한 살이던 선학산 활터에서부터 어르신과 비슷한 감정을 가졌습니다. 형체를 알 수 없고 지금도 정확히 표현은 할 수 없지만 어르신이 제 생명보다 더 소중하고 거대한 산 같으시다는 생각을요."

그가 논개를 끌어안았다.

"그래, 논개야! 속내 털어놓은 김에 나, 좀 더 솔직해져야겠다. 선학산 산굴 부근에서 깡마르고 조그마한 어린 너를 처음 만나 너에게 곤욕을 치르던 그 순간부터, 나는 당찬 너에게서 경이로움과 이성의 분위기를 느꼈느니라. 네가 나를 기막혀할까 보아 이 말만은 구체적으로 표현치 않으려 했다마는 진실이니 어찌하랴. 작은 산짐승 같던 어린 네가 만만찮은 여자로도 보였으니, 내가 넋이 나갔던 것일까? 왜 네가 그토록 크게 내 심장을 건드렸던 것일까? 새까맣고 작고 깡마른 너를 보는 순간 잃어버린 내 무엇을 만나는 듯한 느낌이었어! 내가 언젠가 너에게 얘기했을 것이다. 너를 처음 본 그날 이후, 장끼를 잡는다는 구실로 네 산굴 부근을 내가 몇 차례 배회했었다는 것을…."

그는 잠시 말을 끊고 논개를 더욱 죄어 안았다.

"논개야! 우리는 전생에 한 몸이었던 게야! 너는 나이고, 나는 너이고…."

논개는 고개를 끄덕이며 그의 가슴을 파고든다. 자신의 등을 어루만지고 어깨를 어루만지고 허리를 어루만지고 끊임없이 쓰다듬고 토닥거리면서 꼭꼭 죄어 안는 그의 품에 안겨, 논개는 눈을 감는다. 그가 하늘을 향해 얼굴을 쳐들었다.

"달님! 우리 논개를 굽어살펴 주소서! 이 세상에 둘도 없는, 내 생명만큼 소중한 이 아름다운 여인을 보호해 주소서! 우리 둘의 사랑이 죽음 앞에서도 깨어지지 않기를 보살펴 주옵소서. 전생에서 못다 이룬 연이옵니다! 이생에서도 내생에서도 삼생천연三生天緣으로 둘이 하나이게 도와주소서!"

둘의 영원한 사랑을 기원하는 그의 음성은 사뭇 비장했다. 논개는 그의 품 안에서 뜨거운 눈물을 흘린다. 은애恩愛의 감정이 무엇이기에 좋은데도 이리 눈물이 흐르는 것인지, 그녀는 기진할 정도로 황홀하여 휘청거린다. 그가 전신을 부르르 떨었다.

"논개야! 이 일을 어찌하면 좋단 말이냐! 너를 보기만 해도, 안기만 해도, 내 몸은 불덩이처럼 뜨거워지는구나. 크나큰 중병이 아니겠느냐? 도대체, 얼마나 불살라야 쇠진하려나, 염치가 생기려나. 오, 논개야!"

논개는 덜컥 낭패스런 기분에 휩싸이면서 그의 가슴에서 얼굴을 들었다.

"어르신! 이번에는 얼마나 집에 머무실 수 있는지 궁금합니다."

진작부터 물어보고 싶은 마음이었으나 미처 확인해 볼 여유가 없었다. 그의 뜨겁던 호흡이며 손길이 잠시 멈추어지는 것 같았다.

"논개야. 여기에서 닷새 정도만 머물러야 할 것 같구나. 당초의 생각은 못해도 열흘은 너와 함께 있고 싶었는데 시국이 여유롭지 못하니 어쩔 수가 없구나."

논개는 섭섭해지는 마음을 어찌하지 못한다. 이번에는 그의 약조대로 열흘 이상은 머물 것이라 믿고 있었기 때문이다.

"시국이 여유롭지 못하다 하심은, 왜침의 가능성 때문이옵니까?"

"그렇다. 너도 시국이 흉흉함을 느꼈던 모양이구나."

"남왜북호南倭北胡의 침탈이 잦으니 이 나라 백성이면 누구나 느끼는 것이옵니다. 특히 이즈음에는 왜구가 여진족보다 더 이 나라를 호시탐탐 노리고 있다고 들었습니다. 저희도 나라의 위기에 미력하나마 보탬이 되고자 의기회를 조직하여 힘을 모으고 있습니다만 지진부진입니다."

그가 가슴에 죄어 안고 있던 논개의 몸을 풀고 바른팔로 그녀의 어깨를 감싸며 말했다.

"네가 기어이 불덩어리 같은 내 몸뚱이에 찬물을 끼얹고 마는구나! 너의 의도적인 속셈임을 내가 아느니라!"

그가 논개의 볼을 손가락으로 가볍게 잡고 흔들면서 웃었다.

"어르신! 아, 아니옵니다. 내일부터 아이들의 교습이 시작됩니다. 교습회가 끝날 시각쯤에 의기회 회원들을 집합시켜 놓겠습니다. 모두가 모여 있는 곳에서 지금의 시국 상황을 찬찬히 말씀 좀 해 주십시오. 집에 들락거리는 의병들에게서 주워들은 귀동냥은 적지 않습니다만 정통으로 아는 바가 없습니다. 객원 훈장 어른으로 모시겠사오니, 저희 회원들에게 구국의 정신을 좀 불어넣어 주십시오."

논개는 진작부터 마음속에 담아 두었던 말을 꺼내 보았다. 그가 놀란 눈빛으로 논개를 주시했다. 논개는 내친김에 마저 말한다.

"어르신! 지난번에도 말씀을 올렸습니다만, 선학산 활터를 저희가 다시 복구해 놓았습니다. 여기 머무시는 동안만이라도 그곳에서 저희 회원들 훈련도 좀 봐주셨으면 싶습니다만, 무리겠지요?"

그의 얼굴은 점점 감동의 표정으로 바뀌었다.

"진정 놀랍구나! 너희 의기회 회원들이 훈련까지 했단 말이냐?"

"적당한 말이 생각나지 않아서 훈련이라 표현했습니다만, 어르신이 생각하시는 그런 본격적인 훈련이 아니옵고, 그저 활을 쏘거나 창을 던지기 전에 몸 갖추기, 몸풀기 정도입니다. 의병님들이 하시는 훈련에 비하면 그 내용이나 질이 형편없이 낙후합니다. 그나마도 편사가 있기 전에 몇 번 훈련한 후로 지금은 끊어지다시피 한 상태입니다만…."

"어쨌거나 감동스럽다! 네가 어떻게 장정들도 하기 힘든 큰 생각을 하고 실천에 옮겼는지 정말 대견하고 존경스럽구나! 좋다. 내일은 왜구가 어떤 방법으로 우리나라를 침략하려 하고 있는지, 우리의 대비 상황은 어떠한지, 내가 아는 대로 이야기를 해 주마. 그리고 진정 네 원이라면, 네 말대로 선학산 활터에서 너희 회원들과 몸풀기 훈련 한 번 해 보자꾸나!"

"고맙습니다! 어르신."

"의기회도 조직하고 편사 대회도 가졌다니, 너는 본래 남자로 태어났어야 했던 것 같구나. 하긴, 나라를 위하는 마음에 남녀가 따로 있을까마는, 어떻든 우리 논개 참으로 훌륭하다!"

"자꾸 과찬 마옵소서. 부끄러워 숨고 싶습니다. 실제 저는 아무것도 알지 못합니다. 어릴 적 선학산 활터에서 어르신께서 의병을 지도하시던 모습을 보면서 나라가 무엇인지, 침략이 무엇인지, 의병이 무엇을 하는 사람들인지 어렴풋이 느꼈을 뿐이니, 오로지 어르신의 영향입니다."

"누구의 영향을 받았든, 네 속에 애국 충정의 본심이 깃들어 있지 않으면 쉽지 않은 일이니라. 네 마음 그릇이 원래 바르고 맑아서 좋은 영향이 쉽게 흡수된 것이니라."

"제 마음이 맑아서라기보다 저희 나름의 이유도 없지 않습니다. 남정네들의 기분을 돋워 주고 시문 짓기와 가무를 하는 것으로 편하게 사는 우리네 팔자가 마음에 걸려서입니다. 노복처럼 평생을 일만 하고 학대받는 수많은 여염집 여인들에 비해 놀고먹기만 하자니 미안해서이지요. 또 한 가지 이유는, 기녀를 짐승 잡는 백정 이하로 천시하는 현실에 대한 저항 때문이기도 합니다."

논개는 잠시 말을 끊고 숨을 몰아쉬었다.

"우리도 조선의 당당한 백성으로 나라 위해 일하고 있음을, 나라가 위기에 처할 때 일익을 도모할 수 있음을 보여 주려 하는 것입니다. 천민이든 양민이든, 조선의 백성으로 당연한 의무일 수도 있지만, 저희들의 이런 노력으로 기녀에 대한 천대 천시가 조금이라도 달라져서 사람대접을 받고자 해서입니다."

어둠 속에서도 논개의 얼굴은 상기되고 표정은 숙연해지기까지 했다.

"자네가 어디 기녀이더냐, 여장부지! 너로 하여 진주 기녀들의 위상이 높아진 것은 사실이다. 원래 진주 기생, 평양 기생은 격조가 높고 멋이 있고 의롭고 예기藝技 또한 뛰어나기도 했지만, 의기회 조직이며, 편사 대회며, 활터 복구, 의병 지원, 훈련 등으로 네가 한 수 위로 더욱 올려놓은 것 같구나! 논개야, 달님이 하늘 가운데로 오르는구나! 이제 내려가자. 네가 한기 들까 두렵구나."

"저는 어르신 한기 드실까 더욱 두렵습니다."

"네가 나를 식혀 놓지 않았더냐! 자, 내 등에 또 업히거라!"

그가 논개 앞으로 등을 구부렸다.

"싫습니다. 왜 자꾸 저를 업으시려고만 하십니까. 저는 이제 어린 여식이 아니어요."

"어서 업혀라. 나는 너를 업으면 세상을 다 얻은 것 같아 그러느니, 네가 어른이든 어리든 그것이 무슨 상관이냐?"

"아니옵니다. 어두운 돌밭길인 데다 제가 무거워서 아니 되옵니다."

"걱정 말거라. 칠흑 같은 산골길을 자네보다 더 무거운 장정 둘을 떠메고 걸어 본 적도 있나니…."

"언제, 무슨 일로, 그런 경우를 당하셨습니까?"

"의병들과 산속에서 생식 훈련을 강행하다가 독초를 약초로 잘못 알고 캐 먹은 의병 둘이 복통을 일으켰기 때문이었지. 둘을 한꺼번에 메다시피 내 등에 의지케 하고, 산 아래로 내려갔지."

"두 의병은 살아났습니까요?"

"그럼. 의원을 찾아가 말짱 토해 내게 하고 생명은 건졌지. 자, 어서 업히라니까."

논개는 어쩔 수 없이 그의 등에 업히고 만다.

"그래, 내 목에 팔을 두르고 내 등에 몸을 밀착시켜라! 그래야만 너를 더욱 깊숙이 느낄 수 있나니! 그런데 참 알 수 없는 일이야. 어이해서 너만 업으면 이리도 마음이 포만해지면서, 그러고도 심장은 저려드는지…. 너를 업고 둥개둥개 춤이라도 추고 싶고 어디론가 한없이 달려가고도 싶은데, 가슴은 왜 이리 빼근해지는 것일까…."

그의 음성이 가라앉으면서 척척하니 젖어 드는 것 같았다.

"전생에 잃었던 반쪽을 등에 졌기 때문인지도 모르지요. 저는 만복감으로 그지없이 황홀하고 눈물이 솟구치려 합니다."

그가 논개를 등에 업은 채로 성큼성큼 밭둑을 걸어 내려가 순식간에 기와집 앞에 당도했다.

"어서 내려 주시어요!"

논개가 버둥거리면서 자신의 엉덩이 아래를 받치고 있는 그의 팔을 풀어내려 했으나 그는 끄떡도 하지 않았다. 그 상태로 논개더러 대문

기둥의 요령 줄을 흔들라고 했다. 초희와 월향이가 대문간으로 뛰어나오는 소리가 났다. 아이들이 대문을 열기 전에 그녀는 발작을 하듯 전신을 뒤틀면서 기어이 그의 등에서 몸을 내렸다. 대보름 달빛은 여전히 교교히 비치고 있었다.

휘영청 달빛 아래 동네는 조용했다. 큰 명절 지나고 난 후의 고즈넉함이 차라리 쓸쓸할 정도였다. 일 년 중 가장 큰 명절인 설과 대보름이 지났으니, 사람들은 이제 차분해진 상태로 일상의 일에 전념하게 될 것이었다. 농사꾼은 해동된 밭을 일구고 씨 뿌릴 준비를 할 것이고, 배꾼은 고기 잡을 그물을 손질할 것이었다. 장사꾼은 장날에 맞추어 팔러 나갈 물건을 챙길 것이고, 아낙네들은 들뜬 기분을 차분히 가라앉혀 살림에 열중할 것이었다.

8

임진년의 봄

임진년의 봄

다음 날 아침, 기와집도 다시 활기를 띠기 시작했다. 보름간의 휴가를 마치고 돌아온 넉근 애비가 안채, 사랑채, 행랑채의 뜰과 대문 밖 골목길을 빗자루로 쓸어 내느라 바쁘게 돌아쳤고, 논개는 섭냄이, 초희, 월향이와 함께 안채와 사랑채의 먼지를 털어 내는 등 식전부터 식구들이 모두 나서 한바탕 대청소를 했다. 강동찬은 이른 새벽에 말을 타고 비봉산 활터와 남강 활터를 돌며 활쏘기와 말타기로 몸을 풀고 귀가했다.

서둘러 조반을 들고 난 후 논개는 아이 둘과 넉근 애비를 시켜 의기회 회원들의 소집을 통고케 했다. 강동찬으로부터 왜구의 동정과 나라 돌아가는 이야기를 듣는 것으로, 일종의 시국時局 강좌를 갖기 위해서였다. 동기 교습과 예기의 강사인 기생 어미들 외에 달리 남성을 초청하여 이러한 시간을 가져 본 적이 한 번도 없었기에, 기녀들의 반응이 어떠할지 논개는 은근히 긴장이 되었다. 그러나 세상 물정을 제대로 알지 못하는 회원들에게 이는 꼭 필요한 과정이라 생각했다.

진시辰時, 오전 7시-9시 말부터 동기들의 교습이 시작되었으나 한자 공부만 반 시진 정도 하는 것으로 일찍 매듭을 지었다. 의기회 회원들에게 아이들의 공부가 끝나는 사시巳時 : 오전 9시-11시경에 모이라는 통고를 했건만, 회원들은 햇살이 퍼지면서부터 모여들어 예정 시각 전에 전원이 도착해 버렸기 때문이다. 논개는 회원들의 이런 적극적인 관심이 어디에서 비롯되는지 짐작할 수 있었다. 시국 이야기를 들려주겠다는 강동찬 그가 바로 논개의 머리를 얹어 준 기둥서방이라는 데에 있었던 것이다. 그가 삼십 대 초반의 나이면서도 아직 정실부인을 맞지 않은 훤칠한 장부인 데다, 더욱이 지혜와 담력과 빼어난 미모를 지닌 논개의 혼을 뺀 사내라는 소문이 진주성 안 기녀들의 호기심을 충동하고 관심의 촉수를 예민하게 만들었던 것이다.

논개는 스물두 명의 회원들과 열여섯 명의 동기 등 도합 서른여덟 명의 기녀들을 사랑채의 큰방에 모이게 했다. 안채의 안방이나 건넌방은 그들을 다 수용하기에 비좁았기 때문이다. 섭냄이는 두 눈이 휘둥그레진 채 동기들을 제외하고는 하나같이 남복을 한 기녀들을 돌아보면서 입을 다물지 못했다.

"노, 논개야! 이 사람들이 다 기생들이라 말이가! 참말로 너무들 잘생겼다! 시상에, 시상에…."

논개는 섭냄이를 돌아보며 고개를 끄덕여 싱긋 웃어 주고는 그녀 역시 남장을 했다. 남복이 의기회의 정복이었기 때문이다.

의관을 정제한 강동찬은 사랑방으로 들어가 윗목의 책상 앞에 정좌했다. 그가 방 안으로 들어설 때 자리에서 일어났던 기녀들이 다시 방바닥에 앉으면서 만면에 벙긋벙긋 웃음들을 머금었다. 옆에 앉은 사람들끼리 흘끗흘끗 눈길을 맞추면서 손으로 입을 가리고 키들키들 웃기도 했다. 여느 때같이 기생 어미가 스승 자리에 정좌한 것이 아니고 또한 늙은 훈장 어른도 아닌 훤칠한 대장부가 자기들과 마주하고 앉았으니 괜스레 쑥스럽고 민망스러운 모양이었다. 앞자리에 앉은 몇몇 기녀들의 얼굴은 숫제 복숭앗빛으로 발그레하니 물들었다. 차마 마주 보기가 수줍어질 만큼 대장부 분위기가 강렬한 남자가 바로 그녀들 눈앞에 앉아 있기 때문인 듯했다. 뒷자리에서는 소리 죽여 수군대기도 했다.

"논개 성님이 혼이 빠일 만도 하겄다. 너무 잘생겼다. 사내 냄새가 푹

폭 풍기는구나!"

강동찬은 좌중을 한 번 휘둘러보고는 두어 번 큰기침을 했다. 그리고 낮고 차분한 음성으로 입을 열었다.

"의기회 여러분들을 만나게 되어서 반갑습니다! 우선, 여러분들의 구국 충정의 마음씨에 놀라움과 더불어 크게 감동했습니다. 세상 돌아가는 일을 잘 알고 계시는 분들도 많겠지만, 그렇지 못한 분들도 많으니 소상히 알려 달라는 논개님의 청을 받아 이렇게 여러분들을 마주했습니다. 오늘 여러분들에게는, 우리 조선朝鮮을 얕보고 호시탐탐 침략을 꾀하고 있는 왜국倭國에 대해 먼저 이야기하는 것이 순서일 것 같습니다. 정복당하지 않으려면 먼저 적의 사정과 동태를 파악하는 것이 중요하기 때문입니다. 그럼 우선 왜국과 조선 간에 근년에 있었던 내용부터 말씀드리지요."

그는 잠시 말을 끊고 다시 한 번 회원들을 둘러보았다. 소곤소곤 킥킥거리던 처음의 분위기는 많이 가라앉아 있었다.

"왜국은 오랜 세월 동안 권력을 차지하기 위한 지방 세력들 간의 분란쟁투와 하극상이 끊이지 않았는데, 풍신수길豊臣秀吉, 왜국 말로는 도요토미라는 인물이 나타나 이런 혼란기를 내전으로 수습하고 전국을 통일하였습니다. 도요토미는 국내 통일에 성공을 거두자 세계를 제패하겠다는 망상을 갖게 되었지요. 오랜 내전에서 얻게 된 각 지방 세력들의 강력한 무력을 나라 밖으로 방출시킴으로써, 나라 안의 통일과 안정을 더욱 굳건히 하고 신흥 세력의 발호를 억제하기 위해서 대륙 침략을 꿈꾼 것입니다. 그리하여 그는 우선 우리 조선과 동맹 수교를 맺는 형식을 취해, 명목상으로는 자신들이 명나라를 치는 데 조선이 길을 빌려 달라는 주장을 내세우며 실상으로는 조선을 정복하려는 야욕을 품은 것입니다. 왜국은 이미 오래전부터 남만인* 상인들이 많이

* 남만인(南蠻人) : 1540년대 이후로 동남아시아를 통해 일본으로 들어온 포르투갈인과 스페인인

드나들며 상업이 크게 발달하였는데, 이를 통해 전쟁을 위한 재정 기반을 마련하였고 또 조총鳥銃이라는 가공할 신무기도 많이 갖추고 있다고 합니다."

그는 왜국이 조선국과 형식적으로 통호通好를 맺으려 하는 이유와 일본 정국의 상황을 간략하지만 마치 현장에서 꿰뚫어 본 사람처럼 조리 정연하게 역설했다. 장내는 물을 끼얹은 듯 조용해지고, 일고여덟 살의 어린 동기들은 말의 내용을 알아듣지 못하는 표정으로 성님들의 얼굴만 살폈다. 그의 말은 계속되었다.

"조선 정벌의 야욕을 품은 도요토미는, 조선에 조공朝貢을 바치고 쌀과 옷감을 얻는 조선의 속국 같은 관계인 대마도對馬島 도주島主 종의조宗義調에게 명하여 조선으로 하여금 통신사通信使를 일본에 보내 수교케 하라 했습니다. 이에 대마도주는 지난 정해년丁亥年, 선조 20년, 1587년에 자기의 가신인 귤강광橘康廣 등을 일본 사신이라는 명목으로 부산포에 보내어 일본에 통신사를 파견하여 통호할 것을 청했지요. 이 내용이 경상 우수사에 의해 조정에 전달되자 상감께서는, 임금을 죽이고 자리를 빼앗은 찬탈 시역한 나라에서 보낸 사신을 받아들여 접대할 수 없으니 대의로써 타일러 돌려보내라 비치시고, 종이품從二品 이상의 정신廷臣들에게 그 가부를 논의하라 하셨지요. 논의의 결론은 관례대로 접대하자는 것으로 모아져 임금님도 그 뜻을 따를 수밖에 없었는데, 그러나 그들이 올린 도요토미의 서신에는 매우 무례한 구절이 있고 귤강광 또한 언사와 거동이 오만방자하여 조정에서는 그들을 돌려보내지 않은 채 회답도 보류하고 있었습니다. 그러다 이듬해에 문무반 2품직과 육조의 참의 이상을 중추부에 모아 놓고 그 가부를 재론한 바 '물길이 험하고 수상하여 통신사를 보낼 수 없다'는 결론을 내리고 귤강광 일행을 그냥 돌려보냈었지요."

그때 아기를 업은 섭냄이가 논개의 눈짓을 따라 꿀물 한 대접을 그의 책상 위에 갖다 놓았다. 그가 대접을 들어 목을 축이기는 했지만 갈증으로 마시는 것 같지는 않았다. 모두가 그의 다음 말을 재촉하듯 긴장된 시선으로 그를 쳐다보았다.

"이 소식을 전해 들은 도요토미는 펄펄 뛰면서 '조선통신사를 일본에 보내는 것뿐만 아니라 조선 국왕을 일본에 입조入朝토록 하라'는 명령을 다시 내렸고, 이에 종의조 이후 대마도주를 세습한 종의지宗義智는 분노하는 풍신수길의 명령을 따르지 않을 수가 없었지요. 풍문에 의하면, 도요토미는 귤강광이 일을 성취하지 못하였다 하여 그와 그의 삼족을 멸했다 하니 종의지의 입장이 어떠했을지는 짐작이 될 것입니다. 종의지는 이번에도 실패하면 자신뿐만 아니라 가솔들까지 모두 멸족되리라 생각하고서, 조선 사정에 가장 밝은 중 현소玄蘇와 가신 평조신平調信을 동반하고 무자년戊子年, 선조 21년, 1588년에 부산포에 도착했던 것입니다. 이들은 동평관*에 오래 머물면서 조선 통신사의 일본 파견을 요청하면서도, 조선 국왕의 일본 입조에 대해서는 조선의 노여움을 두려워한 나머지 감히 입 밖에 내지 못했지요. 우리 조정의 입장은 여전히 물길이 험해서 통신사를 보낼 수 없다는 것이었는데, 한편으로는 그들의 요청을 거듭 거절하기도 어려워 결정을 미루며 수차 논의한 끝에, 그들의 성의를 확인하면서 또한 우리가 통신사를 보내지 않아도 될 방패막이를 겸한 강구책 한 가지를 생각해 냈습니다."

그가 잠시 말을 중단하자 모두의 눈빛이 반짝였다. 방패막이 대책이 도대체 무엇인지 궁금해서인 것 같았다.

"그것이 무엇이냐 하면, 우리 조선 사람이면서 왜국에 투항하여 왜구의 앞잡이가 되었던 자들을 모조리 돌려보내야만 통호를 할 수 있다고 한 것입니다. 그들에게 이익을 준 앞잡이들을 찾아내 돌려보내는

* 동평관(東平館) : 조선 시대에 일본 사신이 와서 머무르던 숙소로, 지금의 서울 인사동에 위치하였다.

것은 불가능의 일이라 생각했던 것이지요. 우리의 명분을 찾으면서 그들의 반응을 보고자 했던 것인데, 뜻밖에도 종의지는 선뜻 '그렇게 하겠다' 대답하고, 평조신을 자기 나라로 보내 일을 처리하게 했지요. 그들은 일단 대마도로 돌아가더니 기축년己丑年, 선조 22년, 1589년 여름에 종의지가 아닌 현소를 정사正使로, 종의지를 부사副使로 삼아 다시 건너왔습니다. 중 현소를 정사로 삼은 것은 진정한 일본의 국왕사신國王使臣들인 양 위장하려 한 것이었지요. 이들이 올 때 지난번에 약조한 대로 진도 출신 사을화동沙乙火同 등의 반민叛民과 왜구에 잡혀 간 조선인 포로들을 쇄환刷還하면서 그 처분을 우리에게 맡겼습니다. 물론 우리는 왜구의 앞잡이 노릇을 한 반민들을 목 베어 죽였지요. 현소 일행은 조선 조정에 공작새 한 쌍과 조총을 폐백으로 바치고, 험한 물길은 자기들이 안내할 테니 통신사를 파견시켜 줄 것을 거듭 요청해 왔습니다. 게다가 그들은 이번에도 통호가 이뤄지지 않으면 이 땅에 엄청난 병화兵禍가 닥칠 것이라는 위협적 암시를 주었던 터여서, 명분으로나 형세로나 우리가 저들의 요청을 들어주지 않을 수 없게 된 것이지요. 조정에서는 그제야 달리 방법이 없으니 왜인들이 별다른 뜻이 없이 통호만 원하는 것이라는 판단을 내리고, 임금님은 종의지 무리에게 말 한 필을 하사하고 사찬賜饌까지 내렸지요. 결국 조정에서는 여러 차례 논의를 거쳐 드디어 답례를 겸하여 일본의 실정과 도요토미의 저의를 탐지할 목적도 아울러 우리의 통신사를 보내기로 결론을 본 것입니다. 그리하여 경인년庚寅年, 선조 23년, 1590년 3월에 일본 가는 통신사로 정사正使 황윤길黃允吉, 부사副使 김성일金誠一, 서장관書狀官 허성許筬 일행이 드디어 사행使行 길에 올랐습니다."

그가 꿀물 한 모금을 다시 마셨다. 회원들이 고개들을 끄덕였다. 기방에 들르는 사내들에게서 귀동냥으로 흘려들은 말들이기도 했지만, 그러나 주류와 산해진미 안주도 없는 상큼한 오전 녘에, 그것도 힘 있고 정감 있는 음성으로 조리 정연하게 역설하는 강동찬의 언변에 그녀들은 어렵지 않게 이해와 납득이 되었던 것이다.

"우리의 통신사 일행은 종의지와 현소 일행의 안내로 그들과 함께 일본으로 건너갔습니다. 일행은 조선과 왜국의 중간 지점인 대마도에서 한 달간 머무르다가 여름에 이르러서야 일본의 왕도王都인 경도京都에 도착하였지요. 그러나 마침 도요토미가 일본의 동북 지방을 경략하는 중이어서 그가 돌아오기를 기다려야 했습니다. 그해 십일월에야 우리의 통신사 일행은 도요토미를 접견하고 임금님의 국서를 전했는데, 그는 즉각 답서를 주지 않았습니다. 나흘 동안 기다리고서 통신사 일행이 돌아가려 하는데도 도요토미가 답서를 주지 않자 일행은 계빈界濱으로 옮겨 기다렸는데, 국서를 전한 지 십여 일 만에야 비로소 답서가 도착했습니다. 그런데, 답서의 내용이 오만불손해 김성일이 그대로 가져갈 수 없다 수차 논설하여 왜국 측에서 몇 군데 문구 손질을 하고는, 이듬해인 바로 작년 신묘년辛卯年, 선조 24년, 1591년 정월에 부산포로 돌아와 삼월에 조정에 복명復命하였으니, 통신사의 사행이 꼭 1년이 걸린 것입니다."

그의 말이 끝나지도 않았는데, 여기저기서 안도의 한숨 소리가 터져 나왔다. 자리를 고쳐 앉느라 바스락대는 소리도 났다. 그는 다시 말을 이었다.

"김성일의 요청으로 문구 손질을 했다지만, 그러나 도요토미가 우리 임금님께 올리는 국서에는 '한번 뛰어 명나라로 들어가서 중국의 4백여 주를 우리나라 풍속으로 바꾸리라'는 구절도 있고, '내가 명나라로 들어가는 날, 군문에 직접 나아가 맹주가 되어서 이웃의 맹세를 닦으리라'와 같은, 우리 조선에 대한 위협이 담긴 교만 방자한 문구도 있었습니다. 그런데 문제는 왜국을 다녀온 우리 사신들의 보고 내용이 각각 달랐다는 것입니다."

그의 표정이 어두워졌다. 일본의 실정을 보고 온 통신사들의 판단이 각각으로 통일되지 않은 데는, 심히 걱정할 만한 이유들이 깔려 있는 듯했다.

"정사 황윤길은 조선으로 돌아오자마자 부산포에서 임금님께 장계狀啓를 올려 '왜국이 조선에서 반드시 병화兵禍를 일으킬 것 같다'고 보고하였지요. 그리고 한양에 올라간 후에도 황윤길과 서장관 허성은 임금님께, 왜국의 추장은 몸집은 왜소하나 눈에 광채가 번득이고 담력과 지략이 있어 보이고 많은 병선兵船을 준비하고 있어 곧 조선을 치고 명나라를 쳐서 대륙을 침범하려는 야욕이 넘쳐흐르니, 긴급히 이에 대한 대책을 세울 것을 간곡히 아뢰었던 것입니다. 그런데, 부사로 갔던 김성일은 도요토미는 쥐의 눈을 가진 하잘것없는 인물로 절대로 우리나라를 침범하지 않을 것이라 단언하며, 오히려 황윤길과 허성에게 태평세월을 소란케 함은 옳지 못한 일이라 나무랐지요. 그러자 통신사를 수행하였던 군관 황진黃進이 나서서 부사 김성일이 왜국의 실제 상황을 임금님께 기만하여 보고했다고 분노하면서, 왜군은 틀림없이 병화를 일으킬 것이라고 했지요. 그런데, 여러분들도 아시다시피 황윤길은 서인西人이요 김성일은 동인東人이지 않습니까. 이들의 상반된 보고를 들은 조정에서 서인들은 황윤길의 말이 옳다 하고 동인들은 김성일의 말이 옳다고 벌떼같이 주장하니, 양방 간에 격론이 벌어지다가 결국 조정은 부사 김성일의 말이 옳은 것으로 받아들이고 말았지요. 따라서 그나마 쌓고 있던 성벽도 중단케 하는 상황이 되어 버린 겁니다."

그의 얼굴은 자조 섞인 표정으로 점점 더 침울해졌다. 그러나 그의 부연 설명은 조금 더 이어졌다. 결론적인 내용은, 왜국은 필히 이 강토를 침범할 것이라는 그의 확신에 찬 예측과 그에 대한 대비의 필요성을 강조하는 것이었다. 그간 조정에서 일어났던 일의 자초지종을 일일이 열거할 수는 없지만 나라의 위기 상황이 당쟁에 가려져서 제대로 판단이 되지 않고 있음을 개탄하고, 또한 이런 때일수록 백성들은 한 마음으로 나라를 위한 위기 대책을 강구해야 함을 역설하면서, 그는 의기회를 상대로 한 이날의 시국 강좌를 끝냈다.

논개는 그가 더 많은 이야기를 들려주고 싶은데 이지적으로 참아 내고 있다는 생각을 했다. 의병 양성이나 훈련조차 구국 목적 외에 다른 불손한 저의가 있는 양 경계하고, 공연히 태평성대의 나라를 소란스럽게 만든다며 흰 눈으로 비껴 보고 있는 관의 실태 때문인지, 조정을 비판하는 속엣말을 누르고 있는 것 같았다. 어차피 강좌를 끝내야 될 시각이기는 했다. 어느새 점심때가 훨씬 지나 있었던 것이다.

강좌를 마무리하면서 그는, 다음 날 선학산 활터로 나가 회원들의 활쏘기 연습과 몸풀기 훈련을 도와줄 마음이니, 모두들 나올 수 있겠는지 의논해 보라고 말했다. 명월관의 명월 어미가 의논을 주재하면서 강동찬을 조심스럽게 마주 쳐다보았다.

"어르신! 그간의 시국 사정을 소상히 들려주셔서 너무나 유익하고 소중한 시간이었습니다. 고맙습니다. 하지만, 뭔가 좀 아쉽습니다. 내일 하루만 더 저희에게 강좌를 베풀어 주시옵고, 모레쯤 선학산 활터에서 저희들 훈련을 좀 봐주시면 무한한 도움이 되겠습니다."

강동찬이 웃음을 머금었다.

"하루 더 강좌라…. 하긴, 나도 할 말 다 못한 것 같아 미진하오만…."

그러나 그는 조금은 난색을 지으며 논개를 건너다보았다.

"가능하시면 그렇게 해 주시지요. 떠나시는 날을 하루만 더 지연해 주소서. 회원들 문의도 많을 것 같습니다!"

논개는 간절한 낯빛으로 그를 마주 보며 거듭 청했고, 그가 논개를 잠시 응시하다가 고개를 끄덕였다. 회원들은 손뼉을 쳐서 예를 표하고는 다음 날을 약속하며 서둘러 기와집을 빠져나갔다.

밤이 되자 강동찬이 논개를 지그시 끌어안았다. 논개는 숨 막히게 죄어드는 그의 가슴 안에서 병화는 필시 일어나는 것이냐고 걱정스럽게 물었다. 그가 큰 숨을 뿜어내며 그렇다고 했다. 그것도 먼 훗날의 일이 아니고 바로 최근의 조짐이 이상하다고 했다. 그는 논개의 귓가에 대고, 왜침이 있게 되면 행동을 섣불리 하지 말고 자중하면서 기회를 엿보아야 할 것이며, 억만금보다 소중한 자신의 생명을 함부로 다루어서는 안 된다고 힘주어 말했다.

"병화가 일어나면, 필히 전장의 선두에 서실 어르신이 저는 더 걱정이옵니다. 한시라도 어르신 혼자의 몸이 아니심을 염두에 두시오소서."

"걱정 마라. 사람의 명줄이 그리 간단히 스러지는 것은 아니며 하늘에 매였느니라. 가만, 논개야! 왜 우리가 상서롭지 못한 생각으로 이 소중한 밤을 흘려보내야 한단 말이냐. 이리 오너라."

"어르신, 옥체도 생각하시오소서."

"걱정 마라. 나는 타고난 철인이니라."

"과신이시옵니다. 그, 그러실수록…."

그녀의 말은 그의 입 안으로 삼켜 들고, 그는 또 한 차례 열정적인 사랑을 구사했다. 논개는 그로 하여 조금씩 열리는 환희의 촉수에 민망스러워하면서 혼자 얼굴을 붉힌다.

그는 혼곤히 잠 속으로 빠져들었다. 다시는 일어나지 아니할 것처럼 숨결의 골이 깊었다. 논개는 촛불을 끄기 전에 그의 준수한 얼굴을 가만히 내려다본다. 시원한 이마와 우뚝한 콧날, 짙은 눈썹, 꽉 다문 큰 입 등이 늠름한 장부의 모습이면서 어딘가에 외로움이 진하게 배어 있음을 느낀다. 얼굴에 서려 있는 고독함이, 몰락한 사대부 집안의 혼자 남은 생자로 한이 많아 그러려니 헤아려 본다. 심장이 빠근히 저려 들었다. 논개는 손을 들어 그의 얼굴을 조심스럽게 어루만지면서 백발이 성성할 때까지 그와 더불어 살 수 있으면 자기 인생에 더 이상 바랄 것이 없겠다는 속마음을 다시 새겨 본다.

그렇게 생각해서인지 안뜰 마당에 사락사락 무엇인가 흩뿌리는 소리 같은 것이 들렸다. 귀를 기울이면 분명히 소리가 나는 것 같고 방심하면 아무 소리도 들리지 않았다. 논개는 촛불을 끄고 이불깃을 그의 목 밑까지 여며 주고는 살며시 방문을 밀고 밖으로 나가 보았다. 흰 눈발이었다. 싸락눈 같기도 하고 함박눈 같기도 한 하얀 눈송이가 어둠 속에서 희끗희끗 흩날리고 있었다.

"백설이로구나! 한낮의 햇살은 봄빛이 완연한데 아직도 겨울이런가. 제발 병화는 없었으면 좋겠구나. 어르신과 더불어 사는 세월이 좀 더 길었으면 좋겠구나…."

필히 왜침이 있을 것이라던 그의 확신에 찬 말은 논개의 마음에 어두운 그림자를 만들었다. 불안감이 가슴 밑바닥에 켜켜로 깔렸다. 나라가 위기에 처했을 경우를 대비하여 활쏘기며 창던지기며 몸 단련을 하면서도, 혹여 그와의 삶이 여의치 못할까 마음이 끝없이 허전하고 아픈 것이었다.

*

다음 날은 동기들의 교습이 없는 날이기도 했지만, 아이들이 강좌의 내용을 이해하는 데 어려움이 있을 것도 같아 논개는 의기회 회원들만 모이게 했다. 회원들은 어저께와 마찬가지로 전원이 다 모였다. 참여의 열기가 의외로 뜨거웠다. 아이들이 참석치 않아선지 분위기가 무거울 만큼 차분하고 진지했다.

강동찬은, 정사 황윤길과 부사 김성일이 일본의 정황을 인식하고 판단하는 시각이 서로 각각이었고, 결국 병화가 일어나지 않는다는 김성일의 주장이 나라의 결정이 되어 버린 상황까지 논하고 전날 강좌를 매듭지었던 터인지라, 이날은 그 이후의 좀 더 악화된 조선과 왜국과의 관계를 설명하기 시작했다.

"여러분들에게 적지 않은 불안감을 줄 것 같아 마저 말하지 않았던 부분을 오늘은 들려드리도록 하지요. 황윤길과 김성일 등 우리의 통신사 일행이 왜국에서 돌아올 적에 왜국에서 회례사*로 중 현소와 부관 평조신도 함께 조선으로 건너왔습니다. 왜국 사신들이 다시 조선에 온 것은, 도요토미가 장차 명나라를 치러 갈 텐데 조선이 길을 내줄 수 있느냐에 대한 조선 임금의 구체적인 국서를 받아가기 위해서였지요. 임금님이 조정의 대신들에게 이 문제를 의논토록 했습니다. 그러자 대신들은 김성일의 주장대로 왜국이 병화를 일으킬 조짐이 없는데 도요토미가 겁주는 헛소리를 하고 있는 것으로 도외시하기로 결론을 내고 말았습니다. 그러나, 임금님은 불안했던 것입니다. 그래서 오억령吳億齡을 선위사**로 삼아 현소 일행을 접대케 한 뒤 그들의 속을 떠보게 했는데, 현소는 거침없이 '우리의 관백 풍신수길은 내년에 군사를 일으켜 명나라로 쳐들어갈 터이므로 조선은 향도자가 되어야 한다'고 말했다는 것입니다. 이에 오억령은 나라의 위급함을 느끼고 즉시 이 사실을 조정에 보고했습니다!"

강동찬은 잠시 말을 중단하고 연상硯床 위에 놓인 인삼 달인 물을 한 모금 마셨다. 그러고는 회원들을 한 번 찬찬히 둘러보았다.

"그런데 말입니다. 통탄스럽게도 조정에서는 오히려 오억령이 경망하게 일을 만들어 세상을 소란케 한다 하여 선위사 벼슬을 파직해 버렸지요. 오억령은 주장을 굽히지 않고 현소와 문답한 내용을 상세히 적어 다시 올렸지만 오히려 조정의 미움만 사고 말았습니다."

회원들 사이에서 혀를 차며 딱해하는 소리가 났다. 어쩌자고 바르게

* 회례사(回禮使) : 외국에서 사신을 보냈을 때에 그 답례로 보내던 사신
* 선위사(宣慰使) : 조선 시대에 외국 사신을 영접하는 일을 맡아 보던 임시 벼슬

전달하는 사람을 파직할 수 있느냐는 뜻이었다. 강동찬은 좌중의 반응에 동조하듯 고개를 끄덕이며 다시 말을 이었다.

"오억령을 파직하고 심희수沈喜壽를 대신 선위사로 삼은 후 이번에는 임금님이 직접 일본 사신을 인정전仁政殿으로 불러들였습니다. 그들에게 음식을 내리고 가선대부*의 품계까지 주면서 '조선이 너희들에게 벼슬을 내림은 여러 차례 조선을 드나들면서도 공손하여 특별히 대접하는 것이지만, 그러나 너희 왕이 명나라에 불측한 마음을 먹고 우리더러 길을 빌려 달라는 말은 천벌을 받을 소리이니, 너희 나라에 돌아가서 국왕을 잘 타일러라' 했던 것이지요. 결국, 길을 빌려 달라는 왜국에게 천벌을 받을 생각을 거두라는 우리 측의 분명한 입장을 밝힌 것이지요. 그들은 일단 공손히 물러났지만 그러나 그들을 위로하는 황윤길과 김성일에게 '명나라가 일본의 조공을 거절한 사실에 도요토미가 분개하여 동병動兵을 꾀하고 있으니, 조선이 앞장서서 명나라에 일본이 조공할 수 있는 길을 열어 줄 계획을 세우면 조선은 무사할 것'이라는 말을 했지요. 물론 이것도 거절을 당했지요. 결국 왜국의 사신들은 우리가 저들의 요구에 완강히 반대하며 '도요토미가 천벌을 받을 것'이라 나무라는 우리의 국서를 가지고 자기들 나라로 돌아갔습니다. 바로 작년의 일입니다."

모두의 얼굴빛이 서서히 불안감으로 굳어지기 시작했다. 그야말로 지금 이 순간도 태평성대가 아니라는 사실이 온몸으로 부딪쳐 오기 때문인 듯했다.

"그것이 끝이 아니었습니다. 그들은 다시 작년 하반기에 부산포에 와서, 배에서 내리지도 않은 채 '도요토미가 병선과 병력을 완전히 정비하여 침략할 준비를 하고 있으니, 조선은 이 사실을 명나라에 알려

* 가선대부(嘉善大夫) : 조선 시대 종이품 문무관의 품계

청화통호請和通好를 하는 것이 좋다'고 거듭 부산포의 변장*에게 말했던 것입니다. 그러나 열흘이 넘도록 아무런 회답이 없자 그들은 돌아갔습니다. 모르긴 해도 일본의 마지막 통고가 아니었나 본인은 그렇게 생각하고 있습니다. 왜냐하면 그들의 배가 돌아간 이후로 부산포의 왜관倭館에 살던 왜인들이 점차 본국으로 소환되면서 텅 비게 되었기 때문이지요. 이제 우리의 조정에서도 뭔가 낌새가 예사롭지 않다는 것을 감지하고 조치를 취하고 있는 줄로 압니다."

그는 잠시 말을 끊고 무거운 표정으로 좌중을 둘러보았다.

"현재까지의 시국 상황을 본인이 알고 있는 데까지 여러분들한테 알려드리긴 했습니다만, 혹시 잘못 알고 있는 부분이 있을 수도 있습니다. 아무튼, 여러분들! 정신 바짝 차려야 합니다. 나라를 지키는 관官이 있다고는 하지만 의병들이나 민民이 함께 한마음으로 동참하여 막아내지 않으면, 우리가 큰 변을 당할 수도 있기 때문입니다."

어저께의 강좌와 달리 그는 자신의 의중을 내용에 실었다. 그렇다고 특별히 조정에 대해 비판을 가한 것은 아니었으나, 조정에서 김성일의 보고를 받아들이고 아무런 준비 없이 있었던 부분에서는 얼굴을 붉히며 당쟁으로 나라가 위기에 처하게 되었음을 한탄스러워했다. 그는 비교적 소상히 날카롭게 지금까지의 상황을 다 설명해 준 셈이었다.

논개가 먼저 질문을 던졌다.

"현소가 오억령에게 '내년에 군사를 일으켜 명나라로 쳐들어간다' 했다면, 그것은 바로 금년에 쳐들어온다는 말이 아니옵니까?"

"그렇소이다."

그는 여러 사람 앞이어서인지 논개에게 예를 갖추며 짧고 단호하게 대답했다.

---

* 변장(邊將) : 조선 시대에 각 진영에 배치한 종삼품 첨사(僉使), 종사품 만호(萬戶), 종구품 권관(權管) 등의 무관 벼슬을 통틀어 이르던 말

회원들의 얼굴에는 불안감과 수심이 더한층 깔렸다. 서로의 얼굴을 마주 보기도 하고 강동찬의 얼굴을 쳐다보기도 했다.

"왜구가 우리에게 명나라를 치러 갈 길만 빌려 달라고 했는데, 왜 우리는 그것을 거절하고 사태를 악화시켜 왔는지요?"

뒷줄에 앉았던 계월桂月이 뜨악한 낯빛으로 물었다. 그러자 명월 어미가 딱하다는 낯빛으로 계월을 돌아보았다.

"명나라가 조선에게 어떤 나라더냐? 조공을 올리는 대국大國이 아니더냐? 그런데 상국上國을 치러 가라고 조선이 길을 내어 줄 수 있단 말이냐? 그리고 왜인들이 조선은 건드리지 않고 길만 지나가겠다는 말을, 그런 말 같지도 않은 말을 어찌 믿을 수 있단 말인가."

명월이 책망하는 음성으로 계월을 바라보며 그렇게 말했다. 계월은 얼굴이 붉어지고, 다른 회원들은 고개를 주억거렸다.

강동찬이 입을 열었다.

"명월님의 생각도 틀리지 않습니다. 도요토미는 처음부터 조선과 명나라를 삼킬 야욕을 가졌던 것입니다. 조선을 먼저 치고 이어 명나라를 칠 생각이었던 것이지요. 그러나 왜국과 조선의 중간 지점에 위치하여 조선에 조공을 바치고 쌀과 옷감을 얻어 가는 우리의 속국屬國 대마도의 도주가 중간 역할을 한 것입니다. 우선 조선의 사신들을 일본에 오도록 하여 통호하게 하면서, 그야말로 일본이 조선의 길만 빌려 명나라를 치기를 대마도주는 원했을지도 모릅니다. 왜냐하면 대마도는 거리상 왜국보다 조선에 더 가까울뿐더러 척박한 바위섬 땅이라 물산이 풍족하지 못하여, 조선에 조공을 올리고 신하 노릇을 하면서 쌀을 얻어 가고 조선 근해에서 고기도 잡는 등, 조선에 의지하지 않으면 살기가 어려운 형편이기 때문이지요. 조선을 분노케 하면 누구보다 대마도 왜인들이 즉각 피해를 당하리라는 것을 대마도주는 알고 있었던 것입니다. 물론 대마도주도, 도요토미가 조선을 침략할 생각을 버리지 않고 있고 또한 명나라를 큰 나라로 떠받들고 있는 조선이 절대로 길을 내주지 않을 것임을 알고 있었습니다. 이런 유화적인 방법이 눈 가리고 아웅 하는 것뿐임을 알면서도, 일단은 시간이라도 벌고자 얕은 수를 쓰고 있는 것이지요."

모두가 수긍하는 표정들을 하고 그의 얼굴에서 눈을 떼지 않았다. 그때였다. 뒷자리에 앉았던 가매嘉梅가 바른손을 들면서 입을 열었다.

"어르신, 대마도가 원래는 우리 땅이라고 들었습니다만 왜인이 살고 있으니 그렇지 않은 것도 같거든요."

긴장감이 감돌던 분위기에 뭔가 곁가지를 건드리는 것 같은 질문이었지만 강동찬은 관심을 보였다.

"동국여지승람에 대마도는 조선의 땅으로 적혀 있고, 또 세종대왕이 대마도주에게 보낸 유지諭旨, 임금이 신하에게 내리던 글에 '대마도는 경상도 계림鷄林에 속한 우리의 땅'이라는 구절도 있음을 보면 근거가 없는 말은 아니지요. 그러나 그 땅에 왜인들이 살고 있고 그들이 대마도를 자기들 땅이라 말하더라도, 실제 그들은 오랫동안 조선의 속국으로 조선에 의지하여 살아왔기 때문에 조선을 무시하지 못하지요. 고려사高麗史에 보면 공민왕 때 대마도에 만호萬戶라는 벼슬을 주고 그들은 고려 조정에 토산물을 바치고 사신을 보내와 조회하므로 쌀 일천 석을 내렸다는 기록이 있고, 그리고 지금까지도 조선이 해마다 대마도에 쌀 2백 석과 콩 2백 석을 내리고 세견선*을 허락하고 있으니, 대마도가 조선의 은혜를 입고 사는 속국임에는 틀림없지요."

"그렇게 은혜를 입는 대마도가 중종 임금 때는 왜란도 일으키지 않았는지요?"

가매가 다시 말했다.

---

* 세견선(歲遣船) : 조선 시대에 삼포를 개항하고 대마도주에게 내왕을 허락한 무역선

"그랬지요. 옛날로 거슬러 올라가 대마도 이야기를 좀 더 하지요. 우리 조정에서는 대마도를 속국이라 하여 그들을 웅천의 제포薺浦와 동래의 부산포釜山浦, 울산의 염포鹽浦 등에 구역을 정해 60명에 한하여 왜인들이 살 수 있게 해 주었지요. 이 세 포구를 삼포三浦라 하고 왜인들의 거주 구역을 왜관倭館이라 합니다. 이들은 처음에는 조선에 조공을 바쳐 신하 노릇을 착실히 하면서 쌀과 곡물을 받아 가고 세견선 50척으로 고기를 잡고 장사를 하면서 살았는데, 차츰 쌀이며 배 50척으로 만족하지 않고 서서히 규약을 어기며 우리의 근해를 노략질하기 시작했던 것입니다. 낮에는 조선 어부로 위장하여 배를 타고 섬과 포구를 다니면서 약탈하고, 밤이면 담을 넘어 여자를 겁탈하고, 허락된 세견선 이외에 밀수하는 일이 부지기수였지요. 때로는 조선에 복종하는 체 때로는 대항하는 체 행동하여 조정의 큰 두통거리가 된 것입니다. 이런 일들로 고려의 창왕昌王 때는 경상도 도순문사都巡問使 박위朴葳가 병선 일백 척을 이끌고 대마도를 정벌해서 왜선 삼백 척을 불살라 버린 적이 있고, 세종世宗 때에는 장군 이종무李從茂가 병선 227척에 군사 1만7천여 명을 거느리고 대마도를 소탕한 적도 있지요. 가까운 중종中宗 때에는 왜관이 있는 부산포 제포 염포에서 항거恒居하는 왜인들의 숫자가 점점 불어나면서, 이들은 고기 잡는 금법을 숫제 깨트려 버리고 해적 떼로 변하기 시작했지요. 그러니 조선 관리들은 이들을 학대할 수밖에 없었지요. 그러자 삼포의 왜인들이 대마도와 합세하여 끝내 변란을 일으키고 말았는데, 그 난이 바로 삼포왜란으로 중종 5년 때의 일입니다."

사랑채의 큰방 안은 물을 끼얹은 듯 조용해졌다. 나라의 골칫거리로 조선의 신경을 끊임없이 건드리는 대마도에 대한 그의 정리된 사적史籍 설명이 유익한 가르침이 되면서 긴장감을 갖게 했기 때문이었다.

"삼포왜란에서 왜인들은 먼저 부산포와 제포를 공격하여 부산포 첨사 이우증李友曾을 죽이고 제포 첨사 김세균金世均을 잡은 뒤에 웅천과 동래성을 포위했지요. 그러자 웅천 현감 한륜漢倫은 성을 버리고 달아나고 동래만이 온전했는데, 장계가 급하게 한양으로 올라갔지요. 조정에서는 곧 유담년柳聃年을 우도방어사로, 황형黃衡을 좌도방어사로 삼아 왜적을 완전히 소탕했지요. 아주 통쾌하게 말입니다."

그때 회원들 중 누군가 손뼉을 치면서 안도의 한숨을 뿜어냈다. 앞자리의 명월 어미가 굳어진 얼굴로 뒤를 돌아보았다. 촐싹거리듯 가벼운 반응을 보이지 말라는 뜻인 것 같았다.

"물론 그때부터 조선은 대마도와 교통을 끊어 버렸지요. 그런데 다음 해인 중종 6년에 대마도주 종의성宗義盛이 막부*에 청을 해서 조선에 사신을 보내어 국서를 바치며 다시 교통할 것을 애걸해 왔던 것입니다. 우리는 당연히 응하지 않았지요. 당시 중종 임금님은 그들에게 '대마도는 우리가 대대로 길러 온 은혜를 저버리고 감히 흉악한 역모를 일으켰다. 그 극악한 대역죄는 천지간에 용납할 수 없는 일이거늘, 황차 화친和親하기를 바라는 것이냐'며 속국의 완악하고 교만 방자한 행동을 꾸짖었던 것이지요. 그러나 그들은 일 년여를 두고 애걸복걸하면서, 한편으로는 왜변을 일으킨 자들의 목을 베어 바치고, 다음 해인 중종 7년에 결국 다시 통상을 갖는 데 성공을 했지요. 그러나 조선은 종전에 허하였던 세견선 50척을 절반으로 줄이고 해마다 주던 세사미**도 쌀 일백 석, 콩 일백 석으로 줄였으며, 삼포에 왜인들이 살던 것을 금지하되 제포에만 왜관을 두어 왜인의 사신을 만나 보는 곳으로만 만들었지요. 그 후 제포의 왜관을 부산포로 옮겼을 뿐, 그때의 상황이 지금까지 이르고 있는 것입니다. 이렇듯 조선과 대마도의 관계가 순탄치 않았으니, 대마도는 조선에 거역하거나 반항하면 우선 저들의 생계가 막연해졌

---

* 막부(幕府) : 12세기에서 19세기까지 쇼군을 중심으로 한 일본의 무사 정권
* 세사미(歲賜米) : 조선 세종 때부터 대마도주에게 연례로 내려 주던 쌀과 콩

으므로, 도요토미의 조선 침략을 중간에서 조정하지 않을 수 없는 입장이었을 것입니다."

그가 말을 매듭짓듯 하면서 대접의 인삼 달인 물을 마셨다.

논개는 그가 대접을 상 위에 다시 놓는 것을 기다리면서 조심스럽게 입을 떼었다.

"하온데, 부산포에 있는 왜관의 왜인들이 지금은 모두 본국으로 돌아갔다고 하셨지요? 그것은 무엇을 의미하는 것입니까? 곧 침략이 있을 터이니 자국 백성을 도피시키는 것이지요?"

"그렇다고 볼 수 있소."

그가 고개를 끄덕였다.

여기저기서 수선거리기 시작했다. 불안함의 표현이었다.

추향秋香이 걱정스런 표정을 감추지 않은 채 말했다.

"우리 사정은 어떤지요? 왜인들이 쳐들어와도 막아 낼 준비는 되어 있는지요?"

그녀의 목소리는 떨리기까지 했다. 모두의 얼굴이 강동찬에게로 쏠렸다. 너무나 일시에 스무여 명의 불안스런 표정들이 그를 향해 모아져서인지 그는 잠시 얼굴을 붉혔다.

"남쪽의 왜인과 북쪽 야인*들의 침략에 대비키 위해 병조판서 율곡 이이李珥 선생께서 군사 10만을 기르자고 임금님께 아뢰었으나, 태평세월에 양병養兵을 해서 무엇하느냐는 반대파들의 주장과 허약한 국가 재정으로 인하여 무산된 것을 여러분들은 다 아실 것입니다. 바깥 침략에 대비키 위해 군국 기무를 장악하는 비변사備邊司라는 관아를 설치하고는 있지만, 그것이 기능을 제대로 발휘하고 있다고는 보기 어려운 상황이지요. 하물며 왜국을 다녀와서도 절대로 왜침이 없을 것이라는

* 야인(野人) : 조선 시대에 압록강과 두만강 유역에 거주하던 여진족

동인 김성일의 보고를 받은 조정에서는 그 말을 그대로 믿고 쌓던 성벽마저 중단시키고 있는 지금까지의 실정이 아닙니까. 어제 오늘에 기인된 것은 아니지만 사림士林 세력이 득세하고 격화된 당쟁黨爭 등으로 문약文弱에 빠져, 근본적인 국가 방책이 확립되어 있지 못하다고 볼 수 있는 지금 우리의 상황인 것입니다."

그의 얼굴에는 짙은 수심이 스쳤다. 소리 없이 긴 한숨을 삼키기도 했다.

"우리 조정은 왜국을 너무나 잘 모르고 있어요. 대마도를 속국으로 했기 때문에 왜국 전부를 속국으로 다스린 양 착각하고 그들을 하시하고 있는 것이지요. 성종成宗 임금 때 신숙주 어른이 일본에 다녀와서 해동제국기海東諸國記라는 일본 기행문을 저술한 적이 있고, 그 어른이 병석에서 '왜국과 화和를 도모해 달라'는 유언을 남겨 임금께서는 부제학 이형원李亨元을 통신사로 왜국에 보낸 적이 있었지요. 그런데 사신들은 풍랑으로 병을 얻어 대마도까지만 가서 대마도주에게 국서와 폐백을 전하고 그냥 돌아와 버린 겁니다. 그 어른은 왜국이 조선을 침략할 것임을 그때 이미 내다보신 것이었습니다. 이후 백여 년 동안 왜국 사신들은 조선을 많이 다녀갔지만, 우리 사신들은 일본에 간 적이 없었습니다. 그런데 이번에 황윤길과 김성일 등이 정식 통신사로 왜국을 다녀온 것이지요. 따라서 왜국이 조선을 알고 있는 것에 비해 우리 조선은 그들을 잘 모르고 있는 것이 지금에 와서는 큰 맹점이 되고 있는 것이지요."

"왜인들은 사신을 빙자하여 우리나라를 정탐하고 다녔을 수도 있겠군요?"

명월이 심히 걱정스런 낯빛으로 물었다. 그녀의 얼굴에는 분노 같은 기운도 어려 있었다.

"일본 중 현소도 사신으로 오기 전에 이미 조선의 구석구석을 몇 차례나 돌아 지리적 여건을 거의 완벽하게 파악했다는 것입니다. 그리고 정식 사신으로 왔을 때, 죽 끓듯 하는 여론 속에서 우리 조정의 토의가 진행되는 수개월 동안 답을 기다리면서 조선의 지리를 익히고 다녔다는 것입니다. 통신사 황윤길 등을 따라 건너와 동래에서부터 길을 나눠, 현소는 문경새재를 거쳐서 한양으로 올라왔고, 평조신은 충청도 단양 쪽으로 갈라져 상경했다고도 합니다. 그 이유가 너무나 자명한 것이 아니겠습니까. 그뿐이 아니고, 대마도주의 가신이면서 정식 사신을 위장하고 조선에 왔던 귤강광은, 그가 들르는 곳곳마다에서 조선인들의 인격과 나라를 방비하려는 자세가 얼마큼 굳건히 되어 있는지 시험으로 떠보기도 했다니 기가 막힐 노릇이지요."

"귤강광이 어떤 방법으로 조선인을 감히 떠보았다는 것인지요?"

명월이 다시 물었다.

"귤강광은 중 현소 이전에 도요토미의 국서를 가지고 사신으로 왔던 자로 나이가 오십이 넘은 오만한 인물이었다고 합니다. 그는 조선에서 머무는 객관마다 상실上室에 거처하고 행동이 거만하여 종래의 사신들과는 많이 달랐다고 합니다. 그가 인동仁洞 땅을 지나다가 고을 연도에 늘어선 병졸들이 창을 든 것을 흘겨보면서 '너희들이 잡은 창이 매우 짧구나.' 하며 경멸했다는 것입니다. 타국의 사신 행차가 지나가면 예를 겸하여 우리의 무력을 과시하고 상대국을 위압하기 위해 고을마다 길가에 창과 칼을 든 관병들이 버텨 서 있기 마련인데, 교자에 탄 채 흰 눈으로 장정들을 내려다보면서 창끝과 창 자루가 그렇게 짧아서 무슨 싸움을 하겠느냐는 투로 비웃었다는 것입니다."

강동찬이 잠시 말을 끊었다.

"실제 우리의 창 자루며 창날이 왜구를 막기에는 짧았는지도 모르겠군요."

명월이 입가에 쓴웃음을 머금고 강동찬을 쳐다보았다. 그러자 계향이 받았다.

"조선의 창끝이 진짜로 짧아서보다 위협을 하듯 버티고 서 있는 우리의 장정들을 가소롭게 보아서가 아니겠는지요."

"그렇소."

그는 말을 이었다.

"그뿐만 아니라 귤강광이 상주尙州에 도착하자 목사 송응형宋應泂이 사신 일행을 위해 큰 잔치를 베풀었지요. 기녀들을 불러 춤과 음악으로 한바탕 질탕하게 주연을 베풀었는데, 반쯤 취한 귤강광이 목사 송응형을 희롱한 것입니다. 그가 통사에게 통역시키기를, '나는 여러 해 동안 먼지와 티끌과 긴장감이 도는 전쟁터에서 살았던 탓으로 머리가 하얗게 세었소만, 목사께서는 노래와 춤과 음주와 기녀들 속에서 근심 없이 사시는데 어찌하여 머리털이 그렇게 세었소이까?'라며 야유하고 비꼬았다는 겁니다. 그것에서 끝나지 않고 그는 왕도王都인 서울에서 노골적으로 우리 백성을 시험해 보았다는 겁니다. 이들 일행이 한성에 닿자 조정에서는 이조정랑 유근柳根을 선위사로 하여 접빈케 하고, 또 예조판서가 사신 일행을 초청하여 연회를 베풀었지요. 그런데 연회 중에 귤강광이 갑자기 일부러 호초胡椒, 후추를 좌중에 좍악 뿌린 겁니다. 호초알이 자리에 데굴데굴 구르자 이것을 본 기녀들과 악공樂工들이 노래와 춤을 팽개치고 앞다투어 호초알을 줍느라 좌석이 순식간에 난장판이 되었지요. 이 모양을 빙긋이 비웃음을 머금은 채 내려다보던 귤강광이 객관으로 돌아가 통역관에게 말하기를, '너희 나라는 망할 것이로다! 이토록 나라의 질서가 없고 기강이 문란하고서야 어찌 망하지 않겠는가.'라며 조롱하듯 쏘아붙였다는 것입니다."

몇몇 회원들의 얼굴이 붉어졌다. 호초알을 줍던 대부분의 사람들이 기녀였다는 내용 때문인 듯했다.

"귤강광이란 자가 잘난 척 오만방자하였고, 결국에는 조선에 통신사를 청하는 일을 성공시키지 못했다는 이유로 도요토미에게 목이 베이긴 했다지만, 그래도 그가 조선의 상황을 나름대로 어느 정도 파악하고 있었다는 사실을, 우리는 인정하지 않을 수 없습니다."

명월과 논개가 동조하듯 고개를 주억거렸다. 그는 마무리를 짓듯 말을 이었다.

"유학儒學으로 문치文治에 편중된 우리의 조정은 그나마도 동·서인의 당쟁으로 나날을 보내느라 무비武備를 소홀히 하였고, 군정軍政은 파괴되어 사방이 무방비 상태에 처해 있고, 율곡 선생의 십만 양병 건의도 무산되었고, 거기다 김성일 부사의 잘못된 보고로 각처에 쌓던 성벽마저 중단케 하고 있으니, 우리의 실정이 어느 정도인지는 가히 짐작하리라 믿습니다. 이제 방법이 따로 없습니다. 백성들 스스로 힘을 기르고, 관민 할 것 없이 한마음으로 뭉쳐 나라를 지키는 길 외에는 따로이 방법이 없다는 것입니다."

그는 인삼차를 다 마셨다. 갈증이 심해지는 듯 엽차도 마셨다.

앞자리에 앉았던 소향素香이 다소 야윈 몸매에 비해 굵고 가라앉은 음성으로 강동찬을 향해 입을 열었다.

"어르신! 김성일 부사께서 진정으로 왜국이 쳐들어오지 않을 것으로 보았을까요? 황윤길 정사를 비롯하여 왜국에 함께 갔던 모든 사람들이 '왜국은 조선을 침략할 것'이라 입을 모으는데, 일행 중에 가장 똑똑하다고들 하는 그가, 참말로 왜인이 조선을 치지 않을 것이라 보았을까요? 따로이 속셈이 있었던 것은 아닌지, 소녀는 그 어른의 말씀을 믿고 싶으면서도 끊임없이 치솟는 의문을 지울 수가 없사옵니다."

강동찬은 좋은 질문이라는 듯 정색한 표정으로 그녀를 마주 바라보았다.

"황윤길 정사의 말이 옳네, 김성일 부사의 말이 옳네, 동인東人 서인西人 간에 시비가 분분할 때, 김성일과 같은 당파인 좌의정 유성룡柳成龍

이 그에게 물었답니다. '공의 말이 황 정사의 말과 같지 아니한데, 만일 병화가 일어나면 어떻게 할 것이오?' 했더니, 김성일이 말하기를 '나 역시 왜가 영원히 동병치 않을 것이라고 믿지는 않소만, 황의 말이 너무 호들갑스럽고 요란스러워서 내외 인심을 당황시킬까 염려되어 그리했소.'라고 대답했다는 것입니다. 그런가 하면, 왜국에 함께 갔던 군관 황진은 김성일의 보고에 분노해 참지 못하고 신료들이 만장한 곳에서 소매를 걷어붙이고 이렇게 소리를 쳤다고 합니다. '거짓을 아뢰는 김성일의 목을 베어야 한다. 어리석은 황黃과 허許 같은 사람도 적정賊情을 옳게 판단하는데, 소위 명민하다는 성일이 어찌 이것을 알지 못할 리가 있는가. 이는 왜놈의 답서 중에 상국을 침범하겠다는 부도不道한 말이 있는데도 한마디 항변도 못하고 그냥 받아 온 것으로 죄를 받을까 두려워서 교묘하게 말을 꾸미는 것이니, 마음 됨이 고약하도다, 교활하도다.' 하고요."

"황진 군관의 분노는 김성일에게서 끝나는 것이 아니었습니다. 자기 당파의 주장이기 때문에 내용이 여하간에 무조건 옳다고 밀어붙이는 신료들에 대한 불만도 터뜨렸던 것이지요. '조정에 가득 찬 벼슬하는 이들은 국가의 흥망은 생각 않고 다만 편당만 가리는구나.' 하고 연달아 소리쳤던 것입니다. 그러니, 결국은 김성일 부사도 왜구가 필히 병화를 일으킬 것을 알고 있었다고 보는 것이 옳겠지요."

여기저기서 한숨 소리가 터져 나왔다. 논개가 자리에서 일어났다.

"어르신! 어언 점심때이옵니다. 이제 좀 쉬십시오. 애쓰셨사옵니다! 그리고 회원 여러분들도 오늘은 저희 집에서 점심을 준비했으니 함께 드시고, 오후에 어르신의 말씀을 조금만 더 듣기로 하겠습니다."

강동찬이 논개를 바라보며 말했다.

"조선과 왜국 간의 그간의 사정을 대충 요약해서 다 들려준 것 같은데, 뭐가 또 남았으려나?"

"조선과 명나라의 관계라든가 야인들과의 관계라든가 궁금한 점이 아직도 많사옵니다."

"내가 벼슬하는 사람이 아니라 현장에 참여함이 없어서, 모두 전해 듣고 읽은 단견뿐이거늘, 오후 시간을 또다시 만들어야 할까?"

명월이 미소를 머금으며 사정하듯 말한다.

"어르신! 저희들에게 너무나 유익한 말씀들이옵니다. 세상 돌아가는 이야기를 여염집 여자들보다야 많이 듣는 편입니다만, 어르신처럼 해박하신 분도 만난 적이 없고, 조리 정연하게 언변을 잘하시는 분도 지금껏 만난 적이 없어, 저희는 어르신의 시간을 좀 더 얻고 싶습니다. 우리 논개님이 이왕지사 저희들 점심까지 마련토록 한 모양인데, 오후 시간을 조금만 더 할애하여 주소서!"

"허허, 그래 봅시다. 여러분이 잘 들어 주시니 나도 힘들지는 않습니다."

모두가 기쁘게 손뼉을 쳤다. 그녀들은 실제로 조금도 권태롭거나 지루한 표정들은 아니었다. 강동찬은 천천히 일어나 방문을 열고 밖으로 나갔다.

"참말로 대단한 어른이시다! 말씀마다 가슴에 닿고 정곡을 찔러 주시고, 뵐수록 몸도 얼굴도 잘생기셨다! 논개 성님은 얼마나 좋을꼬!"

가매가 소리 내어 중얼거리다가, 돌아보는 명월 어미와 얼굴이 마주치자 소리를 죽였다.

안채의 정짓간에는 남편 간병으로 한동안 기와집에 발을 끊었던 울산댁과 아기를 업은 섭냄이와 초희, 월향이까지 점심 준비로 정신없이 돌아쳤다. 서른 명 가까운 사람들의 밥을 짓자니 커다란 무쇠 가마솥을 사용해야 했고, 무엇보다도 큰일을 많이 치러 본 주방의 터줏대감 덕산댁이 없어 더 경황이 없는 것 같았다. 오랜만에 주방에 들어간 울산댁의 손이 굼뜨고, 섭냄이와 아이들은 아직 손이 설어 허둥지둥 들락거리기만 했다.

"논개야, 저기 아기 업은 여자는 누구더냐?"

안채로 들어선 명월이 물어 왔다.

"이름은 섭냄이라 하고, 제 소꿉동무입니다."

"고생을 많이 한 보양이구나. 얼굴이며 몸매며 피골이 상접이로고…."

그러나 명월이 논개에게 묻고 싶은 말은 따로 있는 것 같았다.

"듣자 하니 덕산댁이 도둑질을 하고는 도망쳤다 하던데, 그 말이 사실이냐?"

논개는 속으로 놀란다. 바로 며칠 전의 일이고 누구한테도 구체적으로 말한 적이 없었기에, 초희나 월향이의 떠벌림이리라 짐작한다.

"다음에, 소상한 말씀 올리겠습니다."

논개는 그 정도로 명월 어미의 궁금증을 보류하고는, 넉근 애비더러 사랑방으로 음식상들을 들여놓게 한다. 뜰에는 지난밤에 내린 함박눈이 차가운 기운으로 녹지 않고 있었다. 연일 따뜻하던 한낮의 날씨였는데 이날따라 차가웠다. 논개는 안방으로 그의 점심상을 먼저 들여놓고 상머리에서 인삼주를 한 잔 따라 올린다. 강동찬이 그런 논개를 정감 어린 눈빛으로 바라보았다.

"낮에 술을 마셔도, 괜찮겠느냐?"

"반주로 딱 한 잔만 올리겠습니다."

"한 잔으로는 반주도 되지 않으니 석 잔만 따르거라."

"석 잔은 과하옵니다. 얼굴이 붉어지실 터인데…."

"석 잔은 흔적도 없느니라. 한 됫박쯤 마셔야 비로소 붉은 기가 도느니…."

"옥체를 조심하소서. 술이 과하시면 간을 버린다 하옵니다. 이 고깃점부터 먼저 드소서!"

그가 술부터 마시려 하자 논개는 젓가락으로 불고기 한 점을 집어 그의 입에 넣어 준다.

"너와 함께 있으면 내 버릇이 고약해지겠구나. 내가 언제 이런 호강을 받아 보았어야지."

논개는 속으로 '평생 곁에만 계셔 주소서. 제 한 몸 다하도록 뫼시겠습니다.' 하고 읊어 보면서도 입 밖으로 발설하지는 않는다. 나라 돌아가는 상황이나 여러 가지 여건이 그럴 수 없는 입장임을 알고 있는데, 굳이 내색하여 그의 마음을 무겁게 하고 싶지 않았기 때문이다.

강동찬은, 눈길을 아래로 내린 채 말이 없는 그녀를 그윽이 바라본다. 밖으로 표현하지 않아도 그녀의 내면을 꿰뚫어 볼 수 있기에 가슴만 뻐근해졌다.

"논개야. 너를, 내 생명만큼 은애하느니라."

그의 목소리가 갈앉아 있었다. 그런 그의 말이 논개에게는 조금도 새삼스럽게 들리지 않았다. 논개는 명치끝이 쩌엉하게 저려 들고 순식간에 눈가로 열기가 모아졌다.

"진지 드시다가 어인 말씀을…, 혼자 드시오소서. 저는 사랑채로 나가 보겠습니다."

논개의 음성은 울먹임으로 메어 있었다.

"이리 오너라."

그가 밥상을 옆으로 밀고 손을 뻗어, 일어서려는 논개의 팔을 끌었다. 논개는 못 이긴 듯 그의 품에 안기며 후드득 눈물을 떨군다. 사랑하는 이 앞에서는 어찌하여 이리도 시도 때도 없이 눈물이 솟구치는지, 그리워서도 환희로워서도 원망스러워서도 눈물이 먼저 앞서는가 싶어진다. 머리와 가슴으로 두루 뻗쳐 있는 감성의 끈이 명주실처럼 가늘고 여리어 그의 한마디에도 흔들거리는가 싶어진다. 하물며 시국이 이토록 불안한 때라니, 그와의 연줄에 혹여 별리別離는 없을 것인지 생각만으로도 심금이 울리는 것이었다.

"논개야. 수많은 여인들을 마주하고 앉았는데도, 오로지 너밖에 보이지 않더구나! 큰 방 안이 너 하나로 꽉 차 있더구나! 은애의 감정이라는 것이 도대체 무엇일까. 너를 안고 있으면 이리도 포만하고 황홀하여 세상을 다 얻은 것 같으니…."

논개가 그의 가슴에서 물러나며 손등으로 눈물을 찍어 낸다.

"저도, 그러하옵니다. 진지 드소서."

논개는 몸을 비켜 밥상을 다시 그의 앞으로 당겨 놓고는 안방을 벗어난다. 그리고 서둘러 사랑채로 향한다.

*

점심 후에, 강동찬은 다시 회원들 앞에 앉았다. 다른 볼일이 있었던지 회원 네댓 명은 자리를 비웠다. 오전과는 달리 회원 모두의 앞에도 찻잔이 놓여 있었다. 강동찬 앞의 연상 위에는 녹차와 인삼차와 냉수가 각각 한 잔씩 놓여 있어 보는 이들로 하여 미소를 머금게 했다. 그는 회원들에게 자유롭게 차를 들면서 얘기를 들어 달라고 했다.

"오전에 논개님이 문의한 명나라와 조선과의 관계, 여진과 조선과의 관계에 대해 간략하게 설명하지요. 여러분들이 잘 아시다시피, 명나라는 200여 년 전부터 지금까지 조선의 상국으로, 조선은 명에 사대를 하며 긴밀하게 친선을 유지하고 있습니다. 명나라에 조선이 사대한다 함은, 조선의 왕이 명나라의 책봉을 받고 그 연호年號를 사용하며, 중요한 국정을 보고하고 그 의견을 듣는 것이지요. 명나라는 조공朝貢이라는 관무역으로 이득을 취하고 명목상 조선의 종주국이라는 자존심을 얻고 있지요. 이에 대해 우리 조선은 명나라로부터 정치상 기본적인 제약을 받지 않으면서 역시 조공에 따르는 관무역으로 이득을 얻고 있고, 명나라로부터 선진 문화를 수입하고 군사적으로 우호 관계를 유지하며 정권의 국제적 승인이라는 효과를 얻고 있는 것입니다. 여진女眞은 조선 최북단 경계 밖에 위치해 있는데, 명나라의 지배가 미치지 못하는 만주족들이지요. 여진족은 만주 북단 흑룡강 유역의 야인野人, 송화강 유역의 해서여진海西女眞, 두만강과 압록강 북쪽의 건주여진建州女眞 등 크게 셋으로 나뉘는데, 조선과는 교린交隣 관계를 맺고 있지요. 조선이 여진의 추장에게 명예 관직을 주어 형식상으로는 조선과 종속 관계를 맺고 있고, 진상進上과 회사回賜라는 관무역이 행해지고 있으며, 우리는 그들의 복종에 만족하고 있지요. 그러나 세종 때부터 한편으로는 정복도 하고 한편으로는 회유하는 정책으로 지금에 이르고 있지만, 그들은 언제 안면몰수하고 쳐내려올지 모르는 이방 민족이지요."

명월이 울상을 지으며 중얼거렸다.

"조선의 땅덩어리가 북으로는 명나라와 여진족을 이고 있고 남으로는 왜국을 두고 있어, 지리적으로 매우 불리하군요. 위아래에서 야인과 왜인들이 늑대처럼 아가리를 벌리고 조선을 잡아먹으려 하는 형세라니 난감합니다. 땅덩어리 만들어진 곳이 하필이면 늑대들 소굴 가운데에 끼여 이리도 험난한 팔자를 지녔는지…. 그래도 그 가운데서 살아남자니 대국의 속국도 되고, 또 정복해서 속국도 만들고 이리저리 얼크러져 사는 것이로군요."

명월의 얼굴은 점점 어두워지고 말속에 한숨이 묻어났다. 여러 회원들이 동조하듯 고개들을 크게 끄덕거렸다.

논개가 강동찬을 바라보았다.

"하오면 '명나라를 침략할 테니 길을 내어 달라'는 도요토미의 요구를 우리는 상국인 명나라에 알려야 하는 것 아닌지요?"

강동찬이 좋은 질문이라면서, 명나라에 이 사실을 알리는 문제로 조정에 의론이 분분했음을 설명하기 시작했다.

"한 가지 앞서 덧붙일 것은, 황윤길 정사 일행이 돌아올 때 도요토미의 답서가 아닌 또 하나의 서계*가 있었다는 것입니다. 조정에서는 이것을 대마도주 종의지가 조작한 것으로 추측했는데, 그 내용인즉 '명나라가 일본의 입공入貢을 허락하지 않아 명년 2월에 명으로 직항하려 하는데, 조선도 우리를 도와서 명나라로 뛰어들지 않을 것인가?' 하는 요지였던 것입니다. 조선이 일본과 손잡고 상국이자 종주국인 명나라를 함께 침략하자는 뜻과 같은 것이었지요. 무엇보다도 도요토미의 국서에 '조선을 거쳐서 명나라를 치러 간다'고 분명히 했던 것이니, 임금님은 그들이 어떤 수작으로 조선을 교란시키든 이 사실을 명나라 조정에 알릴 것인가에 대한 어전 회의를 열지 않을 수 없었지요. 그래서 임금님은 삼정승**과 비변사 당상***들을 불러들여 여부를 물었던 것입니다."

모두의 눈빛이 반짝였다.

"병조판서 황정욱黃廷彧과 대사헌 윤두수尹斗壽는, '적의 흉모가 이미 드러났고 바로 상국에 관계되는 일인지라 그 영향이 중대한데 어찌 감히 숨기고 덮어 둘 수 있는 일이냐'며 알리자고 했고, 영의정 이산해李山海와 좌의정 유성룡柳成龍은, '천조天朝 : 천자의 조정. 즉, 명나라에서 우리가 왜노倭奴와 사사로이 통했다고 죄로 삼을 수도 있으니 알리지 않는 것이 좋다'고 했습니다. 그러나 대사헌 윤두수는 다시 '군신과 부자지간에는 무슨 일인들 말하지 못하겠는가? 오히려 머뭇거리다가 나중에 화를 입을 수도 있다.' 하였고, 황정욱은 '우리는 천조를 이백 년 동안

---

* 서계(書契) : 조선 시대에 일본 정부와 주고받던 문서, 또는 왜인이나 야인의 추장이나 유력자에게 통호를 허가하던 신임장

* 삼정승(三政丞) : 의정부에서 국가 주요 정책을 결정하는 일을 맡아 보던 세 벼슬로 영의정, 좌의정, 우의정을 이르는 말

* 당상(堂上) : 조선 시대에 정삼품 상(上) 이상의 품계에 해당하는 벼슬을 통틀어 이르는 말

이나 섬겨 왔는데, 이제 귀담아들을 수 없는 말을 듣고 모른 척 편안히 앉아 있을 수만 있겠는가?' 한 것입니다. 이에, 부제학 김수金睟는 좌의정 유성룡의 지시를 미리 받아 또 반대 의견을 아뢴 것입니다. 내용인즉 '도요토미는 광패한 자로, 그의 말은 사람을 겁주어 두렵게 하려는 데서 나온 것일 뿐입니다. 일에는 원칙과 임기응변이 있으니 반드시 침범할 것이 확실하다면 물론 마땅히 진주陳奏해야 할 것이지만, 아직은 실정을 잡지 못한 채인데 조급하게 상주上奏해서 그 결과로 양국 사이에 틈이 생기게 되면 후회될 일입니다.' 했지요."

강동찬은 잠시 말을 끊고 녹차를 한 모금 마셨다. 그러자 모두들 덩달아 자기 앞자리의 차를 들어 마시기 시작했다.

"물론, 황정욱이 가만히 있지 않았습니다. '부제학의 말씀대로 도요토미가 대언장담만으로 그친다 하여도 명나라와 우리는 방비를 탄탄히 하는 것으로 해될 게 없지만, 불행하게도 그 말이 사실이라면 신하된 자로서 미리 알고 있었으면서 보고하지 않고 천조가 아무것도 모른 채 화를 당하게 되면 그때 가서 후회한들 무슨 소용이냐?'며 다시 알릴 것을 강조한 것입니다. 그러자 임금님께서 '복건*은 일본과 가깝고 장사꾼이 통행하고 있으니, 일본이 아국에 보낸 답서와 같은 내용을 이미 명에 전달했는지 어찌 알겠는가? 설령 도요토미가 과연 침략하지 않더라도 답서의 내용이 그곳에 이미 알려져 있다면, 천조에서는 일본과 아국이 서로 약속하고 천조를 같이 범하려 했다고 의심하지 않겠는가? 그리고 알리지 아니한 연고를 물어 오면 그때는 적을 끌어들여 천조를 범하려 했다는 누명을 면하려 한들 어찌 면할 수가 있겠는가? 윤두수의 말도 또한 이와 같으니 주문하지 않을 수 없다.' 하며 명나라에 알릴 것을 말씀하셨다 합니다. 이러니 처음에는 주문치 않는 것이 좋

* 복건(福建) : 중국의 남동부로 대만해협에 면하는 지역

겠다고 말한 좌의정 유성룡도 대세가 그렇게 기울어지니까 알리는 쪽으로 생각을 바꾸었다는 것입니다. 이렇게 결정되기까지 근 석 달이 걸렸다 하니, 그간 얼마나 찬반 논쟁이 많았을 것이며 시간 소모 정력 소모는 또 어떠했을지 나름대로 짐작이 될 것입니다."

"결국 그 논쟁도, 동인 서인으로 갈라져서 다투느라 시각이 오래 걸렸겠군요?"

가매가 강동찬을 바라보며 말했다.

"그렇습니다. 이 문제의 찬반 논쟁도 결국은 동인, 서인으로 갈라져 대립이 되었던 것입니다. 부제학 김수와 영의정 이산해는 명나라에 알리지 말자는 동인에 속하고, 병조판서 황정욱과 대사헌 윤두수는 명나라에 알려야 한다고 주장하는 서인 측에 속했지요. 좌승지 유근과 수찬 박동현朴東賢이 서인 측에 찬성하고, 좌의정 유성룡은 대세에 따라 주문하는 쪽으로 의견을 보았다는 것입니다."

어저께부터 다소곳이 듣기만 하던 수향관의 수향秀香 어미가 실로 어처구니가 없다는 표정으로 한마디 했다.

"참으로 한심스럽군요. 나라의 흥망이 기로에 서 있는 때에, 일국의 대신이라는 어른들이 너무나 자명한 답을 놓고 오로지 당파 대립으로 세 달 가까이를 끌었다니 말씀입니다."

명월이 수향을 돌아보았다.

"이보게 아우님! 우리들이 무엇을 알겠는가. 그저 어르신 말씀을 듣기만 함세."

대신들에 대한 수향의 원망과 비판이 조심스러워서 명월이 걱정하는 것 같았다. 그러나 수향은 오히려 얼굴을 붉히고 음성을 더 높였다.

"성님, 아무리 미천하다 해도 우리도 이 나라 백성입니다. 그렇지 않습니까요? 정사와 서장관과 군관 등 사신 일행이 모두 왜침이 있을 것이라 하는데, 일행 중에 유독 한 사람만이 절대로 그럴 리가 없다 하고, 그러는 그가 동인이라 해서 동인 모두가 나라 생각은 않고 덩달아 왜침이 없을 것이라 입을 모으고, 게다가…."

수향이 잠시 숨을 몰아쉬듯 말을 끊었다가 다시 이었다.

"왜국이 조선의 종주국을 치러 가겠다고 조선에 통고해 왔는데, 속국으로서 모른 척 앉아 있을 수 없다는 것은 너무나 당연지사인데, 그것을 알리느냐 마느냐로 두세 달을 끌었다니 도대체가 답답하지 않습니까요. 나라를 생각하는 사람들인지 당파 싸움이 벼슬하는 목적인지 알 수가 없지 않습니까요. 미천하고 어리석은 우리들조차 왜놈들이 조선과 명나라를 침략하려는 속셈을 알 것 같고 위기감이 느껴지는데, 그래서 하루라도 빨리 명나라에 알려 대비해야 할 것 같은데, 조정 대신들은 말만 까고 있었느냔 말입니다. 아무 일이 일어나지 않는다 하더라도 나라의 방비를 튼튼히 하는 계기가 될 것이고 손해될 일은 없을 것 같은데, 왜 그리도 말만 많으냐는 것이지요."

논개가 수향의 말을 받았다.

"수향 어머니의 말씀이 구구절절 옳으십니다! 소속된 당파보다 나라 전체를 생각해야 될 벼슬아치들이 눈앞의 이해만 따지고 있으니까요. 어르신! 말씀을 이어 주십시오. 그래서 명나라에 일본의 실정을 알렸는지요?"

강동찬이 다시 설명을 하기 시작했다.

"알렸습니다. 임금님께서는 성절사*로 김응남金應南, 서장관書狀官 황치경黃致敬, 역관譯官 홍순언洪純彦 등을 보낼 때 명나라의 동정을 탐문하여 상황을 봐 가며 이 일을 알리게 하였는데, 명나라 조정에서는 임금님의 짐작처럼 이 사실을 이미 알고 있었다는 것입니다. 명나라의 동남쪽에 위치한 지역인 복건福建과 절강浙江의 상인들이 왜인의 동정을

* 성절사(聖節使) : 조선 시대에 중국 황제나 황후의 생일을 축하하기 위해 보내던 사절

미리 알아 명조明朝에 보고하였고, 또 유구국*에서도 이미 명에 사신을 보내 왜국의 침략 의도를 특별히 주문하였던 것입니다. 그런데, 제일 먼저 알려 올 것 같은 조선에서만 유독 사신을 보내어 보고를 하지 않아, 일본과의 결탁을 의심하고 의견이 분분하여 명조가 떠들썩했다는 것입니다. 조선에 사신으로 나녀간 적이 있는 명의 각로閣老 : 내각의 원로, 즉 명나라 때의 재상 허국許國만이 '조선은 예의가 있는 나라이고 성심으로 대명을 섬기고 있으므로 왜와 결탁하여 명에 반하는 일은 절대로 없을 것이니 좀 더 기다려 봄이 좋을 것'이라며 소란을 가라앉히고 있었는데, 때마침 우리의 성절사 일행이 주문을 가지고 명조에 당도하여 아뢰었다는 것입니다. 그러자 허국이 크게 기뻐했고 명나라 조정의 의심이 다소 풀렸으며, 오히려 그들은 우리의 조정과 사신 일행을 격려하고 위로하였고, 또 황제께서는 칙서를 내려 조선을 칭찬하셨다는 것입니다. 우리 임금님 역시 모화관**에 친히 출영出迎하여 돌아온 사신 일행을 맞아 칙서를 받들고 사행의 보고를 들으셨습니다. 그뿐만 아니라 임금님께서는, 명조에 알릴 것을 주청했던 대사헌 윤두수가 이미 파직되어 유배 중이던 정철鄭澈에게 당부하여 그것을 동조 주장케 했다 하여 귀양 보냈던 것을, 이제 그의 주장대로 명에 알린 것이 효과가 컸다 하여 유배를 거두고 고향에 돌아가 쉬게 했다는 것입니다."

수향이 얼굴에 노여움을 담고 고개를 내저으며 다시 나섰다.

"세상에…. 명조에 알려야 한다는 자기들 주장을 정철 어른에게 부탁하여 동조케 했다 해서, 조정에서 윤두수 어른을 유배까지 시켰다는 것입니까요?"

---

* 유구국(琉球國) : 동중국해의 남동쪽, 현재 일본의 오키나와현 일대에 위치하였던 독립 왕국이다. 중국, 일본, 동남아시아 등과의 중계무역으로 번성하였다.

* 모화관(慕華館) : 조선 시대에 중국 사신을 영접하던 곳

강동찬이 거침없이 고개를 끄덕여 수항의 말을 긍정했다.

"삼공三公에 육조판서六曹判書로부터 사헌부司憲府, 사간원司諫院, 홍문관弘文館의 삼사三司까지 조정은 온통 동인 서인으로 나누어지고, 처음에는 편당만 나누어 그런대로 각 당파의 발전적인 의견 제시로 여론을 만들다가, 차츰 서로 중상모략도 하고, 나아가 벼슬자리에서 끌어내기도 하고, 역적 모함으로 멸문시키기도 하는 광란의 싸움질에까지 이르렀으니, 나라의 앞날이 심히 걱정되는 바이지요."

그의 얼굴은 의분으로 경직되어 있었다.

"어르신…."

논개는 강동찬의 바른 소리가 적잖이 걱정되어서 그를 조심스럽게 부르며 쳐다보았다.

그러나 그는 논개의 불안한 마음을 아랑곳하지 않았다.

"지금 우리의 사정이 어디 분당파쟁에 기강의 문란뿐이겠소. 문제는 사회 제도에도 있고, 도의심의 추락에도 있고, 조정 신료들의 무능과 실천력의 미약에도 있고, 무술을 경시하는 풍조에도 있지요. 백성들 또한 애는 쓰지 않고 당장 편안하고 탈 없이 살려고만 하는 안일성安逸性과, 뚜렷한 해결책은 없이 임시변통으로 그때그때의 안정만을 바라는 고식성姑息性의 문제가 있는 것이지요. 그뿐만이 아닙니다. 사대사상에다 남의 힘에 의지하려는 의존성依存性도 문제고, 무엇보다 국방정책의 빈곤성이 지금 우리에게는 제일 큰 당면한 문제입니다."

여기저기서 한숨 소리가 터져 나왔다.

논개는, 강동찬의 목소리가 점점 격앙되어 조정을 향한 불칼 같은 비판이 여과 없이 계속 터질 것만 같아, 그의 마음을 돌려 볼 생각으로 왜국의 추장 도요토미를 떠올린다. 어떤 겁도 없는 인물이기에 감히 대명을 치고 조선을 치려하는지 어차피 궁금하던 차였다.

"어르신! 도요토미, 즉 풍신수길은 도대체 어떤 인간이기에 이렇듯 오만방자한 야욕을 가지고 세상을 흔드는 것인지요?"

강동찬은 논개의 새로운 질문에 고개를 들어 그녀를 바라보았다. 그의 표정이 한결 진정되는 것 같았다.

"내가 풍신수길을 알면 얼마나 알겠소이까마는, 전해 들은 말로는 유별한 인종임에는 틀림없는 것 같습디다. 왜국에는 예부터 천황天皇이라 참칭하는 임금이 있으나, 국사는 천황을 대신하여 관백關白이 맡아 다스리는데, 바로 도요토미가 지금 왜국의 관백입니다. 뭇 장수들의 우두머리인 대장군인 셈이지요. 그는 말직 무사의 아들로 태어났는데, 어려서 아비를 잃고 어미가 이웃에 재가하여 계부 밑에 자라다가, 직전신장織田信長이라는 장수의 상노*로 들어갔다 합니다. 변소 청소를 시켰는데 냄새가 나지 않을 정도로 깨끗이 하고, 추운 날에 주인의 신발을 품속에 품어 데워서 바치는 등 꾀가 밝고 책임감과 충성심이 남달라 총애를 받았다는 얘기도 있습니다. 이후로 직전신장을 따라다니며 여러 전투에서 두각을 나타내어 중용되었다 합니다. 그러다 그가 직전신장의 명을 받아 먼 지방을 정벌하러 전장에 나가고 없는 틈에 모반이 일어나 직전신장이 죽자, 그는 주인의 원수를 갚는다는 명분으로 회군하여 모반 세력을 제거하고 실권을 장악했다 합니다. 그 후 거듭 승전을 거두어 전란이 끊이지 않던 왜국을 통일하고 스스로 관백이 되었다 합니다."

도요토미에 대한 그의 말은 계속되었다.

"우리 통신사 일행이 도요토미의 외모를 평하여 볼품없고 추하지만 눈빛에 정기가 있다고 했듯이, 실제로 그는 몸체가 왜소하고 용모도 괴이하여 원숭이처럼 생겼다 합니다. 하지만, 미천한 신분으로 태어나 상노에서 시작하여 지금 최고의 자리에까지 이른 것은 오로지 살기등

---

* 상노(床奴) : 밥상을 나르거나 잔심부름을 하는 어린아이

등한 전쟁으로만 이루어진 것이니, 그가 얼마나 대담하고 호전적인 인물인가는 우리가 알 수 있는 것이지요. 결국 그가 마음먹었던 일들이 지금까지는 다 이루어졌으니, 그가 얼마나 방약무인하고 교만할 것인지는 미루어 짐작할 수 있는 일입니다."

강동찬은 녹차 잔을 들어 목을 축였다.

"하지만, 그가 제아무리 오만방자하고 광인적인 행동을 저지르더라도 조선을 치고 명나라를 쳐서 성공한다는 것은 어불성설이지요. 절대로 성공하지 못합니다. 지진이 많은 섬나라 왜인들의 꿈이 광대한 대륙에서 사는 것이고, 또한 자기네 사정, 즉 오랜 기간의 전쟁에서 얻은 각 지방 세력들의 강력한 무력을 해외로 방출시킴으로써 국내 통일의 안정을 도모하고, 또한 새로이 우후죽순처럼 솟구치는 신흥 세력들을 억제하기 위해서 대륙 침략의 망상에 빠질 수도 있겠지만, 그러나 크게 잘못 판단하는 것이지요."

그가 얼굴을 천천히 좌우로 내저으며 말했다. 그러자 수향이 침울한 표정을 지우지 못하면서 반문했다.

"하오나 우리의 조정이 당파 싸움과 무능으로 기강이 문란하고 저들을 막아낼 아무런 방비책이 마련되어 있지 않은데, 저들의 광기는 하늘을 찌를 듯하다면, 이는 큰 걱정이 아니옵니까?"

"너무 두려워만 할 일은 아닙니다. 저들의 침략을 막아낼 만반의 준비는 아니 되었다 하더라도, 우리에게는 훌륭한 장수들이 많습니다. 그뿐만 아니라, 왜관이 비워지고 저들의 동태가 심상치 않음을 눈치챈 조정이 나름대로 대비를 하고 있고, 무엇보다도 저들을 물리치겠다는 우리 백성들의 하나로 뭉쳐진 강건한 마음이 중요한 것입니다. 나라가 위기를 당할 때는 관도 민도 한마음이 되어 하나로 뭉치면 저들을 격퇴할 수 있을 것입니다."

그는 허리를 펴듯 하면서 새삼 회원들을 휘둘러보았다.

"오로지 구국의 정신 하나로 뭉친 의병들이 있고, 또한 같은 뜻으로 뭉친 여러분들 의기회도 있습니다. 관의 방비에 더하여 백성들의 불타는 애국심이 한 덩어리로 뭉쳐지면, 철옹성의 방벽으로 광란의 적을 패배시킬 수 있는 것입니다. 자, 여러분! 긴 시간 우리의 시국 상황을 본인이 알고 있는 대로 다 말씀드렸습니다. 도움이 되었기를 바랍니다. 밖은 아직 눈이 녹지 않아 길이 험하겠습니다만, 내일은 선학산 활터에 모이도록 합시다."

그는 드디어 강좌를 끝냈다. 모두들 방 안이 떠나가도록 박수를 쳤다. 그가 일어나 방을 벗어나 사랑채 뜰로 내려설 때까지 의기회 회원들의 박수는 끊이지 않았다.

"세상에! 눈앞이 확 트이는 것 같네! 세상사 너무 모르고 살았네…. 우리 논개 아우님은 좋겠소! 저리도 잘나고 훤출하고 해박하고 든든한 낭군님을 뫼셔서. 참말로 부럽기 그지없습니다요! 나도 저런 분 한 번만 뫼셔 보았으면…."

논개보다 두 살 위인 스무 살의 지향芝香이 두 손을 가슴에 모으고 실눈을 지으며 말했다. 그러자 명월이 얼른 고개를 돌려 지향을 지그시 쏘아보았다.

"쯧쯧, 딱도 해라. 세상 돌아가는 이야기를 이틀이나 듣고도, 아니 우리 발등 위에 불덩이가 떨어지는 위기의 말씀을 듣고도, 지향이는 논개가 부럽다는 생각만 했는가? 철 좀 들거라. 아무리 우리가 미천한 기녀들이라 해도, 그래도 각성하는 바가 각별히 있어야지."

수향이 미소를 머금으면서 명월을 바라보았다.

"명월 성님, 너무 나무라지 마시어요. 지향이 지금 한 말은 그 어른을 존경해서 칭송하는 뜻이지 다른 뜻은 없는 것 같아요. 보시어요! 아이들 전부가 그렇다고 고개들을 끄덕이잖아요! 그야말로 어제 오늘은 잘나신 그 어른과 논개 덕분에 세상 돌아가는 판을 제대로 안 것 같고 머리도 새로 트이는 기분임은 우리들 다 비슷할 거예요. 정신 바짝 차려야 되겠다는 생각이 거듭 들고, 그 어른 말씀처럼 우리 의기회의 사명이 예사로운 것이 아니라는 생각도 새삼 드네요. 형님도 그러시지요?"

명월이 크게 고개를 끄덕였다.

"그렇고말고! 수향 아우님 말이 바로 우리들 마음인 것이야. 연회석의 주객들에게서 이것저것 주워들어 질서 없이 알고 있던 것들을 이제는 제대로 소상히 다 들었으니, 정말 우리들 각오를 다시 다져야 하겠어! 그리고 어르신이 우리들을 위해 특별히 시간을 내주시는 것이니, 내일은 활터에 한 사람도 빠짐없이 다 참석토록 합시다."

회원들이 어린 동기들처럼 큰 소리로 "예에." 하고 입을 모아 대답했다.

기녀들을 위한 이틀에 걸친 강동찬의 시국 강좌는 이렇게 끝이 났다.

*

그날 오후 늦게 논개는 강동찬을 위해 개 다리 하나를 삶았다. 아랫동네에서 때아니게 황구 한 마리를 잡는다는 소문을 듣고 다리 하나를 미리 주문해 두었었는데 마침 늦지 않게 가져왔던 것이다. 섭냄이가 개 다리를 넣은 돌솥 아궁이의 불을 살피면서 끊임없이 생글거렸다. 부엌에 들어서는 논개를 쳐다보고는 입을 반쯤 벌린 채 빙긋거렸다.

"와 그리 웃어샀노? 허파에 바람이 들어갔나."

논개도 그런 섭냄이를 마주 보며 웃음을 머금고 말한다. 자기만 마주치면 시도 때도 없이 입이 벙긋거려지는 섭냄이를 대하면, 저절로 덩달아 웃음이 머금어지는 논개였지만, 이날따라 섭냄이의 웃음에는 특별한 연유가 있는 듯 진하고 유난했다.

"논개야! 안방 어르신 말이다. 나는 그 어른을 쳐다보는 것만으로도 기분이 좋은 기라! 그란데 니는, 어르신의 은애를 받으니 올매나 좋겠노! 은애받는 니를 보모 내가 더 좋은 기라!"

"이래도 좋고 저래도 좋고 니는 맨날 좋은 거 많아서 좋겠다. 그래, 실컨 좋아해라. 우짜노, 괴기가 익나?"

논개도 섭냄이만 마주하면 사투리가 절로 터진다. 동기 적부터 매끄럽고 점잖고 상냥스런 한양 말을 쓰도록 교육을 받아 일상의 말투로 굳어졌지만, 그러나 섭냄이와 둘만 있게 되면 그 말은 남의 것인 듯 어색하고 어울리지가 않았다. 한양 말을 쓰면 우선 섭냄이가 낯선 사람을 대하듯 뜨악한 얼굴을 지었고, 논개도 둘만 있을 때는 그 말이 편치가 않았던 것이다.

섭냄이가 기어이 소리를 내어 키들거리면서 손가락으로 돌솥을 가리킨다.

"수캐 괴기가 남정네한테 참말로 좋다 쿠더라. 이 개도 수캐고 궁디 살이 많이 붙은 뒷다리인데, 히히, 고것도 들어 있는 기라. 히히히."

"무신 씨나락 까묵는 소린지 모리겄네. 황구 뒷다리 말고 이 솥 안에 뭣이 더 들어갔다 말이고?"

"하모! 굉장한 기 들어간 기라! 아까, 넉근 아재가 괴기를 갖다주믄서 '그거이 들어갔인께 주인아지매한테 말해서 나중에 값을 더 쳐조야 된다' 쿠더라."

"그기 머꼬? 나는 살이 많이 붙은 뒷다리 하나만 갖다 달라 캤는데."

"히히, 개 자지."

섭냄이 주먹 쥔 오른팔을 위로 쳐들고 왼손으로 그 팔을 받쳐 잡고 흔들면서 말했다.

논개가 갑자기 손으로 입을 막고 구역질을 한다.

"와, 와 그라노?"

섭냄이 놀란 얼굴이 되어 논개를 붙잡았다.

"그, 그런 것도 묵는다 말이가? 내가 시키지도 않았는데 뭣 땜에 그, 그것을 보냈다 말이고?"

논개는 욕지기가 계속 솟구치는 듯 일그러진 얼굴을 펴지 못하고 더듬거린다.

섭냄이가 얼른 마당으로 나가더니 담장 밑에 묻어 둔 김칫독에서 동치미 국물을 한 대접 떠 왔다.

"얼렁 마시거라. 쏙이 까라앉을 끼다. 니 얼굴이 고마 사색이다."

논개는 금방 떠낸 차가운 동치미 국물을 받아 조금 목을 축인다. 그러나 돌솥 안에서 뿜어져 나오는 뿌연 김과 누린 고기 냄새가 진동하자 다시 얼굴을 옆으로 비끼며 문을 열고 밖으로 나간다.

"배미도 잡아서 꽈 묵던 아가, 비윗살이 와 이리 엉망이 됐노? 개 자지가 남자한테 올매나 좋은 긴지 아나? 남들은 그거를 몬 구해서 눈이 뻘개 가꼬 수캐 한 마리 잡으모 사방에서 그거를 부탁한다 쿠던데…."

개의 음경陰莖에 대한 논개의 반응이 사뭇 의외였던 모양으로, 섭냄이는 주방을 벗어나는 논개의 뒤를 따라 나오면서 연신 종알거렸다.

"명월관이라 쿠던가, 머 그런 큰 기생집에서는 개 잡는 백정한테 미리부터 엽전을 박아 주고 고거를 가져간다 쿠더라꼬. 그란데 이번에는 특별히 논개 니를 생각해서 이리로 보냈다 카더라."

논개는 더 이상 대꾸하지 않고 섭냄이에게 부엌으로 들어가라는 손짓을 하고는 마당 가운데에 선 채 두서너 번 심호흡을 한다.

"배미도 잡아서 껍질을 벗기고 삶아 묵던 아였는데, 개 자지 갖고도 저래 쌌는 거 보이 마이 약해진 기라. 쯧쯧."

섭냄이가 딱하다는 표정을 지우지 못한 채 혀까지 끌끌 찼다.

수캐의 음경이 밤일을 잘 이루지 못하는 음위불기陰痿不起의 병증을 다스린다는 말을 논개도 들은 적은 있었다. 그러나 어른들로부터 그런 말을 들을 때에는 별 기이한 일도 있다는 정도로 얼굴을 찌푸렸을 뿐이지만, 정작 자기 집 곰솥 안에 그것이 들어 있다고 생각하니 역함과 동시에 전신에 소름까지 끼쳤던 것이다. 개가 몸보신에 좋다는 것은 논개도 너무나 잘 알고 있었다. 어릴 적에 살던 천변 장터나 초전골에서도 삼복三伏 때가 되면, 누렁이와 검둥이를 정자나무에 매달아 박달나무 몽둥이로 쳐서 죽여 커다란 가마솥에 마늘 한 바구니와 함께 푹 삶아 내어 동네 사람들이 나누어 먹는 것을 보았었다. 그뿐만 아니라 허약한 사람들이 황구를 삶아 찹쌀과 섞어 빚은 무술주戊戌酒를 공복에 마시는 것을 본 적도 있고, 특히 수캐는 오로칠상*에 좋고 개의 피는 임신부의 난산에 좋다는 말을 들은 적도 있었다.

논개는 강동찬이 병을 앓았거나 허약해서가 아니라, 삼복 염천지절도 아닌 때에 인근에서 개를 잡는다고 하니까 놓치기가 아까웠고, 또 연이틀 강연을 하느라 힘을 쏟은 그를 위하고 싶은 마음에 부탁했던 것인데, 개를 잡는 쪽에서 알아서 개의 음경을 함께 보냈다는 사실이 왠지 자존심 상하고 부끄럽게 느껴지기도 했다. 섭냄이가 이날따라 키득키득 유난히 웃어 대던 연유를 새삼 깨닫고, 논개는 "몬땐 가시나…." 하고 입소리를 내뱉는다.

논개는 방 안으로 들어갔다.

연상을 당겨 놓고 책을 읽던 강동찬이 상을 옆으로 밀어내며 논개를 쳐다보았다.

"논개야! 왜 이리 밤이 더디 오느냐…?"

논개가 미소를 머금으며 그를 향해 짐짓 눈을 흘긴다.

"소녀도 일각이 여삼추일 때가 있사옵니다. 그러나 지금은 그렇지 않습니다. 도리 없이 흘러가는 시간을 붙들어 매고 싶은 심정이옵니다."

---

* 오로칠상(伍勞七傷) : 한방에서 병의 원인이 되는 다섯 가지 과로와 남자의 신기가 허약하여 생기는 일곱 가지 증상을 아울러 이르는 말

"너를 안고 싶어 그러느니. 안아도 안아도, 안을수록 더 간절히 안고 싶나니. 너를 멀리하고 있으면 가슴만 불덩어리 되어 뜨겁고 저릴 뿐인데, 한 지붕 아래 너와 동거하면 심장의 불덩어리가 전신을 활활 태우고 끝없는 갈증으로 목이 타나니…. 논개야, 내가 왜 이러할까?"

"어르신! 아직 해님이 서산에 걸려 있습니다. 저와 남강 활터에 나가 보시지 않으시겠습니까?"

강동찬의 얼굴이 환하게 밝아졌다.

"나는 몸도 풀 겸 좋다마는, 눈길이 미끄러운데 네가 괜찮겠느냐?"

"어르신께서 옆에 계시온데 눈길이 문제이겠습니까?"

"네가 사람 마음 얼게 하는 데는 재주가 있나니. 초저녁부터 너를 안을까 봐 염려하는구나."

"아니옵니다! 온종일 앉아 계셨던 어르신을 생각해서이옵니다!"

논개가 얼굴 가득 미소를 깔며 재빠르게 남장을 하고 먼저 방을 나선다.

섭냄이가 자지러지는 낯빛으로 눈을 흡떴다.

"하이고, 해가 금방 질 낀데 지금 오데 갈라꼬? 고옴도 다 됐는데…."

"남강 활터로 바람 한번 쐬고 금방 올 테니까 고옴 솥의 불을 잦혀 둬라."

"온냐. 눈길에 조심하거래이. 어, 어르신, 길이 미끄럽십니더. 조심조심하시소예…."

"고맙소. 조심하리다."

강동찬이 큰 소리로 흔쾌하게 대답하며 활짝 웃자 섭냄이의 뺨이 새빨갛게 달아올랐다.

눈길은 얼어붙어 미끄럽고 정월 저물녘의 공기는 차가웠으나 말은 잘 달렸다. 얼굴을 찌르듯 스치는 찬바람도 그들에게는 상쾌했다. 텅 빈 강둑을 두 사람은 힘껏 달렸다. 강동찬은 적을 무찌르는 말 위의 장수처럼 짐승의 포효 같은 함성을 크게 내질렀다. 가슴속 답답함을 풀어내는 것 같았다. 논개는 그런 그의 모습을 바라보며 말에 박차를 가하여 열심히 그의 뒤를 좇아 달린다.

남강 활터에도 인적은 드물었다. 강동찬은 말 위에서 종횡무진으로 달리며 화살을 과녁판에 맞혔다. 과녁판과의 거리나 말이 달리는 속도 같은 것은 아랑곳없이 시위를 당길 때마다 화살은 정확하게 과녁판의 중앙부를 때렸고, 논개는 멀찍이서 바라보며 그의 걸출한 활 솜씨에 경탄의 박수를 보낸다. 과연 빼어난 선사善射라는 생각이 거듭 감탄을 자아내게 하는 것이었다. 그를 향한 흠모의 감정이 끝 간 데 없이 솟구치고 그의 사랑을 한 몸에 받고 있는 자신이 차라리 송구스러웠다.

"자, 이제는 자네 차례일세. 기량껏 쏴 보시게! 몸을 풀어야지."

"어르신 앞에서는 부끄럽기만 합니다."

"당찮은 겸손일세! 논개의 활솜씨가 얼마나 뛰어난지는 내가 진작부터 경악하고 있다는 거 그대도 잘 알 터인데? 그러나 더러는 실수도 해야 내가 그대를 가르칠 부분이 있지 않겠소!"

논개는 그의 환한 웃음을 보면서 활을 쏘기 시작했다. 점차 속도를 더했다. 서산에 걸려 있던 붉은 해가 꼴깍 산 너머로 가라앉고 있었기 때문이다. 해는 넘어갔어도 어스름한 붉은 빛살은 얼마간 더 지속되었다. 온 천지에 백설이 깔려 있기 때문인 듯했다. 말 위에서 그가 하던 것처럼 속도를 낼 수는 없었다. 그러나 말을 속보로 걷게 하면서 연이어 시위를 당겼다. 화살은 어김없이 과녁판을 꿰뚫었고 강동찬은 그때마다 환호성과 함께 손뼉을 쳐 주었다.

"대단하구나! 장차 네가 내 적수가 되리니! 제자가 스승을 넘는 것은 스승이 바라는 바이지만, 너는 과연 타고난 신궁의 자질이 보이는구나! 어릴 적에도 너는 하나를 가르치면 열을 터득했느니…."

논개는 애정 어린 그의 칭찬에 동작을 멈추며 그를 돌아본다.

"과찬 마옵소서! 어르신을 좇아가자면 소녀는 아직도 까마득하옵니다."

"그렇지 않아. 이미 거의 도달했어. 자, 날이 급속도로 어두워지고 있으니 우리 강둑으로 올라가지 말고 백사장을 힘껏 한번 달려 보자꾸나! 네가 전장에 나갈 일도 적을 쫓는 일도 없겠지만, 세상일이란 한치 앞을 모를 때도 있으니 몸 단련을 해 두는 것도 나쁘지 않지. 몸에 찌든 일상사의 번뇌들이 확 풀리기도 하거든!"

"그러시어요. 저도 달려 보고 싶어요!"

두 사람은 활터에서 이어지는 백사장으로 말을 몰았다. 넓고 긴 모래사장이었다. 그들은 힘껏 달리기 시작했다. 논개는 함성과 함께 비호같이 달리는 그를 따라잡을 수가 없었다. 헉헉거렸다. 그러나 촉석루 아래의 활터에서 뒤벼리진주 남강 변에 있는 벼랑 아래까지 이어진 넓고 긴 백사장을 멈추지 않고 달려갔다가 다시 되돌아 출발점을 향해 달렸다. 논개의 말이 심하게 헉헉댔다. 건강하고 힘이 좋은 말이긴 해도 요즘 들어 이날처럼 한꺼번에 많이 뛰어 본 적이 없었기 때문인 듯했다.

"어르신! 좀 멈추시어요. 어머니 뵙고 가시자구요."

논개가 긴 백사장 중앙쯤의 물돌이 소가 있는 지점에서 말을 세우고 모래 위로 내려섰다. 그곳은 안방 어머니 설매가 익사한 위치가 한눈에 마주 보이는 곳이었다. 논개는 물가로 천천히 걸어갔다. 강동찬도 말에서 내려 논개 가까이로 다가섰다.

"어머니, 논개 왔어요! 어르신도 오셨어요…!"

논개가 두 손으로 입 주변을 둘러 손나발을 만들어 큰 소리로 외치고는 물돌이 소를 향해 큰절을 했다.

강동찬은 선 채 묵념을 하듯 눈을 감고 있었다.

"어머니, 나라가 위급한 상황에 놓여지게 되었대요. 어머니의 유산을 어머니의 뜻대로 유효하게 사용하도록 할게요, 어머니."

소沼를 향해 두 번의 큰절을 올린 논개가 다시 그렇게 외쳤다.

어둠은 강물을 검게 만들고 차가운 강바람이 뺨을 찔렀으나 두 사람은 한참을 말을 달린 후여서인지 그러한 외형적인 자극은 느끼지 못했다. 소 바로 위의 하늘에 큰 별 하나가 떴다. 논개는 뻐근한 감동으로 그 별을 쳐다보았다. 안방 어머니의 화신이 아닌가 싶었다. 별이 유난히 빛났다. 마치 논개를 알아보고 대답이라도 하는 듯, 혹은 그녀에게 무슨 신호라도 보내는 것처럼 찬란한 빛으로 반짝거렸다.

"어르신! 물돌이 소 위의 큰 별을 보시어요. 안방 어머니 별인 것만 같아요!"

"나도 그렇게 생각했다. 마음이 크고 아름다웠던 여인이어서 별이 되었을 것이라고…. 무엇보다 우리 논개를 이토록 잘 키워 주셨음을, 나는 지금 설매에게 마음속 깊이 고마워하고 있느니…."

"어머니는, 어르신이 당신 삶의 전부셨습니다."

"알고 있다네. 그래서 설매만 떠올리면 죄스러움으로 안타까워진다네…. 자, 이제 돌아가지. 바람이 차가워지는군."

그가 논개의 어깨 위로 팔을 둘렀다.

"검은 물 위로 소복 차림의 어머니 모습이 홀연히 서 있는 듯 보입니다. 잔잔한 미소를 머금으시고 어서 돌아가라 손짓하시는 것 같습니다. 하늘같은 어르신 충심으로 잘 모시라 말씀하시는 것도 같습니다!"

"논개야, 그래그래. 이제 그만 돌아가자꾸나."

그가 논개의 어깨를 돌려세웠다.

"어르신! 저곳이, 아니, 이 강 전체가 어머니 무덤이옵니다. 저의 생모 무덤은 산이 되었고, 저의 양모 무덤은 이렇듯 강이 되었습니다."

"오, 그래. 무슨 말인지 알겠구나! 그러나 섭해 말거라. 네가 예사 사람이 아니라 그러느니. 네 어머니들이 산과 강이 되어 너를 도와주려 그러느니."

강동찬은 자신의 말이 논개에게 설득력 있게 들릴지 한편 걱정이 되면서도, 서서히 비감스런 감정에 젖어드는 그녀를 팔을 둘러 이끈다. 논개는 다시 물돌이 소를 향해 두 팔을 크게 휘두르면서, 그에게 떠밀리듯 말 위에 오른다. 그리고 둘은 백사장을 가로질러 강둑을 향해 천천히 말을 몰았다.

"어르신! 내일 선학산을 다녀오시면, 모레는 떠나셔야 하는 것이지요?"

그는 논개의 가라앉은 기분이 그와의 이별을 떠올리고 그러려니 헤아려 보면서 한숨을 토한다.

"논개야…."

"떠나야 하심을 알고 있습니다. 염려 마소서. 어르신이 더 머무신다 해도 제가 떠나시도록 할 것입니다. 제가 여쭙고 싶은 것은, 어르신의 훈련장 운영에 자금이 많이 필요하실 것 같아서입니다. 창도 활도 화살도 더 만들고 이것저것 필요한 게 많을 것이 아니옵니까? 모레 떠나실 적에 필히 엽전을 가져가소서."

논개의 말에 그는 놀란 얼굴이 되었다. 그녀가 지혜롭고 명석함은 익히 알지만, 상황에 대처하는 자세가 적극적이고 구체적이며 또한 현실적임에 적잖이 감동했던 것이다.

"오층장 아래 칸이 온통 돈 꾸러미로 꽉 차 있습니다. 필요하신 만큼 실어 가시어요. 의롭고 좋은 일에 사용해 달라는 어머니의 유지이옵니다!"

"알았느니라."

"어르신과 함께 있으면 세상이 온통 제 것인 듯합니다! 광란의 바람이 지나가고, 태평성대의 좋은 날이 와서, 어르신과 오래도록 함께 지낼 수만 있으면 하는 것이 제 소원입니다."

논개는 그와 나란히 속도를 맞추면서 밤하늘을 한 번 쳐다보곤 조금은 잠긴 목소리로 말한다. 말은 이성적으로 할 수 있어도 음성은 감정을 다스리지 못했던 것이다.

"그런 날이 필히 올 것이니, 오로지 몸조심하거라."

"어르신께, 제가 간절히 드리고픈 말씀이옵니다. 부디 몸조심하소서."

그들은 강둑을 지나고 동네 언덕을 올라 기와집에 닿았다.

섭냄이가 대문간에서부터 자지러지게 반겼다.

"어르신! 이제사 오십니꺼예. 식혔다가 뎁히고, 또 뎁히고 해서 푹 고옴이 됐습니더예."

만면에 웃음을 피우고 손짓까지 해대는 섭냄이의 떠벌림에 그가 논개를 돌아보았다. 무슨 말이냐고 묻는 것 같았다. 논개가 웃었다.

"그럴 일이 있사옵니다. 어서 안으로 드시어요!"

굽실거리는 넉근 애비에게 말고삐를 넘기고 그가 안뜰을 지나 대청마루에 오르자, 논개는 깨끗한 수건을 더운 물에 적셔 방으로 가져가며 울산댁과 섭냄이에게 저녁상을 들이라 이른다.

"겉옷을 벗으시고 손을 닦으시어요. 곧 진짓상이 들어올 것입니다."

"그러자꾸나!"

그는 말 잘 듣는 아이처럼 논개의 말끝마다 고분고분 따랐다. 그러다 그들은 마주 보고 웃었다. 그러는 자신들이 의식되었기 때문이다.

곧이어 저녁상이 안방으로 들어왔다. 상을 들여오는 울산댁과 섭냄이는 무슨 영문인지 시종 싱글벙글거렸다.

"오늘이 무슨 날이더냐? 어찌하여 이리도 상다리가 휘어지게 차렸단 말이냐?"

그가 놀란 표정으로 주연 때나 사용하는 장방형의 큰상 위에 빼곡히 차려진 음식들을 둘러보며 말했다.

논개도 의아스런 낯빛으로 울산댁과 섭냄이를 바라보았다.

울산댁이 논개를 마주 보며 웃음 머금은 얼굴로 대답했다.
"아지매 일러 주신 대로 보신탕하고 수육을 만들었는데, 명월 아지매, 수향 아지매, 매실 아지매들이 또 어르신께 올리라고 어란하고 홍어찜, 육회에 술까지 가지오신 기라예! 어제 오늘 수고하싰고, 낼 또 수고해 주실 끼람써 마이 드시고 편히 쉬시라 카더라꼬예!"
"고마우셔라! 안방 어머니들께서 어르신께 정성을 보이셨군요!"
논개가 반가운 표정으로 고개를 끄덕였다.
"허허, 무얼 그리 힘들었다고. 논개 자네가 내일 그들을 만나면, 잘 먹었다고 전해 주시게!"
"그리하겠습니다. 어여 앉으시어요! 제가 반주 한 잔 따라 올리겠습니다."
물수건으로 손을 닦은 그가 보료 위에 앉자 교자상이 다시 그의 앞으로 당겨졌다. 논개가 마주 앉으면서 상 옆에 놓인 술병을 들어 올리다가 훅하고 숨을 들이마신다. 속이 비치는 긴 유리병 안에 대가리를 병 주둥이께로 솟구쳐 아가리를 쩍 벌리고 있는 독사 두 마리가 들어 있었기 때문이다. 사주蛇酒였던 것이다. 문밖으로 나가지 않고 머뭇거리고 서 있던 섭냄이가 얼른 "그 아지매들이 갖고 온 술이라예." 했다. 논개는 술병을 든 채 그를 건너다보았다. 그가 뱀술을 좋아하는지 알 수 없었기 때문이다.
"오, 독사주라! 허허! 얼른 따르지 않고 뭐하는가?"
"드실 수, 있으신지요?"
"무슨 소리? 이 보약주를 누가 마다하는고? 어서 한 잔 따르게나!"
그가 술잔을 내밀었다. 논개가 뱀술을 그의 술잔에 따르려 하자 섭냄이가 기어이 교자상 옆으로 다가와 상 위의 수육 쟁반을 가리키며 "이 괴기도 배미술하고 같이 드시소예." 했다. 그러고는 키들키들 웃어대면서 그녀는 뒷걸음질로 방문을 열고 밖으로 나갔다. 논개는 비로소

상 위의 수육 쟁반으로 눈을 돌려 보고는 민망하여 얼굴을 붉힌다. 수육 그릇의 가운데에 둥글게 썰린 개의 음경이 놓여 있었던 것이다.

"이게, 개고기 아니더냐?"

"예, 보신탕을 좀 끓였습니다."

논개는 세세한 설명은 접고 그냥 그를 바라본다. 그는 수육 쟁반 중앙에 정성스레 얹혀 있는 고기가 어떤 부위인지 이미 알고 있는 것 같았다. 그가 얼굴 가득 너털웃음을 터뜨렸다.

"허허. 다들 왜 이러시나! 어인 독사주에 개 막대기람? 내가 그리도 허해 보이는가? 허허허!"

"아니옵니다. 저는 개 다리 하나만 주문했을 뿐이온데 그곳에서 그것을 챙겨 보냈고, 독사주는 안방 어머니들이 당신들 마음대로 가져오신 것입니다."

"허허. 누가 보내왔든, 우리 두 사람을 염두에 둔 것은 틀림없지 않은가! 하하하!"

그는 독사주를 거침없이 연거푸 네댓 잔이나 들이켰다. 수육도 냉큼 냉큼 씹어 삼켰다. 논개는 낮에 주방에서처럼 역함이 심하게 치솟는 것은 아니었지만, 그가 젓가락으로 그것을 집어 자기 입 앞에 댔을 때는 기겁을 하고 뒤로 물러앉았다.

"하하. 음식일 뿐이거늘…."

"싫습니다요…."

논개는 목구멍까지 솟구쳐 오르는 말도 있었지만 참았다. 사기 대접에 가득 담아낸 보신탕에도 숟가락이 가지 않았다. 요상한 것이 사람 마음이라 하지만, 논개는 스스로 생각해도 자신의 식성이 많이 까다로워졌다는 느낌이 들었다. 어릴 적 동네 천변에서 똥개를 잡아 가마솥에 끓이면 기름이 둥둥 뜨는 그것을 얻어먹고 싶어 목줄이 당기던 시절도 있었고, 웅달진 못가 배미산에서 늘무리와 독사를 잡아 껍질을 벗겨 구워도 먹고 뱀탕도 만들어 먹으면서 기아와 영양실조를 모면하던 때도 있었건만, 이제 그러한 일들이 생경스럽고 역해지기까지 속이 변해 버린 것이다.

"밥상머리에서 무슨 생각을 그리도 골똘히 하는고? 보신탕을 왜 이리 식히는가? 어서 드시게! 개는 사람에게 평생을 순종하고도 살신성인으로 거듭 봉사를 하니, 참으로 가상한 짐승일세!"

"그러한 것 같습니다. 그런데도, 우리 사람들은 집짐승들에게 너무나 독하고 잔인하게 군다는 생각이 들 때가 있습니다."

"약육강식이 자연의 섭리 아니겠나. 인간도 생명이니 생존을 위한 그 법칙에서 벗어날 수야 없겠지."

"왜국이 조선과 명나라를 치려 하는 것도 넓게 보면 그런 자연 법칙의 한 고리일까요?"

논개는 자기의 말이 밥상머리에서 나눌 말은 아니라는 생각을 하면서도 그냥 표현하고 만다.

"그것은 야비한 탐욕이고 야욕이지. 섬나라에 지진이 잦아 견고한 대륙을 그리워한다는 왜인들이라지만, 사고의 능력을 가진 인간이 주인이 있는 남의 나라를 제 것으로 만들겠다는 것은 제정신이 아닌 광인의 짓거리지."

그는 말을 더 잇고 싶은 모양이었으나 그 정도로 그쳤다. 논개도 그를 생각하여 더 이상 반응을 보이지 않는다.

그는 의외로 보신탕을 즐겨 들었다. 수육으로 썰어 놓은 개의 음경과 엉덩짝 살도 먹성 좋게 씹어 삼키고, 독사주도 대여섯 잔이나 달게 마셨다.

"참으로 포식했구나! 자네도 한 잔 마시게나. 내 기분만 하늘에 닿으면 무엇하는가? 그런데, 자네로 하여 나는 연일 이렇듯 사대부 집 어른 대접을 받는다마는, 산속에서 오로지 구국의 일념으로 긴장하여 훈련

받고 있는 우리 의병들을 생각하면 목이 막혀 드네…."

그가 다시 술 한 잔을 단숨에 목으로 털어 넣으며 말했다.

논개는 그런 그를 가만히 우러러본다.

"일 년에 몇 끼뿐이옵니다. 어르신은, 당연히 받으실 대접을 마다하시고 스스로 의로운 일에 헌신하고 계십니다. 가끔씩은 몸도 마음도 쉬셔야 더 큰 일을 도모하실 수 있으십니다. 마음 편하게 잡수시고 많이 드시고 좀 쉬시오소서!"

"그래. 충직한 우리의 개들로 하여 내가 진정 포식을 했구나. 나는 보신탕과 인연이 많으니라. 옛날, 그러니까 집안이 몰락하기 전 내 어릴 적에, 내가 하도 병치레에 섬약하여 사람 구실을 못할까 봐 어른들께서 걱정을 하셨는데, 황구 소주와 곰국을 장복해서 이렇게 건장해졌다네. 우리의 토종개들이 나를 살리고 평생 내 건강의 밑거름이 된 것이야."

그가 술기운으로 불콰해진 얼굴로 저녁상을 물리게 하면서 말했다.

"개고기를 먹지 못하는 사람도 많다는데, 어르신은 구육과 음식 합이 맞으신가 보옵니다."

"옛날 모친께서도 그렇게 말씀하셨나니. 개야말로 소나 말 못지않게 인간에게 봉사하고 마지막에는 몸으로도 봉사하거늘, 어찌하여 사람들은 잘못된 일에 개를 비유하여 속담을 만들고 욕지거리마다 '개 자字'를 넣어 개를 무시하는 겐지, 원! 전견田犬이라 하여 산짐승을 모는 수렵에도 앞장서고, 폐견吠犬이라 하여 집도 잘 지켜 주고, 식견食犬이라 하여 사람 보신에 몸뚱이도 내어 주고, 또 짐을 실어 나르기도 하고, 살가죽으로는 장구를 만들고, 털가죽으로는 방한용 옷과 모자도 만들고, 꼬리는 빗자루를 만들기도 하여, 버릴 데라고는 한 가지도 없는 선한 짐승인 것을 개놈, 개년, 개새끼 등 입에 담지도 못할 욕질들을 해 대니…."

"동감이옵니다. 개가 인간에게 얼마나 충직하고 의리가 있는 짐승인데, 왜 그런 욕에다 '개 자'를 넣는 것인지 이해가 되지 않아요. 아마도, 개가 평생을 사람 옆에 살다 보니 개의 뭣한 습성도 보게 되고, 어쨌거나 사람보다는 못한 짐승이고 거기다 말을 못하니, 사람들이 업신여겨서 화풀이를 하고 욕질을 하는 지도 모르겠어요."

저녁상이 밖으로 물리어지고, 논개가 녹차를 들여왔다. 그는 인간에 대한 개의 의리와 충직함의 사례들이 새삼 생각나는 듯 다시 말을 이었다.

"고려 충렬왕 때 말이다. 개성 진고개에 살던 황구 한 마리가 사고무친한 눈먼 아이를 데리고 다니면서 밥과 물을 얻어 먹여 키웠다는 거야. 그래서 관청에서 이 가상한 개에게 벼슬을 내려 충직을 기렸다고 하지. 또 전생에 사람이었던 자가 개로 환생하여 대우를 받으며 살았다는 설화도 있지 않던가. 자네도 들어 보았지?"

"잘 모르옵니다."

"신라 경주의 최씨 집안에 남매를 둔 청상과부가 살았는데, 혼자 힘으로 아들 딸 곱게 길러 시집 장가를 보낸 후에 호강도 한번 못해 보고 그만 죽었다는 거야. 그런데, 죽은 과부가 개로 환생하여 자식들 집을 번갈아 지켜 주며 살았다네. 그러던 어느 날, 자식 집에 동냥을 왔던 스님이 '마당의 저 개가 죽은 당신 어머니이니 잘 먹이고 팔도 유람을 시켜 주라'고 그 집 주인에게 말했다지. 그래서 아들딸이 그 개를 끔찍이 위하면서 스님의 말대로 유람을 했다네. 그런데 유람을 끝내고 집으로 돌아오는 길에 어느 장소에 이르자 그 개가 발로 땅을 파헤치면서 그냥 그 자리에서 죽어 버렸다는 거야. 자식들은 개가 파헤친 바로 그 자리에 죽은 개를 파묻었는데, 그때부터 그 개 무덤의 발복發福으로 최씨 집안이 거부가 되고 자자손손 부귀와 영화를 누렸다는 거지!"

"그런 말씀을 들으면 개는 인간과 상통하는 영감적인 짐승 같다는 생각도 드옵니다. 개 무덤이 있고, 개 탑도 있고, 개 비석도 있다는 말이 헛말은 아닌 모양이에요. 더욱이 개가 사람으로 환생할 수도 있고 사람이 개로 환생할 수도 있다고 생각하면, 개가 비록 몸으로까지 인간에게 헌신 봉사하는 짐승이라 할지라도 삶아 먹는 것은 왠지 꺼림칙한 느낌이 듭니다. 아무리 개의 희생이 약육강식의 자연 섭리이고, 사람이 짐승보다 우선이라 하지만요."

"그래. 사람들이 하는 일을 가만히 따져 보면 모순적인 데가 많지. 제반사가 사람 중심, 자기중심의 사고에서 나온 것이니까. 논개야, 포식을 했더니 많이 노곤해지는구나."

그는 보료 위에 비스듬히 몸을 누이면서 말했다.

"진지 드시고 금방 잠드시면 소가 된다 했습니다! 내생에서 소로 환생하실까 걱정이옵니다!"

논개가 미소를 머금고 장난스럽게 말하면서 이불장에서 침구를 내려 자리에 펴기 시작했다.

"그래. 내가 숫소로 환생할 테니 자네는 암소로 환생하게나. 모, 모르긴 해도, 우리는 전생에서도 부부의 연이었을 게야. 내, 내세에서도 삼생천연이 되자꾸나."

독사주가 정신을 흔들 만큼 맹독했던 것일까. 그는 삼생천연으로 내세에서도 함께 살자는 말을 끝으로 눈을 스르르 감는다 싶더니, 그대로 깊은 잠 속에 빠져들고 말았다. 순식간의 일이었다.

"어쩜…."

논개는 그런 그를 내려다보며 조금은 어이없는 기분으로 웃음을 짓고 만다. 논개는 보료 위에 쓰러진 그를 상체 먼저 하체 다음으로 간신히 침구 위로 옮겨 누이고는 버선과 대님을 풀어낸다. 이어 가볍고 푹신한 햇솜 명주 이불을 목 밑에까지 덮어 주고는 머리맡의 촛불을 끄고 일어났다. 초희와 월향이가 밤공부를 하고 있는지, 주방의 일들은 다 끝났는지 두루 집 안을 챙기기 위해서였다.

*

논개는 잠든 그에게 방해가 되지 않도록 살그머니 안방 문을 밀고 밖으로 몸을 내밀었다. 그러다 그녀는 흠칫 놀라면서 멈춰 섰다. 섭냄이가 안방 문밖에 쭈그리고 앉은 채 방문에 귀를 붙이고 있다가, 문을 여는 논개를 쳐다보고 물러앉으면서 히죽 웃었기 때문이다. 섭냄이는 웃다 말고 논개의 치맛자락을 잡고 흔들었다.

"와, 나오노? 어르신 옆에 누워 안 자고…."

논개는 섭냄이가 왜 안방 문에 붙어 앉아 있으며, 무엇을 말하고 있는지 얼른 감이 잡히지 않아 잠시 눈을 껌벅거렸다.

"니, 여서 머하노?"

논개가 퉁명스럽게 말하자 섭냄이가 빠르게 대답했다.

"자는가 보는 기라!"

"자는가 보다니, 무신 소린고 모리겄네? 일로 와라. 여기서 떠들모 어르신 깨신다."

논개는 섭냄이의 손을 끌고 마루를 지나 축담으로 내려섰다.

"어르신이, 기냥 주무시 삐린다 말이가?"

섭냄이는 논개에게 손을 붙잡힌 채 종종걸음으로 끌려가면서 무언가 원통한 듯 말했다.

"도대체, 무신 소리고? 자는 거 볼라꼬 문짝에 귀 대고 있었다 카믄서, 어르신이 주무시모 주무시는 것이제, 머가 그리 앵통한 거맨키로 말하는 거는 또 뭐꼬?"

섭냄이 대답은 않고 연신 킬킬거리기만 했다.

"이 가시나가, 허파에 바람이 들어갔나. 와 아까부터 자꾸 히죽거리샀노?"

"히히, 나는 말이다. 어르신이 독사술하고 개 자지를 잡샀은께, 히히, 니를 가마이 안 놔둘 끼라 생각한 기라! 그거 구경하고 니 좋아하는 소리 들을라꼬, 눈하고 귀를 박았던 긴데, 고마 주무신다 쿤께 김빠진다 아이가."

논개가 섭냄이를 노려본다.

"참말로 이 가시나 몬 씨겄네. 그란께네, 나하고 어르신 잠자는 거 볼라꼬 문에다 귀 대고 있었다, 이 말이가?"

"하모!"

섭냄이가 어깨를 쫙 펴고 고개까지 주억거리며 당당하게 대답했다.

"이 가시나야. 그기 올매나 몬땐 짓인 줄 아나? 나하고 어르신이 첫날밤 지내는 것도 아인데, 남 잠자는 거 도둑질해 보고 멀 우짜겠다는 기고? 알라들도 아이고 아 에미가 점잖치 못하게 무신 짓이냐 말이다."

"머가 우떻노. 옛날에 니도 선학산에서 우리 옥개 엉가 상하는 거 다 봤다 아이가. 내꺼정 보게 해 놓고…."

"그거사 짐승들맨키로 다 보라고 햇님이 내리다보는 대낮 산속에서 해 대니까 그랬제. 한 번만 더 안방에 귀 대 봐라, 가만 안 둘 꺼니께."

논개는 짐짓 험악한 얼굴을 지었다.

"어르신이 배미술하고 개 자지 잡숫고 힘이 좋아서, 니가 좋아하모 나도 좋은께 그랬제."

섭냄이가 뾰로통한 낯빛으로 논개를 원망스런 듯 쳐다보면서 말했다.

"무신 소리 하노? 참말로 몬 말릴 가시나네. 내가 좋은데 니가 와 좋다 말이고? 말도 안 되는 소리 씨부리지 마라."

"나는 니가 좋아하는 것이모 나도 다 좋고, 니가 파이다 카는 거는 나도 파인 기라. 내 맘이 그런 거를 우짜라 말이고…."

섭냄이가 입술을 내밀었다.

"그란데 니는, 상하는 일이 그리 좋더나?"

섭냄이의 눈빛이 반짝 빛났다.

"고거를 말이라꼬 하나! 니는 안 좋더나? 나는 막 하늘을…."

두 손을 위로 올려 아름을 만들 듯 손짓까지 해 대는 섭냄이의 말은, 그때 마악 찬간에서 뜰로 나서는 울산댁으로 하여 삼켜지고 말았다. 울산댁은 앞치마를 벗고 밥상보를 덮은 소쿠리 하나를 안고 찬간에서 나오다가, 뜰에 서 있는 논개를 보고는 놀라는 몸짓을 했다.

"집에 가 볼라꼬예. 낼은 선학산에 가시니께 나는 안 와도 되겠지예?"

울산댁은 바른손에 들고 있던 보자기 덮인 소쿠리를 민망스러운 듯 왼손으로 다독거리면서 말했다.

"아지매 형편대로 하이소. 오늘은 많은 사람들 점심 해 대느라고 욕봤습니더! 아이들 저녁밥을 좀 많이 가져가이소. 어두운데 지금 가서 온제 밥을 해 주겠습니꺼."

논개는 울산댁이 들고 선 소쿠리에 그녀 남편과 아이들에게 줄 음식이 담겼을 것으로 짐작하고, 그녀가 무안하지 않게 먼저 말해 준다. 한 달에 한 번씩 품값을 치를 때 엽전 말고도 식구들이 먹을 수 있는 곡식도 함께 챙겨 주기에 따로 음식을 들고 가서는 아니 되었으나, 얼마나 가져가랴 싶어 내버려 두는 것이다.

"가마솥에 누룽지가 많이 눌었길래 좀 가져갑니더. 그라모 내일은 못 오겠고 큰일 생기모 또 부르이소."

울산댁은 소쿠리를 옆에 끼고는 서둘러 안채 마당을 벗어났다. 그리고 곧이어 대문 여닫는 소리가 크게 났다. 무슨 생각을 했는지 섭냄이가 찬간으로 뛰어들어갔다.

"하이고, 내 그럴 줄 알았다. 논개야, 얼렁 일로 와 봐라. 울산댁이 누룽지만 담아 간 게 아이고, 보신탕하고 어란도 들고 가고 배미술도 부어 갔다. 이봐라, 오가리솥의 곰국도 훑어갔고 술도 쬐꼼밖에 움따. 홍어찜, 대구찜도 반씩이나 덜어 갔다."

캄캄한 찬간에 등잔불을 켜고도 섭냄이는 관솔가지에 불을 붙여 오가리솥과 반찬 그릇들을 비추며 비명처럼 소리를 질렀다. 그녀의 말은 틀리지 않았다. 큰 개라 해도 엉덩짝과 다리 한 개를 삶은 것이 전부라 푸짐할 것도 없었는데, 그나마 살점은 없고 국물만이 솥 바닥에 자작하니 남아 있었던 것이다.

"세상에 세상에, 간도 커라. 상에서 수육 남아 나온 것도 집어 가고, 세상에, 우리 어르신 잡술 꺼를 지 서방 줄라꼬 몽땅 다 펴 갔네. 가마이 있거라, 논개야. 내 쫓아가서 뺏아 올 텐께…."

섭냄이가 길길이 뛰듯 하면서 허둥지둥 밖으로 나가려 했다.

논개가 섭냄이의 팔을 붙잡았다.

"고마 놔또라. 그러모 올매나 무안켔노. 다음부터 몬 그라도록 하모 되제. 괭이가 물어 간 걸로 치자."

섭냄이가 딱하다는 눈빛으로 논개를 쳐다보았다.

"니도 참 그렇다. 어르신 잡술 꺼를 다 펴 갔는데 안 아깝나? 그 예펜네 손목댕이하고 주디 버르장머리를 고치 놔야 한다 말이다. 가마이 지켜보니께 그 예펜네 귀한 음식일수록 맛본다 카믄서 덥썩덥썩 예사롭게 집어 묵더라꼬. 아까도 우쨌는지 아나? 그 귀한 거를 썰어서는 맛이 우떻는지 좀 보자믄서, 손가락으로 그것도 한가운데 꺼를 두세 개 덥썩 집어 올리기에 내가 베락같이 썽을 냈제. 어르신 잡술 꺼를 재수 엄께 여자가 와 그러냐고 소리를 쳤던 기라. 아가리로 처넣을라다가 괴기를 몬 묵게 된 그 예펜네가 우쨌는지 아나? 내한테도 괴기 한 점을 내밀면서 '고마 우리 둘이 하나씩 묵어 보자! 몸에 좋은 거 양반이나 부자만 묵으라는 벱이 오딨노?' 하는 기라. 그래서 내가 '아지매, 그

괴기 집어 묵기만 하모, 논개한테 일러바칠 끼요.' 캤더니, '기생집에 붙어사는 없는 년들끼리 그러는 거 아이다.' 카믄서 먹지는 않았던 기라. 그라고는 밥상을 방 안에 들여갈 때까지 내가 정지에서 지키고 있었던 기라. 그란데, 가마이 본께네 니가 부엌간 인심이 너무 후하더라. 내 말은, 좀 챙기라 이 말이다. 어른 상에서 남아 나온 귀한 음식을 뒀다가 다시 또 상에 놔야 할 낀데, 그 여편네 겁도 엄시 다 먹어 삐리더라꼬. 쪼꼬만 동기 애들도 그렇고. 아도 어른도 없는 쌍놈 집맨키로, 그라모 안 되제."

섭냄이가 의외로 입귀에 거품을 물듯 하고, 고개를 흔들고, 혀도 끌끌 차고, 관솔가지를 휘둘러 대면서 말했다.

논개는 그런 섭냄이의 어깨를 두드렸다.

"섭냄아, 고맙다! 니가 그렇기 마음 써 줘서 내가 천군만마를 얻은 것 같구나! 어머니가 계실 때는 밤마다 술손님들 잔치가 있었고, 떡이며 전이며 고기 같은 좋은 음식들이 언제나 푸짐했는데, 요새는 그런 거이 없은께 울산댁도 궁했던 모양이다. 기생집 찬간에서 일하는 여자들이 젤 좋아하는 기 뭔 줄 아나? 술상에서 남아 나오는 좋은 음식들 푸짐하게 먹는 기라 카더라. 울산댁도 아마 버릇이 돼서 그랬을 끼다. 글치만 인제 연회도 없고, 그 대신 찬간 일도 적고 하니까 앞으로 그렇게 하지 못하도록 일러야지. 그나저나 섭냄이 니야말로 밥 좀 마이 묵어라. 나를 찾아올 때에 비하면 인제는 사람 꼴 다 찾았다마는, 아즉도 살 좀 더 찌야겠다."

논개가 섭냄이의 볼을 만져 보며 안쓰러운 표정으로 말했다.

"내사 여게가 젤로 좋다! 니가 옆에 있고 집이 있고 밥이 있고, 나는 이제 마 죽는 한이 있어도 니만 졸졸 따라댕길 텐께 날 내쫓을 생각은 꿈에도 말거래이. 내가 니 몸종도 하고, 내가 궂은일은 다 할 텐께 온제나 니하고 살게 해 도라, 어이?"

“막소리 하지 마라. 시집은 안 갈 끼가? 아 애비도 찾아야제….”

“처니가 아를 낳은 이 더런 몸띠로 내가 우찌 시집을 가노. 그라고, 그 짐승 겉은 인간 찾을 생각 눈꼽째이만큼도 움따. 만나기만 하모 그 늙은 놈 자지를 팍 뽑아 삐리고 싶은 기라. 고놈이 내 신세 조져 놨은께. 가시나는 키워서 기생 만들 낀께 니가 알아서 해 도라. 그라고 논개야! 얼라 이름 말이다. 기생 이름으로 은금銀金이가 우떻노? 은하고 금하고 많이 갖고 살라꼬 그리 지어 주고 싶은데….”

“순덕이라는 이름이 있는데, 얼라한테 벌써 기명을 지어 줄라꼬? 여자 이름으로 좀 쎄다마는, 머 우떻노. 좋다. 은금이라 해라!”

그때 뒷방 쪽에서 아기 울음소리가 들렸다. 섭냄이의 딸아이가 자다가 깬 모양이었다.

“은금이도 양반은 몬 되겄다. 지 말한다꼬 금방 소리 하네! 얼렁 가서 젖 조라. 나도 방에 들어가 봐야겠다.”

“온냐. 그란데 말이다. 어르신이, 기운이 넘치서 고마 기진하신 긴가 보다. 우찌, 기냥 주무시 삐린다 말이고….”

섭냄이는 생각할수록 알 수가 없다는 듯 턱을 흔들며 킬킬거렸다.

“이 못된 가수나, 또 씨부린다. 술을 많이 드셨은께 주무시야지. 씰데 없는 소리 고만 씨부리고 얼렁 은금이한테나 가 봐라.”

“온냐 온냐. 은금아, 옴마 간다아.”

섭냄이가 연신 키들거리며 뒷방으로 들어가고 논개는 정짓간의 불을 끄고 밖으로 나섰다. 대문이 제대로 잠겼는지 마구간도 행랑채도 고방 쪽도 두루 한 바퀴 돌아본 후 그녀는 안방으로 들어갔다. 바깥의 맑은 공기를 쐬어서인지 방 안에 들어서자 홍시 익는 듯한 술 냄새가 코를 찔렀다. 그는 깊이 잠들어 논개의 들락거림을 전혀 알지 못하고 있었다. 논개는 반짇고리를 찾아 들고 아이들이 있는 건넌방으로 갔다.

아이들은 등잔불을 켜 놓은 채 둘 다 혼곤히 잠들어 있었다. 초희는 잠자기 전에 수를 놓았던 모양으로 색실 바늘이 꽂힌 수틀이 머리맡에 밀쳐져 있고, 장난이 심한 월향이는 두 다리를 초희의 배에다 얹은 채 입가로 침을 흘리며 자고 있었다. 논개는 등잔불을 아이들의 머리맡에서 윗목으로 옮겨 놓고, 월향의 다리를 초희에게서 내려 바르게 눕힌다. 자기를 큰성님이자 안방 어머니로 의지하며 천진난만하게 자라는 두 아이의 얼굴을 내려다보면서, 논개는 조용히 한숨을 내쉰다. 두 아이가 독립할 나이까지 지켜 주어야 할 책임감을 거듭 느끼면서 아이들의 볼에 자기의 얼굴을 부빈다. 이어 그녀는 등잔 불빛이 아이들의 얼굴에 닿지 않게 몸으로 막아 앉은 채 전대纏帶를 만들기 시작했다. 잠도 오지 않았지만 다음 날 선학산 활터를 다녀오면 밤이 될 것이고, 그 밤의 끝자락인 새벽녘에 길을 떠날 그를 생각하면 시간이 넉넉지 않았기 때문이다. 질긴 무명천으로 기다란 전대 두 개를 만들었다. 엽전 꾸러미를 넣기 위해서다. 삼경三更에 이른 듯 사방은 죽은 듯이 적막하고 멀리서 간간이 개 짖는 소리만 들려왔다.

따뜻한 햇살이 금싸라기 은싸라기로 부서져 내리는 봄 들판이었다. 노란 민들레와 보라색 제비꽃, 자디잔 흰 냉이꽃, 그리고 이름 모를 풀꽃들이 다투어 현란한 색깔들로 몸체를 드러내는 들판에서 논개는 나비처럼 춤을 추고 있었다. 하얀 버선발로 꽃밭을 사뿐사뿐 즈려밟으면서 생명의 환희를 찬양하듯, 몸속의 응혈을 풀어내듯, 타는 그리움을 토해 내듯, 온몸의 마디며 근육을 유연하게 움직이며 춤을 추었다. 아름다운 꽃들이며, 눈부시게 쏟아지는 햇살이며, 붕붕거리며 날아다니는 벌과 나비며, 맑고 향긋한 공기가 인간 세상이 아닌 천상의 어느 피안彼岸이려니 싶었다. 또 그곳에서 노니는 자신은 옥황상제玉皇上帝를 뫼시는 선녀仙女려니 싶으면서 날듯 뛰듯 비잉빙 몸을 돌려 춤사위를 펼친다. 그때 어디선가 홀연히 나타난 강동찬이 그녀의 후면에서 부드러운 손길로 허리를 잡듯 어깨를 맞추듯 덩실덩실 함께 춤을 추었다. 신명 오르는 가락도 창도 없는데, 둘은 마치 곡조에 맞추듯 흥에 겨워 얼크러지듯 풀어지듯 손에 손을 이으며 풀며 춤을 추었다. 그의 손길이 그녀의 뺨을 스치는가 하면 가슴을 스치고 허벅지를 스치고 허리를 안고 돌고, 뜨거운 입김이 그녀의 귓선을 스치는가 하면 또다시 둘은 홀로씩 마주 보고 춤을 추었다. 그의 눈빛은 사랑으로 가득 찬 용암처럼 뜨겁고 간절했다.

"논개야! 선녀보다 더 고운 내 논개야. 너의 고혹적인 눈은 내 눈을 멀게 하고, 오뚝한 콧날과 앵둣빛 입술은 내 가슴을 휘청이게 하누나! 너의 백옥 같은 가슴은 내 숨을 멈추게 하고, 버들가지 허리며 매끄럽고 탄력 있는 몸매는 나를 천길만길 지옥의 불길 속으로 떨어지게 하누나! 논개야, 논개야…."

그녀의 두 손을 마주 잡고 덩더꿍덩더꿍 어깨를 솟구치고 팔을 솟구쳐 춤을 추면서 그가 읊조렸다. 그 소리는 그녀의 귓속으로 뜨겁게 커다랗게 파고들면서 한동안 산울림처럼 이어졌다. 심장께가 답답하고 더운 열기가 얼굴을 덮어씌우는 몽롱한 기운을 느끼면서 논개는 눈을 떴다. 좀 전의 일들이 꿈인 듯 꿈이 아닌 것 같고, 생시인 듯 생시가 아닌 것도 같았다. 그러나 그녀는 풀꽃들도 햇살도 스러진, 미명이 트는 방 안에서 원초의 나신인 채 그의 가슴에 죄여 있었고, 그의 음성은 춤추며 읊던 그대로 그녀의 귓속으로 연이어 흘러들고 있었다.

"논개야, 아름다운 내 논개야."

"어, 어르신. 주, 주무시어요…."

논개는 잠에 취한 목소리로 눈을 뜨듯 감듯 입술을 달싹거렸다. 그러나 그녀는, 광란의 폭풍처럼 터트려지는 그의 사랑 속에 정신없이 휘둘렸다. 잠에 취한 몸뚱이의 세포들이 희끄무레 빛을 내며 움칫거리기 시작하다가, 일시에 모든 세포들이 반짝거리며 깨어나는 기운을 느끼면서 논개는 그만 얼굴을 붉힌다. 목덜미와 가슴께와 복부께와 허벅지와 전신이 핏빛 동백꽃처럼 붉어진다.

"논개야, 논개야…."

사랑이란 무엇인지 모양새를 잡을 수 없으면서도, 서로를 흡입하며 가슴 가득 뿌듯이 채워지는 느낌과 상대를 완벽하게 소유한 것 같은 그런 감정의 상태가 사랑의 극점이려니 논개는 생각해 본다. 정신과 육체가 하나로 결합되어 드디어 승화되는 절정의 순간이 아닐까도 생각해 본다. 하지만 그것조차도 사랑의 한 부분일지 모른다는 생각도 없지 않았다. 가까이 있기만 해도 가슴이 포만하고 벅차고 환희로워지고, 온통 그에게만 전신의 신경줄이 닿아 있는 듯한, 뭔가 미약媚藥을 먹은 듯 꿈을 꾸듯 느껴지는 몽롱하고 아련한 느낌…, 이런 모든 것들이 사랑의 감정이고 느낌이려니 싶었다.

"논개야…."

논개는 서둘러 옷을 찾아 입고 그의 꿀물을 만들기 위해 방문을 열고 밖으로 나간다. 먼 곳에서 새벽을 알리는 닭들이 홰를 쳤다. 동이 완전히 트려면 조금은 더 지나야 할 것 같았다. 논개는 우물가로 가서 갓 길어 올린 우물물로 얼굴과 몸을 닦고는, 찬간의 조왕竈王을 모시는 살강 위에다 정화수를 떠 놓고 잠시 손을 모아 그의 건강과 나라의 평안을 빈다. 그러고는 다시 차가운 물을 길어 올려 그가 마실 꿀물을 만들었다.

*

눈이 완전히 녹지는 않았으나 어저께와 달리 기온은 따습고 햇살은 눈부시도록 맑고 찬란했다. 반짝이는 금빛 햇살이 새벽녘의 꽃밭 꿈을 떠올리게 했다.

'진정 좋은 날씨로고!'

논개는 속으로 읊조리며, 말티고개를 경쾌하게 앞서 달리는 강동찬의 뒤를 적당한 거리를 유지하며 따른다. 지친 기색이라고는 조금도 찾아볼 수 없는 그의 모습을 훔쳐보면서, 그녀는 그가 힘과 건강을 타고난 장골壯骨임을 거듭 실감한다. 그녀의 얼굴에 홍조가 떠오르다 사라진다.

선학산 활터에는 남장을 한 의기회 회원들이 속속 말을 타고 모여들었다. 모두들 표정이 밝았다. 강동찬에게 인사를 보내는 회원들의 눈빛이 생기가 가득 차 반짝였다. 활터의 훈련장에는 눈이 녹지 않았으나, 훈련을 못할 정도는 아니었다. 해가 동녘 하늘로 얼마만큼 떠올랐을 때쯤, 의기회 회원들은 전원이 다 모였다. 산이 갑자기 몸을 털고 살아나는 듯 소란스러워지기 시작했다. 남장한 여인들의 등장으로 산이 한동안 자지러지면서 활기가 솟구치는 것 같았다.

강동찬은 모두를 말에서 내리게 하고 몸풀기 훈련부터 시작했다. 거칠고 센 동작은 피하는 것 같았으나 그렇게 가벼운 동작만은 아니었다. 모두들 따라 하기 벅찬 듯 숨을 쌕쌕거리기 시작했다. 명월을 비롯한 몇몇 안방 어머니들은 뒷전에서 흉내만 낼 뿐 제대로 동작을 따라 하지 못했다.

"됐어요. 그만하고 이제는 주변 산속으로 들어가서 창이나 칼을 대신할 막대기 하나씩을 찾아오시오."

가쁜 숨을 뿜어 대던 기녀들은 앞다투어 눈이 덮이지 않은 양지쪽의 숲으로 들어가 마른 나뭇가지를 주워 왔다. 몇몇 기녀들은 놀이를 나온 듯 장난스런 낯빛들로 속이 썩어 퍼석한 나무를 주워 와선 잘 부러져서 못 쓰겠다며 키들거리기도 했다. 논개는 창이나 검으로 쓸 만한 막대기 열네댓 개를 안아 와서, 준비해 간 낫과 톱을 이용하여 적당한 길이로 잘라 회원들에게 나누어 주었다.

"됐소. 나무 막대기는 여기에 모아 놓고 이제는 양손 안에 쥘 수 있는 돌을 열 개씩 주워 오시오."

강동찬이 연달아 지시를 했다.

모두들 의아한 표정으로 강동찬을 바라보았다. 무엇에 쓸 것이냐고 묻는 것 같았다.

"왜 이렇게 쳐다들 보는 것이오? 대장이 명령을 내리면 불문곡직하고 째깍째깍 행동을 해야 하거늘. 빨리들 주워 오시오."

그때 누군가가 손뼉을 치면서 말했다.

"맞다! 돌팔매질 훈련을 시키실라꼬 그러시는 거다!"

그러자 모두들 고개를 끄덕이며 숲으로 다시 들어갔다. 논개는 막대기 두 개를 양옆으로 눕혀 놓고 산비탈에 지천인 칡덩굴을 엮어 즉석 들것을 만들었다. 그리고 그 위에 돌을 50개도 넘게 얹어 두 사람이 들어서 날랐다. 대부분의 회원들이 손안에 쥘 수 있는 한두 개의 돌을 몇 차례에 걸쳐 들고 오거나, 팔에다 안아도 다섯 개 이상은 무거워 한 사람이 두세 번씩은 날라야 했는데, 그녀는 한 번에 오륙십 개씩 세 차례나 날랐던 것이다.

"역시 논개다!"

명월이 찬탄하며 고개를 끄덕이고, 강동찬은 말없이 그런 논개를 바라보며 미소만 머금었다.

첫 훈련은 활쏘기였다. 모두가 과녁을 향해 대여섯 차례 화살을 날렸다. 첫 번째 시도는 실패율이 높았다. 지난겨울에 전혀 연습을 하지 못한 탓이었다. 그러나 연이어 쉬지 않고 활을 쏘면서 몸들이 풀렸고 차츰 나름대로 솜씨를 발휘하기 시작했다. 회원들의 화살이 과녁에 적중할 때마다 강동찬은 칭찬을 아끼지 않았다. 회원들 대부분이 서서 활을 쏘는 입사立射 위주였지만, 논개는 보사步射는 물론이고 말을 타고 달리며 활을 쏘거나 창을 던지는 기사騎射와 기창騎槍도 구사하여, 지켜보는 회원들이 경악을 금치 못하게 했다.

강동찬은 이어 회원들에게 창과 칼을 사용하는 법을 가르쳤다. 능숙한 정도까지는 아니어도 최소한의 기본 사용법은 알려 주려는 듯 회원들 한 사람 한 사람에게 기울이는 열성이 대단했다.

"우리가 무슨, 창이나 칼을 들고 싸울 일이 있나?"

누군가 작은 소리로 중얼거렸다.

그러자 명월이 역시 낮은 목소리로 말하는 이를 꾸짖었다.

"주둥이 닥쳐라. 너는 이 나라 백성이 아니더냐? 유비무환이라는 말 모르느냐? 어르신께서 깊은 생각이 있으셔서 가르치시는 것이니 암말 말고 잘 따라라."

두 사람 모두 소리를 낮추어 말을 주고받았으나, 회원들 모두 그들의 말을 들을 수 있었다. 명월의 한마디가 일벌백계의 효력을 발휘했는지 풀어지려던 분위기가 다시 죄어지는 듯했다.

마지막으로 돌팔매질 훈련이 시작되었다. 과녁판 옆으로 좀 떨어진 곳에다 썩은 고목을 끌어다 세우고 그것을 표적물로 삼았다. 그러나 화살을 과녁판에 맞히기보다 돌로 고목을 맞히는 일이 생각보다 쉽지 않은 모양으로 던지는 돌마다 빗나갔고, 모두들 어이없는 표정들을 지었다.

"쉽게들 생각하기 때문이오. 바라보는 눈의 조준과 던지는 팔의 겨냥이 통일이 되지 않기 때문인데, 자꾸만 던져 보아요. 곧 익숙해질 테니. 논개가 나와서 시범을 보여 주시오."

그녀가 돌팔매에 남다른 재주를 가졌다는 사실을 그가 기억하는 것 같았다. 논개가 앞으로 나서 고목에 돌을 던지기 시작했다. 던지는 돌마다 퍽퍽 소리를 내며 고목의 윗부분을 어김없이 맞혔다. 처음 네댓 개는 고목의 머리 부분을, 다음 네댓 개는 가운데 부분을, 그다음 네댓 개는 아래 부분을 차례로 백발백중 다 맞혔다. 모두들 논개의 돌팔매질을 바라보며 놀라서 입을 다물지 못했다.

"도대체 논개는 통달하지 아니한 것이 없구나! 돌팔매질은 언제 또 그리 익혔더냐?"

명월과 매실이 머리를 내저으며 감탄했다.

"특별히 연습하여 익힌 것은 아니고, 어릴 적에 뱀도 잡고 다람쥐와 산토끼를 잡으려고 돌을 많이 던졌던 것이 낯설지 않게 되었습니다."

"세상에, 어쩌면…. 논개는 타고난 무인이야!"

"쯧쯧. 저렇게 유난히 재주가 좋아도, 좋지 않다고 하던데…."

누군가 뒷전에서 논개의 특출한 재주들이 불안한 듯 중얼거렸다.

강동찬이 분위기를 다잡으려는 듯 다시 음성을 높여 채근했다.

"자, 어서어서 던져들 보시오. 정신을 집중하여 열심히 하다 보면 논개님 실력도 따라잡을 수 있어요. 눈앞의 고목을, 성벽을 기어오르는 왜군이라 생각하고, 저 바윗돌은 오랑캐라 생각하고 각자 힘껏 던져 보시오."

강동찬이 독려하자 회원들은 다투어 돌을 던져 댔다. 돌이 어쩌다 목표물을 맞히면 탄성이 자지러지고, 빗나가면 원통한 듯 안타까운 소리들을 냈다. 돌팔매가 뜻대로 되지 않는 사람들은 나름대로 활쏘기나 창던지기, 칼 다루는 연습에 열중하느라 가만히 남의 동작을 구경만 하고 있는 사람은 아무도 없었다. 강동찬은 한 사람씩 돌아가며 자세를 고쳐 주고 격려도 하면서 그녀들의 기를 돋우어 주었다.

"구국하는 길이 내 손 하나에 달려 있다고 생각들 하시고, 자, 이렇게 잡고 왼쪽 바른쪽으로 번갈아 휘둘러 보시오."

그가 개개 회원들에게 기술을 가르치고 자세를 고쳐 줄 때마다 당사자들은 얼굴을 붉혔다. 그를 향한 존경의 마음을 거침없이 얼굴에 드러내기도 하고, 더러는 "어르신! 이렇게 하면 되는 것이지예?" 하며 자청하여 그를 자기 앞으로 다가오게도 했다.

눈이 크고 귀염성스럽게 생긴 향실香實은 강동찬에게만 시선을 향한 채 자신이 무엇을 하고 있는지도 모르는 것 같았다. 강동찬의 모든 말과 행동을 놓치지 않으려는 듯 그의 움직임을 따라 얼굴을 돌리며 넋 놓은 낯빛을 하고 있었다. 막대기 하나를 들고 창으로 쓰는 것인지 칼로 다루는 것인지 알 수 없을 정도로 맥없이 그냥 휘둘러도 보고 던져보기도 하면서, 강동찬에게만 눈을 박고 있었던 것이다. 실제 논개보다 한 살 아래인 그녀는 강동찬의 논개를 향한 다정한 눈빛이 너무나 부러운 나머지 팥죽 끓듯 질투심이 치솟기도 하여 남모르게 속내를 끓이고 있었다.

"성님은 좋겄소! 저리도 잘난 분과 통정을 하시니…."

이틀간의 시국 강좌를 들을 때도 향실은 논개에게 그런 말을 했었다.

논개는 강동찬을 향한 향실의 태도가 존경의 감정을 넘어선 상태임을 직감했지만 마음의 동요는 없었다. 기녀들 간의 의리로 부부 연을 맺은 남의 정인을 감히 넘보는 경우는 없었지만, 그것보다 그녀는 강동찬과의 사랑에 넘치는 자신감과 철석같은 믿음을 갖고 있기 때문이었다. 향실의 태도는 분명히 유별했지만 그러나 대부분의 회원들이 강동찬에게 존경의 마음을 갖고 있음을 논개는 알고 있었고, 특히 이날의 전원 출석과 그를 바라보는 회원들의 빛나는 눈빛과 상기된 표정에서 더욱 그것을 감지할 수 있었다. 논개는 그것이 싫지 않았다. 모두가 존경하고 흠모할 수 있는 사나이가 바로 자신이 혼신으로 은애하는 사람이라는 것이 자랑스러웠기 때문이다. 또한 자신이 쏟는 사랑 이상으로 그로부터 은애를 받고 있다는 사실이 가슴 벅차도록 뿌듯했기 때문이다.

그러나 다음 순간, 향실의 느닷없는 비명과 그에 대처하는 강동찬의 잽싼 몸짓을 보면서 논개의 표정은 차분히 가라앉았다. 막대기 하나를 들고 강동찬에게만 시선을 꽂고 있던 향실이, "어르신, 저 좀 봐 주셔요." 하고 그를 가까이 불러 교습을 받다가 갑자기 다리에 쥐가 난다며 그 자리에 쓰러져 버렸고, 놀란 그가 반사적으로 그녀의 다리를 두 손으로 힘껏 정성스레 주물러 주고 있었기 때문이다. 향실이 그에게 두 다리를 내맡긴 채 연신 응석 붙인 교성의 비명을 내지르고, 그는 곤혹스런 낯빛으로 그녀의 다리에서 손을 떼어 내지 못했다. 그때 명월이 입가로 웃음을 지으며 그들 가까이로 다가갔다.

"어르신! 그만 일어나시지요! 향실이 다리의 쥐는 제가 단박에 고쳐 놓겠습니다. 글쎄 멀쩡하던 아이가 어쩌자고 갑자기 쥐가 난담. 제가 이 쇠바늘로 금방 일어나게 하겠습니다요."

그런데 명월이 미처 향실의 몸에 손을 대기도 전에, 향실은 누웠던 자리에서 벌떡 일어나 비명을 내지르며 달아나기 시작했다.

"아, 아네요, 명월 어머니. 다, 다 나았어요."

강동찬은 영문을 몰라 어리둥절한 낯빛이 되고, 회원들은 하나같이 배를 잡고 웃어 댔다. 비로소 향실이 꾀병을 부렸음을 알아챈 그가 "쥐 나는 데는 바늘이 특효약이구먼…." 하고 껄껄 웃어넘겼다.

"죄송합니다, 어르신! 저 애가 원래 저리 장난이 심합니다요. 어르신께 대한 관심의 표현이오니 언짢게 생각 마소서."

"언짢게는 생각 않소만, 정신 무장에는 문제가 없지 않소. 자, 가만히 서 있지들 말고 연습들 하시오. 천금 같은 시간임을 잊지 마시오."

그는 다시 회원들을 채근하기 시작했고, 몸을 단련하고 무기를 다루는 훈련은 얼마간 더 이어졌다. 주먹밥 한 덩이씩으로 점심 요기를 하고, 이날의 훈련은 해가 설핏해서야 끝이 났다.

강동찬은 회원들의 열성적인 참여는 훌륭한 구국의 정신 때문이라 격려하고 칭찬하면서, 스스로를 이 나라를 지키는 파수꾼으로 생각하고 이후로도 쉬지 말고 몸을 단련하며 활과 창검을 익히라고 당부했다. 또, 위난이 닥치면 제일 먼저 정신을 차분히 가다듬고 이성적으로 냉철하게 대처해야 할 것이며, 주변의 백성들도 의기회가 앞장서서 그렇게 이끌어야 한다고 역설했다.

회원들은 그로부터 받은 사흘간의 교육을 영원히 잊지 못할 것이며 진심으로 고맙게 생각한다고 말했다. 기회가 주어지면 앞으로도 계속 가르침을 받았으면 좋겠다고도 했다.

강동찬은, 인사를 올리며 서둘러 말을 채찍질하여 활터를 빠져나가는 의기회 회원들을 전송하고는, 옆에 다소곳이 서 있는 논개를 돌아본다.

"우리만 남았구나!"

누구도 먼저 남아 있자고 말한 것은 아니었지만, 회원들이 일부러 자리를 만들어 주듯 총총히 떠나자, 그들은 당연한 일인 듯 그 자리에 붙박여 있었다. 훌쩍 그곳을 떠나 버릴 수가 없었던 것이다. 강동찬으로서는 정확히 10년 전인 청년 시절부터 이 활터에서 의병들을 훈련시키며 젊음의 열정을 쏟다가 7년 전 가을 이곳을 떠난 후로 이날 처음 다시 왔던 것이고, 논개에게는 선학산 전체가 첩첩이 한이 서린 곳이었다. 활터의 후면으로 넘어가면 그녀가 살았던 바위굴이 있고, 생모의 산 무덤이 있고, 그뿐만 아니라 강 진사 댁 노복들에게 두들겨 맞아 피투성이가 되었을 때 이 활터의 의병장이었던 그에게 구함을 받아 활터 옆 산막에서 잠시 살기도 했었던 것이다.

"어르신! 저는 오매의 산 무덤을 보고 가야 할 것 같아요."

"물론이지! 그러기 위해서 우리가 남아 있지 않았더냐. 어서 가 보자꾸나. 나도 장모님께 절을 올려야 되지 않겠느냐!"

"어르신, 고맙습니다…."

논개는 새삼 뻐근한 심정이 되면서 그를 올려다본다.

"논개야! 내가 당연히 갖추어야 할 예의를, 너는 남에게 인사치레하듯 고맙다고 말하는구나. 그런 말 말거라. 내가 너에게 남이 아니지 않느냐."

"그저, 홍감해서이옵니다."

논개는 실제로 그러했다. 자기의 전부인 그가 한순간이라도 타인처럼 생각되어진 적은 없었다. 부부의 연을 맺기 이전에도 그는 그녀에게 은인이었지 남은 아니었던 것이다. 다만 오매의 뼈가 묻혀 있고 자신의 저린 한이 엉기어 있어 마치 자신의 본태지本胎地처럼 느껴지는 이 선학산에서 그가 자기의 근원인 오매를 장모님이라 존칭하며 절을 올리겠다는 말이, 그녀를 사지에서 재차 구해 주는 것만큼이나 감동스럽게 들렸던 것이다. 아울러 그도 그녀 못지않은 혈육 이상의 은애의 감정을 진정으로 가슴에 품고 있다는 사실이, 오매에게 절을 올리겠다는 말로 가슴에 절절하게 와 닿았기 때문이다.

그들은 말을 활터에 매어 두고 산길을 타고 넘어 극심한 산사태로 형성된 황토산이 있는 곳으로 갔다. 양지쪽이어선지 거대한 흙더미 어느 곳에도 잔설의 흔적은 없었고 벌건 황토만 눈앞 가득 버티고 있었다.

"허허, 대단한 산사태가 있었군! 장모님의 무덤이 저 산 흙더미 속에 갇혀 있단 말인가?"

"그렇습니다. 생모는 뫼도 없이 커다란 산속에 갇히고, 양모는 소용돌이 물속에 갇혔습니다."

논개는 준비해 간 보퉁이를 풀어 술과 대추와 북어포를 황토산 자락에 펼쳐 놓으면서 탄식하듯 말했다.

"오히려 자연 속 깊숙이 동화되셨으니 마음 아파할 것 없느니. 자, 절을 올리세나!"

그들은 눈앞의 거대한 황토산을 향해 큰절을 했다. 강동찬은 두 번을 하고 논개는 네 번을 했다.

"장모님. 한성 출신 진주 강씨 강동찬이라 하옵니다! 장모님의 외동 사위올습니다. 어여쁘고 영민한 논개를 세상에 태어나게 해 주셔서 고맙습니다! 논개 걱정은 조금도 마시고 부디 좋은 곳에서 편히 쉬십시오."

그는 산을 향해 넉살 좋게 큰 소리로 말했다. 그리고 술을 산자락에 뿌리고 대추와 북어도 찢어 뿌렸다.

"논개야! 그러고 보니 내 처가가 장모님이 계신 바로 이곳이로구나! 내 젊음을 불사르고 너와의 만남이 이루어졌던 곳이어선지 산에 들어올 때부터 마음이 편안했는데, 이제는 장모님 품속처럼 포근하고 아늑하게 느껴지니 이 아니 그렇겠는가!"

"어르신…."

도저히 제어하기 어려운 마음의 풍랑이었다. 논개는 울컥 솟구치는 눈물을 주체하지 못하고 쏟아내고 만다.

"논개야! 왜 이러는 게냐? 진작부터 네 표정이 울먹이듯 가라앉는다 싶더니 기어이 일을 내는구나! 내가 무슨 말이라도 잘못한 것이더냐?"

그가 당황해하며 논개의 어깨를 잡아 끌어안았다. 논개는 그의 품안에서 아이처럼 소리 내어 오열했다.

"말, 말씀 잘못하시지 않으셨습니다. 이 산속에 어르신과 함께하니 만감이 교차되어 그러합니다. 그, 그저 송구스럽고 죄송하옵니다. 어, 어르신은 제 생명의 은인이시옵고, 어르신으로 하여 살아가는 기쁨을 누리고 있음에 비해, 제 주변이 너무나 호젓하여 어르신 편히 뫼실 터전이며 혈육도 없는 터라, 가, 가슴이 미어져 그러하옵니다. 어르신…."

둑이 터지듯 한번 터진 오열은 막을 수 없었고, 논개는 어깨를 들썩이느라 제대로 말을 잇지 못했다.

그가 오열을 그치지 못하는 논개를 더욱 죄어 안으면서 바른손으로 그녀의 등을 쓰다듬었다.

"논개야. 나는 이 세상에 너 하나만으로 세상을 다 얻은 듯 만복을 누리나니. 네 신세가 호젓할진대 내 신세는 무어더냐. 울음을 그치거라. 장모님이 계신 이 선학산을, 우리의 안태본安胎本으로 묻어 두고 살자꾸나!"

그의 말은 다정하고 간절했다. 그의 진심 어린 위무에 오열의 격동이 잦아들었다. 논개는 고개를 끄덕이며 울음을 멈추었다. 자기 설움에 북받쳐 그의 아픈 가족사까지 떠올리게 하여 공연히 그마저 우울하게 만들까 봐 불안했던 것이다.

그가 논개의 손을 잡고 끌었다.

"해가 곧 넘어가겠구나! 예까지 왔으니 네가 살던 바위굴도 들러 봐야 되지 않겠느냐?"

논개는 부러 밝은 얼굴로 고개를 끄덕이며 응수한다.

"오매에게 인사를 올렸으니 이제 굴로 가 봐야지요. 제가 어떻게 그곳에 거처할 수 있었는지 배부른 지금에 와서 돌아보면 거짓말 같지만, 그러나 그곳을 보면 세상의 어떤 험난한 일도 이겨 낼 수 있는 새로운 힘을 얻을 것 같아요. 살갗은 그을려 새까맣고 피골이 상접한 몰골의 눈이 큰 어린 여식아이 하나가, 작은 짐승처럼 그 굴을 기어서 들며 나며 살았음을 상기하면, 그 아이가 불쌍해서 가슴이 짓이겨지면서도 한편으론 가슴 밑바닥에서 산이라도 들 것 같은 힘이 솟구쳐 올라요!"

"그래, 어린 네 모습이 선명하게 내 머리에도 떠오르는구나. 세월이 참으로 빠르다는 생각이 가슴을 파고드는구나! 그 가엾던 아이, 아니지, 말 잘못한 어른을 야무진 바른말로 호되게 나무라던 무섭도록 당찬 아이였지! 논개야, 내 이제사 말이다만, 나 그때 등골이 서늘했느니라. 행색은 초라하기 그지없는데도, 아이가 기품이 있고 눈빛이 형형하고 사람을 끌어당기는 무언가가 있었던 것 같아. 그때 나는 형체를 잡을 수는 없었지만 너에게서 분명히 무언가를 느꼈었지. 이후에 내가 혼자 그곳 주변을 여러 차례 갔었다는 사실을, 너에게 말을 했던가?"

"하셨습니다. 어르신이 활을 쏘아 떨어뜨린 장끼를 제가 획득했었고, 무엇보다도 제가 강 진사 댁 노복들에게 두들겨 맞는 현장을 굴 주변에 들르셨던 어르신이 목격하시고 저를 구해 주셨던 것이 아니옵니까.

어린 여식아이가 혼자 굴에 살고 있는 것이 너무나 안쓰럽고 불안하여 돌봐 줄 겸 가끔 들르셨다는 말씀, 하신 적이 있으십니다."

"어찌나 가엾고 불안하고 신통방통하고 어여쁘고 귀엽던지…. 피붙이같이 끌리고 위태해 보였지만 네 앞에 얼굴을 드러내지는 않았었지. 왠지 네가 호통을 칠 것 같았거든. 너와 나의 운명은 그때 이미 이어졌던 것이 아니었을까? 산신령님이 나를 내세워 너 몰래 너를 보살피게 만든…. 그렇지 않고서야 그리도 너에게 내 마음이 잡혀 있었을까 싶거든."

"저도 그런 생각이옵니다. 그때 어린 제 눈에도 민구식 어르신보다 어르신이 범상치 않아 보이셨어요. 어르신 등에 업혀 있을 때는 세상에 부러울 것도 무서울 것도 없었지요. 포근하고 든든하고 기분이 끝없이 좋았었거든요."

그들은 드디어 논개가 기거했던 바위굴 앞에 닿았다. 그러나 두 사람은 눈앞에 펼쳐진 광경에 눈을 벌려 뜨고 서로를 마주 보았다. 굴 입구에 전에 없던 돌무더기 하나가 만들어져 있고, 굿을 한 듯 울긋불긋 색실이 감긴 대나무 가지 등이 널려 있었기 때문이다. 그들은 누가 먼저랄 것도 없이 동시에 굴속을 들여다보았다.

"세상에! 여기에다 신당을 만들어 놓았네."

굴속 구석 쪽의 바위 턱에 남근을 닮은 양석陽石 하나가 돌부처처럼 놓여 있고, 그 옆으로 촛불을 켜 놓고 향을 피웠던 흔적이 있고, 벼의 낟알들이 여기저기 흩어져 있는 걸 보면서 논개가 중얼거린다.

"허허. 어떤 무당이, 이곳을 아들 낳는 영검스런 당집으로 만들어 놓았구먼! 허어."

"이 굴이 무슨 영험이 있다고…. 작년에 왔을 때는 이러지 않았는데…."

"무당이 영험이 있다고 하면 있는 것처럼 보이게 돼 있지 않은가. 가만, 장모님의 무덤이 있는 곳이 여자의 그곳과 비슷타 하여 암반태기라고 하지 않았던가. 그러니 그 암반태기를 마주 보는 이 산중턱의 돌출된 바위들을 남자의 그것으로 상징하여 바위틈인 이 굴에다 신당을 차린 것은 아닐까? 아들 낳는 양석 신당으로 말씀이야! 내 풀이가 어떤가?"

"그렇게 생각할 수도 있겠습니다마는, 이제는 암반태기가 산사태로 그 형체가 없어져 버렸는데, 무슨 효험이 있겠는지요."

"글쎄, 그것도 그렇구먼."

논개는 작년 초전골 입구의 주막에서 술과 고기를 먹던 탁발승이 떠벌리던 말들이 불현듯 떠오르면서, 기분이 가라앉음을 어쩌지 못한다. 암반태기 중심부에다 오매를 묻었더니 격노한 산신령이 산사태로 무덤을 덮어 버렸고, 그리고 오매를 그곳에 묻어 준 백정이 아재가 백치딸과 손자를 데리고 동네에서 쫓겨나고, 논개에게 애틋하게 마음을 써주던 점백이 할매가 죽고, 논개와 가장 친한 섭냄이가 애를 배서 도망쳐 버린 일과 같은, 이런 일련의 기억들이 머릿속을 휘돌아 지나갔던 것이다. 물론 그녀 주변에서 발생한 그런 일들이 우연의 일치로 그렇게 될 나름의 원인들이 있었다손 치더라도, 논개는 예사롭게 생각되지 않아 작년에 활터를 복구하면서 산신제를 올리기도 했던 것이다.

"무슨 생각을 그리도 골똘히 하는고? 신당의 효험이 있고 없는 것은 굿을 청한 당사자의 마음에 달려 있는 것이 아니겠느냐. 어차피 아들 아니면 딸로 반반의 공산인데, 남근 모양으로 생긴 저 돌기둥 앞에 제물 많이 놓고 지성껏 빌었다 해서 어찌 반드시 아들이겠느냐 말이다. 남녀의 성별은 인간의 능력이 아닌 조물자造物者의 역할 같기도 하지만, 그러나 잡학雜學이 발달하고 인간 신체에 대한 연구가 깊어지면 왜 남자가 되고 여자가 되는지 그때 밝혀지지 않겠느냐. 논개야! 우리도 여기에서 아들 하나 만들까나…."

신체가 강건하고 키가 큰 그가 굴속의 삿자리 위에 두 다리를 뻗고 앉으면서, 구석 쪽의 제단을 바라보며 생각에 잠겨 있는 논개의 허리를 껴안았다.

"어르신…."

논개는 허리에 감긴 그의 손을 떼어 내려 하다가 불현듯 뇌리를 스치는 생각 하나에 동작을 멈춘 채 숨을 꿀꺽 들이마신다. 자기를 거두어 준 안방 어머니 설매의 죽음이 산신령의 노하심과 상관이 있지 않은가 하는 의혹이 머리를 쳤던 것이다. 그녀의 죽음은 지금까지도 분명치 않은 점이 있었다. 자살인지 아니면 실수로 물돌이 소에 말려들어 익사한 것인지 논개는 정확히 알지 못했다. 주위의 모든 사람들이 하나같이 그녀가 헤엄을 치다가 물돌이 소에 말려든 것으로 알고 있고 실제로 그러했을 수도 있지만, 그러나 모래찜질을 나가던 바로 그날 아침에 논개에게 고방과 장롱의 열쇠, 전답 문서, 이런저런 빚 받을 목록을 전부 건네주었던 것을 생각해 보면, 어쩌면 자진을 계획하였던 것으로 짐작할 수도 있기 때문이었다. 자살이었든 실수로 인한 익사였든 젊은 안방 어머니가 사망한 것은, 암반태기를 훼손한 주범인 논개 자기를 설매가 혈육처럼 거두어 주었기 때문인 것만 같았다.

"세상에…. 어쩌면 좋단 말인가…?"

논개는 자신의 생각이 틀림없다는 확신이 점점 강해지면서 억장이 무너지는 듯한 절망과 불안감이 전신을 태질하듯 삽시간에 엄습해 왔다. 그녀는 상체를 후들후들 떨었다.

"논개야…."

그녀의 속내 변화를 모르는 그는 큰 손을 남장의 저고리 안으로 넣어 가슴을 조여 맨 무명 띠를 풀어내고 탐스런 젖가슴을 손안에 넣고 있었다.

"어르신…."

논개는 반사적으로 다시 그의 두 손을 밀어내려 힘을 주어 보았으나 오히려 더 죄어드는 결과만 빚고 말았다. 그의 뜨거운 입술이 경직된 그녀의 뺨 위를 스쳤다. 논개는 얼굴을 돌려 그의 입술을 피하면서 혼자 생각에서 헤어나지 못한다. 자기를 거두어 준 이유로 산신령이 안방 어머니를 죽게 했다면, 또한 논개를 당신의 생명 이상으로 은애하는 강동찬에게도 위해가 미칠 수 있다는 생각에 이르면서, 그녀는 전신이 얼어붙은 듯 꼿꼿이 굳어지고 말았다. 그녀는 자신도 모르게 온몸을 발작하듯 흔들면서 그를 힘껏 떼밀었다. 그리고 새하얗게 질린 얼굴을 한 채 덜덜 떨리는 손길로 흘러내린 무명 젓띠를 다시 가슴에 둘러맨다.

"논개야…."

그가 놀란 얼굴로 논개를 쳐다보았다. 그녀의 느닷없는 거칠고 매몰찬 행동 때문이었다. 그녀는 자리에서 벌떡 일어났다.

"어르신, 어두워지고 있습니다. 이제 서둘러 진주로 돌아가야 합니다."

"논개야, 왜 그러느냐? 너는 어린 나이에도 혼자 이 굴에서 살지 않았더냐? 어둠을 두려워할 우리가 아니거늘…."

"이상한 느낌이 들어서입니다. 오늘 밤에 바로 이곳에서 굿거리가 있을 것 같고, 아래쪽에서 사람 기척이 나는 것 같았습니다."

그녀는 굴속에 들어설 때 문득 스치던 느낌 한 자락을 그냥 표현해 본다.

"무슨 인기척이 있었단 말이냐? 아무 소리도 들리지 않는 것을."

"좀 전에 웅얼거리는 소리가 분명히 들렸습니다. 어서 나가소서."

논개는 그 말과 함께 먼저 굴을 벗어났다. 그도 곧 따라 나왔다. 해는 서산 너머로 이미 스러져 있었으나 밖은 아직 어둡지는 않았다. 그녀는 앞장서서 빠른 걸음으로 활터로 향하는 길로 접어들었다. 자기로 인해 안방 어머니가 비명에 갔을 수도 있다는 의혹과, 따라서 강동찬 역시 자기로 하여 위해를 받을지도 모른다는 갑작스런 의구심이 그녀를 불안케 했다. 그녀는 누구에겐가 쫓기기라도 하듯 걸음이 빨라졌고 말을 잃어버린 침묵 상태로 빠져들었다. 강동찬이 당황해하며 왜 그러느냐고 물어 오는 말도 그녀는 제대로 알아듣지 못했다. 그가 걸음을 빨리하여 논개의 팔을 붙들었다.

"논개야, 네가 무슨 곡절이 있는 것 같구나. 왜 이리 얼굴이 사색이란 말이냐? 어디 아픈 것 아니냐? 대체 무슨 일이냐?"

"아, 아무 일도 아닙니다."

"아무 일도 아니라면 갑자기 네 행동과 얼굴이 왜 이러냐 말이다."

"어르신!"

그녀가 멈춰서면서 그의 얼굴을 뚫어져라 쳐다본다.

"그래, 말해 보려무나."

"산에는, 산신령이, 실제로 계시옵니까?"

그가 의외의 물음이라는 듯 논개의 얼굴을 바라보기만 했다.

그녀가 말을 이었다.

"산에는 반드시 숫산과 암산이 공존하고, 암산의 암반태기에 무덤을 쓰면 신령님이 노하셔서 기변을 일으킨다는 것도 참말이옵니까?"

그는 논개의 심중의 변화를 정확히 집어낼 수는 없었지만 그녀 생모의 무덤과 상관이 있을 것이라는 짐작을 한다. 뭔가 심히 불안해하는 그녀를 안타까운 얼굴로 마주 바라보다가 그가 그녀의 어깨를 가만히 끌어 가슴에 안는다. 논개는 마지못한 듯 그의 품에 안기기는 했으나 몸은 경직되어 나무토막처럼 뻣뻣했다.

"논개야. 산신령이란 한낱, 사람들이 만들어 낸 말에 불과하니라. 전해 내려오는 이야기 속에서 산신령을 '산을 지키는 수호신' 혹은 '산의 왕'이라 하여 흔히들 호랑이나 범을 산신령이 현화한 것으로 얘기하지만, 그것도 사람들이 산에서 겸손하라는 뜻으로 가장 힘센 산짐승을 앞세워서 지어 부르는 것일 뿐이란다. 그리고 산마다 어떻게 숫산

암산이 있겠느냐? 어쩌다 산의 모양새가 음양의 형세를 가졌다 싶으면 사람들이 장난 곁들여 암산이니 숫산이니 갖다 붙이는 것이지. 그런 것은 다 지어낸 말들일 뿐이니라. 생각해 보려무나. 사람들이 우스갯소리로 지어 붙인 그런 이름을 가진 산들이 무슨 힘이 있어 가변이며 조화를 부린다 말이냐?"

"하오면, 왜 사람들은 곡식과 돈을 들여 산신제를 지내고 굿을 하는 것이옵니까?"

"그런 것 모두가 내 마음 위안을 얻기 위한 것이지. 거의 모든 사람들이 미신인 줄 알면서도 혹시나 싶은 불안감에 제 마음 편해지려고 안간힘을 쓰는 것뿐이란다. 똑똑한 네가 그런 것도 몰랐더란 말이냐? 공연히 불안해할 것 없다. 더군다나 네 곁에는 내가 있지 않느냐."

그가 지극히 부드러운 음성으로 논개의 등을 다독거리면서 말했다.

그의 다정하면서도 단호한 말이 약이 되었던 것일까. 논개는 한결 마음이 가라앉음을 느끼면서 그의 가슴에서 얼굴을 떼어 낸다. 창백하게 질렸던 낯빛이 제 본색을 찾고 있었다. 오로지 그의 위로만으로 안정을 되찾았다기보다 그녀 자신의 마음 밑바닥에도 '그런 일들은 그저 살아 있는 사람들의 마음을 편안케 하기 위한 방편'이라는 믿음이 본디 없지 않았기 때문이다. 그의 말은 그녀의 심중 깊숙이 잠자고 있던 그러한 믿음을 확실하게 해 준 셈이었다.

그는 논개에게 더 이상의 상세한 까닭을 캐묻지는 않았다. 간신히 평정을 찾은 듯한 그녀를 다시 예민하게 만들고 싶지 않은 조심스런 마음에서인 것 같았다.

그들이 활터에 닿아 말을 매어 둔 곳으로 가까이 가자 말들이 머리와 앞발을 들고 힝힝거리며 반가워했다. 낯선 산속에서 사방으로 어둠은 내리고 주인들은 나타나지 않자 불안했던 모양이다.

"어르신! 폐허가 되어 있던 이 활터를, 작년에 안방 어머니가 일꾼들을 사서 지성으로 복구하셨습니다. 오로지 어르신을 향한 그리움에 애타하시고, 이곳으로 돌아오시리라 학수고대하면서요."

논개는 강동찬이 6년 만에 처음 돌아왔을 때 이미 활터 이야기를 소상히 한 적이 있었으나, 이날따라 설매에 대한 아픈 마음에 현장에서 확인시키듯 재차 말한다.

"그래, 좋은 여인이었다…. 자, 어서 돌아가자."

그는 숙연한 낯빛이 되면서 말 등 위로 훌쩍 올라탔다. 그녀는 안방어머니의 사인死因에 관한 말을 더 하고 싶었으나, 그는 설매에 대한 얘기라면 더 듣고 싶은 기분이 아닌 듯 말에 박차를 가했다.

"어르신!"

"네가 무슨 말을 하려는지 내가 알고 있느니라. 논개야. 설매는 너에게, 자신의 모든 염원과 나머지 인생까지 다 살아 주기를 원했나니. 너는 오로지 열심히 바르게 살면 그것이 설매의 은공도 갚고, 그녀의 삶을 함께 살아 주는 것이 되느니라. 길이 미끄럽다. 조심하거라."

그는 말 위에 넋 놓고 앉아 있는 듯한 그녀를 돌아보며 주의를 주었다. 그러고는 그녀를 훌쩍 앞질러 달리기 시작했다. 논개도 말고삐를 채며 서둘러 그의 뒤를 쫓아 달렸다.

그들이 진주의 기와집에 당도한 것은 이경二更에 가까워서였다. 그날 밤, 논개는 손수 만든 전대에다 엽전을 빼곡히 채워 넣었다. 곡식과 꿀과 보약도 자루마다 넣어 준비했다. 다음 날 그가 떠날 적에 가져가도록 하기 위해서였다. 나라의 위난을 목전에 둔 상황에서 그를 오래도록 만날 수 없음을 알고 있었기에 뭐든 그에게 유익한 것들을 챙겨 보내고 싶었던 것이다.

"어르신. 말을 한 필 더 구하거나 우마차를 구해서 곡식을 좀 넉넉히 실었으면 합니다만…."

논개는 저녁상을 물리는 그에게 의병들을 위한 돈과 곡물을 제대로 실어 갈 수 있는 방편을 논의해 보았다.

그러나 강동찬이 손을 내저어 만류했다.

"그럴 필요가 없느니라. 산적들의 표적이 될 뿐이다. 나라가 얼마나 뒤숭숭한지 네가 어찌 소상히 알겠느냐마는, 북쪽으로 올라갈수록 부분적인 민란도 많고 도적 떼도 많으니라. 모두가 찢어지는 가난과 몸으로 부딪쳐 오는 불안감, 위기감 때문이겠지만."

"그러면 엽전 전대만 좀 더 만들어야 할까 봅니다!"

"무리할 것 없다. 관이든 민이든 군자軍資는 필수이니, 재물을 잘 보관해라. 경상도와 전라도 등 인근 지역에서도 필히 긴요하게 쓰일 수 있을 테니 말이다."

"어르신 하시는 일에 더 긴요하게 쓰였으면 싶습니다. 안방 어머니도 그것을 원하셨구요!"

"나라를 위해 쓰는 일인데 누가 사용하든 상관이 있겠느냐. 그보다도 논개야! 필히 대란은 일어날 것이니 마음 각오를 단단히 하거라. 너나 나나 필부가 못 되어 함께 있지는 못하지만, 둘이 서로 유일한 식구인즉 상사하는 마음이사 어떻게 필설로 다 형용할 수 있겠느냐. 드러내지 않아도 우리는 그것을 알지 않느냐! 제반사에 네가 얼마나 신중하게 잘 대처할 것인지는 보지 않아도 안다마는, 대세에 따라 행동해야지 의분으로 혼자 맞서 신체를 상하는 어리석은 일은 없어야 하느니! 무슨 말인지 알아듣겠느냐?"

"예. 유념하겠습니다. 제 걱정은 오로지 어르신께만 있사옵니다."

"알고 있느니라."

"녹차를 올리겠습니다."

논개는 방문을 열고 밖으로 나왔다. 차분히 가라앉은 담담한 심정인데도 눈물이 주르르 뺨을 타고 흘러내렸다. 딱히 집어 말할 수는 없었지만 그와의 재회가 오랫동안 끊어질 것이라는 심중의 확신감이 서러움을 촉발케 하는지도 몰랐다.

그날 밤 그는 논개를 팔베개하여 꼬옥 안고 잤다. 마치 아기를 보호하듯 불면 날아갈세라 잡으면 터질세라 다독이며 조심하며 잠시도 품 안에서 놓지 않았다. 은애의 절정이 운우지정의 나눔이라 했지만, 그러나 보다 진정한 사랑의 표현은 아낌과 보살핌과 서로에게 조심함이 더 윗자리가 아닌가 싶은 생각이, 논개는 이날 밤따라 절실하게 느껴졌다. 그가 옆에 있을 때는 언제나 그러했듯 마음이 넘치게 포만하고 황홀하고 든든했다. 산다는 것이 매일 이러하다면 진정 살아 볼 만한 가치가 있다고 생각되었다.

깊은 잠 속으로 잦아드는 그의 고른 숨소리를 들으면서 논개는 살그머니 몸을 빼내어 부엌간으로 나갔다. 지난밤에 씻어 불려 둔 찹쌀을 솥에 안쳐 밥을 지었다. 주먹밥 열 개를 뭉치고, 반찬으로 더덕장아찌와 소금에 절여 말린 대구를 구워 찢어서 나무 찬합에 담았다. 충청도까지는 말을 급히 달려도 사흘은 걸릴 것이었다. 그녀는 그의 조반상까지 마련해 놓고 조용히 안방으로 들어가 이부자리 속에서 차가워진 몸을 덥힌 후 그의 품 안으로 조심조심 파고들었다.

그때, 아랫동네에서 첫닭이 울었다.

그가 살몃살몃 파고드는 논개를 포근히 끌어안으면서 잠긴 목소리로 말했다.

"첫닭이 우는구나."

"더 주무시어요. 이제 겨우 사경四更입니다."

"논개야. 몸은 별리해도 내가 너를 지키고 있음을 헤아려야 할 것이니라."

그가 손으로 논개의 얼굴을 어루만졌다.

"알고 있사옵니다. 더 주무시어요."

"아니니라. 촛불을 밝히려무나. 지금 출발해야 낼모레 삼경 안에 닿을 수 있으니."

그가 논개의 얼굴에서 손을 떼어 내며 벌떡 일어나 앉았다.

"아직 동도 트지 않았습니다."

"그래도 빠르지 않으니라."

논개는 서둘러 촛대에 불을 올렸다.

"하오면, 조반을 차려 오겠습니다!"

"아니니라. 어젯밤에 먹은 음식이 아직도 소화가 되지 않아 속이 거북하구나. 가다가 허전하면 주막에 들러 해결할 것이니 걱정 말거라."

논개는 그를 더 머물게 할 생각을 체념한다.

"속옷을 갈아입으시어요."

논개는 이불 밑에 묻어 둔 솜 누빈 속옷들을 꺼내 놓고, 미리 준비한 여분의 봄옷들과 주먹밥과 찹쌀로 만든 미숫가루를 괴나리봇짐으로 묶는다. 그리고 엽전을 가득 채운 전대 다섯 개를 그의 앞에 꺼내 놓는다.

"어인 짐들이 이리도 많단 말이냐?"

"하나도 버릴 것이 없는, 가시다가 드실 음식과 옷가지이옵니다."

"엽전 전대는 두 개만 허리에 감고 가겠으니, 나머지는 잘 보관하였다가 큰일에 적절하게 사용토록 하여라."

그는 의연한 표정으로 서둘렀다. 어느 순간부터인가 그는 마치 화난 사람처럼 얼굴이 굳어져, 움직이는 몸짓이 칼로 절개하듯 분명해졌다. 쉽게 근접하지 못할 위엄기가 그의 전신에서 흘러나왔다. 그런 몸짓과 표정을 시종한 채 그는 떠났다. 대문 밖에서 배웅하는 논개를 한 번도 뒤돌아보지 않은 채, 말 위에 꼿꼿이 앉은 자세로 어스레한 미명 속으로 총총히 떠났다.

(3권에 이어서)

• 참고문헌

1. 『경남문화연구』(1995), 경상대학교
2. 『임진왜란』(1994), 서필량
3. 『진주목 읍지』(1991), 진주문화원
4. 『조선의 성풍속』(1998), 정성희
5. 『晉州牧正史(진주목 정사)』(1994), 진양문화원
6. 『晉州義岩別祭誌(진주의암별제지)』(1987), 성계옥
7. 『논개사적연구』(1996), 경성대 한국학연구소(김무조, 조갑상 외)